Les enfants de cendres

Kristina
OHLSSON

Les enfants de cendres

Traduit du suédois
par Hélène Hervieu

J'AI LU

Titre original :
ASKUNGAR

À Thelma.

Première partie

FAUSSES PISTES

Lundi

Quand il laissait vagabonder ses pensées, il revenait toujours à ce journal de bord. La nuit surtout.

Allongé sur son lit, il observait les mouvements d'une mouche au plafond. L'obscurité et le repos n'avaient jamais fait bon ménage chez lui. Comme s'il était sans défense quand le soleil se couchait, que la fatigue le prenait par surprise et que les ténèbres l'enveloppaient. Rien n'était plus contraire à sa nature que cet état-là. Une grande partie de sa vie consistait précisément à se tenir sur ses gardes, à parer à toute éventualité. Malgré des années d'entraînement, il lui était impossible de rester vigilant durant son sommeil. Il avait l'habitude de veiller. De résister à la fatigue qui accablait son corps.

Cela faisait longtemps, constata-t-il, qu'il ne s'était pas réveillé en pleurs. Ses cauchemars le faisaient moins souffrir, ils avaient perdu leurs pouvoirs. Sur ce plan, il avait fait des progrès considérables. Il était presque en paix.

Encore que…

S'il fermait très fort les yeux et que le silence fût total autour de lui, il la revoyait. Sa grande silhouette surgissait de l'ombre, s'avançait vers lui en tanguant. Doucement, très doucement.

Le souvenir de son parfum continuait à lui donner des frissons. Sombre, douceâtre, poudré. Étouffant. Comme l'odeur des livres dans sa bibliothèque. Il pouvait entendre sa voix.

— T'es qu'un bon à rien, répétait-elle de sa voix rauque. Un avorton.

Puis elle le saisissait et ne le lâchait plus.

Les mots précédaient la douleur et la punition. Et le feu. Son corps portait encore les traces de ces brûlures. Il aimait passer la main sur ses cicatrices et se dire qu'il avait survécu.

Quand il était tout petit, il croyait que tout ce qu'il faisait était mal. Toujours. Alors, dans sa logique enfantine, il s'appliquait à ne pas décevoir. Des efforts incessants et désespérés. Forcément condamnés à l'échec.

En grandissant, il finit par comprendre. Quoi qu'il fît, ça n'allait jamais. Non seulement chacun de ses actes méritait une correction, mais lui-même, son existence était une erreur. Il n'aurait pas dû être là. Car, s'il n'avait pas existé, sa mère ne serait pas morte.

— Tu n'aurais jamais dû voir le jour ! lui hurlait-elle au visage. Tu es l'incarnation du mal !

Ses larmes, qui venaient après les brûlures, coulaient toujours en silence. Pour qu'elle ne les entende pas. Sinon, elle revenait. Impossible de lui échapper.

Ces reproches, il s'en souvint, avaient fait naître en lui une profonde angoisse. Comment réussir à vivre avec le mal qu'il avait fait ? Comment réparer ses torts, expier son péché ?

Et puis il y avait eu ce fameux journal de bord…

Il s'était rendu à l'hôpital où elle était de garde afin de lire ses notes. Pour connaître l'étendue de son crime. Il était alors majeur, certes, mais se sentait toujours coupable pour ses mauvaises actions. De manière inattendue, le contenu de ce journal le libéra : de coupable, il devint innocent. Cela lui donna la force de tenter une nouvelle vie, de prendre des décisions radicales. Désormais, il ne s'agissait plus de réparer des torts imaginaires mais de trouver comment lui allait obtenir réparation.

Couché dans le noir, il esquissa un sourire et adressa un clin d'œil à la nouvelle poupée qu'il venait de se choisir. Il croyait – mais comment en être vraiment sûr ? – qu'elle tiendrait plus longtemps que les autres. Celle-ci avait seulement besoin d'affronter son propre passé, comme lui-même l'avait fait. Pour la guider, il lui fallait une main ferme, et plus précisément sa main à lui.

Et beaucoup, beaucoup d'amour. De son amour tout à fait unique.

Il lui caressa doucement le dos. Comme il ne voyait pas les blessures qu'il lui avait infligées, il effleura un hématome tout récent qui, tel un petit lac aux eaux profondes, ombrait une de ses omoplates. Elle se réveilla en sursaut, les yeux écarquillés par la peur. Elle ne savait jamais à quoi s'attendre quand venait l'obscurité.

— Il fait jour, poupée. On peut commencer, maintenant.

Un beau sourire illumina le frêle visage de l'adolescente.

— C'est pour demain, chuchota-t-il.

Puis il se remit sur le dos et observa de nouveau la mouche au plafond. Éveillé et toujours prêt.

Mardi

Lorsqu'on signala la disparition du premier enfant, on était en plein été et il ne cessait de pleuvoir. Tout commença un mardi. Un jour comme un autre, mais qui allait changer la vie de pas mal de gens. La vie d'Henry Lindgren, par exemple.

Ce troisième mardi de juillet, Henry faisait des heures supplémentaires dans le train X2000 entre Göteborg et Stockholm. Cela faisait des années qu'Henry était contrôleur – mais il n'aurait su dire combien. Et il n'avait aucune idée de ce qui allait advenir le jour où il serait obligé de prendre sa retraite. Qu'allait-il bien trouver à faire, lui qui se sentait déjà si seul ?

C'est sans doute son sens de l'observation très développé qui permit à Henry Lindgren de se rappeler aussi bien cette jeune femme qui, lors de son voyage, en vint à perdre son enfant. Une jeune femme à la chevelure légèrement rousse, vêtue d'un chemisier en lin vert, avec des sandales dévoilant des doigts de pieds aux ongles laqués de bleu. Si Henry et son épouse avaient eu une fille, elle aurait certainement ressemblé à cette femme car son épouse avait été une vraie rousse.

La petite fille ne ressemblait pas du tout à sa mère, avait remarqué Henry en poinçonnant leurs billets, peu après la gare de Göteborg. Ses cheveux châtain foncé ondulaient si joliment autour de sa tête qu'on aurait dit des faux. Ils effleuraient ses épaules en encadrant son petit visage. Son teint était plus mat que celui de sa mère, mais elle avait de grands yeux bleus et le nez constellé de taches de rousseur, ce qui la faisait ressembler à une poupée. Henry lui sourit en passant auprès d'elle et la fillette esquissa un timide sourire en retour. Elle avait l'air fatiguée. Elle détourna les yeux et regarda par la fenêtre, la tête appuyée contre le dossier.

— Lilian, enlève tes chaussures si tu mets les pieds sur le siège, avait dit la mère, alors qu'Henry contrôlait le billet du voyageur suivant.

En se retournant, il avait noté que l'enfant s'était débarrassée de ses sandales rouges et avait replié les jambes sous elle.

Ses sandales étaient restées par terre après qu'elle eut disparu.

Ce trajet entre Göteborg à Stockholm fut plutôt perturbé. Beaucoup de monde s'était déplacé dans la deuxième ville du pays pour assister à un grand concert à Ullevi. Et tous étaient rentrés par le train du matin, celui où travaillait Henry. Tout d'abord, deux jeunes gens vomirent sur les sièges en voiture 5. Ils avaient trop bu la veille, et Henry dut courir chercher une serpillière pour nettoyer tout ça. Au même moment, deux filles se mirent à se battre en voiture 3. Une blonde accusait une brune d'avoir essayé de lui piquer son petit ami. Henry tenta de s'interposer, mais le calme ne revint dans le train qu'après Skövde, tous les fêtards ayant fini par s'assoupir. Henry put alors boire une tasse de café avec Nellie, qui travaillait au wagon-restaurant. En passant dans le couloir, Henry s'aperçut que la femme rousse et sa fille s'étaient endormies.

Ensuite, ce fut assez tranquille jusqu'à ce qu'on approche de Stockholm. À quelques dizaines de kilomètres de la capitale, peu avant Flemingsberg, le contrôleur adjoint Arvid Melin annonça par haut-parleur que le train aurait un retard de cinq minutes, voire dix, à cause d'une erreur de signalisation. Le train fit donc un arrêt à Flemingsberg, et Henry vit la femme rousse descendre seule de la rame. Il l'observa par la fenêtre de la voiture 6, réservée au personnel. Elle marcha d'un pas décidé sur le quai et se posta un peu à l'écart des autres passagers, descendus prendre l'air quelques instants. Puis elle sortit quelque chose de sa poche, peut-être un téléphone portable. Henry se dit que la petite fille devait encore dormir. Il poussa un soupir. Se sentait-il seul au point d'espionner une passagère ? Henry retourna aux mots croisés du dernier numéro de *Året Runt*. Que serait-il arrivé s'il n'avait pas quitté des yeux la femme sur le quai ? Ses collègues auraient beau lui répéter qu'il ne pouvait pas s'en douter et ne devait en aucun cas s'en vouloir, Henry restait persuadé que son zèle à résoudre ses mots croisés avait infléchi le cours des événements. Impossible de revenir en arrière.

Car Henry était plongé dans ses mots croisés quand il entendit la voix d'Arvid dans le haut-parleur. Tous les voyageurs étaient priés de regagner leurs places, le train repartant en direction de Stockholm. Personne ne se souvint d'avoir vu une jeune femme courir après le train. Mais cela avait sans doute été le cas, car quelques minutes après le départ Henry reçut un coup de téléphone signalant qu'une jeune femme assise place 6 voiture 2, à côté de sa petite fille, avait été oubliée sur le quai à Flemingsberg. Elle avait pris un taxi et faisait à présent route vers Stockholm. L'enfant était seule dans le train.

— Oh, merde ! jura Henry en raccrochant.

Il se rendit aussitôt à la voiture 2 pour constater que c'était la jeune femme rousse aperçue sur le quai qui avait manqué le train, puisqu'il reconnaissait la petite fille.

Henry rassura ses supérieurs en téléphonant de son portable : l'enfant dormait toujours, et il lui paraissait inutile de la réveiller avant l'arrivée à Stockholm. Il promit de s'occuper personnellement de la fillette dès l'entrée du train en gare. Personnellement. Ce mot allait longtemps résonner dans sa tête. Au niveau de Södra Station, les filles de la voiture 3 recommencèrent à se battre et à crier. Henry entendit un bruit de verre brisé puis un voyageur quitta la voiture 3 pour la 2, et il fut bien obligé d'abandonner l'enfant endormie.

— Arvid, viens tout de suite voiture 3 ! cria-t-il dans son talkie-walkie.

Aucune réaction du collègue.

Quand Henry parvint enfin à séparer les deux filles, le train s'était arrêté avec son sifflement caractéristique, un son qui n'était pas sans rappeler la respiration lourde et essoufflée d'un vieil homme.

— Espèce de pétasse ! hurla la blonde.

— Sale conne ! rétorqua l'autre.

— Enfin, vous n'avez pas fini toutes les deux ? s'énerva une femme plus âgée en se levant pour prendre son sac de voyage.

Henry se fraya un chemin dans la foule qui faisait déjà la queue dans le couloir et se dépêcha de regagner la voiture 2. Pourvu que l'enfant dorme encore ! Il y était presque. Henry bouscula plusieurs personnes le temps de ce court trajet qui – il était prêt à le jurer – lui avait pris moins de trois minutes. La durée de son absence ne changeait malheureusement rien à l'affaire.

La petite fille endormie avait disparu. Il ne restait que ses sandales rouges, tandis que sur le quai se pressaient tous les autres voyageurs dont Henry Lindgren avait eu la charge entre Göteborg et Stockholm.

Alex Recht était flic depuis plus de vingt-cinq ans. Et, en plus de sa longue expérience d'enquêteur, il se targuait d'avoir de l'intuition. On disait de lui qu'il avait comme un sixième sens – qualité essentielle pour un policier. Certes, l'intuition ne remplaçait pas les preuves, mais elle les complétait. Une fois les faits étalés sur la table et les pièces du puzzle identifiées, il s'agissait d'assembler les fragments pour reconstituer l'ensemble.

— Il y a beaucoup d'appelés et peu d'élus, avait rappelé le père d'Alex à son fils lors de la première enquête de ce dernier.

En réalité, son père aurait aimé qu'il devienne pasteur, comme tout fils aîné, et avait mis longtemps à admettre qu'Alex préfère le métier de policier. Il avait passé quelques mois à réfléchir puis s'était fait une raison, acceptant enfin le choix de son fils. Le fait que le cadet choisisse de devenir pasteur simplifia sans doute les choses. Toujours est-il qu'Alex en fut éternellement reconnaissant à son jeune frère.

Alex aimait travailler avec des personnes qui, comme lui, adoraient leur métier. Sans doute est-ce pour cette raison qu'il n'appréciait guère sa nouvelle collègue, une certaine Fredrika Bergman.

Cette femme semblait n'avoir aucune vocation, et pas la moindre compétence pour ce travail. Encore une qui ne ferait pas de vieux os. Alex, qui conduisait, la regarda en douce. Elle gardait le dos si droit quand elle était assise ! À croire qu'elle avait fréquenté une école militaire... Mais il avait eu beau chercher, impossible de trouver la preuve qu'elle avait passé ne fût-ce qu'une heure dans une institution militaire. Peut-être était-ce une gymnaste... Oui c'était ça : aucune femme normale ne se tenait ainsi.

Alex se demanda s'il devait la briefer sur l'affaire avant qu'ils arrivent, car Fredrika n'avait encore jamais été confrontée à ce genre de cas. Il se racla discrètement la gorge. Leurs regards se croisèrent, mais il préféra détourner les yeux et fixer la route.

— Beaucoup de circulation, aujourd'hui, marmonna-t-il.

Comme s'il existait des jours où le centre de Stockholm n'était pas assailli de voitures...

Au cours de sa longue carrière, Alex avait réussi à retrouver un grand nombre d'enfants disparus. Par voie de conséquence, il considérait comme une vérité l'expression : « Les enfants ne disparaissent pas, on les perd seulement de vue. » Derrière chaque enfant égaré se trouvait presque toujours un parent perdu. Selon Alex, ce genre de personne n'aurait jamais dû avoir d'enfant. Pas forcément un parent drogué ou qui buvait trop. Ce pouvait fort bien être un parent submergé de travail, surmené, qui voit trop souvent ses amis ou sort trop tard, ou, tout simplement, un parent pour qui l'enfant n'est pas une priorité. Quand les enfants avaient la place qui leur revenait de droit dans la vie des adultes, ils disparaissaient plus rarement – c'était du moins l'une des conclusions auxquelles Alex était parvenu.

De gros nuages s'amoncelaient dans le ciel quand ils sortirent de la voiture. Un éclair zébra le ciel, quelque part du côté de la Vieille Ville. Il allait tomber des cordes.

Alex et Fredrika se précipitèrent vers l'entrée de la gare centrale. Le troisième membre de la brigade, Peder Rydh, appela Alex sur son portable pour lui annoncer qu'il les rejoindrait. Ouf ! quel soulagement de ne pas commencer l'enquête seul avec Fredrika...

Il était plus de 15 h 30 quand ils atteignirent enfin la voie 17, où le train avait été inspecté de fond en comble. Presque toutes les personnes présentes portaient un uniforme de police, et Alex devina aussitôt que la rousse au regard las, assise sur une caisse en plastique bleue portant l'inscription « Sable », était la mère de l'enfant disparue. Alex eut l'intuition qu'elle n'était pas le genre de mère à égarer son enfant. Il avala vite sa salive. Si l'enfant n'était pas égaré, alors il avait été enlevé. Et un gosse kidnappé, c'était une autre paire de manches.

Alex décida de ne pas s'affoler. Il était encore trop tôt pour tirer des conclusions.

Un jeune homme en uniforme vint à la rencontre d'Alex et de Fredrika. Sa poignée de main était ferme mais un peu humide, et il déclina rapidement son identité. À l'évidence, ce garçon, Jens, sortait à peine de l'École supérieure de la police et c'était sa première affaire. Le désarroi des jeunes diplômés était toujours criant : les six premiers mois, on pouvait lire leurs sentiments sur leurs visages, parfois la panique pure et simple.

Le jeune policier débita ses informations à toute allure, comme par rafales.

— L'alarme n'a été donnée qu'une demi-heure après l'arrivée du train, rapporta-t-il d'une voix aiguë. Pendant ce temps, presque tous les passagers avaient quitté le quai. Sauf ceux-là.

Il désigna un groupe, un peu en retrait de la mère de l'enfant. Alex jeta un coup d'œil à sa montre : il était 15 h 40. L'enfant avait disparu depuis plus d'une heure et demie.

— On a fouillé le train de fond en comble. Elle n'est nulle part. L'enfant, je veux dire, une fillette de six ans. Elle reste introuvable. Et on dirait que personne ne l'a vue. En tout cas, personne parmi ceux à qui on a parlé. Et tous les bagages étaient là. La petite fille n'a rien emporté. Pas même ses chaussures. Elles sont restées par terre sous le siège.

Les premières gouttes de pluie s'écrasèrent sur le toit au-dessus d'eux. L'orage approchait. Quel été pourri…

— Est-ce la mère de l'enfant, assise là-bas ? demanda Fredrika en adressant un signe de tête discret à la femme aux cheveux roux.

— Oui, tout à fait, confirma le jeune policier. Son nom est Sara Sebastiansson. Elle dit qu'elle ne partira pas d'ici avant qu'on ait retrouvé sa petite fille.

Alex soupira. Bien sûr que la femme rousse était la mère de l'enfant. Il n'avait pas eu besoin de poser la question pour connaître la réponse : il l'avait senti. Fredrika, au contraire, posait des questions sur tout, ce qui avait le don de l'agacer prodigieusement. On ne procédait pas ainsi, quand on était policier. Il espérait qu'elle se rendrait bientôt compte qu'elle n'était pas faite pour ce métier.

— Pourquoi ont-ils attendu une demi-heure avant de prévenir la police ? poursuivit Fredrika.

Alex tendit l'oreille. Pour une fois qu'elle posait une question non dénuée de bon sens…

Jens hésita.

— C'est que… c'est assez étrange. Le train a fait un arrêt plus long que d'habitude en gare de Flemingsberg et la mère est descendue pour passer un coup de fil depuis son portable. Elle a laissé l'enfant dans le train parce qu'elle dormait.

Alex hocha la tête, pensif. *Les enfants ne disparaissent pas, on les perd seulement de vue.* Peut-être s'était-il trompé sur le compte de la rousse.

— Une fille a abordé la mère, Sara, donc, sur le quai et lui a demandé de l'aider avec son chien malade. Du coup, la mère a raté le train. Elle a aussitôt alerté la gare de Flemingsberg pour dire que son enfant était seule dans le train et qu'elle sautait dans un taxi pour Stockholm.

Alex écoutait en plissant le front.

— Quand le train s'est arrêté et que le contrôleur est venu la chercher, la fillette avait disparu. La plupart des voyageurs étaient pressés de descendre. Mais un vigile du Burger King a participé aux recherches. Là-dessus, la mère est arrivée en taxi et a appris que sa fille n'était pas là. Les recherches ont continué. Ils ont cru que l'enfant s'était réveillée et était descendue du train, mais personne ne l'avait aperçue nulle part. Alors les contrôleurs ont fini par prévenir la police.

— Avez-vous diffusé un message par haut-parleur ? demanda Fredrika. Au cas où l'enfant se serait perdue dans la gare ?

Jens fit signe que oui. Bien sûr, ils avaient fait passer un message. Plusieurs personnes – des policiers et des volontaires – arpentaient d'ailleurs la gare en ce moment même dans l'espoir de retrouver la fillette. La station de radio locale allait diffuser le signalement de l'enfant en demandant aux auditeurs d'être attentifs dans le centre-ville de Stockholm. Les taxis aussi allaient être prévenus. Si la fillette était partie toute seule, elle ne pouvait être allée bien loin.

Alex regarda la mère, assise sur la caisse bleue. Son visage était défait, son expression hagarde.

— Diffusez le signalement de l'enfant dans d'autres langues que le suédois, suggéra soudain Fredrika.

Ses collègues la regardèrent en haussant les sourcils.

— Des gens dont la langue maternelle n'est pas le suédois pourraient avoir vu quelque chose. Faites donc passer le message en anglais. En allemand et en français aussi, si possible. Et en arabe, peut-être.

D'un regard à Jens, Alex confirma ces consignes. Ce dernier partit aussitôt, paniqué à l'idée de devoir trouver une personne parlant arabe et de lui expliquer la situation. La pluie avait redoublé d'intensité, après de violents coups de tonnerre juste au-dessus de la gare centrale. C'était vraiment une journée pourrie et un été pourri.

À l'instant même où Jens quittait le quai, Peder Rydh arriva enfin. Il resta perplexe devant la veste beige de Fredrika. Ne savait-elle pas qu'il fallait signaler son appartenance à la police même quand on ne portait pas l'uniforme ?

— Quand j'ai appris la disparition de l'enfant, j'ai décidé de prendre Fredrika en route et de venir aussitôt ici, lui expliqua brièvement Alex. Je n'ai pas l'intention de m'attarder, je voulais seulement respirer un peu d'air frais, ajouta-t-il d'un air entendu.

— Disons plutôt que tu avais envie d'être sur le terrain, répliqua Peder, qui le connaissait bien, en souriant.

Malgré une différence d'âge notable, les deux hommes s'accordaient sur un point : quelle que soit sa position hiérarchique, on avait toujours besoin de mettre les mains dans le cambouis. Et ce n'était pas évident, quand on était coincé derrière un bureau. Mais les deux hommes devinaient que, Fredrika ne partageant pas ce point de vue, mieux valait ne pas aborder ce sujet trop ouvertement.

— Bon, reprit Alex. Voilà comment nous allons procéder. Fredrika va se charger de l'interrogatoire préliminaire de la mère de l'enfant, et toi, Peder, tu t'occupes du personnel du train et des voyageurs encore présents. En principe, il faudrait être deux pour procéder à ces interrogatoires, mais on n'a pas vraiment le temps d'opérer dans les règles.

Visiblement, Peder aurait préféré parler avec la mère de l'enfant. Alex dut s'en rendre compte, car il précisa :

— La seule raison pour que ce soit Fredrika qui parle avec la mère, c'est qu'elle est une femme. D'habitude, ça facilite les choses. Bon, on se retrouve au commissariat. Il faut que j'y retourne.

Fredrika soupira. « La seule raison pour que ce soit Fredrika... » C'était toujours la même chose. On justifiait la moindre mission qu'on lui confiait. On remettait constamment sa présence en question. Fredrika en fut si agacée qu'elle en oublia l'essentiel : elle allait interroger la mère de l'enfant et, qui plus est, en tête à tête. Elle en était venue à un point où elle comptait les jours qui lui restaient à passer dans la brigade d'Alex Recht. Elle attendait la fin de sa période d'essai pour partir. Dans d'autres instances, sa compétence serait appréciée.

Bientôt, je tournerai définitivement la page, se dit Fredrika en s'imaginant le jour où elle quitterait la police et ses bureaux à Kungsholmen. Puis elle se concentra sur la mission qui lui avait été confiée. Elle tendit la main à Sara Sebastiansson et fut étonnée par la force de sa poigne qui détonnait avec la lassitude du visage. Fredrika remarqua que la jeune femme n'arrêtait pas de tirer sur ses manches. On aurait dit un geste habituel, une sorte de tic. Comme si elle cherchait à dissimuler ses avant-bras.

Peut-être pour cacher des marques de coups, pensa aussitôt Fredrika.

Mais elle avait des questions plus urgentes à aborder.

— Si vous préférez, on peut aller à l'intérieur, proposa-t-elle. On n'est pas obligées de rester dehors avec cette pluie.

— Non, ici, ça va, répondit Sara d'une voix pâteuse.

— Si c'est à cause de votre fille que vous préférez rester ici, je peux vous assurer que mes collègues et les autres personnes présentes ne manqueront pas de la voir si elle devait réapparaître, dit Fredrika – ce qui, d'ailleurs, est peu probable…, avait-elle failli ajouter.

— Lilian, précisa Sara.

— Pardon ?

— Ma fille s'appelle Lilian. Et je ne partirai pas d'ici avant de l'avoir retrouvée, annonça-t-elle en secouant la tête.

Fredrika avait toujours du mal à adopter une attitude décontractée pendant une mission. Chaque fois qu'elle avait essayé, ça avait foiré. Elle aimait lire des dossiers, écrire et analyser des rapports. Les interrogatoires, sous quelque forme que ce soit, n'étaient vraiment pas sa tasse de thé. Fascinée, elle avait observé plusieurs fois comment Alex posait une main sur l'épaule d'un témoin tout en le cuisinant habilement. Fredrika, elle, détestait qu'on lui pose une main sur l'épaule ou le bras. Elle éprouvait même une sorte de malaise quand l'un de ses collègues masculins lui donnait une tape trop forte dans le dos ou la prenait par la taille. La gent masculine n'avait pas tardé à s'en apercevoir, excepté quelques irréductibles. Fredrika fut tirée de ses réflexions par la voix de Sara.

— Pourquoi ses chaussures sont restées dans le train ?

— Pardon ?

— Les sandales de Lilian étaient par terre, sous son siège. Elle a dû avoir très peur, sinon, elle ne serait pas partie pieds nus. Surtout sans rien dire à personne, ni sans demander de l'aide.

— Et si elle s'était réveillée et avait paniqué en se retrouvant toute seule ?

Sara secoua la tête.

— Ce n'est pas le genre de Lilian. Nous ne l'avons pas élevée comme ça. Nous lui avons appris à agir et à penser de manière pragmatique. Elle se serait adressée à un adulte. À la femme sur le siège en face, par exemple. On lui avait un peu parlé pendant le trajet.

— Vous avez dit « nous ne l'avons pas élevée comme ça ». Vous parlez de vous et de votre mari ?

Sara regarda fixement un point au-dessus de l'épaule de Fredrika.

— Le père de Lilian et moi, on est séparés. Mais on a élevé Lilian ensemble.

— Vous avez la garde partagée ? demanda Fredrika.

— La séparation est trop récente, répondit Sara. Il n'y a pas encore vraiment de routine. Lilian passe parfois ses week-ends chez lui, le reste du temps elle habite avec moi. On verra par la suite.

Sara reprit son souffle, et sa lèvre inférieure trembla. Ses cheveux roux faisaient ressortir son teint gris. Fredrika remarqua ses pieds vernis. En bleu. Étrange.

— Vous vous êtes disputés pour la garde de Lilian ? demanda prudemment Fredrika.

Sara tressaillit.

— Vous croyez que c'est Gabriel qui l'a emmenée ?

Fredrika en déduisit que son mari s'appelait Gabriel.

— Nous ne croyons rien du tout, s'empressa de répondre Fredrika. Je dois seulement envisager tous les scénarios possibles… J'essaie de comprendre ce qui a pu arriver à votre petite Lilian.

Les épaules de Sara s'affaissèrent légèrement. Elle se mordit la lèvre inférieure et regarda fixement par terre.

— Gabriel et moi… avons eu… ou plutôt avons… des petits problèmes. On s'est disputés une fois à propos de Lilian, mais c'était il y a longtemps. Une chose est sûre : il ne lui a jamais fait de mal. Non, jamais.

De nouveau, Fredrika vit Sara tirer sur ses manches. Ce n'était certainement pas le moment d'évoquer des violences conjugales. De retour au commissariat, elle vérifierait si des plaintes avaient été déposées à ce sujet. De toute façon, ce Gabriel serait interrogé dans le cadre de l'enquête.

Sara hocha plusieurs fois la tête, sans parler. *Pourvu qu'elle ne se mette pas à pleurer*, songea Fredrika, qui avait toujours eu du mal à gérer ce genre de situation. Non pas sur le plan privé, mais sur le plan professionnel.

— Je suis descendue du train pour passer un coup de fil…, commença Sara d'une voix hésitante. Je voulais appeler un ami.

Fredrika ne put s'empêcher de marquer sa surprise. *Un ami...*

— Pourquoi n'avez-vous pas téléphoné du wagon ?

— Je ne voulais pas réveiller Lilian. Elle était si fatiguée, murmura Sara. On va souvent à Göteborg pour rendre visite à mes parents. Je crois qu'elle couve un rhume, sinon, elle ne dort jamais pendant le voyage.

— Je comprends. Alors vous n'êtes pas descendue pour éviter que Lilian surprenne votre conversation ?

— Aussi, admit Sara à contrecœur. Je ne voulais pas que Lilian entende. Mon ami et moi... ça ne fait pas longtemps qu'on se connaît. Ce n'est pas la peine que Lilian soit déjà au courant.

Surtout si la fillette le racontait au père qui, sans doute, continuait à frapper la mère même après leur séparation, pensa Fredrika.

— Nous n'avons parlé que quelques minutes. Et encore, rectifia-t-elle. Je lui ai dit que nous étions bientôt arrivées et qu'il pourrait passer chez moi plus tard, ce soir, quand Lilian serait couchée.

— Bon, et que s'est-il passé ensuite ?

Sara se redressa en poussant un profond soupir. Fredrika devina combien il lui en coûtait de raconter la suite.

— C'est tellement incompréhensible, reprit Sara. Tellement absurde. Une femme est venue vers moi. Une jeune fille. Grande, maigre, assez négligée. Elle criait que son chien était malade. Je présume qu'elle est venue vers moi parce que je me trouvais un peu à l'écart sur le quai. Elle m'a dit qu'elle avait pris l'escalator avec son chien quand soudain il était tombé parce qu'il avait des crampes.

— Des crampes ? Un chien ?

— Oui, c'est ce qu'elle a dit. Le chien était par terre et elle avait besoin d'aide pour remonter l'escalator. J'ai toujours eu des chiens. Et la jeune fille paraissait si inquiète. Alors je l'ai aidée.

— Vous n'avez pas eu peur de rater le train ? s'étonna Fredrika.

Pour la première fois, la voix de Sara se fit tranchante.

— Quand je suis descendue du train, j'ai demandé au contrôleur combien de temps le train allait rester à quai. Et il m'a répondu une dizaine de minutes. Au moins.

Sara tendit les mains en écartant ses doigts fins. Dix minutes, dix doigts. Ses mains tremblaient un peu. Tout comme sa lèvre inférieure.

— Dix minutes, répéta-t-elle. C'est pourquoi j'ai aidé la jeune fille avec le chien sur l'escalator. J'ai pensé – je savais – que j'aurais le temps.

— Vous avez vu le train partir ? s'enquit Fredrika.

— On avait réussi à monter le chien jusqu'en haut de l'escalator quand je me suis retournée, et, là, j'ai vu le train quitter la gare.

Elle jeta un regard désespéré à Fredrika.

— Je n'en croyais pas mes yeux, dit-elle, et une larme coula sur sa joue. Je me serais crue dans un film d'horreur. J'ai couru après le train comme une folle. Mais il ne s'est pas arrêté !

Fredrika n'avait pas d'enfant, mais son cœur se serra.

— Une employée de la gare de Flemingsberg m'a aidée à contacter le train. Puis j'ai pris le premier taxi pour la gare centrale.

— Qu'a fait la jeune fille pendant ce temps ?

— C'est un peu bizarre. Elle s'est dépêchée de partir. Elle a poussé le chien dans une sorte de camionnette postale qui l'attendait en haut, juste à la sortie de l'escalator, et après elle a filé, et je ne l'ai plus revue.

Sara et Fredrika restèrent silencieuses un moment, chacune plongée dans ses pensées. Sara reprit la parole.

— Vous savez, je ne me suis pas trop inquiétée quand j'ai appelé le train. Je me suis dit que ce n'était quand même pas la fin du monde si Lilian faisait seule ce trajet de rien du tout entre Flemingsberg et Stockholm.

Sara, pour la première fois, éclata en sanglots.

— Je suis montée dans le taxi, j'ai fermé les yeux pour me reposer. Je me suis détendue pendant qu'un malade enlevait ma fille !

Fredrika se sentit impuissante face à cette douleur. Pourtant, elle fit ce qu'elle ne faisait jamais en pareil cas : elle tendit la main et caressa le bras de Sara.

La pluie avait cessé. Une heure de plus s'était écoulée, et Lilian n'avait toujours pas réapparu.

Jelena avait eu plus de difficulté que prévu pour quitter Flemingsberg en bus.

— Tu ne prendras ni le tram ni un taxi. Pas question non plus de conduire, avait dit l'Homme en lui répétant, pour la énième fois le plan à suivre. Tu prendras le bus, celui qui va à Skärholmen, puis le métro pour rentrer à la maison. Compris ?

Jelena avait hoché la tête plusieurs fois.

Oui, elle avait compris. Et elle ferait de son mieux, promis.

Jelena se faisait un peu de souci. Pourvu que tout ait marché comme il le voulait… L'Homme deviendrait fou s'il ne réussissait pas à prendre l'enfant dans le train.

Elle jeta un coup d'œil à sa montre. Il s'était passé plus d'une heure. Le bus avait du retard et elle avait attendu longtemps le métro. Bientôt elle serait à la maison et elle saurait. Elle essuya ses mains moites sur son jean. Elle ne savait jamais vraiment si ce qu'elle faisait était bien ou mal. Cela dépendait de l'Homme : s'il la félicitait ou la réprimandait. Ces derniers temps, elle avait presque tout bon. Même quand elle s'était entraînée à conduire une voiture et à parler comme il faut.

— Les gens doivent te comprendre, lui répétait l'Homme. Tu dois articuler. Et arrêter de faire toutes ces grimaces qui les effraient.

Jelena avait fait d'énormes efforts que l'Homme avait fini par reconnaître. L'un de ses yeux clignait encore, mais seulement quand elle était nerveuse.

— Ça, c'est une bonne fille, avait dit l'Homme en lui passant la main sur la joue.

Jelena espérait recevoir d'autres compliments quand elle rentrerait.

Le métro arriva enfin. Elle dut s'appliquer pour ne pas courir jusqu'à la maison. Elle devait marcher normalement et se faire discrète pour passer inaperçue. Elle garda les yeux fixés sur le sol, tandis que ses doigts tortillaient une boucle de cheveux.

Il pleuvait quand elle sortit de la bouche du métro, et cela lui brouilla la vue. Mais peu importe – elle le vit quand même. Leurs regards se croisèrent brièvement. Il souriait.

Peder Rydh observait la tentative pathétique de Fredrika pour consoler la mère avec le plus grand scepticisme. Elle tapotait le bras de Sara Sebastiansson comme on caresse un chien répugnant, en se forçant, parce qu'il appartient à un bon ami. Des femmes comme elle n'avaient rien à faire au sein de la police, où il fallait précisément savoir prendre soin des gens. De tous, aussi différents qu'ils soient. Peder soupira, agacé. L'idée d'intégrer des personnes de la société civile dans la police était encore une de ces fausses bonnes idées.

— Nous avons besoin de nouvelles compétences, avaient déclaré des personnes haut placées.

Fredrika avait plusieurs fois expliqué ce qu'elle avait étudié à l'université, mais honnêtement Peder n'en avait rien à faire. Elle parlait avec des mots trop longs. Cela compliquait tout. Elle pensait trop et ressentait trop peu. Bref, cette femme n'avait rien qui aurait pu leur être utile ni cette compétence unique qui s'acquiert quand on part vraiment du bas de l'échelle, qu'on a passé des années dans une patrouille, à ramasser des ivrognes, à discuter avec ceux qui battent leurs femmes, à ramener chez eux des jeunes gens sous l'emprise de diverses substances et à rencontrer leurs parents, à forcer des portes pour découvrir le cadavre en décomposition d'une âme solitaire.

Peder secoua la tête. Pas le moment de méditer sur l'incompétence de certains – pour ne pas dire certaines – collègues. Il reprit les interrogatoires du personnel du train. Henry Lindgren, le contrôleur, parlait trop, mais il avait le sens des détails et une mémoire apparemment infaillible. Le train avait quitté Göteborg à 10 h 50. Il était arrivé à Stockholm avec huit minutes de retard, à 14 h 07 précises.

— Ce n'est pas moi qui ai géré l'arrêt à Flemingsberg, insista Henry. C'est Arvid. Et Nellie.

Il jeta un regard attristé sur le train resté à quai. Les portes étaient ouvertes, on aurait dit de grands trous noirs le long du train. Il aurait donné n'importe quoi pour voir surgir la petite fille d'un de ces trous. Elle se serait perdue dans le train, de nouveau endormie puis enfin réveillée. Mais Henry savait bien – comme tous les adultes qui ne croient plus aux contes de fées – qu'il n'en serait rien. Les seules personnes à monter et à descendre du train étaient des policiers et des techniciens de la police scientifique. Henry sentit une boule se former dans sa gorge.

Peder poursuivit :

— Vous avez dit que vous aviez veillé sur l'enfant. Qu'est-ce qui s'est passé ensuite ?

— On ne peut pas être partout, répondit le contrôleur. Il y avait, comme je vous l'ai dit, un incident dans la voiture 3, et j'ai dû quitter la fillette. Mais j'ai appelé Arvid par talkie-walkie. Je l'ai même appelé trois fois, mais il n'a pas répondu. Je crois qu'il ne m'a pas entendu, c'était comme si ça ne passait pas.

Peder préféra éviter tout commentaire à ce sujet.

— Si j'ai bien compris, vous avez donc laissé l'enfant sans demander à un autre passager de garder un œil sur elle ? demanda-t-il.

Henry ouvrit les bras dans un geste d'impuissance.

— C'était juste dans la voiture d'à côté ! s'exclama-t-il. Et j'ai pensé, oui, j'ai pensé que je reviendrais tout de suite. Et c'est ce que j'ai fait.

Sa voix se brisa.

— Je me suis absenté moins de trois minutes, j'étais de retour au moment même où le train s'est arrêté et où les passagers ont commencé à descendre. Mais elle avait déjà disparu. Et personne ne se souvenait de l'avoir vue se lever et partir. (D'une voix étranglée par l'émotion, il continua :) C'est pas possible que personne n'ait rien vu !

Peder ne connaissait que trop ce genre de situation. Demandez à dix personnes de témoigner sur la même infraction, vous obtiendrez dix versions différentes des événements, de leur chronologie ou des vêtements portés par les protagonistes.

Le comportement d'Arvid Melin lui parut plus louche. D'abord il avait fait repartir le train de Flemingsberg en laissant Sara Sebastiansson sur le quai, ensuite, il n'avait pas répondu aux appels d'Henry.

Peder le chercha des yeux, assis plus loin sur l'un des bancs du quai. Il paraissait très nerveux, et quand Peder s'approcha il leva les yeux et dit :

— Est-ce qu'on pourra bientôt s'en aller ? J'ai des choses à faire.

Peder choisit de s'asseoir à côté de lui, de le regarder droit dans les yeux avant de lui répondre :

— Une fillette a disparu. Je ne vois pas bien ce que vous auriez de plus urgent à faire que de nous aider à la retrouver.

Arvid se tut, se contentant d'afficher un air renfrogné.

— Des passagers vous ont demandé combien de temps le train allait rester à Flemingsberg ? Qu'avez-vous répondu ? commença Peder.

— Je me souviens plus très bien.

— Vous souvenez-vous d'avoir parlé avec Sara Sebastiansson ? insista le policier.

— Oui, vaguement.

Peder allait le pousser dans ses retranchements, quand l'autre poursuivit :

— Vous savez, beaucoup de monde m'a posé cette question. Oui, je me souviens d'avoir parlé avec la mère de l'enfant. Cela dit, à chacun de prendre ses responsabilités…

Sa voix s'étrangla, et Peder se rendit compte qu'il était réellement bouleversé.

— Ce n'est pas parce qu'on dit que le train va rester en gare dix minutes que c'est forcément vrai. Les voyageurs reviennent toujours bien avant. C'est jamais un problème si on repart plus tôt que prévu. Si la mère était restée sur le quai, elle m'aurait entendu annoncer le départ imminent du train.

Henry Lindgren et Arvid Melin allaient connaître des nuits agitées si l'enfant n'était pas rapidement retrouvée, se dit Peder.

— Vous ne vous êtes pas rendu compte que vous laissiez Sara Sebastiansson en gare ? demanda Peder.

— Bien sûr que non ! J'ai vérifié s'il y avait encore quelqu'un sur le quai, comme on le fait toujours, mais il était vide, alors j'ai donné le signal du départ. Henry dit qu'il m'a appelé sur mon talkie-walkie, mais je n'ai rien entendu... j'avais oublié de l'allumer.

Peder regarda le ciel gris sombre et ouvrit son carnet.

Il allait interroger brièvement les autres employés du train ainsi que les voyageurs encore sur le quai.

Du coin de l'œil, il vit Fredrika et Sara Sebastiansson se dire quelques mots puis se séparer. La mère semblait très agitée. Peder déglutit. Que ferait-il si quelqu'un kidnappait ses enfants ?

Fredrika et Peder retournèrent au commissariat dans la voiture de police. Tandis que le véhicule roulait sur le bitume mouillé, ils étaient plongés dans leurs pensées. Ils se garèrent et prirent en silence l'ascenseur jusqu'à l'étage de la brigade criminelle.

Fredrika se laissa tomber sur sa chaise derrière son bureau. Ah, y avait-il meilleur endroit pour réfléchir calmement ? Avant d'arriver à la brigade criminelle d'Alex Recht, elle avait travaillé dans une unité de prévention de la délinquance, puis dans les services sociaux. Si elle avait postulé dans la police, c'était pour élargir le champ de son expérience professionnelle. Mais elle n'allait pas s'y éterniser. Elle se doutait bien de ce que ses collègues pensaient d'elle. Une femme hautaine. Dépourvue d'humour et d'émotions.

C'est faux, pensa Fredrika. *Je ne suis pas froide, je ne sais plus où j'en suis, c'est tout.*

Non pas qu'elle restât indifférente aux personnes qu'elle rencontrait dans le cadre de son travail, mais elle refusait de se laisser envahir par ses émotions.

— Je suis inspectrice à la brigade criminelle, avait-elle expliqué à un ami qui ne comprenait pas sa réserve dans son travail. L'important, ce n'est pas qui je suis, mais ce que je fais. Mon rôle, c'est d'enquêter. D'autres peuvent se charger de consoler.

Sinon, on coule. Si je devais consoler toutes les victimes, je ne tiendrais plus debout.

Fredrika n'aurait jamais imaginé travailler dans la police. Petite, elle rêvait d'être violoniste. Elle avait la musique dans le sang. Avec sa mère, elle alla visiter différentes écoles de musique pour trouver celle qui lui correspondrait le mieux. Elle avait déjà composé sa première œuvre.

Elle venait d'avoir quinze ans quand elle fut blessée lors d'un accident de voiture alors qu'elle rentrait des sports d'hiver. Après un an de rééducation, il fallut se rendre à l'évidence : son bras droit ne supporterait plus jamais les sollicitations qu'exigeaient les heures quotidiennes de violon.

Des professeurs tentèrent de la consoler en lui disant qu'elle avait eu de la chance. D'un point de vue strictement théorique et rationnel, Fredrika pouvait les comprendre. Elle était partie à la montagne avec un ami et la famille de celui-ci. La mère de son ami fut paralysée de la taille aux pieds à la suite de l'accident. Le plus jeune fils décéda. Les journaux locaux se firent l'écho de la « tragédie survenue à Filipstad ».

Mais Fredrika, préférant éviter le terme de « tragédie », disait simplement l'« accident ». Ce mot correspondait à un point de rupture, à un changement radical dans sa vie. Elle avait été une personne avant l'« accident », elle en fut une autre après. Encore aujourd'hui, presque vingt ans plus tard, elle se demandait si elle finirait jamais par l'accepter. Comment renoncer à ses rêves ? À cet avenir qui paraissait tout tracé.

— Tu peux faire tant d'autres choses dans la vie, l'avait raisonnée sa grand-mère les rares fois où Fredrika s'en était ouverte à elle. Toi qui as toujours été si douée en maths !

La mère de Fredrika était pianiste de concert – la musique avait toujours fait partie du quotidien de la famille. Fredrika avait pour ainsi dire grandi dans les coulisses des grandes scènes sur lesquelles s'était produite sa mère. Parfois, elle avait elle aussi été invitée à jouer. Des moments magiques. Voilà pourquoi les conversations avec sa mère avaient été d'une autre nature.

— Qu'est-ce que je vais bien pouvoir faire maintenant ? avait sangloté Fredrika un soir qu'elle ne pouvait contenir son chagrin.

— Tu trouveras autre chose, Fredrika, répondit sa mère en lui caressant le dos. Tu as une telle force en toi, une telle détermination et une telle envie. Tu trouveras autre chose, tu verras.

Ce qu'elle fit, effectivement.

Histoire de l'art, musicologie, histoire des idées... L'éventail des cours proposés à l'université semblait infini.

— Fredrika deviendra professeur d'histoire, avait déclaré son père avec fierté lors des premières années d'études de sa fille.

Fredrika ne devint pas professeur mais criminologue spécialisée dans les crimes commis envers les femmes et les enfants. Elle ne soutint pas de thèse mais, après cinq ans d'études, sentit qu'il était temps de passer à la pratique. Elle avait lu dans le regard de sa mère que cette décision l'étonnait. Sans doute s'était-elle imaginé que sa fille resterait toute sa vie dans le milieu universitaire. Elle n'avait pas exprimé sa déception, seulement sa surprise. Fredrika aurait tant aimé avoir cette qualité : ne jamais ressentir de la déception, seulement de la surprise.

Bref, Fredrika en connaissait un rayon sur la passion et l'impression de perdre pied dans la réalité. Et, lorsqu'elle prit connaissance des plaintes que Sara Sebastiansson avait déposées pour violences conjugales, elle ne put s'empêcher de se demander pourquoi tant de femmes restaient auprès d'un mari violent. Était-ce par amour ? Par peur de la solitude ? Mais Sara Sebastiansson avait fini par partir.

Elle avait déposé sa première plainte contre son mari lorsque leur fille avait deux ans. Elle affirma alors que son mari levait la main sur elle pour la première fois. Elle se présenta au commissariat avec des hématomes sur le côté droit du visage. Son mari nia les faits et fournit un alibi pour le soir où il était censé l'avoir frappée. Sara n'avait jamais retiré sa plainte, comme tant d'autres femmes dans sa situation. Cependant, cela ne donna lieu à aucune poursuite : trois amis de son mari affirmèrent qu'il avait joué au poker avec eux jusqu'à 2 heures du matin et qu'ensuite il avait passé la nuit chez l'un d'eux.

Deux ans passèrent avant que Sara déposât plainte à nouveau. Elle soutint que son mari ne l'avait pas battue durant cette période, mais à la lecture de la liste des blessures de Sara, Fredrika était persuadée qu'elle mentait. Elle avait le bras cassé, des côtes fracturées et le coccyx fêlé. Il l'avait aussi violée. En revanche, il n'avait pas touché au visage. Difficile de croire que son mari s'en soit pris à elle tout à coup avec un tel acharnement. Assurément, il y avait eu une escalade de la violence au cours de ces deux années.

Mais, là encore, le mari échappa aux poursuites, car il prétexta qu'au moment des faits il se trouvait en déplacement professionnel à Malmö. Grâce à des billets de train et aux témoignages d'amis, la plainte de Sara fut de nouveau classée sans suite.

Quelque chose ne collait pas. Sara Sebastiansson ne lui donnait pas l'impression d'être une affabulatrice. La culpabilité du mari ne faisait pas l'ombre d'un doute, mais comment diable avait-il fait pour se procurer des alibis ? Certes, c'était un homme d'affaires, visiblement intelligent, qui avait douze ans de plus que Sara. Payait-il pour éviter des poursuites ?

Fredrika continua de consulter le dossier. Le couple s'était séparé après la deuxième plainte. Et, à peine quelques semaines plus tard, Sara retournait au commissariat : son ex-mari ne cessait de la harceler. Il la suivait en voiture, l'attendait devant la porte de son appartement ou devant son lieu de travail. Il lui reprochait de l'empêcher de voir sa fille, bref, le scénario habituel. Les mois passèrent, il y eut d'autres plaintes pour des menaces et des violations du domicile, mais il ne portait plus la main sur elle. En tout cas, il n'y eut plus de plainte à ce sujet.

La dernière fois que Sara vint voir la police, c'était le 11 novembre 2005, après que son ex-mari l'eut harcelée une centaine de fois au téléphone, ce que Telias – les Télécom suédois – attesta. Sara put enfin obtenir une interdiction de visite de son ex-mari.

Fredrika réfléchit à ce que lui avait dit Sara, à savoir qu'elle et son ex-mari étaient séparés depuis peu, alors qu'il ressortait clairement de ces documents qu'ils ne vivaient plus ensemble depuis juillet 2005, date de la deuxième plainte pour mauvais traitements. Que s'était-il passé depuis le 11 novembre 2005 ? Fredrika se doutait déjà de la réponse, mais elle vérifia malgré tout dans le registre des personnes : oui, c'est bien ce qu'elle pensait, ils s'étaient remis ensemble.

La chronologie était à présent clairement établie. Le 17 juillet 2005, deux semaines après avoir déposé plainte pour la deuxième fois, Sara et Gabriel Sebastiansson avaient deux adresses distinctes. Ils s'étaient séparés. Le 20 décembre 2005, soit quelques semaines après que l'ex-mari eut été interdit de visite, ils étaient de nouveau domiciliés à la même adresse. Et, depuis, rien.

Fredrika comprenait mieux pourquoi Sara redoutait que son ex-mari n'apprenne l'existence d'un autre homme dans sa vie.

Fredrika prit encore quelques notes et tourna la page de son carnet. Elle allait devoir reparler à Sara des mauvais traitements qu'elle avait subis, et, bien sûr, interroger l'ex-mari, pour l'instant injoignable. Il faudrait aussi s'entretenir avec le nouvel « ami » de Sara. Fredrika referma son carnet et se dépêcha de quitter son bureau. Elle avait juste le temps de boire une tasse de café avant que la brigade se réunisse pour faire le point sur la disparition de Lilian. Peut-être même aurait-elle le temps de passer un coup de fil à la mère de Gabriel Sebastiansson. Cette dernière devait sûrement savoir pourquoi son fils ne répondait pas sur son portable.

Alex Recht, toujours très à l'aise dans ce rôle, dirigeait la réunion dans la « Tanière du lion ». Peder, lui, éprouvait toujours une pointe d'excitation à se retrouver là quand ils travaillaient sur une affaire. La Tanière du lion était le surnom de la seule salle de réunion réservée au groupe de la brigade. Peder aimait bien ce nom. Ce n'est pas Fredrika qui en aurait eu l'idée, elle manquait totalement d'imagination !

Il était presque 18 heures. Lilian Sebastiansson avait disparu depuis plus de quatre heures, ce qui, compte tenu de la situation de la gare, en plein centre de Stockholm, et de l'âge de l'enfant, était beaucoup. Il ne faisait plus aucun doute que la fillette avait disparu contre sa volonté : elle était bien trop petite pour avoir l'idée de partir toute seule et, qui plus est, n'avait même pas ses chaussures aux pieds.

— Je crois que je n'ai pas besoin de vous faire un dessin : la situation est assez grave, déclara d'emblée Alex.

L'assemblée se composait de Fredrika, de Peder, de l'assistante Ellen Lind, des membres de la section de recherches, qui devaient présenter les résultats des investigations menées autour de la gare centrale, ainsi que des représentants de la police scientifique et technique.

Alex voulut aussitôt savoir ce qu'avaient donné les recherches. La réponse fut aussi brève que déprimante : ils n'avaient rien trouvé du tout. Personne n'avait réagi à l'annonce par haut-parleur de la disparition de la petite fille et les recherches auprès des compagnies de taxis n'avaient apporté aucun élément.

Du côté des prélèvements effectués dans le compartiment, la moisson était tout aussi maigre. Difficile d'obtenir des empreintes digitales distinctes et impossible de savoir quel chemin l'enfant avait pris pour sortir. Aucune trace de sang n'avait été relevée. Ils avaient un seul élément à leur disposition : une empreinte de chaussure sur le sol à côté de la place où était assise l'enfant.

Selon le personnel du train, le sol était complètement lavé entre deux trajets ; cela signifiait que cette empreinte provenait bien de ce voyage-là. Il s'agissait très précisément de chaussures Ecco taille 46.

— Bon, c'est déjà ça, dit Alex d'un ton sec. Nous verrons si nous pouvons recouper cette information avec les déclarations des autres voyageurs.

Il s'éclaircit la voix.

— Est-ce que l'information circule dans la presse ? Ellen, il me semble que je n'ai rien lu ni entendu à ce sujet, je me trompe ?

— L'info est passée aussitôt à la radio, répondit-elle, comme nous l'avons demandé. Et, bien sûr, elle est sur le Net. Un communiqué de presse a été envoyé par l'intermédiaire de l'agence TT il y a un peu plus d'une heure. On en parlera au journal télévisé et aux infos sur TV4. Le signalement de l'enfant devrait être dans tous les journaux demain. Le communiqué précise que nous recherchons toutes les personnes ayant pris ce train au départ de Göteborg.

Alex approuva d'un signe de tête, moyennement satisfait. Il n'avait rien contre le fait de s'adresser aux médias pour demander de l'aide mais savait que cela pouvait se révéler catastrophique. On était fin juillet, le temps était pourri, des millions de Suédois étaient en vacances et les journalistes n'avaient pas grand-chose à se mettre sous la dent. Il osait à peine imaginer la une des journaux si l'enfant n'était pas retrouvée rapidement. Il préférait ne pas penser à tous ceux qui allaient appeler pour leur filer un tuyau crevé.

— Pas de conférence de presse pour l'instant, trancha-t-il. Et attendons un peu avant de diffuser la photo de la fillette. Comme vous le savez, elle est tout le temps restée sous la surveillance d'un adulte, sauf pendant un très court instant, quatre minutes environ. Le train venait de s'arrêter, et à peine une minute plus tard, au retour du contrôleur, elle avait disparu.

Alex se tourna vers Peder.

— Qu'ont donné tes interrogatoires ? Quelles impressions t'ont faites les gens à qui tu as parlé ?

Peder poussa un soupir et consulta son calepin :

— Personne n'a rien vu, rien entendu. L'enfant s'est volatilisée, voilà tout. S'il y a un type pas tout à fait clair dans cette histoire, c'est le deuxième contrôleur, un certain Arvid Melin. Il a réussi à faire deux énormes bourdes : d'abord, il a donné le signal de départ du train à Flemingsberg en oubliant Sara Sebastiansson sur le quai, ensuite, il n'a pas entendu son collègue qui l'appelait en renfort. Mais honnêtement... je crois qu'Arvid Melin n'a rien à voir avec tout ça. Il m'a fait l'effet de quelqu'un qui bâcle le travail. En cela, c'est sûr, il a facilité la tâche du ravisseur de Lilian. Mais il n'a pas participé de manière active à ce rapt. J'en ai l'intime conviction. Et il n'est pas connu de nos services.

Fredrika plissa le front.

— Je trouve que nous dédouanons Arvid Melin un peu vite. Qui nous dit que Sara est restée sur le quai à Flemingsberg par hasard ? Est-ce qu'on a retrouvé la fille qui l'a retenue ?

— C'est quoi, ton idée ? s'enquit Alex.

— Si on part du principe que le kidnapping était planifié et que l'enfant devait être sans surveillance à l'arrivée du train à Stockholm, nous sommes logiquement amenés à soupçonner aussi la fille avec le chien.

— C'est vrai, reconnut Alex. Mais comment le kidnappeur savait-il que le contrôleur ne serait pas à son poste ?

— Bien sûr qu'il ne le savait pas, répondit Fredrika. Il a dû se douter que Sara Sebastiansson ferait le nécessaire pour contacter le personnel du train quand il est reparti sans elle. Mais il devait, malgré tout, être plus simple de prendre l'enfant à un inconnu qu'à sa mère. Le kidnappeur aurait peut-être agi même si Henry Lindgren était resté auprès de la petite fille.

— Donc, selon toi, la priorité était de faire descendre Sara du train, et les événements qui se sont déroulés à Flemingsberg n'étaient pas le fait du hasard ? reprit Alex.

— Exactement, dit Fredrika.

— Hum..., fit Alex.

— Encore que…, intervint Peder d'un ton dubitatif. J'ai l'impression qu'on cherche midi à quatorze heures.

— Quelle serait l'alternative ? demanda Fredrika. Que tout soit arrivé par hasard ?

— L'occasion fait le larron, rétorqua Peder.

Alex reprit la parole.

— Reprenons les éléments dont nous disposons. Nous continuerons cette discussion plus tard.

Il fit signe à Peder de poursuivre.

Ce dernier attendit quelques secondes au cas où Fredrika protesterait, ce que, contre toute attente, elle ne fit pas. Le portable d'Ellen sonna, elle se leva et sortit précipitamment. Peder regarda de nouveau les notes qu'il avait griffonnées : personne n'avait fait attention à ce qui s'était passé à Flemingsberg et personne n'avait vu Lilian quitter le train.

— Je dois le dire, les interrogatoires n'ont pas donné grand-chose, avoua-t-il, un peu gêné.

Alex secoua la tête en se voulant compréhensif.

— À ce stade de l'enquête, il est impossible de déterminer ce qui a de l'importance, dit-il en soupirant. Fredrika, dis-nous ce que tu as trouvé sur Sara et son ex-mari.

Fredrika aimait parler en public. Précise, allant droit au but, elle avait toujours reçu des compliments pour ses exposés faits dans d'autres occasions professionnelles. Mais ici, dans la police, elle craignait de passer pour trop appliquée et trop formelle.

La jeune femme leur fit rapidement part de ses impressions après avoir écouté Sara lui raconter ce qui s'était passé à Flemingsberg. Elle précisa aussi que le mari de Sara continuait de la harceler.

— As-tu pu parler avec cet homme ? s'enquit aussitôt Alex.

— Je précise d'abord qu'il s'appelle Gabriel et que sur le plan juridique ils sont toujours mariés. Et, pour répondre à ta question : non, je n'ai pas réussi à le joindre. Il habite une petite maison à Östermalm. J'ai pu joindre sa mère peu avant cette réunion, et elle m'a dit que son fils s'était absenté pour ses affaires. Il séjourne apparemment à Uppsala toute la journée. Je l'ai appelé, mais son téléphone est éteint. Quoi qu'il en soit, il faut le prévenir de la disparition de sa fille, alors j'ai laissé un message sur son répondeur.

— Il habite seul ? demanda Alex en notant quelque chose dans son carnet.

— Je n'ai pas eu l'occasion d'aborder ce point avec Sara ou sa belle-mère. Mais je vais me renseigner, bien sûr.

Alex resta silencieux un moment. Un homme, qui avait maltraité sa femme de manière répétée et continuait sans doute à le faire, était le suspect idéal dans une disparition d'enfant. Dix ans d'expérience venaient corroborer cette opinion.

— Comment se partagent-ils l'éducation de la petite ?

— D'après Sara Sebastiansson, ils ne se sont jamais disputés à cause d'elle, mais la mère de Gabriel n'a pas manqué de souligner qu'elle trouvait qu'il n'avait pas souvent la garde de la petite. Cette femme m'a donné l'impression de connaître très bien la vie de son fils. Selon elle, la fameuse nuit où il a harcelé Sara une centaine de fois au téléphone, c'était uniquement parce qu'il était « mort d'inquiétude au sujet de

Lilian ». Elle a prétendu que la mère avait emmené Lilian faire un petit voyage sans en avertir Gabriel.

— Ça prouve bien qu'ils ne s'entendaient pas si bien que ça pour la garde de l'enfant, en déduisit Alex. Avons-nous des raisons de mettre en doute les déclarations de Sara ?

Fredrika secoua résolument la tête.

— Non, cela me paraît difficile. Les coups et blessures ont été dûment constatés lors de ses dépôts de plainte.

— Il y a quand même quelque chose qui me paraît bizarre dans tout ça, intervint Peder.

— Oui, je suis d'accord avec toi, convint Alex, mais je n'arrive pas à mettre le doigt dessus. Fredrika, as-tu pu parler à Sara de ces violences ?

— Non, je n'en ai pris connaissance qu'à mon retour ici. Mais je vais la recontacter ce soir et j'aborderai la question avec elle.

Un bruit sec rompit le silence qui avait suivi ces dernières paroles : le vieux ventilateur donnait des signes de faiblesse.

— Bon, dit Peder. Notre priorité est de retrouver le père, s'il est bien aussi lâche et abject que l'affirme Sara.

— Tout à fait d'accord, répondit Alex. Le père apparaît comme la piste la plus intéressante, du moins jusqu'ici. Il faut d'abord chercher de ce côté-là, et on verra bien.

Fredrika parut soulagée, et ses épaules s'affaissèrent un peu. *Au fond, elle est mignonne, pour peu qu'elle se détende et se donne la peine de sourire,* estima Alex. *Dommage qu'elle le fasse si rarement.*

— O.K., poursuivit-il. Tu as mentionné le fait que Sara a un nouvel ami. Y a-t-il quelque chose d'intéressant de ce côté-là ?

— Tout ce que je sais, c'est qu'il s'appelle Anders Nyström. Cette relation est si récente que Sara sait seulement en quelle année il est né et où il habite. Mais son nom n'apparaît pas sur les registres à l'adresse où Sara lui a rendu visite, son numéro de portable ne répond pas et on ne peut pas laisser de message.

— Mais elle est cinglée, cette femme ! Elle choisit soit des types qui cognent, soit des types qu'elle connaît à peine ! s'indigna Peder.

Fredrika le fixa des yeux mais préféra garder le silence. Alex lui fit signe de poursuivre.

— Lorsque Sara l'a appelé sur le quai, ils sont convenus de se voir le soir-même, quand Lilian serait couchée, c'est-à-dire autour de 21 h 30. J'ai appelé trois autres personnes elles aussi dénommées Anders Nyström et nées la même année que l'ami de Sara, toutes ont un casier judiciaire vierge. J'en saurai davantage quand je le rencontrerai chez Sara ce soir.

— Ah, tu vas le voir ce soir ? fit Alex.

— Je voudrais revenir sur un point qui me paraît important, poursuivit Fredrika. La fille avec le chien... Qu'est-ce qu'on fait d'elle si on part du principe que le père a pris l'enfant ?

Alex eut un sourire crispé.

— Eh bien, dans ce cas, c'est une pure coïncidence, voilà tout ! Nous n'oublions pas la fille à Flemingsberg, mais nous donnons pour l'instant la priorité à d'autres éléments. Crois-moi, nous avons de bonnes raisons de le faire, Fredrika. Et j'aimerais t'accompagner chez Sara, dit-il, après s'être raclé la gorge.

Fredrika haussa les sourcils.

— Non pas que je mette en doute tes compétences, s'empressa de préciser Alex, mais c'est toujours mieux d'être deux pour mener un interrogatoire. Le nouvel ami de Sara peut se révéler un dur à cuire, je préfère qu'on soit à deux.

Fredrika resta silencieuse, mais son visage révélait suffisamment le fond de sa pensée.

C'est alors qu'Ellen frappa à la porte.

— Le standard vient de recevoir les premiers appels, annonça-t-elle.

La réunion était close.

— Malgré le contexte difficile, j'ai bon espoir, conclut Alex en sortant de la salle. À mon avis, c'est juste une question de temps. La fillette finira par réapparaître.

Quand le paquet fut prêt, l'Homme le glissa dans un sac en papier et laissa Jelena seule dans l'appartement.

— Je reviens plus tard, se contenta-t-il de dire.

Jelena sourit en son for intérieur. Puis elle fit les cent pas entre la cuisine et le salon. Elle évita de s'approcher de la salle de bains.

La télé était allumée. On signalait, comme en passant, qu'une petite fille avait disparu d'un train, ce qui agaça Jelena.

Vous verrez, se dit-elle. *Bientôt vous comprendrez que c'est pas du pipi de chat et que vous auriez pas dû prendre ça à la légère.*

Très nerveuse, elle se passa la main dans les cheveux. L'Homme n'aurait pas aimé. Il aurait pris ça comme un signe de méfiance de sa part, comme quoi elle ne l'estimait pas capable de planifier et d'aller au bout de son projet. Mais puisqu'il n'était pas là…

Jelena alla dans la cuisine et décida de se préparer une tartine. Au moment d'ouvrir la porte du frigo, elle l'aperçut, sous la table. Son sang ne fit qu'un tour et son pouls s'affola. Son cœur battait si fort qu'elle crut qu'il allait se briser en mille morceaux dans sa poitrine, quand elle se pencha pour ramasser la petite culotte de l'enfant.

— Non, c'est pas vrai, chuchota-t-elle, prise de panique. Comment j'ai pu faire une chose pareille ?

Son cerveau était sur pilotage automatique. Elle devait se débarrasser de cette petite culotte au plus vite. Les consignes de l'Homme avaient été formelles. Tous les vêtements, sans exception, devaient être empaquetés. Jelena, terrifiée, ravala ses sanglots en faisant une boule du sous-vêtement pour le fourrer dans un vieux sac en plastique. *Pourvu qu'il ne s'arrête pas en route pour vérifier le contenu du paquet !* Elle dévala l'escalier pour jeter le sac dans la poubelle située au sous-sol de l'immeuble. La porte était, comme toujours, difficile à ouvrir. Jelena souleva le couvercle du conteneur et y balança le sac. Son cœur continuait à battre à toute vitesse quand elle remonta l'escalier en courant.

Elle claqua la porte de l'appartement derrière elle et tourna la clé dans la serrure. Il lui fallut respirer profondément plusieurs fois pour éviter la crise d'angoisse. Ensuite, elle s'approcha sans bruit de la salle de bains et déglutit avant d'ouvrir la porte. Le soulagement qu'elle éprouva en allumant la lumière était indescriptible. Tout était en ordre. Comme il fallait. La petite fille était toujours allongée dans la baignoire, là où ils l'avaient laissée.

Peder Rydh feuilleta distraitement son carnet. Il avait du mal à se relire. Il s'éventa avec. Faut dire qu'il faisait très chaud dans ce bureau.

La sonnerie de son portable le tira de ses pensées, et il sourit en voyant s'afficher le numéro de son frère. Jimmy l'appelait au moins une fois par jour.

— Dis, tu m'écoutes ? demanda la voix à l'autre bout du fil après l'échange de quelques banalités.

— Mais oui, je t'écoute, se hâta de dire Peder.

Il entendit son frère rire, le rire irrépressible d'un enfant.

— Non, tu ne m'écoutes pas, je t'entends cogiter d'ici.

Peder sourit. Son frère n'avait pas tort : il n'écoutait pas, du moins pas avec la même attention que d'habitude.

— Tu passeras me voir bientôt ?

— Bien sûr. On se voit ce week-end, promit Peder.

— C'est dans longtemps ?

— Non, dans quelques jours.

La conversation se termina par des baisers au téléphone et la promesse qu'ils partageraient un gros gâteau à la crème à leur prochaine rencontre. Jimmy était content. D'ailleurs, leurs parents viendraient lui rendre visite le lendemain.

— Ç'aurait pu être toi, Peder, répétait sans arrêt sa mère.

Lorsqu'il était petit, elle tenait très souvent le visage de Peder entre ses mains pendant qu'elle parlait.

— Oui, ç'aurait pu être toi… ce jour-là.

Combien de fois Peder avait-il revécu ce jour où son frère était tombé de la grande balançoire accrochée par son père à l'un des bouleaux du jardin ? Il se souvenait du sang sur la pierre où Jimmy avait atterri, de l'odeur de la pelouse fraîchement tondue, de son frère étendu sur le sol. Il s'était précipité vers lui et avait voulu tenir sa tête, qui saignait terriblement.

— Je veux pas que tu meures ! s'était-il écrié en repensant à leur lapin qu'ils avaient enterré quelques mois plus tôt. Je veux pas que tu meures !

En un sens, sa prière avait été exaucée, puisque Jimmy n'était pas mort. Mais il ne fut plus un petit garçon comme les autres. Son corps grandit aussi vite que celui de Peder, mais son esprit resta à jamais celui d'un enfant.

Peder tourna les pages de son carnet… On ne peut jamais savoir ce que la vie vous réserve. Il en savait plus long sur ce sujet que la plupart des gens. Pas seulement à cause de l'accident de son frère, mais aussi en raison de diverses expériences personnelles – dont certaines très récentes – qu'il essayait de chasser de son esprit.

Il entendit soudain Fredrika approcher dans le couloir.

Une semaine auparavant, Alex avait confié à Peder qu'il trouvait Fredrika dépourvue du tact et des qualités nécessaires pour exercer un tel métier. Elle était trop classique, tirée à quatre épingles, un peu coincée. Elle ne donnait pas l'impression d'avoir dans sa vie un homme capable de la faire grimper aux rideaux, avait failli ajouter Peder. Il partageait l'avis d'Alex mais savait que ce dernier avait horreur de ce type de commentaire. On parlait travail, un point, c'est tout.

Ce matin-là, Fredrika portait un tailleur, et ses cheveux sombres étaient attachés en une longue natte qui lui fouettait le dos. Rien qu'à la voir, Peder se sentit mal à l'aise. Il y avait quelque chose dans son attitude et son rire, en de rares occasions, qu'il ne supportait pas. Une forme d'assurance, de supériorité. Non, cette femme n'avait rien à faire dans la police, ce n'était qu'une universitaire se fourvoyant dans un milieu qui n'était pas le sien.

Peder pesta de nouveau à l'idée de s'être fait doubler par elle et de n'avoir pu interroger lui-même Sara Sebastiansson la première fois.

Cela dit, la petite fille serait bientôt retrouvée. Ce ne serait ni la première ni la dernière fois qu'un mari se sentant blessé par sa femme la punissait en s'en prenant à leur enfant. Il fallait remettre les choses à leur place. Dans un tel contexte, il était logique que Fredrika ait eu le privilège d'interroger Sara chez elle. D'ailleurs c'était elle, et non lui, qui avait besoin d'affirmer ses compétences.

En fait, Peder n'osait s'avouer, même en son for intérieur, que, malgré ses critiques, il trouvait Fredrika étrangement attirante. Elle avait une peau parfaite et de grands yeux bleus que ses vêtements sombres faisaient encore plus ressortir. Si elle avait le corps d'une jeune femme d'une vingtaine d'années, son maintien et son regard trahissaient une femme plus mûre. Sa poitrine était assurément celle d'une vraie femme… Comment ce serait de coucher avec elle ? Ça ne devait pas être si désagréable…

Un loft à Östermalm, où l'attendait son amant, devait clore la grosse journée de travail de Fredrika Bergman. Cela faisait plusieurs années que Spencer Lagergren et elle étaient ensemble, même si Fredrika n'aimait pas se rappeler le chiffre exact. À quand remontait leur première nuit ? Dire qu'elle avait à l'époque vingt et un ans seulement et lui déjà quarante-six…

Au fil des ans, Fredrika avait parfois eu un autre homme dans sa vie, auquel cas elle évitait alors de rencontrer Spencer. Certaines personnes peuvent entretenir deux relations en même temps, mais Fredrika n'était pas de celles-là.

Alors, entre deux liaisons, elle retrouvait Spencer, toujours égal à lui-même, ce qu'elle appréciait. Lui et sa femme Eva étaient mariés depuis trente-cinq ans, et jamais il ne serait venu à Spencer l'idée de la quitter. Fredrika et lui se voyaient, disons, un soir par semaine, et cet arrangement convenait parfaitement à la jeune femme. Un homme ayant vingt-cinq ans de plus qu'elle, ce n'était pas jouable, elle le savait. Nul besoin de grands calculs mathématiques : consacrer toute sa vie à Spencer et vivre avec lui, c'était la garantie de se retrouver de nouveau seule après quelques années.

Fredrika se contentait donc de rencontrer Spencer de manière sporadique et de jouer les seconds rôles. Elle acceptait le statu quo de leur relation, car au fond Spencer Lagergren était ce qu'il lui fallait. Du moins, elle essayait de s'en convaincre.

— J'ai un mal fou à déboucher cette bouteille, s'étonna Spencer en fronçant les sourcils.

Fredrika fit semblant de n'avoir pas entendu. Spencer s'occupait du vin, Fredrika de la musique. Tous deux adoraient la musique classique. Spencer aurait bien aimé l'entendre jouer du violon – elle ne s'était jamais séparée de son instrument –, mais elle avait refusé.

— Je ne joue plus, avait-elle répondu d'un ton déterminé.

Chapitre clos.

— Peut-être qu'un peu d'eau chaude assouplirait le bouchon, marmonna Spencer.

Son ombre se reflétait sur les carreaux de la cuisine, tandis qu'il se déplaçait avec la bouteille. La cuisine était petite, pourtant, aucun risque qu'il lui marche sur les pieds. Ce n'était pas le genre de Spencer de marcher sur les pieds des femmes, sauf quand il se laissait aller à parler de féminisme. Néanmoins, il le faisait alors avec une telle élégance qu'il sortait presque toujours vainqueur de la discussion. Il avait de l'humour à revendre, sans parler de son intelligence. Aussi ne faut-il pas s'étonner si Fredrika, comme tant d'autres, le trouvait séduisant.

Enfin, il vint à bout du bouchon récalcitrant. En arrière-fond, Arthur Rubinstein jouait du Chopin. Fredrika vint se coller derrière Spencer et passa les bras autour de lui. Elle posa doucement la tête contre son dos, reposant son front contre ce corps qu'elle connaissait par cœur et qui la rassurait.

— Tu es fatiguée à ce point ? demanda Spencer en versant le vin.

Fredrika sourit. Elle savait que lui aussi souriait.

— Oui, je suis épuisée, chuchota-t-elle.

Il se retourna et lui tendit un verre. Elle resta encore une seconde, le front appuyé contre sa poitrine, avant de relever la tête et de prendre le verre.

— Excuse-moi d'être arrivée si tard aujourd'hui.

Spencer trinqua en silence et ils savourèrent leur première gorgée.

Avant de faire sa connaissance, Fredrika n'appréciait pas particulièrement le vin. À présent, elle avait du mal à s'en passer, même si elle n'en buvait pas tous les jours.

Spencer lui caressa la joue.

— La dernière fois, c'est moi était en retard.

Était-ce la culpabilité ou simplement la fatigue ? Toujours est-il qu'elle eut soudain les larmes aux yeux.

— Mais enfin..., bredouilla Spencer à la vue de ses yeux brillants.

— Excuse-moi, murmura Fredrika, je ne sais pas ce que j'ai. Je...

— Tu es épuisée, constata Spencer. Tu es épuisée et tu détestes ton job dans la police. Et ça, ma petite, ça ne fait pas bon ménage.

Fredrika reprit une gorgée de vin.

— Je le sais, admit-elle. Je le sais...

Il la prit par la taille.

— Et si tu restais ici demain ? On ne serait que tous les deux...

Fredrika poussa un soupir.

— Impossible. Je travaille sur une nouvelle affaire. La disparition d'une petite fille. Je suis allée interroger ce soir la mère de l'enfant et son nouveau petit ami. C'est une histoire si terrible qu'on a du mal à la croire.

Spencer la serra davantage contre lui. Elle posa son verre et l'enlaça.

— Tu m'as manqué, chuchota-t-elle.

Exprimer que l'autre vous manquait, c'était enfreindre les règles dont ils étaient convenus, mais Fredrika n'en avait cure à cet instant.

— Toi aussi, tu m'as manqué, lui avoua Spencer en l'embrassant sur la tête.

Étonnée, Fredrika le regarda droit dans les yeux.

— Incroyable, non, cette coïncidence ? dit Spenser avec un sourire en coin.

Il était un peu plus de 1 heure du matin quand Fredrika et Spencer décidèrent enfin d'essayer de dormir. Comme d'habitude, ce fut une formalité pour Spencer, mais Fredrika eut plus de mal.

Le grand lit double se trouvait au milieu de l'unique pièce de l'appartement. L'ameublement était assez spartiate : deux fauteuils anglais plutôt élimés et une jolie table d'échecs ; dans le prolongement de la minuscule cuisine, une petite table et deux chaises.

Spencer avait hérité l'appartement de son père à la mort de celui-ci, une dizaine d'années auparavant. Dès lors, Fredrika et son amant s'étaient toujours retrouvés ici. Elle n'avait jamais mis les pieds chez Spencer et trouvait cela tout à fait normal. Ils se voyaient en dehors de ce loft seulement quand Fredrika l'accompagnait, en toute discrétion, pour des conférences à l'étranger. Certains collègues étaient au courant de leur liaison, mais Spencer jouissait d'un tel prestige qu'ils lui épargnaient toute question désobligeante.

Fredrika se blottit au creux de ses bras. Sa respiration était lourde, signe qu'il dormait déjà profondément. Elle passa un doigt sur les poils de son bras nu. Comment pourrait-elle vivre sans lui ? Elle avait beau savoir que mieux valait ne pas se poser ce genre de questions, celles-ci attendaient toujours la nuit pour venir la tarauder et l'empêcher de trouver le sommeil.

La visite chez Sara Sebastiansson n'avait pas été de tout repos. En partie à cause de cette femme, bien sûr, tout à fait désemparée, mais surtout à cause de Peder. Il avait ostensiblement montré sa satisfaction quand Alex avait décidé que Fredrika n'irait pas seule chez Sara. Fredrika l'avait vu se redresser et son visage afficher un sourire beaucoup trop large.

« Je ne mets pas en doute tes compétences », avait dit Alex.

C'était pourtant bien le cas. En tant que jeune femme diplômée d'université, on ne la prenait pas au sérieux. On allait jusqu'à s'étonner qu'elle sache se servir de la photocopieuse. Et elle avait bien remarqué qu'Alex rejetait systématiquement les théories qu'elle exposait.

Comme l'implication de la femme à Flemingsberg.

Fredrika ne comprenait pas pourquoi on ignorait cette femme. Pourquoi n'avait-on pas demandé à Sara d'en donner un signalement précis ? On aurait pu au moins établir un portrait-robot. Sur le trajet du retour, Fredrika avait remis la question sur le tapis mais s'était heurtée à un refus net d'Alex.

— Mais c'est évident que le père de l'enfant est un malade ! s'était-il exclamé.

Lorsque Fredrika avait émis l'idée que le ravisseur pouvait n'avoir aucun lien avec Sara ou que celle-ci, en tout état de cause, l'ignorait à ce moment, Alex avait clos la discussion en disant :

— Tu aurais tout à gagner, si tu veux continuer à travailler avec nous, à respecter notre expérience et nos compétences dans ce domaine. Je ne compte plus le nombre de disparitions d'enfants sur lesquelles j'ai enquêtées, alors crois-moi, je sais ce que je fais.

Sur ce, plus une parole n'avait été échangée dans la voiture. *À quoi bon poursuivre la discussion ?* s'était dit Fredrika.

Elle jeta un regard sur le visage paisible de Spencer. Ses traits taillés à la serpe, ses cheveux gris et bouclés. Sa beauté. Il avait indéniablement de la classe. Elle avait cessé de s'étonner qu'il puisse dormir aussi bien alors qu'il trompait sa femme. Sans doute leur couple s'était-il mis d'accord pour que chacun garde une certaine liberté. Ils n'avaient jamais eu d'enfant. À moins qu'ils n'aient jamais voulu en avoir. Comment le savoir ?

— Mais qu'est-ce qu'il t'apporte que tu ne pourrais pas trouver ailleurs ? lui demandaient régulièrement ses amis. Pourquoi tu continues à le fréquenter, alors que tu sais qu'il n'y a pas d'avenir avec lui ?

La réponse avait varié au fil du temps. Au début, leur liaison avait été, pour tout dire, assez torride. Une aventure dans tous les sens du terme. Mais, peu à peu, la relation s'était intensifiée, malgré le cadre bien précis fixé par Spencer. Ils avaient beaucoup en commun. Le goût pour la musique, pour la réflexion… Cet homme avait fini par constituer un point fixe dans sa vie, un repère, que ce soit lorsqu'elle avait dû aller étudier à l'étranger pour finir son cursus universitaire, ou entre ses amourettes avec d'autres hommes. Quand tout s'effondrait, il était toujours là. Non sans en éprouver une certaine fierté. Pas question pour autant de quitter sa femme qui, selon certaines sources, commettait elle aussi ses petites infidélités.

Le statut de célibataire de Fredrika avait donné, au fil des années, lieu à d'interminables discussions dans sa propre famille. Ce n'était ni la première ni la dernière fois qu'elle surprenait ses proches par ses décisions radicales. Personne n'aurait imaginé qu'elle serait encore célibataire à trente-quatre ans, sa grand-mère maternelle moins que quiconque.

— Oh, tu finiras bien par en trouver un qui te plaira, répétait-elle en tapotant le bras de Fredrika.

Tiens, cela faisait un moment que sa grand-mère n'avait pas prononcé cette phrase… Elle aurait un infarctus si elle apprenait que sa petite-fille partageait de temps à autre le lit d'un professeur qui l'avait eue comme élève à l'université.

Allongée à côté de l'homme qu'elle aimait malgré tout, Fredrika savait qu'il s'éloignerait dès qu'elle aurait un enfant. Non qu'il lui trouverait aussitôt une remplaçante, mais parce qu'il n'y avait pas de place pour un enfant entre eux.

Cela faisait longtemps que Fredrika et Spencer n'avaient pas abordé le sujet. La jeune femme avait fini par admettre qu'elle ne trouverait peut-être jamais l'homme avec qui fonder une famille et qu'elle devait penser à une autre alternative. Elle ne pouvait pas toujours remettre au lendemain sa décision : soit elle faisait un enfant seule, soit elle n'en faisait pas. La perspective de ne jamais être mère lui était douloureuse. Cela lui paraissait aussi peu naturel qu'injuste.

Alors... ? Pas question de faire un enfant dans le dos à Spencer en arrêtant la pilule. Encore moins d'aller à Copenhague pour se faire inséminer. Non, le plus raisonnable était encore d'adopter.

— Tu n'as qu'à remplir les papiers, tu verras bien, lui avait conseillé son amie Julia. Tu auras tout le temps pour peser le pour et le contre, car obtenir le droit à l'adoption, ça prend des lustres. Autant enclencher le processus tout de suite.

Sur le moment, Fredrika avait trouvé cela précipité. En outre, cela équivalait à capituler. Le jour où elle se porterait candidate à l'adoption signifierait qu'elle abandonnait tout espoir de fonder une vraie famille, avait-elle pensé. Mais, un jour, Spencer ne fut joignable ni sur son portable ni au bureau. Après une journée de silence, elle se résolut à appeler les différents hôpitaux de la ville et apprit son hospitalisation dans le service de cardiologie du CHU d'Uppsala. Il avait eu un infarctus et on lui avait posé un pacemaker. Fredrika pleura à chaudes larmes toute une semaine puis, ayant une nouvelle vision des choses, elle finit par envoyer les papiers de demande d'adoption.

Elle déposa un baiser sur le front de Spencer. Il sourit dans son sommeil. Elle sourit à son tour. Elle ne lui avait pas encore parlé de son projet d'adopter une petite Chinoise. Comme son amie le lui avait dit, elle avait le temps de voir venir.

Avant de sombrer dans le sommeil, elle eut une dernière pensée pour la petite Lilian. Comment allait-elle ? Est-ce qu'elle aussi avait le temps de voir venir, ou bien ses jours étaient-ils comptés ?

Mercredi

La femme sur l'écran parlait si vite que Nora faillit ne pas entendre. C'était tôt le matin, et son appartement était plongé dans l'obscurité. Seule la télévision jetait un éclairage blafard car les volets roulants étaient toujours baissés. Personne de l'extérieur ne devait savoir qu'il y avait quelqu'un dans la pièce.

Cela importait beaucoup à Nora. Elle savait aussi que certaines petites choses pouvaient rendre la situation plus facile. D'abord, ne jamais donner de renseignements personnels. Ne jamais allumer les lumières le soir. Avoir un cercle très restreint d'amis. Tout cela devait la rendre moins visible, l'aider à rester discrète. Et, pour ce qui était de sa grand-mère, elle avait seulement des contacts sporadiques avec elle et prenait toujours soin de l'appeler d'une cabine téléphonique, et chaque fois d'une ville différente. Son travail était pratique pour ça : il lui donnait la possibilité de beaucoup voyager.

Elle se trouvait dans la cuisine occupée à se beurrer une tartine, la porte du frigo grande ouverte, quand elle entendit la nouvelle. C'était bien qu'il y ait de la lumière à l'intérieur du frigo, comme ça, elle n'avait pas besoin d'allumer le plafonnier.

La voix de la journaliste déchira le silence.

« Une petite fille de six ans a disparu hier dans un train entre Göteborg et Stockholm, déclarait la femme sur un ton monocorde. La police demande à tous ceux présents dans ce train parti de Göteborg à 10 h 50, ou qui se trouvaient dans la gare centrale de Stockholm autour de… »

Nora lâcha la râpe à fromage qu'elle tenait à la main et courut vers le poste.

— Oh, mon Dieu ! Ça y est, il a commencé.

Elle écouta la fin des infos avant d'éteindre la télévision et de se laisser tomber sur le canapé. Un à un, les mots qu'elle venait d'entendre parvinrent à sa conscience, faisant ressurgir ce qu'elle avait tout fait pour oublier…

Le train, ma poupée. Tu n'as aucune idée de tout ce que les gens peuvent oublier dans un train. Et les autres sont d'une telle inattention, si tu savais. Ceux qui n'oublient rien mais voyagent seulement. C'est ce qu'on fait dans un train, ma petite poupée. On voyage. Et on ne fait attention à rien d'autre.

Elle resta sur le canapé jusqu'à ce qu'elle eût trop faim. Elle pensa soudain à la tartine qu'elle s'était beurrée. Elle prit alors une décision. Ralluma la télé. Le numéro qu'il fallait appeler pour contacter la police dans l'affaire de la petite fille enlevée apparut sur l'écran. Elle enregistra le numéro sur son portable. Elle appellerait plus tard dans la journée. Pas de son portable, évidemment, mais d'une cabine téléphonique.

Nora jeta un coup d'œil dans la rue à travers les volets roulants. Si seulement il pouvait cesser de pleuvoir…

Alex Recht s'était réveillé peu après 6 heures. Doucement, pour ne pas réveiller Lena, sa femme, il se leva et alla se préparer son premier café de la journée.

Les premières lueurs du jour pénétraient dans la maison, mais le soleil s'était déjà caché derrière une épaisse couche de nuages. Alex soupira en versant le café moulu dans le filtre. Oui, c'était vraiment un été pourri. Dans quelques semaines, il serait en vacances, mais autant dire qu'elles seraient ratées si le temps ne s'améliorait pas.

Il ouvrit la porte d'entrée et constata qu'il ne pleuvait pas encore. Il alla donc aussitôt chercher le journal dans sa boîte aux lettres et l'ouvrit avant même d'être rentré. Un gros titre sur la disparition de Lilian attira son attention : UNE FILLETTE DE SIX ANS A DISPARU HIER… Même les grands journaux avaient donc relayé l'information.

Il emporta sa tasse de café et le journal dans son bureau en passant par le couloir peint en bleu. Encore une idée de sa femme. Alex s'était montré dubitatif quant au choix de cette couleur.

— Est-ce que les pièces déjà petites ne le paraissent pas davantage encore si on les peint de couleurs sombres ? avait-il hasardé.

— C'est possible, avait répondu Lena. Mais c'est surtout plus joli !

Cet argument, Alex le savait d'expérience irréfutable. Il avait donc immédiatement rendu les armes. Il avait dû se coltiner toute la peinture, mais le résultat était assez réussi. C'était beau. Et étroit. Mais chut...

Alex prit place à son bureau dans ce qui ressemblait à un immense fauteuil sur roulettes. Il l'avait hérité de son grand-père paternel et ne s'en séparerait pas pour tout l'or du monde. Il tapota affectueusement les accoudoirs. Non seulement ce fauteuil en imposait, mais il était très confortable. Bientôt, Alex pourrait fêter les trente ans du siège. Trente ans. Dire que ça faisait si longtemps... oui, plus longtemps que son mariage avec Lena !

Alex s'enfonça dans son fauteuil et ferma les yeux.

Il n'avait pas l'impression de s'être reposé. Il avait mal dormi. Et ce n'était pas à cause de ce temps pourri.

Alex avait conscience de passer au fil des ans pour une véritable légende au sein de la police. Et non sans raison, pensait-il. Mais le poids des années se faisait sentir. Il était question d'abaisser l'âge de la retraite pour les policiers à soixante et un ans. Une proposition absurde, à son avis, mais il commençait à revoir sa position. Il ne fallait pas non plus qu'une organisation telle que la police nationale traîne comme un boulet un personnel vieillissant et peu motivé. Il fallait injecter du sang neuf.

Au cours de toutes ces années, Alex avait rencontré tant de victimes au bout du rouleau, désemparées. Sara Sebastiansson était la dernière sur la liste. Elle parvenait encore à faire bonne figure, ce qu'Alex ne pouvait que respecter. Mais elle devait se ronger les sangs. Comme si elle croyait qu'en montrant, ne fût-ce qu'une seconde, sa panique, la terre allait s'ouvrir sous ses pieds et qu'elle perdrait sa fille à jamais. D'ailleurs, elle n'avait pas encore prévenu ses parents de la disparition de Lilian.

— Je le ferai demain, si Lilian n'est pas revenue d'ici là, avait-elle déclaré.

On était le lendemain, et l'enfant restait introuvable. Alex jeta un coup d'œil sur son portable. Aucun appel en absence, aucun nouveau message.

Il fallait prendre en considération un certain nombre de facteurs dans le cas d'une disparition d'enfant. La plupart des enfants, oui, la grande majorité, étaient retrouvés tôt ou tard. Et « tard », cela signifiait souvent dès le lendemain. Comme ce petit garçon à Ekerö, l'année précédente, une affaire précisément confiée à Alex parce qu'il avait traité nombre de cas similaires au cours de sa longue carrière. Le garçon, environ cinq ans, était parti de la maison de campagne familiale pendant une dispute entre ses parents, et il avait couru si loin qu'il ne se souvenait plus du chemin pour rentrer.

On l'avait retrouvé endormi sous un sapin, à une dizaine de kilomètres de la maison, bien audelà du périmètre où ils avaient espéré le trouver. La dernière chose qu'entendit Alex en repartant, ce fut la violente dispute des parents qui se renvoyaient la faute…

Bien sûr, il y avait des cas plus délicats, comme ceux d'enfants subissant des horreurs si épouvantables que la famille ne récupérait plus le même enfant. Alex repensait souvent à une petite fille, retrouvée après plusieurs jours de recherches, dans un fossé, sur le bas-côté de la route, grâce à un automobiliste attentif. Hospitalisée, elle était restée une semaine dans le coma et n'avait donné aucun détail sur son enlèvement. Tout à fait inutile, au demeurant. Les lésions corporelles parlaient d'elles-mêmes. Des médecins, des psychologues et ses parents firent tout leur possible pour lui venir en aide, mais rien – ni personne ni aucune parole – ne put guérir ses blessures psychiques.

La fillette grandit. Elle abandonna le collège, fugua et se prostitua. On la renvoyait sans cesse chez ses parents, mais elle s'enfuyait de nouveau. Et, avant l'âge de vingt ans, elle mourut d'une overdose d'héroïne. Alex se souvint d'avoir pleuré dans son bureau en apprenant la nouvelle.

Il avait éprouvé le besoin de rencontrer Sara Sebastiansson la veille au soir et avait donc accompagné Fredrika Bergman. Il craignait que cette dernière n'y voie une mise en cause de ses compétences. C'était le cas, en réalité, mais ce n'était pas ce qui le motivait. Non, il avait besoin de se sentir plus concerné pour pouvoir vraiment prendre cette affaire à bras-le-corps.

D'abord, Fredrika et Alex avaient pu rester seuls un moment avec Sara, puis son nouvel ami, Anders Nyström, les avait rejoints. Fredrika l'avait interrogé dans la cuisine tandis qu'Alex poursuivait l'entretien avec Sara dans le salon.

Et ce qu'il apprit l'inquiéta beaucoup.

Sara raconta que son ex-mari l'avait battue, mais que ce n'était plus un problème et qu'elle ne pensait pas qu'il ait enlevé leur fille. Voilà pourquoi elle n'avait pas voulu évoquer la maltraitance lors de la première rencontre avec Fredrika. Elle ne voulait surtout pas induire en erreur la police en la mettant sur une fausse piste.

Alex n'en croyait pas un mot. Il lui expliqua, de manière très pédagogique que son ex-mari ne la laisserait pas tranquille. Après une heure d'entretien, elle accepta de montrer ses avant-bras qu'elle avait jusqu'ici cachés sous les manches de son pull. Comme Fredrika l'avait deviné, ils étaient couverts de bleus et de cicatrices. Surtout le bras gauche, où une grande zone restait très douloureuse. La peau était rouge, avec des cloques qui avaient commencé à sécher.

— Il m'a brûlée avec le fer à repasser avant qu'on se sépare, dit Sara d'une voix monocorde, en fixant un vague point derrière Alex.

Il lui prit doucement le bras et lui dit, avec insistance :

— Il faut déposer plainte, Sara.

Elle tourna lentement la tête et le regarda droit dans les yeux.

— Il n'était pas là quand c'est arrivé.

— Comment ça ?

— Vous n'avez pas lu les rapports de police ? Il n'est jamais là quand ça arrive. Il y a toujours quelqu'un pour affirmer qu'il se trouvait ailleurs à ce moment-là.

Et son regard fixa de nouveau un point dans le vague.

Alex avait été bouleversé par les blessures de Sara Sebastiansson. À son grand regret, ils n'avaient pu mettre la main sur l'ex-mari ce soir-là, ce qui l'inquiétait. Pour la deuxième fois, Alex envoya une voiture de patrouille à son domicile, mais les lumières étaient éteintes et personne ne répondit quand ils frappèrent à la porte. Fredrika s'était chargée de contacter à nouveau la mère de Gabriel Sebastiansson et d'appeler en outre sur son lieu de travail. Quelqu'un devait savoir où il se trouvait.

Alex sentit monter la colère. Il avait grandi avec certaines règles, et appris à les respecter pendant ces, disons, cinquante dernières années. On ne frappait pas les femmes. On ne frappait pas les enfants. On ne mentait pas. Et on prenait soin des personnes âgées.

Un frisson le parcourut à la pensée de la brûlure au bras de Sara. Comment pouvait-on infliger ça à son prochain ?

Alex s'indignait de voir qu'il était de plus en plus fréquent de parler de la « violence des hommes envers les femmes ». Les formulations pouvaient changer mais étaient toujours récupérées par les politiques. Lors d'une conférence de police, un de ses collègues avait exprimé l'opinion que « la propension des immigrés à ne pas suivre les lois et les règlements coûtait très cher à la société ». Cette déclaration faillit coûter son poste à ce collègue. C'était politiquement incorrect. En disant ce genre de choses, on induisait que tous les immigrés choisissaient de vivre en dehors des lois de la société, ce qui n'était pas le cas.

Non, pensa Alex, *ce n'est pas le cas*. De même, que tous les hommes ne battent pas leurs femmes, que tous les parents ne battent pas leurs enfants. Si certains hommes frappaient leurs épouses, ils ne constituaient pas une majorité, loin de là. Il fallait partir de ce postulat, sinon, on ne pourrait jamais résoudre le problème.

Il n'avait pas trouvé nécessaire d'organiser une autre réunion la veille puisqu'il avait mis Peder au courant des résultats de la visite chez Sara Sebastiansson. Alex n'était ni stupide ni crédule. Peder avait toujours l'envie de gamin de montrer ce dont il était capable, et Alex craignait que cela n'ait une influence négative sur son jugement dans des cas d'urgence. Mais Peder aimait son travail et déployait une énergie peu commune.

Ah ! si seulement Fredrika pouvait avoir un peu de ces qualités ! se dit-il.

Il jeta un coup d'œil à l'horloge. Bientôt 7 heures. Il était grand temps de s'habiller et d'aller au travail. C'était un privilège d'habiter à Resarö, si près de la ville. Pour rien au monde il ne voudrait déménager. C'était un sacré coup de bol, comme le disait sa Lena adorée, lorsqu'ils avaient acheté cette maison quelques années auparavant.

Alex se leva de son cher fauteuil et retourna à la cuisine en passant par le couloir bleu. Quand il fut sous la douche, la première averse de la matinée commençait à fouetter les vitres.

Un train part toutes les heures de Göteborg en direction de Stockholm. Les parents de Sara Sebastiansson décidèrent de prendre celui qui partait à 6 heures du matin. Ce n'était pas leur premier départ en urgence, traversant tout le pays d'ouest en est, mais ils avaient compris la gravité de la situation. Par le passé, ils avaient souvent dû quitter leur maison pour s'occuper de la petite Lilian pendant que Sara soignait ses blessures. Depuis que leur gendre avait levé la main sur leur fille, ils avaient refusé tout contact avec lui et tout fait pour que Sara prenne ses distances. Ils avaient eu beau la supplier de revenir s'installer avec eux, elle avait toujours refusé. Gabriel n'allait plus détruire sa vie, leur avait-elle dit. Cela faisait quinze ans qu'elle avait quitté Göteborg, et elle ne voulait pas retourner là-bas. Non, jamais. Sa vie était à Stockholm, désormais.

— Mais, ma petite Sara, lui avait dit sa mère au bord des larmes, et s'il te tue ? Pense à Lilian ! Que va-t-elle devenir si tu meurs ?

Mais Sara avait tenu bon et refusé de revenir.

Avait-elle bien fait ?

Attablée dans la cuisine, le lendemain de la disparition de Lilian, la jeune femme se demanda quelle faute elle avait commise. Peut-être une si énorme qu'elle n'en avait pas conscience. Et si Gabriel avait enlevé leur fille ? Faire mal, ça, il aimait, c'est sûr. Mais jamais il ne s'en était pris à Lilian, même si la fillette était indirectement touchée : combien de fois avait-elle été tirée de son sommeil d'enfant par les cris de douleur de sa mère dans la pièce voisine ? Une nuit, Lilian s'était levée et, en larmes, était entrée dans la pièce d'où provenaient les cris.

Sara revoyait la scène : elle, étendue sur le sol, incapable de se relever à cause des douleurs dans les flancs provoquées par les coups de pied, Gabriel fou de rage, penché sur elle, et au milieu de toute cette violence la petite voix de Lilian.

— Maman, papa...

Gabriel s'était aussitôt retourné, comme en transe.

— Oh, avait-il chuchoté, la petite chérie de papa est réveillée ?

Il s'était redressé, avait pris l'enfant dans ses bras et quitté la pièce.

— Maman s'est fait mal en tombant, c'est pas de chance, hein ? l'avait entendu dire Sara. Il faut la laisser se reposer un peu, après elle sera comme neuve, tu comprends ? Tu veux que je te lise une histoire ?

Sara avait fait une année de psychologie à l'université et savait qu'un grand nombre d'hommes qui battaient leurs femmes le regrettaient ensuite. Ce n'était pas le cas de Gabriel. Il ne demandait jamais pardon, ne donnait jamais l'impression d'avoir conscience que ses actes ou ses paroles étaient anormaux. Au contraire, il considérait avec un tel mépris les zones tuméfiées et les blessures qu'il lui infligeait qu'elle aurait pu mourir sous ses yeux sans qu'il s'en inquiète.

Sara se sentait au bord de l'épuisement, physique et nerveux, et cette première nuit sans Lilian lui avait paru bien longue.

— Essayez de vous reposer, lui avait conseillé Alex Recht, même si je sais que cela vous sera difficile. Mais c'est en étant forte que vous pourrez le mieux aider Lilian. Car, quand elle reviendra, elle aura besoin d'une maman qui peut s'occuper d'elle, vous comprenez ?

Sara avait essayé de se raccrocher à cette idée, sans trouver le sommeil, se répétant sans cesse les paroles d'Alex : « quand elle reviendra »... Pas « si elle revient », mais « quand elle reviendra »...

Elle n'aurait pas dû laisser Anders rentrer chez lui aussi vite. Mais il lui semblait que c'était une sorte de trahison vis-à-vis de Lilian qu'il soit là, et pas elle. À 2 heures du matin, elle avait fini par appeler ses parents. Son père était resté silencieux, elle n'avait entendu que sa respiration à l'autre bout du fil.

— Nous avons toujours su qu'on finirait par perdre l'une de vous deux, avait-il enfin proféré d'une voix blanche. Ça ne pouvait pas se terminer autrement, avec un homme aussi foncièrement mauvais.

À ces mots, Sara avait lâché le combiné et s'était recroquevillée sur le sol, griffant le parquet, sanglotant.

— Lilian, oh, Lilian...

Elle entendit malgré tout, au loin, dans le combiné, la voix de son père.

— On arrive tout de suite, Sara. On va prendre le premier train, ta mère et moi.

Sara serra sa tasse de café entre ses mains. Elle avait dormi, en tout, moins d'une heure. Elle essaya de se convaincre que cela ne faisait pas d'elle une mauvaise mère. Mieux valait trop s'inquiéter que ne pas s'inquiéter du tout, non ? Mais y avait-il vraiment une frontière ? Comment pouvait-il être question de norme quand son propre enfant disparaissait ?

On sonna à la porte. Un bruit strident qui déchira le silence. Sara venait d'éteindre la radio. Elle avait entendu le communiqué sur la disparition de sa fille à la radio et à la télévision. Les paroles de la journaliste lui avaient d'abord fait l'effet d'une grande couverture chaude. Quelqu'un comprenait son désarroi et essayait de l'aider à retrouver sa fille. Mais à la troisième ou quatrième écoute du même communiqué elle eut la sensation d'un nœud coulant se resserrant autour de sa gorge. À quoi bon s'entendre répéter que Lilian avait disparu ? Elle ne le savait que trop…

Nouvelle sonnerie à la porte.

Sara jeta un rapide coup d'œil à sa montre. Il était presque 8 h 30. Elle avait contacté la police une heure auparavant pour connaître la situation. Toujours rien de nouveau.

Sara regarda par le judas en espérant y voir Fredrika Bergman ou Alex Recht. Ce n'était aucun des deux, mais un homme ressemblant à un facteur. Un coursier ? Il portait un paquet.

Surprise, Sara ouvrit la porte.

— Sara Sebastiansson ? demanda l'homme.

Elle hocha la tête, pensa qu'elle ne devait pas avoir fière allure, épuisée comme elle l'était.

— J'ai un paquet pour vous. Il devait vous être livré sans passer par le centre de tri habituel, et en personne. Vous pouvez signez le reçu ?

— Oui, bien sûr, dit Sara, perplexe, en prenant le paquet. Eh bien… merci.

— Merci à vous ! répondit l'homme avec un sourire. Et bonne journée !

Sara ne se donna pas la peine de renvoyer la politesse. Elle referma la porte à clé et secoua doucement le paquet. Il ne pesait presque rien. Elle n'entendit rien non plus. Elle chercha en vain le nom de l'expéditeur.

— Vous devez immédiatement contacter la police s'il arrive un événement inhabituel ou inattendu, lui avait recommandé Alex Recht, la veille au soir. Il faut nous tenir au courant de la moindre chose, Sara. Que ce soit des coups de téléphone étranges ou quelqu'un qui sonne à la porte. Même si nous ne privilégions pas cette piste pour l'instant, il peut malgré tout s'agir d'un enlèvement prémédité, auquel cas le ravisseur de Lilian essaiera de prendre contact avec vous.

Elle restait là, le paquet dans les mains, et se demandait déjà si elle ne trahissait pas la confiance des policiers. Ses parents allaient arriver d'un instant à l'autre. Ne ferait-elle pas mieux de les attendre pour l'ouvrir ?

Sara posa délicatement le colis sur la table de la cuisine et mit son portable à côté, car elle appellerait Alex Recht ou Fredrika Bergman dès qu'elle saurait ce qu'il contenait. À supposer qu'il y eût une bonne raison pour ça. Ce pouvait très bien être un article qu'elle avait commandé puis oublié.

Sara détacha la bande adhésive tout autour du paquet. Puis, de ses longs doigts, elle releva les bords du carton et découvrit des petits cœurs en polystyrène. *Qu'est-ce que c'était ?*

Doucement, elle écarta les morceaux de polystyrène. Dans un premier temps, elle ne comprit pas ce qu'elle venait de recevoir. Elle tentait de comprendre ce qu'elle voyait. Des cheveux. Des masses de cheveux bruns bouclés. Dans un état presque second, Sara toucha les cheveux, faisant apparaître ce qui se trouvait dessous. Alors elle sut à qui appartenaient les cheveux et hurla comme une bête blessée. Elle cria jusqu'à l'arrivée de ses parents, un peu plus tard. Ils se chargèrent de prévenir la police et appelèrent un médecin. Les cris de Sara s'étaient mués en sanglots désespérés. Tout ce qu'elle avait réussi à contenir, la panique, l'angoisse, s'échappait à présent, brutalement mis à nu.

Qu'avait-elle fait pour mériter ça ? Oui, qu'est-ce qu'elle avait fait au Bon Dieu pour qu'il lui arrive ça ?

Ce matin-là, peu après 9 heures, les parents de Sara Sebastiansson contactèrent la police. Aussitôt prévenu, Alex Recht fonça avec Fredrika Bergman à l'appartement de Sara.

Quand le carton, avec son horrible contenu, fut envoyé au laboratoire de la police scientifique et technique à Lindköping, Alex et Fredrika retournèrent au commissariat. Tous deux trouvèrent un certain apaisement dans le silence qui régnait dans la voiture durant le trajet vers leurs bureaux dans la Kungsholmsgatan. Ils prirent le pont de Västerbron, d'où l'on découvrait la ville dans la timide clarté de l'automne. Les nouveaux nuages lourds, qui s'étaient étendus pendant la nuit au-dessus de la capitale suédoise, se reflétaient dans l'eau. Fredrika se demanda pourquoi ils rendaient l'eau grise, ce qui gâtait un peu la vue, si belle d'habitude.

Alex s'éclaircit la voix.

— Pardon ? demanda Fredrika.

Alex la regarda et secoua la tête.

— Je n'ai rien dit, murmura-t-il.

Bien qu'il n'eût pas envie de l'admettre, Alex était ébranlé. Le paquet transformait une banale affaire de règlement de comptes – sur le dos d'un enfant – entre deux personnes, pour ainsi dire en instance de divorce, en une affaire à l'issue beaucoup plus incertaine… Et la réaction hystérique de Sara Sebastiansson n'avait rien arrangé, bien au contraire. Alex avait donc attendu l'arrivée du médecin et, quand ce dernier eut administré à la jeune femme une piqûre de tranquillisant, Alex avait examiné lui-même le contenu de la boîte.

À en juger par le comportement de Sara, les cheveux ne pouvaient être que ceux de Lilian – en tout cas, ils ressemblaient aux siens. Seule l'analyse permettrait de l'établir avec certitude. Sous les cheveux se trouvaient les vêtements que portait Lilian au moment de sa disparition : une jupe courte verte, un petit tee-shirt blanc avec un motif vert et rose sur la poitrine. Il y avait aussi deux petits élastiques à cheveux. Curieusement, sa petite culotte manquait.

À la vue de ces vêtements, Alex eut la nausée. Quelqu'un les avait retirés à l'enfant. Parmi tous les malades, il pensait que ceux qui s'en prenaient aux enfants étaient les pires.

Aucune trace de sang sur les vêtements, du moins, pas à première vue : là encore, il fallait attendre les résultats du labo, qui révéleraient l'éventuelle présence de traces de fluides corporels…

Alex comprenait trop bien ce que signifiait l'envoi du paquet. Quelqu'un voulait flanquer une peur bleue à Sara. Et, à en juger par sa réaction hystérique, c'était parfaitement réussi. Il faudrait l'interroger plus tard sur le coursier qui lui avait remis le colis, mais pour l'instant on ne pouvait pas lui parler, et encore moins l'interroger.

Bientôt, se dit Alex, *oui, bientôt*.

Il se cramponna au volant comme pour s'interdire de perdre espoir.

— Ça a donné quelque chose, ton coup de fil au bureau de son ex-mari ? demanda-t-il à Fredrika.

— Oui et non, dit-elle en se redressant sur son siège.

L'employeur de Gabriel Sebastiansson lui avait appris qu'il était en congé depuis le lundi précédent et il n'avait aucune idée de l'endroit où il se trouvait.

Alex sifflota.

— Intéressant, remarqua-t-il. Surtout parce qu'il n'en a rien dit à son ex-femme, alors qu'il avait prévenu sa mère qu'il partait en voyage d'affaires...

— Effectivement, confirma Fredrika. C'est en tout cas ce qu'elle prétend. Mais, pour être honnête, sa mère m'a paru sur la défensive.

Alex fronça le front.

— Que veux-tu dire ?

— Ce n'est pas parce qu'elle confirme ses dires que c'est vrai. Si sa loyauté envers son fils est telle que je l'imagine, elle peut tout à fait mentir pour le protéger.

Ils arrivaient au commissariat. Fredrika se demanda pourquoi elle était toujours à la place du passager et jamais du conducteur quand elle prenait une voiture avec ses collègues masculins. Sans doute était-ce parce qu'elle n'avait pas fait l'École de la police... Ils en avaient probablement déduit qu'elle conduisait comme un pied !

— Va chez elle, dit soudain Alex. Va chez la mère de son ex. Même si c'est seulement pour une première prise de contact.

— Très bien, acquiesça Fredrika.

Ils passèrent les portes du garage et s'enfoncèrent dans le tunnel menant au parking.

— On continue à privilégier la piste du père de l'enfant ? hasarda Fredrika. Vous pensez vraiment qu'un père peut raser la tête de sa fille et envoyer les cheveux à sa mère ?

Alex repensa à la brûlure sur l'avant-bras de Sara Sebastiansson.

— Les pères normaux n'agissent pas ainsi, répliqua-t-il sèchement. Mais Gabriel Sebastiansson n'est pas un père comme les autres.

Peder Rydh était frustré. Fredrika avait pu accompagner le chef ! Lui devait continuer à éplucher les messages reçus après leur appel à témoins.

Certes, il bénéficiait de l'aide de l'informaticien Mats Dahlmann. Son programme facilitait le tri, écartant automatiquement les événements qui s'étaient produits trop tôt par rapport à la disparition de l'enfant. Tous ceux qui affirmaient avoir vu l'enfant à la gare centrale à 13 h 45 pouvaient ainsi être éliminés d'office. Mais c'était plus difficile pour les messages arrivés après. Une femme ayant voyagé dans le même train que Sara et Lilian affirmait avoir vu, lorsqu'elle était descendue sur le quai, un homme de petite taille porter une enfant endormie. Mais si le ravisseur chaussait du 46, il était sans doute plutôt grand. Enfin, si l'on supposait que l'empreinte des chaussures eût un rapport avec la disparition de l'enfant.

Peder s'enfonça dans son fauteuil et poussa un soupir de découragement. La nuit n'avait pas été très agréable non plus. Il n'était pas rentré avant 21 heures. À son retour, Ylva était attablée dans la cuisine, buvant du thé. Elle était restée à la maison toute la journée, mais elle était fatiguée. Cela l'avait agacé, et il avait dû prendre sur lui pour ne rien dire de blessant ni de méchant. Il s'était récité ce mantra qu'il se répétait mentalement depuis presque onze mois.

Ylva est fatiguée et malade. Elle n'y peut rien. Surtout rester calme, ça finira bien par s'arranger. Elle va forcément aller mieux.

Un an auparavant, Peder faisait encore partie de ceux qui appréciaient vraiment la vie – sur tous les plans. Il considérait même cela comme un devoir, quand on avait la chance d'être en bonne santé et de mener une vie agréable. Il aimait se rendre chaque jour au travail et savoir que sa carrière commençait enfin à décoller. Il aimait Ylva et était heureux d'être en couple. C'était un homme simple et positif, de nature joyeuse. C'est du moins l'image qu'il se faisait de lui-même.

Le tournant fut la naissance de leur premier enfant, en réalité, des jumeaux. Leur vie, telle que Peder l'avait connue jusqu'alors, changea du tout au tout. Ylva sombra dans une dépression postnatale, le fameux *baby blues*. Ni les médicaments ni les congés maladie ne vinrent à bout de sa tristesse. Elle appelait sa mère de plus en plus souvent pour qu'elle vienne s'occuper des petits. Et lui devait se contenter de la regarder s'enfoncer chaque jour davantage dans ce puits sans fond. Le couple n'avait plus aucune vie sexuelle.

— Ylva est si déprimée qu'elle ne supporte pas le moindre contact physique, avait expliqué un médecin. Il va falloir vous armer de patience.

Peder s'était vraiment montré patient. Il avait essayé de se convaincre qu'Ylva souffrait d'une maladie incurable, comme si c'était la même chose que pour Jimmy. Peder et sa belle-mère prirent en charge la maison et les tâches ménagères. Ylva se réfugia dans le sommeil... Ainsi passèrent les mois de septembre, d'octobre et de novembre. En décembre, elle pleura sans cesse, sauf le soir du réveillon où elle fit un effort. En janvier, elle parut aller un peu mieux. En février, rechute. En mars, une légère amélioration, mais il était presque trop tard.

Car, en mars, la police de Södermalm – le quartier sud du centre de Stockholm où travaillait Peder – organisait sa grande fête de printemps et Peder passa la moitié de la nuit à faire l'amour avec sa collègue Pia Nordh.

S'ensuivit une terrible période de remords, mais, à mesure qu'Ylva se remettait et que les jours rallongeaient, Peder se trouvait de plus en plus d'excuses. Pourquoi n'aurait-il pas eu droit à un peu de tendresse, après les mois de frustration qu'il venait de vivre ? D'ailleurs, plusieurs collègues masculins le soutenaient. Il était naturel qu'il couche avec une autre femme. Pas souvent, juste de temps à autre. Ils le plaignaient, il n'avait pas mérité ça. Il n'avait même pas trente-cinq ans !

Alors il rencontra de nouveau Pia, plusieurs fois. Mais il rompit net quand cette dernière lui demanda s'il avait l'intention de quitter Ylva. *Elle était folle ou quoi ?* Quitter Ylva pour une collègue nympho ? Pia n'avait décidément aucune idée de ce qui était important dans la vie, se dit Peder, qui lui envoya un SMS de rupture.

Peu après, il décrocha un poste à la brigade criminelle auprès du légendaire Alex Recht. Il était passionné par ce travail d'investigation. À la maison, Ylva et lui commencèrent à discuter de la vie qu'ils auraient plus tard, cet automne, quand Peder serait en congé de paternité et que les enfants iraient au jardin d'enfants. La dernière semaine de mai, toute la famille partit une semaine à Majorque, et là, pour la première fois depuis plus de dix mois, Peder et Ylva firent l'amour. Après, les choses ressemblaient davantage à ce qui, aux yeux de Peder, était une vie de couple normale.

Et maintenant on était fin juillet, soit deux mois après la semaine à Majorque. Peder avait gardé le numéro de Pia, au cas où. Il espérait ne pas avoir à s'en servir, mais sait-on jamais…

Parfois il semblait que la vie décidait à votre place. Un ras-le-bol généralisé vous envahissait et on n'était plus maître des événements. Voilà ce qui s'était passé le premier soir avec Pia. Et la veille au soir.

— Tu as travaillé jusqu'à maintenant ? lui avait demandé Ylva.

Peder s'était raidi. Lui faisait-elle des reproches ?

— Oui, une petite fille a disparu.

— J'ai vu ça, en effet, avait-elle répondu en levant les yeux de sa tasse de thé. Je ne savais pas que tu travaillais sur cette affaire.

Peder avait pris une bière dans le frigo et un verre dans le placard.

— L'enfant a disparu cet après-midi.

— T'aurais pu appeler, lui avait dit Ylva.

Peder avait eu une bouffée de colère.

— Mais c'est ce que j'ai fait, avait-il répliqué sèchement en buvant une gorgée.

— À 18 heures, oui. Tu m'as dit que tu étais retenu mais que tu serais rentré pour 20 heures au plus tard. Et maintenant il est presque 22 heures. Je me suis fait du souci pour toi, tu peux comprendre ça ?

— Je ne savais pas que tu t'inquiétais, avait-il rétorqué, regrettant aussitôt les mots qu'il venait de prononcer.

Ylva, les larmes aux yeux, s'était levée et avait quitté la cuisine.

— Mais enfin, Ylva, qu'est-ce que t'as, bordel ? lui avait-il lancé

Il n'avait pas parlé fort, afin de ne pas réveiller les enfants. Dire qu'il fallait toujours faire passer les besoins des autres avant les siens…

Encore une nuit épouvantable. Les jumeaux s'étaient réveillés, ils avaient pleurniché puis fini la nuit dans le grand lit, entre leurs parents. Peder s'était endormi, un bras passé autour d'un de ses fils.

À son retour du travail, Peder avait espéré qu'Ylva aurait envie de faire l'amour. Comment avait-il pu être aussi naïf ? Depuis son retour de Majorque, elle n'avait eu envie de coucher avec lui qu'une fois ! Il n'osait pas en parler à ses copains au sauna ou à l'entraînement de *bandy* (le hockey sur glace suédois) du jeudi.

C'est si humiliant, se disait Peder, *de ne même pas pouvoir approcher sa propre femme !*

Ylva avait été une fille si vivante et pleine d'énergie, comme il en avait rarement rencontré, lorsqu'il avait fait sa connaissance six ans plus tôt. Il n'aurait jamais cru la tromper un jour. Mais était-ce tromper quelqu'un, quand la personne en question refusait toute relation sexuelle pendant presque toute une année ? Une année, ce n'était quand même pas rien pour un homme.

Ylva, Ylva, mais qu'est-ce que tu as, bordel !

Il brûlait d'envie d'appeler Pia. Il suffirait peut-être de lui dire qu'il regrettait d'avoir rompu…

Peder se redressa dans son fauteuil. Cette abstinence imposée lui faisait perdre toute logique. Et il accomplirait un meilleur boulot s'il avait un peu de distraction, non ?

Il sortit son portable. Attendit quelques sonneries avant qu'elle réponde.

— Allô ?

Sa voix rauque, torride. Et les souvenirs qui remontaient, d'une chaleur inouïe. Peder raccrocha aussitôt. Il se passa la main dans les cheveux. Ce n'était vraiment pas le moment de perdre pied. Il décida d'appeler Jimmy pour prendre de ses nouvelles.

À cet instant, Ellen, leur assistante, passa la tête dans l'encadrement de la porte.

— Alex vient d'appeler. Il aimerait que tu transmettes aux médias une photo de la petite fille.

Peder se redressa aussitôt.

— Pas de problème, je m'en charge.

Alex Recht était stressé à l'idée du débriefing avec sa brigade. À part les empreintes de chaussures taille 46 dans le compartiment de Sara et Lilian, la police scientifique n'avait aucun élément. Alex espérait que la boîte envoyée au labo leur fournirait d'autres pistes.

Force était de reconnaître que l'envoi de ce colis à Sara Sebastiansson suscitait une grande inquiétude. Cet acte était si froidement calculé qu'il laissait craindre le pire pour la suite.

— Fredrika, soutire le maximum d'infos à la mère de ce Gabriel Sebastiansson. Tu entends, je veux vraiment en savoir le maximum sur lui, insista-t-il d'un ton tranchant.

Fredrika fit un petit signe de tête et griffonna dans son sempiternel carnet.

— Le colis change la situation, dit-il. Nous savons à présent que Lilian n'a pas disparu par hasard, qu'elle n'est pas partie d'elle-même. Quelqu'un sachant qui elle était, quelqu'un décidé à faire du mal à sa mère, la tient cachée quelque part. À l'heure actuelle… (Alex s'éclaircit la voix et poursuivit :) Nous n'avons pas encore pu interroger Sara, mais il ne semblerait pas qu'elle ait d'ennemis, hormis son ex-mari. Alors, tant que nous n'avons aucun autre renseignement permettant d'orienter nos recherches, un témoignage, par exemple, nous devons partir de l'hypothèse que Gabriel Sebastiansson est le ravisseur.

Alex fixa Fredrika qui gardait le silence.

— Des questions ?

Personne n'en posa, mais Peder s'agita sur sa chaise.

— On en est où, avec les appels à témoin ? poursuivit Alex. Y a-t-il des éléments exploitables ?

— Non, reconnut Peder après un moment d'hésitation. Non, nous n'avons rien de concret. On a reçu un certain nombre d'appels, mais je pense que la situation se débloquera quand la photo paraîtra à la télé et dans les journaux.

Alex approuva de la tête.

— Les photos ont été envoyées, j'espère.

— Bien sûr, répondit aussitôt Peder.

— Bon…, marmonna Alex. Il y a forcément quelqu'un qui a vu Lilian quitter le train. (Il reprit son souffle et ajouta :) Pour l'instant, nous ne savons pas grand-chose de la mère. Dieu sait ce que les journalistes vont inventer comme gros titres s'ils apprennent que le ravisseur a rasé la tête de la gamine.

Il y eut un silence. Le système de ventilation toussota et émit des sifflements.

— O.K., conclut Alex. On fera le point cet après-midi, quand Fredrika sera revenue de chez la mère de Gabriel Sebastiansson. J'ai décidé qu'elle irait seule, car j'ai dans l'idée que nous obtiendrons plus d'infos de cette femme si elle ne voit pas débarquer toute une délégation. Peder, continue à éplucher les appels et prends contact avec l'entreprise du coursier qui a livré le colis. À ce propos, j'espère qu'on aura bientôt les résultats des analyses du labo. J'ai prié les parents de Sara d'établir une liste des personnes qu'elle connaît et avec qui nous pourrons parler afin d'avoir des renseignements sur l'endroit où pourrait se trouver son ex-mari. Autant dire qu'on a du pain sur la planche.

Fin de la réunion. Les membres de la brigade se dispersèrent. Seule Ellen, l'assistante, resta encore un moment à griffonner sur son bloc-notes.

Au moment de s'asseoir au volant et de consulter la carte routière, Fredrika se rendit compte que la mère de Gabriel Sebastiansson, autrement dit, la grand-mère de Lilian, vivait à Djursholm. Villas chères, grands jardins. Sara ne devait pas venir du même milieu que son mari.

Fredrika regrettait de ne pas avoir davantage de directives dans son travail. Alex était indéniablement très compétent et pouvait se targuer d'une longue expérience qui lui manquait. Mais il ne savait pas insuffler de nouvelles idées, proposer de nouveaux éclairages, dans cette affaire-ci par exemple. Des pistes étaient évoquées puis rejetées avant même d'avoir été explorées. Alex et les autres supposaient, peut-être complètement à tort, que la fillette était retenue par son père, et n'était donc pas vraiment en danger. On savait désormais avec certitude que Lilian n'avait pas disparu par hasard. Alors comment Alex pouvait-il ne pas enquêter sur ce qui s'était réellement passé à Flemingsberg ?

Elle devait bien reconnaître que, en tant que femme, elle avait droit à un traitement différent. Surtout du fait qu'elle n'avait pas d'enfant. Sans parler de la distance que créait son niveau d'études.

Fredrika se demanda si elle n'allait pas passer un coup de fil à Spencer avant de sortir de la voiture, mais elle se ravisa. Il lui avait fait comprendre qu'ils se reverraient peut-être dès ce week-end. Mieux valait le laisser travailler en paix pour qu'il ait le temps de la voir après.

— C'est toujours lui qui décide de vos rendez-vous, lui avait fait remarquer plusieurs fois Julia, son amie. Quand as-tu pu l'appeler et proposer un rendez-vous spontané, comme lui le fait tout le temps ?

Les critiques de ce genre indignaient la jeune femme. Les conditions avaient été claires dès le départ : Spencer était marié, elle non. Soit elle acceptait cette situation et ce qu'elle impliquait, soit elle se cherchait un autre amant et ami. De même, il devait accepter que Fredrika puisse avoir des relations avec d'autres hommes. Sans cet accord mutuel, leur liaison n'aurait pas fait long feu.

Il ne me donne pas tout, se répétait souvent Fredrika, *mais, comme je n'ai personne d'autre en ce moment, ce qu'il me donne me suffit*.

Leur liaison, peu conventionnelle, n'en était pas moins sincère. Un échange de bons procédés où il n'y avait, apparemment, aucun perdant. Aucun vainqueur non plus, ce que Fredrika préférait oublier. Aussi longtemps que son cœur se languirait de cet homme et lui donnerait des signaux clairs en ce sens, elle ne chercherait pas à résister.

Une dame d'un certain âge, sans doute la mère de Gabriel Sebastiansson, se tenait déjà sur le perron quand elle freina et vint se garer sur la place recouverte de graviers. La femme lui fit signe de baisser sa vitre.

— Veuillez vous garer là-bas, dit-elle en indiquant d'un doigt maigre une place à côté de deux voitures qui semblaient appartenir à la maison.

Fredrika obtempéra. Elle inspira l'air humide et sentit ses vêtements se coller à son corps. En se dirigeant vers Teodora Sebastiansson, elle jeta un coup d'œil autour d'elle. Un réflexe. Plus grand que ceux qu'elle avait vus sur le chemin et situé à la fin de l'avenue, ce jardin avait presque des allures de parc. Le portail qu'avait franchi Fredrika paraissait être la seule ouverture. La jeune femme fut frappée par une impression de confinement. De grands arbres sombres, dont elle ne reconnaissait pas l'espèce, s'élevaient juste derrière la maison. Fredrika voyait vaguement un enfant jouer au milieu d'eux. Un groupe de splendides arbres fruitiers poussaient près du mur d'enceinte et, plus loin encore, près de l'endroit où elle avait dû garer la voiture, s'élevait une serre aux dimensions impressionnantes.

— En été, nous produisons assez de légumes pour notre consommation courante, déclara la propriétaire en voyant l'expression étonnée de Fredrika. C'était surtout mon mari qui s'occupait du potager, ajouta-t-elle.

Fredrika lui tendit la main et se présenta.

— Fredrika Bergman, inspecteur de police.

La femme lui serra la main. Sa poigne était d'une fermeté inattendue, comme celle de Sara, la veille, à la gare centrale.

— Teodora Sebastiansson, dit-elle avec un sourire à peine esquissé.

Ce semblant de sourire la fit paraître encore plus âgée.

— Merci de me recevoir, dit Fredrika.

Teodora fit un signe de tête, mais avec la même condescendance qu'un instant auparavant pour lui indiquer où elle devait garer la voiture. Le sourire disparut et le visage redevint impassible.

Les cheveux gris de Teodora étaient rassemblés en un chignon sévère, haut sur la nuque. Elle avait les mêmes yeux que son fils, d'un bleu glacier – Fredrika se souvenait bien de sa photo dans le registre d'identité.

Cette femme possédait une parfaite maîtrise de ses gestes. Ses mains, posées l'une sur l'autre sous son ventre, tombaient juste là où le chemisier rentrait dans la jupe grise. Seule une broche à la verticale du menton pointu rehaussait la couleur crème du chemisier. Elle portait des boucles d'oreilles avec une perle.

— Je suis évidemment très inquiète pour ma petite-fille, dit Teodora d'une voix neutre qui démentait ses propos. Je ferai tout mon possible pour aider la police.

Elle invita d'un geste Fredrika à entrer dans la maison et la jeune femme fit quelques pas dans le grand vestibule, tandis que Teodora refermait la porte derrière elle.

Il y eut un moment de silence, le temps que les yeux de Fredrika s'habituent à la pénombre régnant dans le vestibule. Elle crut un moment se retrouver dans un musée du début du siècle dernier. Cette impression de reculer dans le temps se renforça encore dans la salle de séjour. Chaque détail – papier peint, boiseries, stucs, mobilier, tableaux et lustres –, choisi avec soin, conférait à cet intérieur l'atmosphère d'un lieu où le temps s'était arrêté.

Fredrika n'avait jamais rien vu de semblable, et elle était époustouflée. Même chez les amis les plus aisés de ses parents, elle n'avait pas admiré un tel luxe.

Derrière elle, Teodora ne parvenait pas à cacher son plaisir devant l'expression fascinée de la policière.

— Mon père m'a légué une importante collection de porcelaines dont vous voyez une partie, avec ces figurines sur cette étagère du haut, expliqua-t-elle en voyant Fredrika lever les yeux vers une grande vitrine disposée à la place d'honneur, tout près d'un magnifique piano à queue.

Fredrika ne put s'empêcher de penser à sa mère. Elle se revit assise à côté d'elle, face au clavier. Teodora suivit son regard et effleura les touches du piano.

Je suis en train de perdre tout ascendant sur cette femme, se rendit compte Fredrika. *Je dois reprendre les choses en main, c'est moi qui ai demandé à la voir.*

— Vous habitez seule dans cette grande maison ?

Teodora eut un rire sec.

— Oui. Je n'irai jamais dans une maison de retraite.

— Je me suis permis de venir vous voir, car nous ne parvenons pas à contacter votre fils.

Teodora écoutait, immobile. Soudain, elle se retourna et lança :

— Désirez-vous une tasse de café ?

Grâce au tampon sur le colis, Peder put identifier l'entreprise de coursiers qui avait livré le paquet. Aussitôt, il prit sa voiture pour se rendre sur place. Le bureau, discret, se trouvait aussi à

Kungsholmen. Le colis avait forcément été remis à une personne qui pourrait donner un signalement.

Ses espoirs furent déçus.

Le colis avait été livré à ce bureau, la veille, après l'heure de fermeture. Le personnel l'avait retrouvé ce matin dans le conteneur en libre service, ouvert vingt-quatre heures sur vingt-quatre. Il suffisait d'y déposer un colis avec une enveloppe expliquant où et quand devait avoir lieu la livraison, accompagné de l'argent en espèces. Manque de chance, les caméras de surveillance au-dessus de cette trappe étaient en panne depuis un bon moment déjà. Impossible, donc, de savoir qui avait déposé le paquet. L'enveloppe avec l'argent et l'adresse du destinataire fut aussitôt envoyée au labo, mais Peder ne se faisait aucune illusion : l'agresseur avait certainement pris soin d'effacer toute trace sur les billets comme sur l'enveloppe.

En chemin, il reçut un appel d'Ylva. D'une voix tendue, elle disait vouloir parler de leur dispute de la veille au soir. Peder lui dit qu'il la rappellerait car il était très occupé pour l'instant, mais ce coup de fil le mit de mauvaise humeur. Comme ils étaient loin l'un de l'autre, à présent, se dit-il. Oui, leurs petits garçons étaient aujourd'hui la seule chose qu'ils aient en commun…

Il pesta et retourna au commissariat pour chercher Alex et se rendre de nouveau chez Sara Sebastiansson.

Elle dormait, et ils ne purent la réveiller. Le médecin, appelé dans la matinée, lui avait administré une forte dose de sédatif. Peder eut tout loisir d'observer le visage pâle, encadré de cheveux roux en bataille, de la jeune femme. Un bras constellé de taches de rousseur sortait de la couverture. Sur l'autre, une grande blessure cicatrisait. Sara avait aussi un énorme bleu sur le mollet.

Le mal peut prendre toutes sortes de couleurs, constata-t-il tristement.

Dans la cuisine, Alex s'entretenait à voix basse avec les parents de Sara, qui lui racontèrent toutes les cruautés de leur beau-fils. Ils avaient noté les noms des personnes dont ils pensaient que la police devait les interroger. La liste était courte. Sara avait fini par vivre très isolée à cause du comportement violent de son mari.

— Elle n'a jamais pu garder ses amis, se plaignit la mère de Sara. Presque pas un seul.

Ils mirent Alex en garde contre sa belle-mère, qu'ils avaient rencontrée une seule fois, lors du mariage ; elle leur avait laissé une impression mitigée…

— C'est le genre de femme prête à tout pour son fils, dit le père de Sara, avec un soupir. Il y a un truc qui cloche chez elle.

Peder prit la liste avec les noms et les numéros de téléphone établie par les parents, en partie grâce au répertoire du portable de leur fille. Tandis qu'Alex rentrait à Kungsholmen, Peder passa des coups de fil. Les réactions étaient chaque fois les mêmes. Oh non, Gabriel avait encore recommencé ! Et c'était la police qui appelait, cette fois ? Qu'est-ce qu'il avait encore inventé, ce coup-ci ? Non, personne n'avait de ses nouvelles, personne ne savait où il était.

— Essayez de parler avec sa mère, conseilla à Peder un homme qui avait autrefois été un bon ami du couple.

Peder glissa son portable dans la poche de sa veste et adressa une pensée à Fredrika.

— Je pensais, honnêtement, que mon fils rencontrerait quelqu'un de mieux que cette fille, admit Teodora Sebastiansson.

Alors qu'elle portait sa tasse de café à ses lèvres, Fredrika haussa les sourcils.

Teodora fixait un point situé derrière Fredrika. La jeune femme résista à la tentation de se retourner et but une gorgée de café. Elle le trouva trop corsé, mais il était servi dans d'adorables petites tasses. Elle eut soudain l'impression que cette femme aurait pu vendre ses petits-enfants pour boire dans de telles merveilles.

— Vous comprenez, reprit Teodora, j'espérais autre chose pour Gabriel. Comme tout parent, d'ailleurs ! On veut toujours le meilleur pour ses enfants. Mais lui a très tôt montré une personnalité très affirmée. Et c'est pour ça qu'il a choisi Sara.

— Avez-vous une idée du genre de relation existant entre Sara et votre fils ?

Teodora devina aussitôt le piège tendu et répondit, en se redressant encore davantage si c'était possible :

— Si vous voulez savoir si, en tant que grand-mère de Lilian, je suis au courant des calomnies que ma belle-fille répand sur mon fils, la réponse est oui. Je vous l'ai déjà dit quand on s'est parlé au téléphone.

Le message était clair : soit Fredrika battait en retraite, soit l'entretien risquait de tourner court.

— Je comprends que ce soit un chapitre sensible, dit doucement Fredrika, mais la gravité de l'enquête en cours...

Teodora l'interrompit en se penchant en avant et en plantant son regard d'acier dans celui de Fredrika.

— Ma petite-fille, je dis bien ma petite fille – ce n'est pas la vôtre, que je sache ! –, fait partie de ce que j'ai de plus précieux, et elle a disparu. Croyez-vous vraiment qu'il soit nécessaire d'insister sur la gravité de la situation ?

Fredrika soutint son regard, même si elle tremblait intérieurement.

— Nous ne doutons pas une seconde que vous soyez inquiète, parvint-elle à dire avec un calme qui l'étonna elle-même. Il serait néanmoins souhaitable que vous répondiez à nos questions et que nous ayons l'impression que vous voulez vraiment nous aider dans nos recherches.

Elle en profita pour évoquer le colis que Sara avait reçu tôt le matin même. Il s'ensuivit un silence pesant. Pour la première fois, Fredrika sentit qu'elle avait réussi à toucher Teodora.

— Nous ne disons pas, reprit-elle, que votre fils soit en quoi que ce soit mêlé à cela. Mais il faut que nous puissions le contacter. Tant que nous n'aurons pas pu lui parler, nous ne pourrons pas le rayer de la liste des personnes à interroger.

Fredrika n'était pas mécontente de ses paroles. Elle avait réussi à capter l'attention de Teodora, ce qui constituait déjà un exploit.

— Si vous savez où Gabriel se trouve, ce serait bien de me le dire maintenant, insista-t-elle.

Teodora secoua la tête.

— Non, finit-elle par dire d'une voix si basse que Fredrika entendit à peine ce « non ». Je ne sais pas où il est. Je sais seulement qu'il devait partir en voyage d'affaires hier. C'est ce qu'il m'a dit au téléphone lundi. Nous avons alors évoqué l'idée que lui et Lilian aussi viennent un de ces jours déjeuner à la maison, quand Sara serait rentrée d'un de ces voyages qu'elle contraint la pauvre enfant à faire avec elle.

Fredrika enchaîna :

— Je comprends, dit-elle en se penchant un peu par-dessus la table. Le problème, c'est que l'employeur de Gabriel soutient que votre fils est en congé depuis lundi.

Son cœur battit à se rompre quand elle vit Teodora pâlir.

— Nous sommes un peu étonnés qu'il mente à sa propre mère à ce sujet... N'y a-t-il rien que vous vouliez me dire ? ajouta-t-elle.

La mère de Gabriel garda longtemps le silence. Puis elle reprit :

— Gabriel n'a pas l'habitude de me mentir. Je refuse d'appeler mensonge ce qu'il m'a raconté, avant que lui-même l'admette comme tel.

Elle pinça les lèvres, et ses joues reprirent un peu de couleurs.

— Faites-vous des recherches aussi fouillées pour la mère de Lilian ? demanda-t-elle en regardant fixement Fredrika.

— Dans un cas comme celui-ci, nous interrogeons systématiquement toutes les personnes de l'entourage de l'enfant.

— Il ne faudrait surtout pas négliger d'enquêter sur cette si gentille Sara...

Fredrika attrapa la balle au bond.

— Comme je l'ai dit, nous considérons toutes les personnes qui...

Teodora leva la main pour l'interrompre.

— Croyez-moi, vos collègues et vous-même gagneriez du temps si vous vous intéressiez plutôt à toutes ces connaissances de Sara qui vont et viennent chez elle. (Comme Fredrika se taisait, elle poursuivit :) Vous ne le savez peut-être pas, mais mon Gabriel, j'ose l'affirmer devant vous, s'est montré plus que patient envers cette femme.

Elle fit claquer sa langue d'une manière que Fredrika aurait été bien en peine d'imiter.

— Il a subi une terrible humiliation, reprit-elle, des larmes dans les yeux.

Elle regarda par la fenêtre le ciel qui s'obscurcissait et s'essuya le coin des yeux. Quand elle posa de nouveau son regard sur Fredrika, son visage était blanc de colère.

— Et puis tous ses horribles mensonges ! Comme si Gabriel n'avait pas assez souffert comme ça ! Non, il fallait qu'elle le traîne dans la boue en se plaignant de mauvais traitements !

Elle émit un rire si brutal que Fredrika tressaillit.

— Si ça, ce n'est pas de la méchanceté, qu'est-ce que c'est, alors ?

— Saviez-vous que Sara a fait attester les coups et blessures que votre fils lui a infligés quand elle a déposé plainte contre lui ? susurra Fredrika.

Teodora encaissa le choc mais sut, encore une fois, trouver une explication.

— Évidemment que je suis au courant, répliqua-t-elle comme si cette question était aussi superflue qu'idiote. Encore un de ses nombreux amis dont la patience aura sans doute été poussée à bout.

Sur ce, elle tendit le bras pour saisir la tasse de café que Fredrika n'avait pas terminée.

— Maintenant, si vous voulez bien m'excuser, j'ai à faire. À moins que vous n'ayez d'autres questions à me poser… ?

Fredrika sortit une carte de visite de sa poche et la posa sur la table.

— Vous pouvez me contacter n'importe quand, dit-elle.

Teodora fit un léger signe de tête, mais toutes deux savaient qu'elle n'appellerait jamais.

Arrivée dans le vestibule sombre, Fredrika demanda :

— Gabriel a-t-il encore des affaires à lui, ici, dans cette maison ?

Teodora pinça les lèvres.

— Cela va de soi. C'est aussi sa maison. Sa chambre est au premier étage.

Et, avant que Fredrika ait eu le temps de dire quoi que ce soit, elle ajouta :

— Mais à moins que vous n'ayez sur vous un mandat de perquisition, je vous prierai de partir à présent.

Fredrika s'empressa de la remercier de son accueil, et au moment où Teodora allait refermer la porte s'aperçut qu'elle avait oublié de lui demander quelque chose.

— À propos, votre fils chausse du combien ?

Ellen Lind avait un secret : elle était amoureuse. Et, allez savoir pourquoi, cela lui donnait mauvaise conscience. Quelque part, loin d'ici, se disait-elle en regardant par la fenêtre, une enfant était retenue captive par un malade. Ellen avait elle-même des enfants : sa fille allait sur ses quatorze ans, et son garçon sur ses douze ans. Cela faisait des années qu'elle les élevait seule, et aucun mot n'aurait pu exprimer ce qu'ils représentaient pour elle. Parfois, quand elle était au travail, rien que de penser à eux lui faisait chaud au cœur. Ellen attendait patiemment que ses enfants soient assez grands pour comprendre à quel point leur père s'était mal comporté pendant toutes ces années. Mais, à leur âge, ils étaient trop heureux d'entendre sa voix au téléphone. Et quand leur père venait, Ellen constatait qu'ils ne l'importunaient pas de leurs questions, ne lui demandaient pas où il était allé ni pourquoi il n'avait pas donné signe de vie pendant des semaines ou des mois.

Par des amis communs, Ellen avait appris qu'il s'était trouvé une nouvelle compagne et qu'ils attendaient un enfant. Elle serrait les dents à cette pensée. Pourquoi avoir d'autres enfants quand il ne s'occupait même pas de ceux qu'il avait déjà ?

Mais, pour l'heure, elle pensait surtout à son nouvel amour. De manière inattendue, c'était l'intérêt qu'elle portait aux actions et aux fonds de placement qui avait provoqué leur rencontre. Pour Ellen, placer de l'argent s'apparentait à une forme de loterie. Elle ne misait jamais de grosses sommes et prenait soin de ne pas dilapider les gains. Ce printemps, elle avait gagné plus d'argent qu'elle n'aurait pu l'espérer. Grâce à un coup de chance, elle avait même pu, pour la première fois, s'offrir au début de l'été un voyage de deux semaines à l'étranger avec ses enfants. Ils étaient partis à Alanya, en Turquie, pour un séjour dans un hôtel cinq étoiles. *All inclusive*, bien sûr : nourriture et boissons à volonté, excursions et baignades dans la journée, spectacles le soir. Cette parenthèse dans un quotidien difficile avait été plus que bienvenue, pour les enfants comme pour elle.

Ellen n'était pas du genre à flirter. Elle était même gênée si on lui faisait des compliments. Non qu'elle fût laide, mais elle gardait une apparence discrète. Jamais trop de couleurs. Pourtant, elle riait facilement et son sourire était ravissant. Elle avait les cheveux lisses et de petits yeux. Sa poitrine s'était un peu affaissée après ses deux enfants, mais elle avait le chic pour que cela ne se voie pas, une fois habillée.

Et un soir, au bar de l'hôtel d'Alanya, un homme lui proposa de prendre un verre.

Ellen adorait repenser à cette scène et en rougissait à chaque fois. C'était un grand brun, élégant, dont les yeux brillaient d'un éclat particulier. Il avait boutonné sa chemise jusqu'en haut, mais elle pouvait deviner des poils noirs en dessous. Elle n'en revenait pas qu'il soit si séduisant.

Elle, qui d'habitude savait garder la tête sur les épaules, s'amouracha aussitôt de cet homme. Il sut la courtiser, mais sans excès. Ils avaient tant de choses à se dire. Ellen accepta plusieurs verres et le temps fila à toute vitesse. Peu après minuit, elle raccompagna les enfants qui s'étaient amusés de leur côté et voulaient aller dormir. Elle préférait ne pas les laisser seuls.

— On se revoit demain ? demanda l'homme.

Ellen fit un oui énergique de la tête et sourit. Bien sûr, elle voulait le revoir et se réjouissait que ce fût réciproque.

Ils avaient essayé de se voir chaque jour un moment, quand les enfants étaient occupés de leur côté. Ils n'avaient pas fait l'amour, mais il l'avait embrassée deux fois. Enfin, Ellen, le dernier soir, aborda le sujet.

— On se reverra à Stockholm ?

Il avait eu un regard évasif.

Merde ! s'était dit aussitôt Ellen.

Puis il s'était redressé.

— Je travaille beaucoup, vraiment beaucoup, avait-il expliqué. Je veux bien te revoir, mais je ne peux rien te promettre.

Ellen lui avait assuré qu'elle ne voulait pas lui soutirer de promesse. D'aucune sorte, d'ailleurs, mais seulement savoir s'ils auraient l'occasion de se revoir. « Certainement », lui dit-il, visiblement soulagé qu'elle n'exige rien d'autre de lui. Il ne vivait pas à Stockholm mais s'y rendait souvent pour son travail. Il l'appellerait sans faute la prochaine fois qu'il viendrait à la capitale.

Il se passa une semaine. Avec la pluie qui tombait, ce serait vraiment un été pourri. Et, une de ces journées pluvieuses, il appela. Depuis ce jour-là, Ellen ne pouvait s'empêcher de sourire à tout bout de champ. C'était ridicule mais si délicieux. Seul bémol à sa joie : ils se voyaient rarement et il ne manifestait pas le moindre intérêt pour ses enfants. Mais elle pouvait le comprendre. C'était beaucoup trop tôt. Il valait donc mieux le retrouver dans sa chambre d'hôtel, comme il le proposait. Ils sortaient dîner dans un bon restaurant puis allaient dans sa chambre. Après leur première nuit ensemble, Ellen était sûre d'une chose : elle ne renoncerait pas à cette relation pour tout l'or du monde. C'était tout simplement trop beau pour être vrai.

Elle jeta un coup d'œil au calendrier posé sur son bureau et compta les semaines qui s'étaient écoulées depuis son retour de Turquie. Cinq semaines. Au cours de ces cinq semaines, elle et son nouvel amoureux s'étaient retrouvés quatre fois. Compte tenu du fait qu'il n'habitait pas en ville, Ellen trouvait ce début de liaison prometteur, ce qu'avait confirmé son amie qui s'occupait des enfants quand elle avait rendez-vous avec lui.

— Je suis si heureuse pour toi ! s'était-elle exclamée.

Ellen espérait que l'enthousiasme de son amie ne faiblirait pas, car elle ferait très certainement appel à ses services de baby-sitter dans peu de temps. Elle allait appeler son nouvel amoureux de son portable quand le téléphone sur le bureau sonna : le standard la priait de prendre un appel concernant la fillette disparue, Lilian. Elle attendit une seconde et entendit un filet de voix féminine à l'autre bout du fil.

— Il s'agit de l'enfant qui a disparu..., commença la femme.

— Oui, eh bien ? demanda Ellen.

— Je crois...

La voix hésita.

— Je... je sais peut-être qui a fait ça.

Nouveau silence.

— Je crois que c'est un homme que j'ai connu, dit-elle à voix basse.

Ellen plissa le front.

— Qu'est-ce qui vous fait croire ça ? demanda-t-elle doucement.

Elle entendit la femme respirer, hésitant à répondre.

— Il était si cruel, dit-elle. C'est un fou... un vrai malade.

Nouvelle pause.

— Il en parlait tout le temps... de faire ce genre de chose.

— Pardonnez-moi, dit Ellen. Je ne suis pas sûre de bien comprendre. Quel genre de chose ?

— De réparer, chuchota la femme. Il disait qu'il fallait tout réparer.

Ellen crut entendre son interlocutrice ravaler ses larmes.

— Qu'est-ce qu'il voulait réparer ?

— Il disait qu'il y avait des femmes qui avaient fait de telles choses qu'elles ne méritaient pas leurs enfants, répondit la femme d'une voix mal assurée. C'est ça qu'il voulait réparer.

— Il voulait leur prendre leurs enfants ?

— Sur le moment, je n'ai pas vraiment compris ce qu'il disait, d'ailleurs, je ne voulais pas écouter, continua la femme, qui pleurait à présent. Et il cognait si fort, si fort. Il me criait dessus sans arrêt : il fallait que je cesse de faire des cauchemars, il fallait que je me batte, il fallait que je l'aide à tout réparer.

— Pardonnez-moi, mais je ne comprends toujours pas bien, hasarda Ellen. De quels cauchemars vous parlez ?

— Il disait, poursuivit la femme en reniflant, que je devais arrêter de rêver, arrêter de penser à ce qui s'était passé. Il disait que j'étais faible si je n'y arrivais pas et que je devais être forte pour participer au combat.

La femme s'interrompit un instant avant de continuer :

— Il disait que j'étais sa poupée. Il ne pouvait pas y arriver tout seul, alors il doit avoir une nouvelle poupée, maintenant.

Ellen était si troublée qu'elle ne savait quoi dire. Elle essaya de réorienter la conversation sur les enfants.

— Vous avez des enfants ? demanda-t-elle.

La femme eut un rire las.

— Non, je n'en ai pas. Lui non plus n'en avait pas.

— C'est pour ça qu'il veut prendre les enfants des autres ?

— Mais non, c'est pas pour ça ! protesta la femme. Il ne voulait pas les prendre pour les avoir. Il n'en veut pas, de ces enfants-là. C'est uniquement pour punir les femmes, il ne veut pas qu'elles puissent garder leurs enfants.

— Mais pourquoi ? demanda Ellen, complètement désorientée.

La femme se tut.

— Allô ?

— Je ne peux pas en dire plus, j'en ai déjà trop dit, fit-elle en sanglotant.

— Dites-moi au moins votre nom. Vous n'avez rien à craindre, la rassura Ellen. Nous pouvons vous aider.

Elle n'était pas sûre que l'histoire de cette femme ait le moindre lien avec l'affaire, mais, à l'évidence, elle avait besoin d'aide.

— Je ne peux pas vous donner mon nom, chuchota la femme. Je ne peux pas. Et ne dites pas que vous pouvez m'aider, parce que vous n'avez jamais rien pu faire pour moi... Il ne voulait pas que les femmes puissent garder leurs enfants, car elles ne les méritaient pas.

Mais pourquoi ? s'étonna Ellen, qui dit à voix haute :

— Racontez-moi où vous l'avez rencontré et donnez-moi son nom.

— Je ne peux pas vous en dire plus maintenant. Je ne peux pas.

Ellen crut que la femme allait raccrocher et tenta une dernière fois de la faire parler.

— Mais pourquoi avez-vous appelé si vous ne voulez pas donner son nom ?

C'était une bonne question, la femme hésita.

— Je ne connais pas son nom. Mais il disait toujours que les femmes ne méritaient pas d'avoir des enfants, car si on ne s'intéresse pas à tous les enfants sans exception il ne faut pas en avoir du tout.

Sur ce elle raccrocha, et Ellen resta interdite, le combiné à la main. Ce témoignage, assez confus, ne lui avait rien appris de particulier. Elle n'avait obtenu aucun nom, la femme n'avait pas dit pourquoi elle soupçonnait l'homme qu'elle connaissait d'être précisément le ravisseur de cette enfant-là. Elle secoua la tête, reposa le combiné et écrivit une courte note sur cet appel puis la mit avec les autres notes. Elle se dit néanmoins qu'elle ne devait pas oublier de signaler ce drôle d'appel aux autres membres de la brigade.

La brigade attendait Fredrika dans la Tanière du lion quand elle revint de sa visite chez Teodora Sebastiansson.

Le visage tendu, Alex s'était mis à l'écart. L'inquiétude se lisait sur ses traits. L'affaire de la petite Lilian prenait un tour qu'il n'aimait pas. Pas du tout, même. Les analyses avaient confirmé qu'il s'agissait bien des cheveux et des vêtements de la fillette. Et la police n'avait jusqu'ici pas la moindre piste. Aucune empreinte digitale sur la boîte, ni à l'intérieur ni à l'extérieur, ni trace de sang ou d'autres substances. Quant à la visite à l'agence de coursiers qui s'était chargée de livrer le paquet, elle n'avait rien donné non plus.

Fredrika fit le compte rendu de sa rencontre avec la grand-mère paternelle de Lilian. Au départ, Alex s'était reproché de ne pas avoir demandé à un collègue d'accompagner la jeune femme pour une visite de cette importance, mais au fur et à mesure du récit il comprit – et Peder aussi – qu'il avait bien fait : personne n'aurait été plus à même de parler avec une vieille dame aussi peu amène.

— Quelle impression t'a-t-elle laissée, globalement ? voulut savoir Alex.

Fredrika pencha la tête de côté.

— Je ne sais pas trop quoi en penser, dut-elle avouer. Je sens qu'elle me ment, mais je ne sais pas sur quoi ni quelle est l'ampleur de ses mensonges. J'ai le sentiment qu'elle croit elle-même à ses mensonges, comme quand elle dit que son fils n'aurait jamais levé la main sur Sara. Difficile de dire si elle ment parce qu'elle sait quelque chose ou si c'est pour protéger son fils, quoi qu'il ait pu faire.

Alex hocha la tête.

— Avons-nous assez d'éléments pour lancer un mandat d'arrêt contre lui ?

— Non, malheureusement, trancha Fredrika. Nous pouvons le rechercher pour coups et mauvais traitements sur sa femme. Mais nous n'avons aucun élément matériel qui le rattache à ce qui s'est passé à la gare centrale, pas le moindre témoignage pour affrmer qu'il s'y trouvait. Tout ce qu'on sait, c'est qu'il est en congé et qu'il a battu sa femme par le passé.

Alex allait ouvrir la bouche quand Fredrika ajouta :

— Et nous savons aussi qu'il chausse du 45 et qu'il a une mère sacrément timbrée !

Alex fut si surpris d'entendre la jeune femme jurer qu'il oublia ce qu'il allait dire.

— Taille 45, donc, répéta-t-il.

— Oui, confirma Fredrika. C'est ce que m'a dit sa mère. On peut donc supposer qu'il possède aussi une paire de taille 46.

— Bravo, Fredrika, c'est parfait ! s'écria Alex.

Elle rougit du compliment inattendu et Peder eut l'air de vouloir se pendre – ou de la pendre.

— Et si on l'arrêtait pour mauvais traitements ? proposa Peder, dans l'espoir d'attirer un peu l'attention sur lui.

Il oubliait que Fredrika venait de dire la même chose quelques minutes auparavant.

— C'est ce qu'on va faire. Nous ne pouvons pas l'exclure de la liste des suspects tant que nous n'aurons pas mis la main sur lui. Lançons un mandat d'arrêt pour mauvais traitements sur son épouse.

Peder acquiesça, soulagé.

Fredrika posa sur lui un regard indifférent.

Ellen entra.

— Une... femme a appelé tout à l'heure, commença-t-elle, en marquant une hésitation.

Alex, l'air absent, se grattait une piqûre de moustique. Ah, ces foutus moustiques ! On aurait dit qu'ils venaient chaque année de plus en plus tôt.

— Oui, et alors ?

— Eh bien, je ne sais pas comment dire... Elle n'a pas voulu laisser son nom, et, honnêtement, ses explications étaient très confuses. Enfin, bref, elle prétendait connaître l'homme qui a enlevé Lilian.

Tous les regards se portèrent aussitôt sur Ellen, qui eut un geste d'impuissance.

— Elle m'a paru ne pas être dans son état normal. Elle avait peur, aussi. Mais je n'ai pas réussi à déterminer ce dont elle avait peur. Elle pensait que c'était un homme avec qui elle avait eu une liaison, un homme qui l'avait battue.

— Ce que Gabriel Sebastiansson ne se privait pas de faire avec sa femme, n'est-ce pas ? glissa Alex.

Ellen secoua la tête.

— Il y avait autre chose, ajouta-t-elle après avoir réfléchi. Elle a dit qu'elle avait des cauchemars qui le rendaient violent et…

— Quoi ? interrompit Peder.

— C'est ce qu'elle a dit, en tout cas. Qu'elle faisait des cauchemars et que ça rendait le type fou furieux. Il menait une sorte de combat auquel il voulait qu'elle participe.

— Quel genre de combat ? demanda Fredrika.

— C'était assez confus, répondit Ellen, en soupirant. Une histoire de femmes seules qui ne méritaient pas leurs enfants. Elle m'a dit qu'elle avait été sa poupée, qu'il utilisait les poupées pour je ne sais trop quoi. Ses propos n'avaient ni queue ni tête.

— Mais elle n'a pas donné son nom ? Le nom de l'homme qui la battait ? s'étonna Alex.

— Non, répondit Ellen. Et elle n'a pas voulu dire non plus comment elle s'appelait.

— Tu as demandé au service technique de localiser l'appel ?

Ellen hésita.

— C'est-à-dire que… non, avoua-t-elle. Les propos de cette femme étaient si décousus, cela ne m'a pas paru assez sérieux pour ça. Il y a une foule de timbrés qui téléphonent dès qu'on lance un appel à témoins. Je le ferai dès la fin de cette réunion, ajouta-t-elle.

— C'est bien, dit Alex. Je pense que tu as raison, mais ça peut toujours servir de savoir qui a appelé.

Il allait poursuivre quand Fredrika fit signe qu'elle voulait ajouter quelque chose.

— À moins que cette femme n'ait pas du tout l'esprit confus mais soit tout simplement terrorisée. Si elle a subi des violences, elle s'est peut-être déjà adressée à la police dans un autre contexte, mais sans recevoir l'aide qu'elle espérait. Auquel cas, elle a un rapport traumatique avec la police, tout en craignant encore son ex-compagnon. Et…

— Mais attendez, c'est quoi, ça ! Qu'est-ce que ça veut dire, « un rapport traumatique avec la police » ? C'est quand même pas la faute de la police si toutes ces bonnes femmes qui appellent pour se plaindre de recevoir des coups de leurs hommes les reprennent et continuent à vivre avec eux…

— Ce n'est pas ce que j'ai voulu dire, Peder, reprit Fredrika calmement. Et le sujet n'est pas, pour l'heure, de s'interroger sur les moyens qu'a la police de diminuer la violence faite aux femmes. Si, je dis bien si, elle a été battue et sent qu'elle n'a pas bénéficié de la protection de la police, elle doit avoir très peur, et ça peut se comprendre. Et justifier ses propos apparemment décousus.

— Mais si on réfléchit un peu, intervint Alex, n'est-ce pas étrange qu'elle appelle pour nous raconter ça précisément maintenant ?

Il y eut un silence.

— Qu'est-ce qui a filtré dans les médias ? Une petite fille a disparu. C'est tout. Personne n'est encore au courant du colis avec les cheveux et rien ne nous permet de dire qu'elle a subi un traitement pire que tous les autres enfants ayant disparu l'année dernière et pour lesquels on a lancé un avis de recherche.

Les autres membres de la brigade méditèrent ce qui venait d'être dit.

— Non, pour moi, c'est une femme qui ne sait pas trop où elle en est, et qui raconte un peu n'importe quoi. Nous allons malgré tout essayer de localiser l'appel. Nous ne pouvons pas exclure qu'elle ait eu une relation avec Gabriel Sebastiansson, qui sait ?

— Mais elle retrouve des similitudes dans l'histoire de Lilian avec ce que cet homme lui a raconté, affirma Fredrika en revenant à la charge. Comme tu le soulignes à juste titre, Alex, très peu d'infos ont été communiquées à l'extérieur. Et pourtant elle a reconnu un détail – reste à savoir lequel –, et ça l'a fait réagir. Pour elle, cette histoire n'a rien à voir avoir les autres disparitions d'enfants. Et rien ne nous indique que Gabriel Sebastiansson soit mêlé à son histoire à elle…

C'en était trop pour Alex, il en oublia qu'il venait de complimenter la jeune femme.

— Bon, je propose qu'on poursuive la réunion, l'interrompit-il d'un ton sec. Il y a toujours plusieurs pistes dans une enquête, Fredrika, mais pour l'instant nous n'en avons qu'une et elle me paraît, tout compte fait, assez vraisemblable.

Il se tourna vers l'analyste-programmeur de la police nationale dont il oubliait toujours le nom.

— Est-ce que d'autres témoins se sont manifestés ? Des passagers du même train ?

L'homme fit signe que oui. Effectivement, il y avait des appels. Presque tous ceux qui se trouvaient dans le compartiment avec Sara et Lilian Sebastiansson. Mais personne n'avait remarqué quoi que ce soit. Ils se rappelaient tous avoir vu l'enfant endormie, mais aucun ne se souvenait d'avoir vu quelqu'un venir la chercher.

— Sara m'a confié, lors de notre premier entretien, qu'elle et Lilian avaient discuté avec une dame assise en face d'elles. Est-ce que cette femme a appelé ? demanda Fredrika.

L'analyste-programmeur sortit une liasse de documents d'une chemise en plastique.

— Si elle était assise en face, cela veut dire qu'elle occupait la place 14... Non, les passagers des places 13 et 14 n'ont pas pris contact avec nous.

— Espérons qu'elles se manifestent, marmonna Alex en se frottant le menton.

Son regard se posa sur la fenêtre. Là-bas, quelque part, se trouvait une petite fille qui avait été enlevée. Sans doute par son père sadique qui ne reculait devant aucun moyen pour effrayer son ex-femme. Et il avait réussi, assurément.

Le portable d'Ellen sonna, et elle quitta aussitôt la salle pour répondre.

— Peder, dit Alex d'un ton ferme, je veux que tu t'occupes de retrouver ce Gabriel Sebastiansson. Je veux aussi que Fredrika et toi, vous interrogiez tous les membres de la famille et les amis du couple. Essayez de savoir où cet homme a pu aller.

Ou bien, pensa Fredrika, *nous recueillerons peut-être des déclarations qui nous mettront sur d'autres pistes*.

Elle préféra garder cette pensée pour elle.

Alex allait clore la réunion, quand Ellen passa la tête dans l'embrasure de la porte.

— Notre prière a été exaucée, annonça-t-elle. La dame assise à côté de Sara et Lilian dans le train vient de nous appeler.

Enfin, se dit Alex, *enfin, ça commence à bouger*.

Peder Rydh reçut Ingrid Strand dans l'une des petites pièces réservées aux visiteurs situées au même étage que l'accueil. La journée avait commencé de façon si chaotique qu'il avait du mal à rassembler ses esprits. Il appréciait d'avoir un collègue pour le seconder dans l'interrogatoire de ce nouveau témoin. Il ne voulait pas risquer de passer à côté d'informations importantes. Ingrid Strand apporterait peut-être, qui sait, le dernier élément qui leur permettrait d'élucider cette affaire. Il s'agissait donc d'être à l'écoute.

Ingrid Strand cherchait son regard. Son collègue Jonas aussi. Peder les fixa tous deux, toussota.

— Excusez-moi, on en était où ? dit-il.

— Nulle part, répondit la dame d'un certain âge assise en face de lui.

Peder lui adressa son sourire en coin, qui faisait d'habitude fondre les vieilles dames, même les plus coriaces. Elle se détendit un peu.

— Je vous prie de m'excuser, mais ç'a été une journée difficile.

Elle hocha la tête et sourit pour lui montrer qu'elle était compréhensive. La discussion pouvait reprendre.

Il observa cette femme – elle semblait plutôt gentille. On aurait dit une grand-mère rassurante. C'est tout juste si elle ne lui rappelait pas sa propre mère. Et aussitôt il ressentit comme un poids lui écrasant la cage thoracique. Il n'avait toujours pas rappelé Ylva. Toujours cette mauvaise conscience dont il ne parvenait pas à se défaire !

— Vous étiez donc assise à côté de Sara et de Lilian Sebastiansson ? demanda-t-il.

Ingrid acquiesça en se redressant.

— Oui, et j'aimerais bien vous expliquer pourquoi je ne me suis pas manifestée plus tôt.

Peder se pencha vers elle, l'air intéressé.

— Nous serions ravis de l'apprendre, dit-il avec un sourire.

Ingrid lui rendit son sourire mais se crispa soudain.

— Vous comprenez, fit-elle à voix basse et en baissant les yeux, je me suis occupée de ma mère. Oui, elle est âgée, c'est normal, mais elle est tombée très malade il y a quelques jours et c'est pour ça que j'ai dû venir, à Stockholm.

Peder avait tout de suite entendu à son accent qu'elle n'était pas de la capitale.

— Mon mari et moi, ça va bientôt faire quarante ans que nous vivons à Göteborg, mais mes parents habitent encore ici. Mon père est décédé l'année dernière et j'ai l'impression que ce sera bientôt au tour de ma mère. En ce moment, mon frère est auprès d'elle. Il m'a dit qu'il m'appellerait s'il se passait quelque chose.

Peder hocha lentement la tête. Il devait se montrer patient.

— Nous sommes très heureux que vous ayez pris la peine de venir jusqu'ici, dit-il.

Jonas l'approuva d'un signe de la tête et prit quelques notes sur son calepin.

— C'est normal, quand j'ai appris ce qui s'était passé... Hier, vous comprenez, je suis restée presque tout le temps auprès de ma mère, je n'ai quasiment pas quitté sa chambre. J'ai dormi dans le fauteuil à côté de son lit. On croyait que ça irait plus vite, si on peut dire. Mais mon frère est venu, comme je vous l'ai dit, et j'ai pu aller un moment dans la salle commune voir la télévision. Et c'est là... là que j'ai appris la disparition de la petite fille. Et j'ai pensé que je devais vous contacter. J'étais assise à côté d'elle et de sa maman... Je vous ai appelés dès que j'ai pu.

Ingrid fut parcourue d'un frisson avant de poursuivre :

— J'aurais dû me douter que quelque chose n'allait pas, dit-elle en soupirant. Au cours de ce voyage, j'ai parlé avec la fillette et sa maman, charmante. L'enfant s'est vite endormie, mais j'ai continué à discuter avec sa mère. Et, bien sûr, j'ai vu qu'elle n'était pas revenue à sa place quand on est repartis de Flemingsberg. Mais le contrôleur, le plus vieux des deux, est venu s'asseoir auprès de l'enfant. Je n'ai pas voulu m'en mêler, il avait l'air de savoir ce qu'il devait faire, il semblait contrôler la situation. Et, comme je vous l'ai dit, j'avais mes propres préoccupations.

Pour l'encourager à poursuivre, Peder hocha la tête d'un air entendu.

— Oui, c'est souvent comme ça, dit-il, compréhensif, on a parfois l'esprit ailleurs.

En levant des yeux pleins de larmes vers lui, Ingrid continua :

— Jamais je n'aurais imaginé qu'un drame pareil puisse arriver, chuchota-t-elle. Le train est arrivé à Stockholm comme prévu, tout le monde s'est levé et a rassemblé ses affaires pour descendre. Et le contrôleur n'est pas revenu. Je me suis demandé si je devais l'attendre, mais j'ai cru, pour je ne sais quelle raison, qu'on avait trouvé une solution pour la petite.

Ingrid soupira, et une larme coula sur sa joue.

— J'allais partir, quand je l'ai vue se réveiller. Elle a regardé autour d'elle, encore un peu endormie. Puis elle s'est redressée sur son siège et a cherché sa mère du regard. Et, tout à coup, cet homme a surgi de nulle part et l'enfant avait disparu... Je n'ai vu que son dos.

Peder la regarda droit dans les yeux.

— Un homme a pris la fillette ? répéta Jonas, qui jusqu'ici n'avait pas ouvert la bouche.

Ingrid Strand confirma en essuyant ses larmes.

— Oui, c'est comme ça que c'est arrivé. Et il marchait d'un pas si assuré que j'ai cru que... J'ai pensé que tout s'arrangeait. Car, en descendant sur le quai, je les ai revus.

Peder attendait la suite, immobile. Il avait la bouche sèche.

— L'homme la portait dans ses bras, murmura Ingrid. Je les ai vus devant l'autre porte du wagon quand je suis moi-même descendue. L'enfant semblait si détendue. J'ai pensé que tout allait bien, que ce devait être quelqu'un qu'elle connaissait qui était venu la chercher.

Ingrid cligna des yeux plusieurs fois.

— Je l'ai seulement vu de dos. Un homme grand. Grand et brun. Les cheveux courts. Il portait une chemise verte qui m'a fait penser à celle que mettait mon gendre quand nous étions à la campagne. Et il lui caressait le dos, comme le font les parents. J'ai remarqué cette main, car il avait une grosse bague en or, une sorte de chevalière.

Peder nota ce détail.

— J'ai vu qu'il lui chuchotait quelque chose à l'oreille, poursuivit Ingrid Strand d'une voix plus ferme. Il lui parlait. Et elle écoutait, même si elle semblait si molle dans ses bras.

Il y eut un grand silence. Peder respira plusieurs fois lentement. Jonas bougea un peu en cherchant à croiser son regard. Si Ingrid Strand avait plus à raconter, mieux valait ne pas interrompre son récit.

Les épaules de la vieille dame s'affaissèrent et son visage afficha une expression de totale impuissance.

— Je ne me suis pas doutée une seconde qu'il y avait quelque chose d'anormal quand je les ai vus, dit-elle à voix basse avec de nouveau des larmes aux yeux. J'étais persuadée que l'enfant connaissait cet homme. J'ai pensé, en fait, que ce devait être son père.

Pia Nordh attendait le retour de Peder dans son bureau. En l'apercevant, ce dernier s'arrêta net sur le seuil de la porte. Elle esquissa un sourire et Peder se sentit tressaillir quand elle tourna la tête, ses cheveux blonds comme les blés encadrant son visage en forme de cœur.

— Salut, dit-elle.

— Salut, répondit Peder en entrant dans la pièce.

Il ne savait que faire.

— J'ai vu que tu m'avais appelée, commença Pia avec un sourire. J'ai dû répondre quand tu as raccroché.

Peder, toujours aussi désemparé, restait planté devant Pia.

— Mais tu es sans doute occupé, maintenant ? hasarda-t-elle d'une voix douce.

Beaucoup trop douce.

Peder secoua la tête. Il prit enfin place à son bureau, mettant un peu de distance entre eux. Il s'y sentait plus en sécurité. Il se redressa, s'éclaircit la voix.

Maîtrise-toi, Peder. Maîtrise-toi.

— Oui, en fait, je travaille sur une affaire très importante en ce moment, déclara-t-il avec emphase. Je n'ai pas le temps de… euh… de faire la conversation. Ce n'est pas le moment de prendre une pause-café, si tu préfères.

Peder savait qu'il exagérait. Dans la police, ce n'étaient pas les pauses-café qui manquaient. Si vraiment on ne pouvait pas en prendre une, alors on était sur un gros coup. Ou dans une situation gravissime, du type : le roi a été assassiné, ou le Parlement bombardé par des terroristes. Sauf que ce genre d'événement, c'était bien sûr du ressort de la brigade antiterroriste.

La brigade antiterroriste. Ah, c'était le rêve de tout policier de travailler dans ce service !

Ils furent interrompus par Ellen Lind.

— Tu viens ? Alex aimerait avoir le plus vite possible le compte rendu de ton interrogatoire, lança-t-elle.

— J'arrive tout de suite, répondit-il.

Ellen disparut, laissant la porte ouverte derrière elle.

— On pourrait peut-être boire une bière plus tard, après le boulot ? proposa Pia avec un sourire.

Peder lui rendit un sourire gêné.

Oublie-la. Oublie-la.

— Je te rappellerai, dit-il.

Peder se retourna pour la regarder une dernière fois avant de quitter son bureau, soulagé d'avoir évité celle qui était l'incarnation de son péché, de sa faute. Mais comment réfréner le désir qu'il éprouvait pour cette femme ?

Oublie-la. Oublie-la.

Les fées s'étaient penchées sur le berceau d'Ellen Lind : non seulement elle jouissait d'une très bonne santé, mais elle devinait quand l'alchimie fonctionnait entre deux personnes. Ainsi, elle avait su que sa mère avait trouvé un nouveau compagnon et n'avait donc pas été surprise que ses parents divorcent. C'est malheureusement aussi grâce à ce don qu'elle avait découvert que son mari la trompait. Il ne lui avait donc fallu qu'un dixième de seconde pour comprendre que la belle femme dans le bureau de Peder était bien plus qu'une collègue…

Que Peder trompât sa femme ne la surprenait pas outre mesure. Malgré tout, cela la mit en colère. Elle savait que, depuis un an, l'épouse de Peder souffrait d'une sévère dépression postnatale.

Ellen connaissait trop bien les hommes pour ne pas deviner ce qui se passait. Peder devait estimer qu'il n'avait pas de chance d'avoir une femme dépressive à la maison et qu'il pouvait donc se permettre une petite aventure extraconjugale. Comment ces hommes pouvaient-ils se regarder en face ? Et comment expliquer que des femmes acceptent de rester avec des types comme lui ?

Cela dit, sur le plan sentimental, la situation d'Ellen n'était pas vraiment idéale. Son amoureux venait d'appeler pour lui dire qu'une mission imprévue l'attendait. Ellen avait eu du mal à cacher sa déception. Cet homme ne comprenait-il pas l'importance pour elle de vivre un nouvel amour, elle qui élevait seule ses deux enfants ?

« Il ne faut pas trop exiger l'un de l'autre, lui avait-il dit. Je m'inquiète, Ellen, de ton manque d'ouverture et de souplesse… »

Dans un premier temps, elle était restée interdite. Puis elle avait failli raccrocher, avant de se raviser et de lancer : « Bon, on se rappelle plus tard dans la semaine ! »

Pourquoi était-il si difficile d'avoir une relation simple avec un homme ?

Seule sur la route, protégée par la pluie et le ciel sombre, Jelena conduisait dans la voiture qu'elle et l'Homme avaient achetée. La jeune fille était si excitée qu'elle avait du mal à rester assise derrière le volant. Enfin il se passait quelque chose. Ç'avait été si long... Il avait fallu bien élaborer le plan, penser aux moindres détails et attendre, attendre le bon moment. Un sourire flotta sur les lèvres de son frêle visage, une bulle de joie qui ne demandait qu'à éclater et à gagner tout son corps. Mais l'Homme avait été, comme toujours, formel dans ses instructions.

— Rien n'est gagné d'avance, ma poupée, avait-il dit en prenant le petit visage entre ses mains puissantes. Il ne faut jamais se réjouir trop vite. Attendons que tout soit réglé. Rappelle-toi, petite poupée : pas de faux pas maintenant. On y est presque.

D'un air recueilli, elle avait plongé son regard dans le sien pour lui jurer par tout ce qu'elle avait de plus sacré au monde qu'elle ne le décevrait jamais.

— Tu m'aimes ? avait-il demandé.

— Oui, avait-elle murmuré fiévreusement, pleine d'espoir. Oui, je t'aime à la folie !

La pression de ses doigts autour du visage de la jeune fille s'était accentuée.

— Je t'ai demandé si tu m'aimais, Poupée. Une question simple appelle une réponse simple, un seul mot. N'utilise pas plus de mots que nécessaire. Ça évite les embrouilles.

Elle avait essayé de faire oui avec la tête pour le mettre de bonne humeur, mais il la serrait trop fort.

— Je sais, avait-elle répondu. Mais on n'est que tous les deux, ici... je voudrais tellement que tu saches à quel point je t'aime.

Sa poigne s'était encore durcie, et ça commençait à faire mal. Lentement, il l'avait soulevée jusqu'à son thorax, puis jusqu'à son visage. Elle avait dû se tenir sur la pointe des pieds pour ne pas se retrouver suspendue.

— C'est bien que tu dises ça, ma poupée, avait-il chuchoté. Mais on en a déjà parlé. L'important, c'est pas ce qu'on dit mais ce qu'on fait. Si je ne remarque pas à quel point tu m'aimes, si tu dois me le dire, ton amour ne vaut rien. N'est-ce pas ?

Jelena avait senti les larmes lui monter aux yeux et espéré de tout son cœur qu'elles ne se mettraient pas à couler. Ça aurait gâché toute la soirée. Et elle aurait eu mal. Très mal.

— Tu comprends ce que je dis ?

L'étau s'était un peu desserré quand elle avait fait signe que oui.

— Parle ! lui avait-il ordonné, mais sans colère.

— Je comprends, avait-elle vite répondu. Je comprends.

À son effroi, il avait resserré la pression de ses mains.

— C'est bien, petite poupée, avait-il dit en baissant la voix. Car si tu ne comprends pas, si je ne peux pas te faire confiance, tu ne m'es d'aucune utilité. Tu comprends bien ça ?

Jelena avait compris. Trop bien.

— Bon, on n'en parle plus, et il la relâcha assez pour que ses pieds retrouvent le sol.

Elle avait respiré, les muscles du cou endoloris.

— T'es bien ma petite poupée, hein ? lui avait-il chuchoté en se penchant pour l'embrasser.

— Oui, avait-elle murmuré, trop heureuse qu'il lui ait pardonné sa faute.

— C'est bien, poupée, c'est bien.

Et il l'avait poussée, avec douceur mais fermeté, vers la chambre à coucher.

Jelena serra le volant en pensant à ce qu'ils avaient fait au lit, unis l'un à l'autre. Les choses prenaient enfin tournure, la machine était lancée. L'Homme avait raison, bien sûr. Il ne fallait pas vendre la peau de l'ours avant de l'avoir tué. Ils devaient rester concentrés. Mais quand ils auraient terminé – Jelena tressaillit à cette pensée –, ce ne pourrait être que fantastique. Forcément.

La voiture avançait si vite. Et dire qu'elle n'avait même pas le permis ! Elle était seule sur la route. Elle se sentait à l'aise dans le rôle qu'elle allait jouer. Ce n'était pas ça, le plus difficile à faire. Il suffisait de s'en tenir exactement à ce qu'ils avaient décidé ou, plus exactement, à ce que l'Homme avait décidé. Comme il savait mieux qu'elle ce qu'il fallait faire, elle le laissait décider.

Elle ne donnait pas cher de sa peau si elle échouait dans sa mission. Elle déglutit péniblement et se concentra de nouveau sur sa conduite.

Balancer le fœtus, pensa-t-elle. *Je n'ai que ça à faire. Faut juste attendre le bon moment.*

Fredrika Bergman termina sa journée de travail en établissant une liste. Elle était épuisée.

Elle regarda sa montre : 19 h 30. Elle n'avait rien avalé avant 16 heures. Elle sentit qu'elle avait de nouveau faim.

Son portable vibra. Un nouveau message. De Spencer, ça alors ! Il n'envoyait jamais de SMS.

Très chère, merci encore pour la nuit magnifique d'hier. J'espère qu'on pourra se revoir ce weekend, S.

Ça lui fit chaud au cœur. Elle comptait pour quelqu'un. Pour Spencer Lagergren. Au moins de temps en temps.

Elle repensa à la nuit précédente. Que sacrifiait-elle, au juste, en restant avec Spencer ? Une amie avait insinué que Spencer déployait habilement tout son charme pour qu'elle n'ait pas vraiment envie de rencontrer un autre homme. Fredrika avait protesté vigoureusement, affirmant que ce n'était pas du tout ça. Spencer n'était qu'un doudou pour elle, elle le voyait quand elle se sentait trop triste ou trop seule. S'il n'avait pas été là, elle n'aurait pas été moins seule, au contraire. La solitude lui aurait pesé, ce qui n'était pas le cas actuellement.

Fredrika considéra de nouveau sa liste : pourquoi n'y avait-il pas de témoins pour corroborer les propos d'Ingrid Strand ? Pourquoi était-elle la seule à avoir vu, sur le quai, la petite Lilian dans les bras d'un homme de grande taille ?

Alex lui avait expliqué que, dans la vie de tous les jours, les gens ne faisaient pas attention à une scène aussi banale. Un père qui porte son enfant, quel mal y a-t-il à cela ?

Cet argument était recevable, mais comment se faisait-il qu'Ingrid Strand fût la seule à se souvenir de cet homme ? Certes, ayant parlé avec la mère et l'enfant, peut-être se sentait-elle plus impliquée, mais il y avait d'autres personnes dans le compartiment. Fredrika avait demandé discrètement conseil à l'analyste-programmeur – quelque peu ignoré par Alex.

Mais non, il n'y avait pas eu d'autres appels intéressants de témoins. Il avait entré un à un tous les renseignements dans sa base de données, sans résultat concluant. Personne pour corroborer le récit d'Ingrid Strand.

Fredrika ne voyait aucune raison de mettre en doute sa déclaration. Elle se demandait par contre où le père – si c'était lui – et Lilian étaient allés, arrivés au bout du quai et pourquoi personne ne les avait vus plus tard…

La police avait posé la question à toutes les compagnies de taxi, et aux propriétaires de boutiques à l'intérieur de la gare centrale, mais cela n'avait rien donné. Personne ne se souvenait d'avoir vu un homme grand portant dans ses bras une petite fille ressemblant à Lilian. Cela ne voulait pas dire que personne ne les avait vus, mais personne ne s'en souvenait. Et pourquoi ? Il y avait quelque chose que Fredrika n'arrivait pas à saisir.

Alex ne cherchait pas comme elle à savoir où ils étaient allés après avoir quitté la gare.

— Il faut laisser un peu de temps aux gens, lui avait-il dit. Tôt ou tard, il y a quelqu'un à qui ça reviendra et qui nous appellera.

Laisser un peu de temps aux gens.

Fredrika fut parcourue d'un frisson. Combien de temps avaient-ils réellement devant eux ?

Tout dépendait bien sûr de la personne qui avait enlevé la fillette et pour quelle raison. Fredrika était la seule du groupe à ne pas exclure que l'auteur des faits soit autre que Gabriel Sebastiansson.

Même le procureur, qu'ils avaient contacté, s'était plutôt rangé à l'avis d'Alex et de Peder. Si Ingrid Strand n'avait pas vu le visage de l'homme, sa description semblait aller dans ce sens. Et ce n'était pas un crime de venir chercher sa fille au train ! Tout ce qu'on pouvait lui reprocher ici, c'était de ne pas avoir averti la mère. En revanche, le fait d'avoir rasé la tête de sa fille relevait de la maltraitance caractérisée, selon le procureur. À supposer que ce soit vraiment lui…

Après avoir tourné le problème dans tous les sens, le procureur avait ainsi conclu : il y avait eu enlèvement d'enfant, sans accord ni concertation avec la mère, puis maltraitance, et l'envoi du colis à la mère constituait une véritable menace. C'était assez pour qu'on puisse parler de kidnapping, et, comme il paraissait très vraisemblable que Gabriel Sebastiansson en fût l'auteur, un mandat d'arrêt allait être lancé contre lui. Alex veilla personnellement à ce que toutes les forces de police du pays soient prévenues.

Alex et Peder avaient semblé soulagés en sortant du bureau du procureur, tandis que Fredrika, le front soucieux, marchait deux pas derrière eux.

Elle regarda la liste des personnes dans l'entourage de Sara Sebastiansson qu'elle allait essayer de rencontrer le lendemain. Comme elle s'y attendait, Peder avait été tout content qu'elle le laisse s'occuper des amis de Gabriel Sebastiansson, comme s'il avait tiré le gros lot.

Fredrika continuait de douter. Elle repensait à la femme avec qui Ellen avait parlé au téléphone l'après-midi. Cette femme qui avait vécu avec un homme violent, convaincue qu'il avait enlevé Lilian. Il n'y avait qu'une infime chance pour que cet homme soit effectivement Gabriel Sebastiansson. Mais jusqu'ici Gabriel n'avait fait l'objet d'aucune plainte, et il y en aurait eu s'il avait été cet homme-là, en supposant que cette femme – ou une autre – ait déposé une plainte au commissariat. Alex et Peder l'avaient priée de ne pas perdre trop de temps avec cette piste, de se concentrer sur des « scénarios plausibles et réalistes » et non sur des affabulations.

Des affabulations ! Fredrika l'avait mauvaise. Mais avec l'aide de Mats, l'analyste-programmeur, elle avait appris que la femme avait appelé d'une cabine téléphonique dans le centre de Jönköping. La piste s'arrêtait là. Jönköping. Fredrika avait vite regardé si Gabriel Sebastiansson avait des raisons d'avoir été là-bas mais n'en trouva pas.

La femme au téléphone parlait assurément d'un autre homme. Qu'avait-elle dit d'autre ? Il fallait trouver une amorce de piste. Cela dit, toutes sortes de gens bizarres appelaient dès qu'on lançait un appel à témoins, comme l'avait souligné Ellen. Et si Alex avait raison : si elle n'était pas faite pour ce travail ? Pourtant, le boulot d'investigation était au cœur même de leur métier, non ?

Fredrika n'avait que sa conviction intime concernant les deux points qui l'intéressaient : la femme au chien à Flemingsberg et la femme anonyme qu'Ellen avait eue au bout du fil. Une intuition. Le genre de chose que la plupart des hommes réfutent par principe.

Elle nota une dernière démarche à faire le lendemain : aller à la gare de Flemingsberg.

Son ventre criait famine.

L'importance du dialogue, pensa Fredrika.

Pour l'instant, elle n'avait que son ventre à qui parler.

Peder Rydh se sentait plus détendu après sa journée de travail. Il allait même bien. Pour la simple et bonne raison qu'il n'avait pas l'intention de rentrer aussitôt chez lui : il avait décidé de boire une bière avec des collègues.

Il éprouvait un réel soulagement. Alex et lui n'avaient pas douté une seconde que Gabriel Sebastiansson avait enlevé l'enfant, mais l'avis du procureur avait conforté leur conviction. Il s'agissait moins de s'intéresser à « qui » avait pris la fillette qu'à « où » l'enfant pouvait être. *Oui, où était l'enfant ?*

Fredrika l'amusait, elle partait dans tous les sens. Ce n'était pas vraiment ce qu'on appelait un fin limier. Elle était plutôt comme un cabot, court sur pattes, avec un gros pif qui reniflerait partout. L'image le fit sourire. Un cabot, voilà ce qu'elle était. Et les cabots, ça ne jouait pas dans la même cour que les grands chiens comme lui et Alex.

Il arriva au bar sans s'en être rendu compte, entra le dos bien droit et la tête haute. Comme par hasard, Pia Nordh se trouvait là, elle aussi. Certains des hommes la reconnaissaient, à en juger par le sourire plein de sous-entendus qu'ils adressèrent à Peder. Il sourit à leur tour. *No comments, guys.*

Peder aimait se laisser porter par les événements. Cela l'avait souvent rendu très heureux. Ylva ne croyait pas aux coïncidences, elle aimait tout planifier. Pas question de vivre au jour le jour. C'était même ce qui les avait rapprochés, au début. C'était dépaysant et excitant de vivre avec quelqu'un de tellement différent de soi.

Mais cela présentait aussi des inconvénients.

Les hasards de la vie ne se laissaient pas emprisonner dans une quelconque structure. Il était même assez ironique que ce fût une de ces circonstances inattendues qui avait en partie détruit leur couple. Peder n'aimait pas repenser à tout ça, surtout quand il buvait de la bière. Mais il n'y pouvait rien. Tout était parti d'un concours de circonstances, et Ylva n'avait pas du tout su y faire face.

À l'échographie, Ylva et Peder avaient été stupéfaits d'apprendre qu'ils attendaient des jumeaux.

— Mais…, avait balbutié Ylva, aucun de nous n'a de jumeaux dans sa famille.

La sage-femme avait expliqué que des dispositions génétiques pouvaient provoquer la naissance de jumeaux issus de deux œufs différents. En revanche, des jumeaux issus d'un même œuf, c'était le fruit du hasard.

Peder avait trouvé là de quoi être rassuré. C'était le hasard, voilà tout. Mais, pour Ylva, ce fut comme le début de la fin. Oui, en y repensant, c'est à partir de ce moment-là que les choses s'étaient gâtées.

— C'était pas ce qu'on avait imaginé, avait-elle répété durant toute sa grossesse.

Cela avait frappé Peder d'autant plus que lui ne s'était rien « imaginé » du tout.

Un homme qui lui tapa dans le dos interrompit le cours de ses pensées.

— Alors, ça gaze avec Recht ? demanda-t-il, une pointe d'envie dans le regard.

Cela fit plaisir à Peder. Autant penser à des choses positives et reprendre des forces.

— Ça se passe super bien, répondit-il. Alex est vraiment un grand pro ! C'est dingue…

Son collègue hocha la tête avec un air presque recueilli, et Peder crut se sentir rougir. Qui eût cru, alors qu'il croupissait au fin fond d'un service quelques années auparavant, qu'il en viendrait à parler d'Alex Recht en le nommant familièrement « Alex » ?

— Ça marche bien pour toi, Peder, dit le collègue. Félicitations, bordel !

Peder ouvrit les bras et le remercia.

— Allez, la prochaine tournée est pour moi, clama-t-il à la ronde, attirant ainsi une flopée d'autres collègues.

Il dut subir un tir croisé de questions. Tout le monde voulait savoir comment travaillait Alex et quelle était l'ambiance au sein du groupe. Peder se sentait si heureux de se trouver au centre de l'attention qu'il n'hésita pas à laisser libre cours à ses critiques : son nouveau service manquait de moyens et ils avaient dû faire appel à des gens de l'extérieur. Il avoua aussi que ce type de boulot était très nouveau pour lui et qu'Alex ne lui semblait pas toujours à la hauteur de sa réputation…

La conversation dévia sur les autres membres de la brigade et, inévitablement, ils en vinrent à parler de Fredrika Bergman.

— Nous aussi, dit un policier qui travaillait au poste du quartier de Södermalm, on a dans notre groupe quelqu'un qui vient du civil. Je crois que c'est la personne la plus incompétente avec qui j'aie jamais travaillé. Il ne jure que par les programmes informatiques, les schémas, les diagrammes, et passe son temps à griffonner des chiffres. Beaucoup de bla-bla et rien de concret.

Peder avala sa bière et renchérit :

— Voilà qui est parler ! Ces gens-là n'ont aucune idée de là où ils mettent les pieds. Ils n'en font qu'à leur tête, ignorent ce qu'est une enquête. Ils veulent courir tous les lièvres à la fois. On ne peut pas travailler avec des gens comme ça.

— Mais elle est peut-être agréable à regarder, cette Fredrika ? insinua un autre collègue avec un sourire en coin.

Peder approuva, d'un air ambigu :

— Ouais, il faut le reconnaître, c'est un sacré brin de fille.

Les visages s'éclairèrent et quelques rires graveleux fusèrent. Et les gars remirent ça.

— Encore une tournée pour tout le monde !

Il était 23 heures quand Peder s'éclipsa discrètement avec Pia Nordh. L'alcool et le manque de sommeil lui faisaient tourner la tête, mais il trouvait l'occasion trop belle pour la laisser passer. Il estimait que c'était le genre de cas où un homme a le droit de coucher avec une autre femme que la sienne.

Lorsque Pia referma la porte de son appartement derrière eux, Peder n'éprouvait pas une once de remords. Son corps avait pris le dessus. L'alcool et le désir avaient eu raison de ses derniers scrupules. La volupté lui tendait les bras, il lui fit un accueil triomphal.

Survivante d'une époque révolue, Teodora Sebastiansson avait conscience de vivre dans un monde à part et cela lui convenait parfaitement. Elle ne se sentait pas à l'aise dans cette époque et ne voyait pas ce qu'elle avait à y faire.

Sa mère n'avait jamais cherché à lui dissimuler les fondements de la vie : il convenait d'apprendre, de se marier puis de laisser une descendance. Pour atteindre cette forme d'éternité, il fallait, en d'autres termes, procréer. L'éducation, le mariage et les enfants : la sainte Trinité pour les femmes. Avoir une carrière était exclu et, d'ailleurs, tout à fait incongru puisque dans cette configuration l'homme était censé subvenir aux besoins de son épouse. Si l'on se cultivait, c'était dans le seul but de pouvoir converser avec des personnes ayant de l'éducation.

Comme elle ne s'en était pas cachée avec Fredrika, Teodora Sebastiansson pensait que son fils aurait pu trouver bien meilleur parti que cette Sara. Elle avait espéré en son for intérieur qu'il la quitterait pour une autre, tant qu'il en était encore temps. Mais la naissance de Lilian, la première petite-fille de Teodora, acheva de ruiner ses espoirs.

Ayant elle-même été à rude école, elle n'avait pas désapprouvé la manière quelque peu forte utilisée par Gabriel pour mettre sa femme au pas. Teodora défendait son fils bec et ongles. C'était la faute de Sara si elle ne savait pas trouver grâce aux yeux de son fils. Elle était persuadée que son fils avait épousé cette fille uniquement pour se rebeller contre ses pauvres parents. Cela dit, elle n'hésitait pas une seconde à prendre le parti de son fils, même lorsque sa bru avait recours à la police et renonçait à la vie luxueuse que Gabriel lui offrait.

Sara s'était mis le doigt dans l'œil si elle avait cru qu'une bonne mère comme Teodora désavouerait son fils ou sa petite-fille. Celle-ci pensait surtout à Lilian, essayait-elle de se persuader, lorsqu'elle décrocha le téléphone pour appeler deux vieux amis de son mari, que ce dernier avait beaucoup aidés et qui devaient encore à la famille Sebastiansson d'importantes sommes d'argent.

Il fut facile de fournir à Gabriel l'alibi dont il avait besoin et qu'il méritait. En revanche, il était plus difficile de le guider pour la conduite à tenir. Après sa vie mouvementée et le deuxième dépôt de plainte, Teodora avait parlé sérieusement à son fils. Elle ne voyait aucun inconvénient à ce qu'il corrige cette bécasse, mais la police ne devait pas y être mêlée. Cela faisait du tort à la famille et elle ne pourrait pas toujours le tirer de ses mauvais pas in extremis. Surtout qu'il avait le malheur de laisser des traces bien visibles sur le corps de Sara et que celle-ci avait le mauvais goût de s'en plaindre hors du cadre familial.

Quand Gabriel n'eut plus le droit de rendre visite à sa femme suite à son harcèlement téléphonique, Teodora jugea qu'il allait trop loin. Soit il se débrouillait pour que Sara revienne – ce qu'elle ne considérait pas du tout comme une bonne idée –, soit il renonçait à éduquer cette femme et demandait le divorce. Le divorce et la garde exclusive de l'enfant.

Teodora n'avait jamais su comment son fils s'y était pris, mais Sara était revenue vivre avec lui. Ça n'avait pas duré longtemps. Elle avait recommencé à faire des histoires et ils s'étaient de nouveau séparés.

Et, maintenant, elle avait réussi le tour de force de perdre son unique petite-fille ! Tout son corps tremblait à cette pensée. Cette fille ne connaissait donc aucune limite pour détruire la famille Sebastiansson. Teodora, mère elle-même, avait vu comment Sara s'occupait de sa fille. Aucune autorité, aucune éducation. Si l'enfant revenait chez sa mère, Teodora se battrait de toutes ses forces pour que son fils récupère la garde de sa fille. Sara rencontrerait enfin une adversaire d'envergure, sur laquelle ni la police ni les menaces n'auraient de prise. Elle apprendrait à ses dépens ce qu'il en coûte d'être l'artisan de sa propre chute et d'essayer d'entraîner son enfant dans la déchéance.

Étant donné ses sentiments à l'égard de sa belle-fille, Teodora n'avait pas hésité à mentir pour protéger son fils, que ce soit la veille ou lors de la visite de cette Fredrika Bergman. Elle regrettait seulement que son fils ne lui ait pas dit où il était parti en vacances ; cela lui aurait simplifié la vie pour les mensonges à venir.

Elle soupira.

— Ils reviendront.

Teodora sursauta en reconnaissant soudain la voix de son fils.

— Mon Dieu, comme tu m'as fait peur !

Gabriel franchit le seuil de la porte de la bibliothèque, où sa mère était restée assise depuis le départ de la jeune policière. Teodora se leva et alla lentement vers lui.

— Il faut que je sache, Gabriel, dit-elle en insistant sur chaque mot, il faut que je sache… As-tu quoi que ce soit à voir avec la disparition de Lilian ?

Gabriel Sebastiansson ignora la question et regarda par la fenêtre.

— Je crois qu'il va y avoir de l'orage, dit-il d'une voix rauque.

Quand Nora était beaucoup plus jeune, l'obscurité était son pire ennemi. En grandissant, elle avait changé d'avis : l'obscurité était devenue une amie. Chaque soir et chaque nuit, elle se réjouissait à l'idée de la retrouver et l'accueillait avec reconnaissance. Même chose pour le silence. Elle en avait besoin.

À la faveur de l'obscurité et du silence, elle remplit rapidement une valise de vêtements. Le ciel ne serait pas tout noir, comme souvent en été, mais l'obscurité d'un bleu velours serait suffisante. Le parquet craqua sous ses pieds nus quand elle traversa la pièce. Le bruit l'effraya. Le bruit troublait le silence, et le silence n'aimait pas être troublé. Pas maintenant. Pas quand elle devait se concentrer. Au fond, ce n'était pas aussi difficile que l'autre fois de faire sa valise. Elle n'avait pas besoin de tout emporter. Elle ne partait que pour quelques semaines.

La grand-mère maternelle de Nora avait été heureuse d'entendre sa voix au téléphone.

— Ma petite chérie, tu veux venir me rendre visite ! s'exclama-t-elle quand Nora lui annonça qu'elle comptait venir dans son chalet.

— Si ça ne te dérange pas, avait dit Nora.

— Mais tu sais bien que tu es toujours la bienvenue ! avait répondu sa grand-mère.

Ah, sa mamie si merveilleuse… Sa seule source de joie quand elle était petite, elle qui n'avait eu d'enfance que le nom.

— Je t'appellerai dès que j'aurai pris mon billet pour te dire exactement quand j'arrive, mamie, chuchota Nora au téléphone, la gorge sèche.

— Très bien, Nora, répondit sa grand-mère avant de raccrocher.

Elle essaya de rassembler ses esprits tandis qu'elle préparait sa valise. Elle décida de porter ses escarpins rouges. Le genre de chaussures qui lui donnaient l'air vulgaire, disait l'Homme, mais qu'elle adorait porter, comme pour affirmer son indépendance. Peut-être aurait-elle dû décliner son identité lorsqu'elle avait parlé à la police. Mais elle peinait déjà tant pour empêcher son univers de se lézarder, elle ne voulait pas courir le risque de tout détruire.

La valise était prête, et Nora aussi. Elle posa son bagage par terre et s'assit au bord du lit. Il était presque 22 heures. Elle devait appeler sa grand-mère pour lui dire quand elle arriverait, elle le lui avait promis.

Nora composait le numéro quand elle entendit un bruit dans l'entrée. Un seul. Puis le silence. Nora cligna des yeux. Elle entendit le plancher craquer. Les pas se rapprochèrent.

Elle faillit pousser un cri en le voyant surgir sur le pas de la porte. Paralysée, anéantie, elle comprit qu'il était trop tard. Elle n'avait pas fini de composer le numéro.

— Alors comme ça, poupée, on se prépare à partir ?

Le téléphone lui tomba des mains, et elle ferma les yeux en espérant chasser la vision du mal. La dernière chose qu'elle vit, ce furent ses escarpins rouges à côté de la valise.

Jeudi

Le Dr Melker Holm était toujours de garde la nuit au service des urgences. En premier lieu, parce qu'il aimait voir le travail avancer ; en second lieu, parce qu'il appréciait les heures parfois plus calmes de la nuit, après le rythme trépidant de la journée.

Cette nuit-là, pourtant, n'était pas calme. Un grave accident de voiture impliquant plusieurs véhicules avait mobilisé les urgences assez longtemps, tandis que dans la salle d'attente patientaient des personnes aux pathologies moins urgentes mais qui en avaient marre d'attendre...

Melker entendit les pas de l'infirmière, Anne, avant d'entendre sa voix. Étant donné sa petite taille, cette femme trottinait plus qu'elle ne marchait. À part cela, son physique était irréprochable. Il n'écoutait pas les rumeurs qui circulaient, mais, à son corps défendant, il avait entendu dire qu'elle était le genre de femme sachant exploiter les atouts que lui avait donnés la nature.

Il n'appréciait guère les femmes vulgaires qui s'offraient sur leur lieu de travail. Mais cette infirmière avait décidément quelque chose que les autres n'avaient pas. Elle dégageait une sorte d'assurance, de tranquillité. On pouvait lui faire confiance. Et c'était une des qualités que Melker plaçait le plus haut.

Anne apparut dans l'embrasure de la porte quelques secondes après qu'il l'eut reconnue à ses petits pas.

— Je crois que vous feriez bien de venir, docteur.

Melker remarqua sur son visage une expression tendue qu'il ne lui avait encore jamais vue.

Sans poser de questions, il se leva et lui emboîta le pas.

À sa grande surprise, Anne traversa l'accueil des urgences et sortit du bâtiment.

— Excusez-moi, mais de quoi s'agit-il exactement ? demanda-t-il enfin.

La jeune femme tourna la tête vers lui, et son pas devint incertain.

— Une femme a appelé, dit-elle. Elle a dit qu'elle et son mari arrivaient aux urgences en voiture, qu'elle allait accoucher de son premier enfant et craignait de ne pas arriver à temps. Le bébé risquant de naître dans la voiture, elle nous a demandé de sortir pour l'aider dès qu'on la verrait.

L'infirmière se passa la langue sur les lèvres et regarda la voie d'accès réservée aux urgences. Devant l'air interrogateur du médecin, elle ajouta :

— Elle a dit qu'ils étaient dans les parages, et, comme je n'ai pas réussi à mettre la main sur le médecin accoucheur, j'ai pensé...

Melker l'interrompit.

— Je comprends. Mais ils ne sont pas là. Et d'ailleurs... ils n'ont rien à faire aux urgences. Vous auriez dû les orienter vers la maternité.

Anne rougit.

— Il ne s'agit pas de vous faire perdre votre temps, docteur, mais il y avait dans la voix de cette femme… oui, quelque chose me disait qu'il y avait urgence.

Melker fit un signe de tête plus compréhensif.

— Je reste à votre disposition, mais s'ils rappellent soyez gentille de les orienter vers l'accueil en maternité.

Sur ce, il fit volte-face et retourna à son bureau. Il jeta un coup d'œil à sa montre : minuit passé. Une nouvelle journée commençait déjà…

Il était un peu plus de 1 heure quand Melker reconnut les pas d'Anne dans le couloir. Le temps de comprendre qu'elle courait, elle était déjà sur le pas de la porte, trempée, les yeux écarquillés.

— Venez vite, docteur ! Vite !

Ça ressemblait à un ordre. Pourquoi paniquait-elle soudain, cette excellente professionnelle des urgences ?

Il se précipita à sa suite sur le parking.

Juste avant la voie d'accès aux urgences, à la limite entre le parking des visiteurs et l'entrée proprement dite, au beau milieu du trottoir, il y avait une petite fille nue comme un ver. Son regard vitreux et vide fixait aveuglément le ciel nocturne qui laissait ruisseler la pluie sur son corps pâle.

— Oh non ! murmura Melker en s'agenouillant près de l'enfant pour prendre son pouls, même s'il avait compris au premier regard qu'elle ne vivait plus.

— Je n'ai pas osé la bouger, dit en pleurant l'infirmière. Je n'ai pas osé quand j'ai vu qu'elle était morte.

Melker envierait par la suite les larmes d'Anne qui se mêlaient à la pluie, car lui ne put pas pleurer pendant plusieurs jours.

— Je suis sortie pour attendre le couple, ici, sur le parking, puisqu'ils ne donnaient plus de nouvelles. Et… oh, mon Dieu ! Je l'ai trouvée là comme ça. Comme ça…

Décontenancé, Melker caressa la joue de la fillette. Son regard aperçut quelque chose d'inscrit sur le front de l'enfant. Un mot indistinct. Quelqu'un avait marqué le cadavre.

— Il faut appeler tout de suite la police…

Au moment où Alex Recht allait sortir de chez lui pour se rendre au travail, il reçut un coup de fil de la police d'Umeå.

— Bonjour, ici l'inspecteur Hugo Paulsson, de la brigade de recherche d'Umeå, déclara une voix rocailleuse à l'autre bout du fil.

Alex retint son souffle.

Hugo Paulsson poussa un soupir.

— Je crois que nous avons trouvé la fillette que vous recherchez, celle qui a disparu à la gare centrale. Lilian Sebastiansson.

Trouvé ?

Alex crut que le temps s'était arrêté. Il n'entendait plus la pluie qui fouettait la vitre, ne voyait pas Lena qui le regardait à quelques mètres de là. Son cerveau fonctionnait comme au ralenti. Un abîme s'ouvrait sous ses pas.

Hugo Paulsson poursuivit :

— Elle a été trouvée devant l'accueil des urgences de l'hôpital d'Umeå, peu après 1 heure cette nuit. Il nous a fallu un peu de temps pour l'identifier, car nous avions une autre gamine qui a fugué, vous comprenez. Il ne s'agissait pas de les confondre.

— Lilian n'a pas fugué, rectifia Alex par automatisme.

— Non, bien sûr, reprit Hugo Paulsson, un peu vexé. Bon, maintenant, vous savez où elle est. Enfin, quand quelqu'un l'aura formellement identifiée.

Sous le choc, Alex attendait que le temps reprenne son cours.

— Je vous recontacte dès que j'aurai décidé de la suite des opérations, dit-il enfin.

— Très bien, répondit Hugo Paulsson. (Puis il ajouta lentement :) Je ne sais pas si ça a de l'importance, mais on n'a pas retrouvé ses vêtements. Et elle avait la tête rasée.

Fredrika Bergman fut prévenue sur son portable, par Alex, que les recherches pour retrouver Lilian devenaient une enquête pour meurtre. Elle entendit à sa voix qu'il était profondément ébranlé par le tournant pris par cette histoire. Elle aussi. On le serait à moins.

Alex la pria de retourner chez Teodora Sebastiansson et d'interroger ensuite toutes les personnes signalées par les parents de Sara. Peut-être quelqu'un saurait-il pourquoi l'enfant resurgissait à Umeå et pas ailleurs ?

Quand elle eut raccroché, devant la nouvelle journée de pluie qui s'annonçait, la jeune femme éclata enfin en sanglots. Par bonheur, elle était seule au bureau et avait fermé sa porte.

Pourquoi la fillette était-elle morte ?

D'autres questions se pressèrent aussitôt dans sa tête.

Mais qu'est-ce que je fous là ? Pourquoi je me retrouve dans ce job avec ce genre d'enquête ?

Fredrika était à deux doigts d'appeler Alex et de lui dire : « Tu as raison, Alex. Je ne suis pas faite pour ce travail. Je suis trop faible, trop émotive. Je n'ai jamais vu un cadavre de toute ma vie et je déteste les histoires qui se terminent mal. Et là, ça peut difficilement être pire comme fin. J'abandonne. Je laisse tomber. Je ne suis pas à ma place ici. »

Elle passa les doigts sur les cicatrices de son bras droit. Avec le temps, les marques de l'opération étaient devenues des traits blancs mais restaient bien visibles. Elles lui rappelleraient à jamais sa vie d'avant l'accident. La vie qu'elle avait dû quitter. Celle qu'elle n'avait jamais pu vivre.

Elle sécha ses larmes et se moucha. Elle était sur la mauvaise pente, elle devait cesser de remuer tout ça, sinon, elle n'aurait même plus la force de travailler. Elle se sentait si lasse. Encore quelques semaines et elle serait bientôt en vacances. Non, ce n'était pas le moment de flancher. Elle ferait plus de mal que de bien si elle partait maintenant. Mais dès que l'enquête serait bouclée…

Alors je partirai.

Fredrika se moucha encore une fois, fit une boule de son mouchoir en papier et le lança dans la corbeille. Raté ! Mais elle laissa le mouchoir par terre.

Pourquoi tout était si confus ?

Il était à peine 8 heures, et Fredrika essaya de classer ses pensées. Si elle n'avait pas jusqu'ici participé à beaucoup d'enquêtes, elle avait une solide formation d'analyste et aurait dû réussir à reconstituer le puzzle qu'elle avait sous les yeux. Mais il manquait une pièce. Elle avait comme une boule dans le ventre, ça ne trompait pas, mais elle n'arrivait pas à mettre un nom dessus. Avaient-ils omis un élément clé ?

Ils ne connaissaient toujours pas le motif du rapt. Si Gabriel Sebastiansson avait fait le coup, quel était son but ? Ce qui venait de se passer n'avait rien à voir avec une mésentente sur la garde des enfants quand un couple se sépare, et il ne semblait pas qu'il eût jamais levé la main sur sa fille.

Après avoir rencontré Teodora, la jeune femme avait perçu quelque chose de profondément malsain dans cette famille ; cette mère qui connaissait – et approuvait – les mauvais traitements que son fils infligeait à Sara et qui continuait à le protéger, envers et contre tout...

Fredrika prépara sur son ordinateur la liste des questions à poser à cette femme. La seule pensée de ses doigts crochus lui indiquant où garer la voiture la fit frissonner. Oui, une famille malsaine... Toute la question était de savoir pourquoi Sara avait choisi de se marier avec un homme comme Gabriel, elle qui, contrairement à sa belle-mère, paraissait être simple, sans ambition particulière. Il serait vraiment intéressant de rencontrer cet homme pour tâcher de mieux comprendre.

Son portable sonna. Elle avait à peine commencé à écrire sa liste. Une voix d'homme au bout du fil.

— Allô ? Vous êtes bien Fredrika Bergman ?

— Oui, c'est moi. Et vous êtes... ?

— Martin Ek. Je travaille à SatCom, on s'est dit deux mots avant-hier soir lorsque vous m'avez appelé pour avoir des renseignements sur Gabriel Sebastiansson.

SatCom, la boîte où travaillait le père de Lilian ces dernières années et où il avait gravi pas mal d'échelons puisqu'il faisait partie des cadres dirigeants.

Fredrika se redressa aussitôt.

— Oui, eh bien ?

— Bon, dit Martin Ek, qui semblait soulagé qu'elle se souvînt de lui. Vous m'avez dit de vous rappeler si M. Sebastiansson donnait de ses nouvelles et j'avais gardé votre carte.

— Et alors ? Il vous a contactés ?

Silence au bout du fil. Fredrika crut un instant qu'il allait raccrocher.

— Non, il n'a pas donné de ses nouvelles.

Fredrika laissa retomber ses épaules.

— Mais je crois avoir trouvé quelque chose qui pourrait vous intéresser, dit-il.

— Très bien, je vous écoute, dit Fredrika en cherchant de quoi noter. Qu'avez-vous trouvé au juste ?

Nouvelle pause.

— Je préférerais que vous veniez ici vous-même, répondit-il d'un ton décidé.

Fredrika hésita. Elle n'avait ni le temps ni l'envie d'aller au bureau de Gabriel Sebastiansson. En outre, c'était Peder qui devait s'occuper de lui dans cette affaire et faire passer des auditions à ses proches.

— Pourriez-vous au moins me dire de quoi il s'agit ? demanda-t-elle. Je ne vous cache pas que nous sommes assez débordés en ce moment.

La respiration de Martin Ek se fit lourde à l'autre bout du fil.

— C'est quelque chose que j'ai trouvé dans son ordinateur... Des photos. Des photos répugnantes, horribles. Je n'ai jamais rien vu d'aussi dingue. J'aimerais vraiment, vous entendez, que vous veniez. Tout de suite, même !

Fredrika avala sa salive.

— Je vais demander à mon collègue de se mettre en rapport avec vous le plus vite possible. D'accord ?

— D'accord.

Fredrika allait le remercier pour son appel quand Martin Ek ajouta :

— Faites vite, je vous en prie.

Le désert.

La soif.

Toute la tête qui cogne.

Peder Rydh avait la gueule de bois et dormait à moitié quand Alex l'appela pour lui dire qu'une fillette avait été retrouvée morte à Umeå et qu'il s'agissait, selon toute vraisemblance, de Lilian Sebastiansson. Peder était prié d'aller chercher Sara à son domicile pour qu'elle – ou quelqu'un de sa famille – prenne l'avion de 10 heures pour Umeå. Alex les retrouverait à l'aéroport. Peder devait aussi essayer de trouver le lien avec Umeå.

La première réaction de Peder fut tout bonnement la panique.

Bordel ! La petite était morte ! C'était un cauchemar ?

Ça faisait moins de deux jours qu'elle avait disparu ! Et après le témoignage de la voyageuse assise à côté de Sara et de Lilian, un mandat de recherche avait été lancé contre le père, soupçonné d'être le ravisseur. Gabriel Sebastiansson était-il devenu fou ? Avait-il tué sa propre fille avant de se débarrasser d'elle en la balançant devant un hôpital ?

Sa seconde pensée fut : *Il est où, maintenant, cet enfoiré ?*

Mais Peder avait encore l'esprit tout engourdi et la langue pâteuse. Il lui fallut plusieurs secondes avant qu'il se rappelle qu'il avait passé la nuit chez Pia Nordh. Voilà qui n'allait pas arranger les choses avec Ylva.

Le coup de téléphone avait aussi réveillé Pia, qui, toute nue, le regardait. À l'expression de son visage, elle comprit qu'il s'était passé quelque chose de grave.

— On l'a retrouvée, dit Peder d'un ton bref, sortant du lit dans un mouvement beaucoup trop rapide.

Le sol tanguait sous ses pieds, il avait un mal de tête carabiné et les yeux qui piquaient. Il dut se rasseoir et se prit la tête entre les mains. Pas d'affolement. Penser, se concentrer. Il se passa les doigts dans les cheveux et prit son portable. Il avait reçu un appel de Jimmy et onze appels d'Ylva. Il l'avait prévenue qu'il rentrerait tard. Mais ne pas rentrer du tout, c'était autre chose – ça s'appelait découcher…

Quand l'avait-il donc appelée ? Impossible de s'en souvenir, tous les événements de la veille se mélangeaient. D'ailleurs, l'avait-il même appelée ? Il crut vaguement s'en souvenir. Ah oui, à moitié nu dans les toilettes de Pia, une main sur le lavabo pour rester debout, l'autre sur le portable pour taper un SMS. « Rentrerai plus tard. À + »…

La situation pouvait difficilement être pire.

— Il faut vraiment que j'y aille, marmonna-t-il d'une voix encore pâteuse.

Il parvint à se traîner jusqu'à la salle de bains. Avait-il bu tant que ça ? Combien de bières avait-il descendues ?

Il était encore sous la douche quand son portable sonna de nouveau. Il se précipita pour répondre et faillit s'étaler sur le carrelage glissant. Pia lui apportait déjà son téléphone.

C'était Fredrika.

— Des collègues de bureau de Gabriel Sebastiansson ont appelé. Ils veulent absolument que l'un de nous aille les voir tout de suite. Ils ont trouvé des horreurs dans l'ordinateur de Gabriel. Des photos épouvantables.

Peder fit de son mieux pour s'essuyer d'une main avec une serviette et tenir en même temps le téléphone.

— C'est-à-dire que..., commença-t-il. Alex m'a demandé de prévenir Sara Sebastiansson de ce qui est arrivé. Après ça seulement je pourrai aller au boulot de Gabriel. (Il crut que Fredrika allait dire quelque chose, aussi s'empressa-t-il d'ajouter :) Et d'ailleurs, c'est quoi, ces images ? Nous n'avons pas le droit de fouiller dans les ordinateurs des gens sans mandat de perquisition, tu le sais bien, non ?

Fredrika lui expliqua qu'elle en était parfaitement consciente, mais que ça lui semblait un indice très sérieux et que rien n'interdisait à la police de regarder ce que quelqu'un d'autre avait découvert en...

— C'est bon ! l'interrompit Peder, que cette discussion fatiguait. Donne-moi le numéro, je vais appeler et convenir d'un rendez-vous.

— Parfait, dit Fredrika, dont la voix aussi était empreinte de lassitude.

— Ils n'ont pas dit ce qu'il y avait sur ces photos ?

— Non, juste qu'elles étaient répugnantes.

— Et toi, qu'est-ce que tu vas faire aujourd'hui ? demanda Peder, soudain curieux.

— Alex m'a demandé de retourner voir la mère de Gabriel Sebastiansson. Et il faut aussi que je…

— Je croyais que c'était moi qui devais interroger les proches de Gabriel ! répliqua Peder, agacé.

— Il faut croire que ce cas est un peu à part.

Après avoir raccroché, Peder retourna dans la salle de bains, le front soucieux.

Pia l'attendait dans l'embrasure de la porte, toute nue. Au fond, était-elle si belle que ça ? Ses seins tombaient un peu, non ? Ou était-ce la gueule de bois ? Allez, il devait sortir d'ici au plus vite avant que…

Mieux valait éviter son regard.

— Et maintenant, on fait quoi ? demanda Pia en croisant les bras.

— T'as du paracétamol ? lança-t-il avant de se brosser les dents.

Avec la brosse à dents de Pia.

Sans un mot, elle ouvrit l'un des placards de toilette et en sortit des comprimés. Peder en prit plusieurs, un tout de suite, les autres, il les avalerait plus tard, pour tenir le coup.

— T'as rien d'autre à me dire ?

Peder frappa la brosse à dents contre le lavabo dans un geste d'énervement.

— Mais tu ne vois donc pas dans quel état je suis ? cria-t-il, sentant sa tête sur le point d'exploser, maintenant qu'il avait haussé la voix. La môme a été retrouvée morte ! Tuée ! Tu ne vois pas que j'ai la tête ailleurs ?

Pia le fixa.

— Eh bien, t'as qu'à partir, Peder, dit-elle simplement.

Sur ce, elle sortit de la salle de bains.

Peder s'assit sur le carrelage et inspira plusieurs fois profondément.

Il avait trahi sa femme.

Il avait trahi son employeur en se mettant dans un tel état de faiblesse.

Il avait sans doute trahi la petite Lilian en n'étant pas à la hauteur.

Et maintenant Pia lui faisait sentir qu'il l'avait trahie elle aussi. Mais merde, quoi ! Qu'est-ce qu'elle cherchait, cette bonne femme ?

Peder se releva. Il devait reprendre ses esprits et quitter les lieux. Comment aller d'ici chez Sara Sebastiansson, il verrait ça plus tard. Il n'était pas en état de conduire.

Il s'habilla, enfila ses chaussures et quitta l'appartement de Pia aussi vite qu'il le put. En bas, les cheveux encore mouillés, il appela un taxi et regarda le ciel.

— Tiens…

Pour la première fois depuis un moment, on aurait dit que le soleil allait réussir à franchir la barrière des nuages. Était-ce enfin l'été ?

Jelena rentrait de Stockholm. En avion. Elle s'était débarrassée de la voiture comme prévu. Elle n'avait jamais pris l'avion avant. Fascinée, elle se pencha pour regarder par le hublot. *C'est dingue, putain !* se dit-elle. *C'est un truc de ouf...*

Mais l'angoisse reprit vite le dessus. L'Homme détestait qu'elle jure ou parle mal. Il l'avait sévèrement corrigée à cause de ça au début. Non, pas corrigée. Il employait un autre terme : il l'avait « remise en place ». C'était pour son bien.

Jelena sourit. Avoir rencontré l'Homme, c'était la meilleure chose qui lui fût arrivée. Elle se cramponna à son siège. Oh, il était si généreux. Et si intelligent, avec ça ! Jelena adorait voir l'Homme travailler et planifier des trucs. Ce qu'il pouvait être beau dans ces moments-là ! C'est lui qui avait trouvé le moyen de retenir cette idiote sur le quai de Flemingsberg pour qu'elle rate le train. Quel cerveau il avait, ce type !

Faut reconnaître que, sur ce coup-là, ils avaient vraiment eu du bol. L'Homme n'avait pas voulu l'admettre, mais leur travail avait été drôlement facilité quand Sara Sebastiansson avait décidé elle-même de descendre du train. Selon le plan, Jelena aurait dû taper au carreau et faire signe à Sara de descendre. Quitte à faire de grands gestes. Si ça échouait, ils projetaient d'enlever Lilian le lendemain, au moment où l'enfant serait confiée à son père.

Mais ça avait marché comme sur des roulettes.

Pourquoi l'Homme l'avait-il choisie, elle, Jelena ? C'était fou qu'elle ait eu cette chance. Il devait y avoir des masses de filles qui se seraient fait couper le bras pour aider l'Homme, et pourtant il l'avait choisie. Il n'arrêtait pas de le lui répéter, d'ailleurs.

— J'aurais pu prendre qui je voulais, poupée, lui chuchotait-il juste avant de s'endormir. Je n'avais que l'embarras du choix, ma poupée. Et je t'ai choisie. Mais si tu me déçois j'en choisirai une autre.

Jelena n'avait pas de mots pour exprimer sa détresse à l'idée qu'elle était interchangeable. Qu'il pouvait la remplacer quand bon lui semblerait. Aussi loin qu'elle s'en souvienne, elle avait toujours été interchangeable. C'était pendant toutes ces années avant qu'elle rencontre l'Homme, ces années qu'elle préférait reléguer dans un coin de sa tête. Mais, la nuit, les souvenirs revenaient la hanter. Elle se rappelait toutes les horreurs qu'on lui avait fait subir, tout, chaque détail. Parfois, c'était si violent qu'elle se réveillait.

— Je veux pas ! Non ! Je veux pas !

L'Homme ne voulait pas connaître ses rêves. Il la tirait vers lui dans le lit et chuchotait :

— C'est à toi de contrôler ton sommeil, poupée. Si tu ne comprends pas ça, tu vas continuer à faire les mêmes rêves. Et si tu ne fais pas les efforts nécessaires pour te contrôler, alors tu es un être faible. Et tu sais ce que je pense des êtres faibles ? Je n'ai pas besoin de te faire un dessin ?

Au début, elle avait pourtant essayé de lui expliquer qu'elle avait beau faire, les cauchemars revenaient toujours. Elle avait pleuré.

Il s'était alors couché sur elle au point qu'elle ne pouvait presque plus respirer.

— Ça ne sert à rien, poupée, tu entends, à rien du tout de pleurnicher. Fais un effort pour comprendre ! Dis-toi que tu n'as pas le choix. Je ne veux plus jamais te voir comme ça. Jamais plus. T'as compris ?

Jelena avait hoché la tête pour dire qu'elle comprenait, mais il l'avait écrasée encore davantage.

— Réponds, poupée, je n'ai pas bien entendu.

— Je comprends, avait-elle aussitôt chuchoté. Je comprends...

— Si tu ne comprends pas, il n'y a aucun problème pour que je te remette en place.

Il avait saisi ses cheveux, et elle l'avait vu serrer l'autre poing.

— Tu comprends ?

— Je comprends, avait-elle répété, terrorisée.

— Tu comprendrais peut-être mieux si je te remettais en place, comme j'ai dû le faire au début ?

Jelena avait essayé de se dégager, tournant la tête d'un côté et de l'autre sur l'oreiller.

— Non, non, avait-elle murmuré. S'il te plaît, non...

Il avait laissé retomber son poing et lui avait caressé la joue.

— Mais voyons, poupée, dit-il d'une voix douce. On n'a pas à se supplier, toi et moi.

Elle avait respiré avec peine, oppressée par le corps lourd de l'Homme.

— Tu n'as pas besoin d'avoir peur de moi, poupée. Il ne faut pas. Jamais. Tout ce que je fais, je le fais pour ton bien. Pour notre bien à tous les deux. Tu le sais bien ?

Elle fit signe de la tête.

— Oui, je le sais.

— C'est bien, chuchota-t-il en roulant sur le côté. Car une fois le combat lancé, quand nous commencerons le travail qu'on s'est fixé pour punir ces satanées pécheresses, on n'aura pas droit à l'erreur.

En passant en coup de vent au commissariat avant de partir pour l'aéroport, Alex Recht avait croisé Fredrika. Cette dernière l'avait mis au courant du coup de fil qu'elle avait reçu de la boîte où travaillait Gabriel Sebastiansson. Il avait aussi pu joindre Peder, qui venait de quitter l'appartement de Sara, confirmant qu'elle prendrait l'avion pour Umeå avec ses parents afin d'identifier l'enfant. Alex rappela à ses deux collègues qu'ils devaient essayer de voir s'il existait des liens entre la famille Sebastiansson et Umeå.

Dans le taxi qui l'emportait à l'aéroport il réfléchissait. Il ne comptait pas s'attarder à Umeå, sans doute même serait-il de retour dans la journée. Ce n'était pas de gaieté de cœur qu'il avait envoyé Peder en compagnie d'un prêtre chez Sara Sebastiansson pour lui annoncer le probable décès de Lilian. Ce n'était pas à proprement parler le genre d'exercice où Peder excellait, mais avec Fredrika c'eût été encore pire. Des personnes aussi dépourvues d'empathie n'étaient pas les mieux placées pour annoncer un décès.

Il posa sa tête sur le repose-tête à l'arrière du taxi. Le cadavre de l'enfant avait été découvert devant l'entrée des urgences de l'hôpital d'Umeå. Sur son front était écrit « indésirable ».

L'enquête menée jusqu'ici avait établi que le décès de la fillette remontait à vingt-quatre heures environ. Autrement dit, elle n'avait survécu qu'une poignée d'heures à son enlèvement. Quelques malheureuses heures. S'ils s'étaient seulement doutés que les choses iraient aussi vite…

Mais voilà. Comment auraient-ils pu le savoir ? Ils n'avaient eu aucun élément allant dans ce sens. À moins que…

Alex sentit une grosse boule dans sa gorge et déglutit pour la chasser. Il pensa soudain à ses propres enfants. De ses doigts nerveux, il sortit son portable et composa le numéro de sa fille, Viktoria. Elle décrocha à la cinquième sonnerie, et il comprit qu'il la réveillait.

— Si tu savais comme je suis content de t'entendre, dit-il d'une voix rauque.

Sa fille avait l'habitude qu'il l'appelle à des heures incongrues. Ils échangèrent quelques banalités, et elle raccrocha sans savoir pourquoi il avait appelé. Aucune importance. L'expérience lui avait appris qu'elle finissait toujours par comprendre la raison de son appel. Sinon sur le moment, un peu plus tard, lors de son prochain coup de fil par exemple.

Alex poussa un soupir de soulagement et remit son portable dans sa poche intérieure.

Viktoria était vétérinaire. Longtemps, Alex avait espéré que sa passion pour l'équitation l'orienterait vers la police montée, mais non. Cela dit, lui aussi, en son temps, avait choisi un autre métier que celui qu'on attendait de lui. Non, il avait espéré, s'il était sincère avec lui-même, que

Viktoria, physiquement le portrait craché de sa mère, lui ressemblât du moins en esprit. Ce n'était pas le cas. Et, pourtant, Alex était fier de sa fille, même s'il avait du mal à le montrer, au point qu'elle lui demandait parfois :

— Tu es content de ce que je fais, papa ? Ça te plaît, ce que j'ai choisi de faire ?

Alex sentit de nouveau une boule dans sa gorge. Le mot « content » lui paraissait faible par rapport à la joie qu'il ressentait... Il avait tellement de chance d'avoir ses deux enfants, Viktoria et Erik. Même si Erik, le plus jeune, n'avait toujours pas trouvé sa voie. Peut-être Alex se montrait-il un peu trop sévère dans son jugement, le jeune homme n'avait pas encore vingt-cinq ans, mais il lui semblait que son fils avait du mal à se fixer, à faire un choix et à s'y tenir comme lui-même l'avait fait. Il n'aimait pas mener une vie bien réglée comme celle de son père.

Il avait espéré que son fils, peu après l'obtention de son diplôme universitaire, embrasserait la carrière militaire. Seulement voilà : Erik avait quitté la formation d'officier pour devenir pilote. Personne n'avait compris comment il s'y était pris, mais il avait réussi à être accepté dans une sorte d'école de pilotes à Skåne. Puis, après je ne sais quel incident, il avait claqué la porte et, au grand dam de ses parents, était parti vivre en Colombie avec une femme rencontrée dans un cours du soir d'espagnol. Cette femme, de dix ans plus âgée que lui, venait de quitter son mari. Désemparés, Alex et Lena avaient dû se résigner à laisser partir leur fils.

— Tu verras, il finira par se lasser d'elle, comme du reste, avait dit l'épouse d'Alex pour le consoler un peu.

Alex avait secoué la tête.

Ils eurent des nouvelles de l'autre côté de la Terre grâce à des mails et à des coups de téléphone, et aussi grâce à Viktoria. Sa liaison avec la femme mariée n'avait duré qu'un temps, mais Erik en avait trouvé une autre et voulait encore rester là-bas quelque temps. Il fallait s'y attendre... Cela faisait maintenant deux ans qu'il vivait en Colombie et qu'Alex n'avait pas revu son fils.

On devrait aller lui rendre visite, se dit-il dans le taxi. *Lui montrer qu'il compte pour nous. Peut-être que ça le fera revenir. En tout cas, on aura moins l'impression de l'avoir perdu pour de bon.*

Alex jeta un coup d'œil distrait par la fenêtre. Le soleil brillait. Il avait la bouche sèche. Dire que l'été avait choisi ce jour-là pour arriver !

En sortant de l'appartement de Sara Sebastiansson, Peder Rydh se retrouva dans un bain de lumière. L'été à Stockholm, enfin...

Il se sentait mal, avait des courbatures. Il croyait encore entendre les cris et les hurlements de Sara résonner dans sa tête. La pauvre... Il ne pouvait pas, ne voulait même pas s'imaginer qu'une telle chose pût lui arriver. Ses jumeaux ne disparaîtraient jamais, ils étaient à lui et à personne d'autre. Et il se promit de mieux veiller sur eux désormais.

Le bruit de la porte d'entrée le tira de ses pensées. Le père de Sara Sebastiansson sortit à pas lents sur le trottoir et s'appuya au mur de la maison. Il avait vieilli d'un seul coup. Ce n'était pas l'homme que Peder avait quitté un quart d'heure plus tôt. Ses cheveux gris paraissaient sans vie, son regard si plein de désespoir que

Peder ne put le soutenir. Et il avait encore plus honte de devoir appeler un taxi parce qu'il se sentait hors d'état de conduire.

— Dites-moi, lui demanda le père, qui fut le premier à rompre le silence, y a-t-il au moins un espoir que ce ne soit pas notre pauvre petite Lilian qu'on a retrouvée ?

Peder déglutit, et son ventre se noua à la vue des larmes dans les yeux de cet homme.

— Je ne crois pas, déclara-t-il d'une voix blanche. Avec les photos dont nous disposons, nous sommes sûrs de l'avoir identifiée. Et le fait qu'elle ait le crâne rasé... Je regrette, il semblerait que ce soit bien elle. (Il prit le temps de respirer.) Mais tant que vous ne l'aurez pas vue, bien sûr, nous ne pouvons rien affirmer à cent pour cent. Malheureusement, la marge d'erreur est quasi nulle...

Le père de Sara baissa la tête et de grosses larmes coulèrent sur son pull sombre.

— On a toujours pensé, sa mère et moi, que ça se terminerait mal, chuchota-t-il.

Peder se rapprocha de lui et mit les mains dans ses poches. En s'en rendant compte, il les retira. Un peu de tenue, quand même...

— Vous comprenez, sa mère et moi, on n'a qu'elle, Sara. Et nous avons senti tout de suite, dès qu'elle a rencontré ce Gabriel, que ça tournerait mal.

Sa voix tremblait et son regard se fit lointain, comme s'il fixait un point bien au-delà de Peder.

— Le jour même où elle nous l'a présenté, j'ai dit à sa mère que ce n'était pas un homme bien pour notre fille. Mais ils étaient si amoureux. Elle surtout. Il a commencé à lui faire des histoires presque dès le début. Sans parler de sa mère, cette sorcière ! Ça n'a pas arrangé les choses.

Peder plissa le front.

— D'après les rapports de police, il ne l'aurait pas maltraitée les premières années, objecta-t-il.

L'homme secoua la tête.

— Il ne l'a pas frappée, mais il existe bien d'autres moyens de blesser quelqu'un. Il ne se gênait pas pour la tromper, par exemple. Sans cesse. Et ça dès le début de leur relation. Il lui arrivait de sortir le soir sans dire où il allait. Il partait parfois des week-ends entiers. Et chaque fois elle le reprenait. Il pouvait lui faire toutes les crasses imaginables, elle le reprenait toujours. Et puis ils ont eu Lilian, et elle s'est retrouvée coincée pour de bon.

L'homme eut soudain du mal à respirer et son corps fut parcouru d'un frisson. Ses épaules s'affaissèrent et de nouvelles larmes coulèrent sur ses joues.

— Quand la petite est née, on s'est dit que c'était la fin. Nos amis nous félicitaient pour notre petite-fille, mais… On avait beau savoir que c'était le début d'autre chose… on n'y croyait plus. Ça ne pouvait se terminer que par un drame.

— Vous pensez donc, hasarda Peder, que Gabriel Sebastiansson est derrière tout ça ?

L'homme regarda Peder droit dans les yeux.

— Cet homme est le mal personnifié, résuma-t-il d'un ton ferme. Il est prêt à tout pour faire du mal à Sara. Il ne connaît aucune limite.

Soudain, il faillit tomber en avant et Peder dut s'avancer pour le retenir. Il resta prostré dans ses bras, sanglotant comme un enfant.

Un peu plus tard, Peder faisait route vers le lieu de travail de Gabriel Sebastiansson. Il dut se retenir plusieurs fois de fondre en larmes à son tour.

Bon sang ! Il n'avait toujours pas appelé Ylva !

Il serra son portable dans sa main. Non, pas maintenant. Tant pis. Elle attendrait. Il était déjà en retard pour son rendez-vous avec le collègue de Gabriel Sebastiansson.

Martin Ek l'attendait devant l'entrée principale de SatCom. Peder vit qu'il était plus que stressé, ce que d'habitude il ne remarquait guère chez les autres. Oui, ce type était vraiment nerveux.

— Merci d'être venu aussi vite, dit Martin Ek en lui serrant la main.

Peder nota que l'autre avait la main moite et s'essuya discrètement la sienne sur son pantalon. Ça commençait bien.

Pas un mot ne fut échangé jusqu'à ce qu'ils se retrouvent dans l'ascenseur pour monter à l'étage où l'entreprise avait ses bureaux. L'espace était assez exigu et Peder espéra qu'il ne sentait plus l'alcool

— Je suis allé dans son bureau, ce matin, expliqua Martin, le regard fixe. J'avais besoin de récupérer un rapport trimestriel, et, comme le portable de Gabriel ne répondait pas... J'ai appelé plein de fois, toujours sans succès.

Il insistait, comme pour se justifier.

— Je comprends, dit Peder, soulagé de voir les portes de l'ascenseur s'ouvrir.

Quand ils eurent traversé les bureaux en *open space*, Martin Ek se détendit un peu en ouvrant la porte de son bureau. Peder n'avait pas manqué de remarquer les sourcils levés sur les visages des collègues. Devait-il demander à leur être présenté ?

Martin lui indiqua la chaise du visiteur tandis que lui-même prenait place de l'autre côté du bureau. Il croisa les mains devant lui et s'éclaircit la voix.

Derrière lui, Peder aperçut une série de photos dans des cadres de couleurs vives. Il se dégageait d'elles chaleur et harmonie. Peder comprit que Martin avait trois enfants, dont l'aîné ne devait pas avoir dix ans, et une épouse ravissante. À en juger par les photos, Martin et sa femme formaient un vrai couple. Il devait l'aimer suffisamment, lui, pour avoir envie de la voir tous les jours...

Peder s'affaissa un peu sur sa chaise. Pourquoi n'avait-il pas eu droit à cette vie-là ? Même Alex avait des photos d'enfants dans son bureau.

— Je suis donc allé dans le bureau de Gabriel pour chercher ce rapport... On a le droit de faire ça, répéta-t-il pour se disculper, quand on n'a pas le choix. Mon chef m'avait fait comprendre qu'il le voulait à tout prix.

Peder commençait à s'impatienter.

— Je n'ai pas réussi à trouver le rapport. J'ai cherché dans son armoire. Chacun a ses propres armoires sécurisées où il garde les données sensibles, et le réceptionniste a une clé qui permet de les ouvrir.

Nouveau silence.

— Comme je ne trouvais pas ce rapport dans l'armoire, j'ai pensé que Gabriel en avait peut-être une copie de travail dans son ordinateur que je pourrais imprimer.

Martin s'agita, mal à l'aise, sur sa chaise.

— C'est comme ça que je suis tombé sur ces photos, chuchota-t-il. Vous voulez les voir tout de suite ?

Peder en avait discuté avec Alex. Si les photos tombaient sous le coup de la loi, il était très important de ne pas donner l'impression que la police avait consulté de son propre chef le disque dur de l'ordinateur de quelqu'un. Si les renseignements étaient fournis par une tierce personne qui avait pris l'initiative de regarder dans le disque dur de Gabriel Sebastiansson, Peder pouvait alors y jeter un coup d'œil, de manière passive, pour ainsi dire. Le policier eut l'intuition que ça n'allait pas être une partie de plaisir.

— Au téléphone, vous n'avez pas voulu m'en dire plus sur les photos, vous pourriez peut-être me dire maintenant ce qu'elles représentent, avant qu'on les regarde ?

Martin Ek se tordait dans tous les sens, cherchant des yeux la photo de son petit dernier posée sur son bureau. Il se racla la gorge, pâlit et se raidit. Enfin, rassemblant son courage, il lâcha ces mots qui lui arrachaient la bouche :

— De la pornographie infantile.

Fredrika Bergman sortit rapidement de la ville et prit la direction de Flemingsberg. Elle espérait ne pas se mettre en faute en accomplissant cette démarche. Alex l'avait expressément priée d'aller voir les proches de Sara pour les interroger. Et de retourner chez Teodora Sebastiansson pour savoir si elle ou son fils avaient un lien avec Umeå. Mais Flemingsberg, non. Ni lui ni les autres, à la brigade, ne voyaient l'intérêt d'aller y faire un tour.

Elle se gara non loin de la gare et fit le reste du trajet à pied, en regardant bien autour d'elle. De l'autre côté des voies, elle reconnut les immeubles colorés où elle était déjà venue, étudiante. Tout près de cet ensemble d'immeubles se trouvait l'hôpital. En voyant le panneau indiquant sa direction, elle ne put s'empêcher de penser à Spencer. Heureusement qu'il était là… *J'aurais pu le perdre et rester seule*, songea-t-elle.

Le temps d'entrer dans la gare, elle s'était réchauffée. Elle ôta sa veste et retroussa les manches de son pull. Pourquoi pensait-elle tant à Spencer ? Ne devait-elle pas plutôt réfléchir à la demande d'adoption faite récemment ? Se montait-elle la tête, ou Spencer avait-il réellement changé depuis ce printemps ? Ils se voyaient plus souvent et c'était... comment dire... différent.

Mais il ne fallait pas tirer de plans sur la comète. Cela faisait dix ans qu'elle avait une liaison avec cet homme sans espérer ce qui ne pouvait se faire. Ce n'était pas le moment de commencer à rêver, surtout pas maintenant.

Elle enregistra mentalement le plan de la gare. Les escalators qui montaient et descendaient des quais. Tout au fond, l'escalier pour la voie numéro 1, où s'arrêtaient les trains longue distance allant vers le nord. C'est là qu'avait couru Sara en voyant le train repartir sans elle.

Elle se dirigea vers la jeune fille derrière le guichet pour les trains de banlieue, voies numéros 2 et 3, et lui montra sa carte de police. Puis elle lui expliqua ce qui l'amenait. La jeune fille se redressa aussitôt, comprenant l'importance de se concentrer pour bien répondre aux questions.

— Vous travailliez ici, mardi ? demanda Fredrika.

À son soulagement, la jeune fille répondit affirmativement. Voilà qui allait faciliter les choses.

— Est-ce que vous vous souvenez, à un moment de la journée, d'avoir vu une femme avec un chien malade ?

La jeune fille fronça le front puis hocha vigoureusement la tête.

— Et comment ! Ça oui, je m'en souviens. Vous voulez parler d'une jeune fille assez grande et toute maigre ? Avec un gros berger allemand ?

— Oui, s'empressa de répondre Fredrika en se souvenant de la description faite par Sara de la personne qui l'avait retenue en gare. Oui, c'est bien elle.

Surtout, garder son calme.

— Avez-vous remarqué quelque chose de particulier à son sujet ? Vous vous souvenez à quel moment elle est venue ?

La jeune fille sourit.

— Ça oui ! annonça-t-elle sur un ton presque triomphant. J'ai vu à la télé qu'on parlait de la petite fille enlevée dans le train. Eh bien, la fille au chien était justement là quand le train de Göteborg est entré en gare. Vous savez, le train qui est resté un moment à quai. Je m'en souviens parfaitement parce que c'est moi qui ai aidé la mère de l'enfant à prévenir la gare centrale.

Fredrika sourit. Ça ne pouvait pas mieux tomber.

— Où devait-elle aller ? demanda-t-elle. Si jamais vous le savez ?

La jeune fille au guichet parut troublée.

— Celle qui a perdu sa petite fille ?

— Non, répondit Fredrika d'une voix douce. La femme au chien.

— Aucune idée, elle voulait seulement descendre sur le quai rencontrer quelqu'un qui était dans ce train. Elle m'a demandé sur quelle voie arrivait le train de Göteborg.

— Ah bon ? fit Fredrika. Et qu'est-ce qui s'est passé ?

— J'ai bien vu qu'il y avait un truc qui clochait avec le chien. Il pouvait à peine tenir sur ses pattes, elle devait quasiment le traîner derrière elle. Elle lui donnait des coups pour le faire avancer. Et je les ai vus prendre l'escalier roulant qui descend, puis je l'ai entendue crier. Je parle de la fille avec le chien.

Elle se tut un instant.

— Eh bien, une ou deux minutes plus tard, elle est remontée avec la femme rousse qui l'aidait. J'ai d'abord cru qu'elles étaient ensemble, mais quand le train X2000 a redémarré, la femme rousse est devenue hystérique et s'est précipitée en bas en n'arrêtant pas de hurler « Lilian ! ».

La gorge de Fredrika se noua. Elle dut se racler la gorge.

— Et la femme au chien, qu'est-ce qu'elle a fait ?

— Elle a poussé le chien sur une sorte de Caddie postal qui se trouvait là, dehors, répondit la jeune fille en posant un doigt sur la vitre. Je n'en avais encore jamais vu à cet endroit, admit la jeune fille, mais j'ai pensé que le facteur avait dû le laisser là exprès.

Fredrika retint son souffle.

— Toujours est-il que c'est là que j'ai compris qu'elles se connaissaient pas, celle avec le chien et l'autre. Et la fille avec le chien, elle était pas non plus avec quelqu'un – enfin, je crois. J'ai pensé qu'elle avait pas trouvé la personne qu'elle cherchait et qu'elle se dépêchait parce que le chien était malade. Mais, en fait, il était déjà malade en arrivant.

Fredrika hocha lentement la tête. Pour elle, il ne faisait plus aucun doute que la fille au chien était là dans le seul but de retenir Sara Sebastiansson et de lui faire rater le train.

— Vous croyez que la fille au chien a quelque chose à voir avec la disparition de l'enfant ? s'inquiéta la jeune guichetière.

Fredrika se força à sourire.

— Il est encore trop tôt pour le savoir. Nous devons seulement recueillir le maximum d'informations auprès de ceux qui ont vu quelque chose. Vous pourriez donner un signalement plus précis de cette femme avec le chien, si je vous envoie un dessinateur ?

— Absolument, affirma-t-elle.

Fredrika lui demanda ses coordonnées personnelles ainsi que le numéro du centre de contrôle de la gare centrale puis remercia la jeune fille d'avoir bien voulu lui consacrer quelques instants. Elle la rappellerait sans doute plus tard dans la journée.

Au moment où elle s'éloignait, la guichetière lui cria :

— Attendez !

Fredrika se retourna.

— Au fait, comment ça s'est passé avec la petite ? Vous l'avez retrouvée ?

Certaines photos en disent plus qu'un long discours. Et il est des photos qu'on préférerait n'avoir jamais vues. Comme celles dans l'ordinateur de bureau de Gabriel Sebastiansson. Peder Rydh s'approcha pour en voir une et regretta aussitôt de l'avoir fait. Cette image risquait de le hanter le reste de sa vie.

Les photos étaient classées dans un dossier intitulé « Rapport trimestriel 2 version III ». Martin avait cru trouver là le dossier qu'il cherchait. Et, en l'ouvrant, ç'avait été le choc.

Sur le chemin du retour, dans un taxi, Peder appela ses collègues afin de lancer un mandat d'arrêt contre Gabriel Sebastiansson pour infraction à la loi sur la pédopornographie. Bientôt, il serait recherché dans tout le pays. Un examen plus attentif des photos – *Comment était-ce possible ? Qui avait envie de voir ces horreurs ?* – révélerait si l'homme avait aussi participé aux agressions sexuelles contre les enfants ou s'il s'était contenté de regarder. Peder sentait la peur grandir en lui : et si on trouvait des photos de Lilian parmi elles…

Il avait appelé Alex, qui venait d'atterrir à Umeå.

— Nous ne savons pas encore où tout cela va nous mener, dit Alex, mais quelque chose me dit qu'on a bien avancé.

— On a maintenant assez de preuves pour le coffrer, ce type ! s'emballa Peder.

— N'allons pas trop vite en besogne, le modéra Alex. Tant que nous n'avons pas trouvé Gabriel Sebastiansson, nous ne devons pas exclure d'autres pistes. Fredrika va éplucher le cercle des proches de Sara pour voir s'il ne pourrait pas se cacher parmi eux un agresseur potentiel. Tu vas faire la même chose du côté de Gabriel. Trouve le maximum de renseignements sur lui, il faut faire sortir toute cette merde !

— La pédophilie et les violences conjugales, ça ne vous suffit pas ? s'étonna Peder.

Alex ne répondit pas tout de suite.

— Quand nous trouverons cet homme, il faut que nous soyons sûrs de notre fait. À cent pour cent. C'est compris ?

— Compris, confirma Peder avant de raccrocher.

Puis il appela Fredrika. En jetant un coup d'œil par la fenêtre du taxi, il vit briller le soleil. Bizarre.

— On le tient, maintenant ! lui annonça-t-il.

— Qui ça ? demanda Fredrika, la tête ailleurs.

Son ton désinvolte agaça Peder.

— Le père rétorqua-t-il d'un ton sec.

— O.K., fit Fredrika.

— Pédopornographie illégale, claironna Peder, triomphant.

Il vit le chauffeur du taxi le fixer dans le rétroviseur.

— Quoi ? dit Fredrika en sursautant.

— T'as très bien entendu ce que j'ai dit, répliqua Peder en savourant son petit effet. Mais on en reparlera tout à l'heure au bureau. Au fait, t'es où ?

Fredrika laissa passer un instant de silence. Elle voulait choisir ses mots.

— Oh, je voulais juste vérifier un truc. Je serai au bureau dans un quart d'heure. Moi aussi j'ai du nouveau.

— Oui, mais moi c'est du lourd.

— À tout à l'heure, dit simplement Fredrika en raccrochant.

Peder était content de lui. Voilà ce qu'il appelait une enquête rondement menée ! Somme toute, leur brigade se débrouillait plutôt bien. Bon, d'accord, la fillette était morte. Ça, c'était pas de bol, mais sinon... Vu comme ça, après coup, tout lui apparaissait sous un autre jour. Le sort de l'enfant avait été scellé presque dès le départ, comme si la mission de la police n'avait pas été de sauver l'enfant mais de mettre la main sur l'homme qui l'avait tuée. Peder trouvait que, sur ce point, ils avaient réussi à faire du bon boulot. Il ne restait plus qu'à arrêter l'auteur de ce crime odieux, ce Gabriel Sebastiansson, et ça ne saurait tarder. Il allait désormais insister pour participer à tous les interrogatoires. Fredrika ne devait pas mourir d'envie de faire ce genre de travail.

Son portable sonna, et il le sortit aussitôt de sa poche.

En voyant qui appelait, il se souvint de ce qu'il avait oublié : il n'avait toujours pas rappelé Ylva.

Alex Recht était déjà venu à Umeå. Il devait reconnaître qu'il se rendait rarement au nord de Stockholm. Il était allé une fois à Gällivare pour rendre visite à la famille de Lena, et aussi à Haparanda pour voir une fille dont il était amoureux quand il était étudiant. Mais à part ça…

Après avoir parlé à Peder, il se sentit l'esprit plus léger que dans l'avion. Qu'un collègue de travail ait trouvé dans l'ordinateur de Gabriel Sebastiansson des clichés pédophiles ne l'étonnait pas outre mesure, au fond. Cela ne faisait que conforter ce qu'il pensait. Tous les indices concordaient pour l'instant, et Sebastiansson ne donnait toujours pas signe de vie.

Pour Alex, l'affaire était entendue. Un seul détail le chiffonnait : le motif du crime. Il regrettait de n'avoir pas encore rencontré cet homme pour s'en faire une idée plus précise. Était-ce un coup de folie ? Ou avait-il longuement planifié le meurtre de sa fille ? Haïssait-il Sara au point de vouloir la punir en tuant leur enfant à tous les deux ?

Ce fut Hugo Paulsson, qu'il avait eu au téléphone, qui vint l'accueillir à l'aéroport. L'homme le salua avec gravité et le conduisit à sa voiture. Alex dit qu'il ne se souvenait pas que l'aéroport d'Umeå fût si grand et Hugo marmonna quelque chose du genre « Oh, la mémoire nous joue des tours, à nous les plus vieux ».

Alex observa Hugo Paulsson. « À nous les plus vieux », avait-il dit en parlant d'eux. Il trouvait qu'aucun des deux n'était si vieux que ça. D'ailleurs, ils avaient l'air d'avoir le même âge. Son collègue avait peut-être les cheveux un peu plus grisonnants et plus fins que lui, mais tous les deux semblaient plutôt en forme.

— Ce sont les enfants qui nous gardent en forme, Alex, disait souvent Lena.

Il remarqua au passage que Hugo ne portait pas d'alliance. Peut-être n'avait-il pas d'enfants ?

— Recht, c'est pas un nom allemand ? s'enquit Hugo.

Il n'avait visiblement pas envie de parler du drame tout de suite.

— Oui, en partie, répondit Alex. C'est juif.

— Juif ? répéta son collègue, comme si le fait de porter un nom juif était quelque chose d'extraordinaire.

Alex sourit.

— Oui, mais c'est une longue histoire. Mon grand-père paternel a hérité à sa naissance, pour des raisons assez obscures, du nom de famille de sa mère. Et c'était le nom juif Recht. Mais comme son père n'était pas juif, la famille n'a jamais été élevée dans la tradition juive. Mon parent juif le plus proche reste mon grand-père paternel.

Alex crut percevoir un léger soulagement chez Hugo, mais il préféra ne pas approfondir la question. L'autre changea de sujet.

— Les documents sont dans une chemise, dans la boîte à gants. Vous pouvez y jeter un coup d'œil, mais je vous préviens, c'est pas beau à voir.

Alex hocha la tête et sortit la chemise. Il l'ouvrit prudemment, presque avec respect. Aucun doute : c'était bien la petite Lilian sur les photographies.

Ça lui flanqua un coup. Sara Sebastiansson et ses parents devaient arriver par le prochain vol – un embouteillage sur la route vers l'aéroport les avait retardés –, et eux seuls pourraient confirmer l'identité de la victime. Alex regarda de nouveau les photos, l'une après l'autre. Ça faisait mal de voir ça. Au fond, pourquoi faisait-il venir Sara et ses parents ? Il ne subsistait aucun doute sur l'identité de l'enfant.

— Je pensais que nous pourrions aller tout de suite à l'hôpital, dit Hugo Paulsson. Le médecin nous éclairera sur la cause du décès. J'imagine qu'une fois la victime identifiée la médecine légale à Stockholm prendra le relais ?

— Oui. Elle était morte depuis vingt-quatre heures quand ils l'ont retrouvée ?

— Exact, confirma Hugo. Ils l'ont trouvée vers 1 heure du matin.

Après son enlèvement, Lilian avait donc eu moins d'une journée à vivre… Elle était déjà morte quand sa mère avait reçu le paquet contenant ses cheveux et ses vêtements.

— Vous avez interrogé ceux qui l'ont retrouvée ?

Hugo acquiesça. Le médecin urgentiste et l'infirmière. Tous deux avaient fait des dépositions très précises. Il n'y avait aucune raison de les soupçonner de quoi que ce soit.

— Y a-t-il le moindre indice permettant de supposer que la fillette a été tuée ici, à Umeå ? demanda Alex prudemment.

Ce n'était pas une question rhétorique, car de la réponse dépendait la prise en charge de l'affaire par la police d'Umeå ou par celle de Stockholm. Seul le lieu du crime importait, et non l'endroit où le corps avait été retrouvé.

— Difficile à dire. Le corps est resté un moment sous la pluie, une demi-heure environ, et je crains qu'un grand nombre de traces importantes n'aient été effacées.

Alex ouvrit la bouche, mais Hugo poursuivait déjà :

— Elle sentait bizarre, la gamine, on aurait dit de l'acétone. Nous pensons que quelqu'un a voulu la laver, mais qu'il était pressé par le temps et n'a pas pu terminer. Et ses ongles étaient coupés à ras.

Alex soupira profondément. Ces détails, curieusement, ne faisaient que le conforter dans son idée que le père de l'enfant l'avait enlevée. Quelqu'un avait essayé d'effacer les traces, lui avait coupé les ongles à ras pour qu'on ne puisse pas trouver de traces d'ADN en dessous au cas où elle se serait débattue. Le meurtrier avait pensé à tout.

Mais pourquoi s'être débarrassé du corps de l'enfant devant l'hôpital d'Umeå ? À l'évidence, l'assassin de Lilian Sebastiansson tenait absolument à ce qu'elle soit retrouvée à cet endroit précis. Pourquoi ?

Il nous nargue, pensa soudain Alex. *Il nous nargue et dépose la fillette juste à nos pieds. Regardez,* dit-il, *je peux venir aussi près, et vous ne me voyez même pas*.

Hugo montra du doigt un bâtiment à travers la vitre.

— Voilà, on est arrivés. C'est l'hôpital.

Fredrika Bergman appela la gare centrale dès qu'elle eut raccroché avec Peder. Elle se présenta comme inspecteur de police et précisa qu'elle appelait dans le cadre de l'enquête sur la disparition de l'enfant à bord du X2000 en provenance de Göteborg, deux jours plus tôt. L'homme au téléphone comprit aussitôt de quoi il s'agissait.

— Je voudrais vous poser une question, dit Fredrika.

— Je vous écoute.

— J'aimerais savoir pourquoi le train avait du retard. Pourquoi s'est-il arrêté à Flemingsberg ?

— D'abord, répondit l'homme en hésitant, il ne faut pas oublier qu'il s'agit d'un retard tout à fait minime, quelques minutes tout au plus…

— Je comprends très bien, l'interrompit la jeune femme, je ne m'intéresse pas à la durée exacte du retard, je veux juste en connaître la cause.

— Il y a eu un problème de signalisation.

— D'accord. Et à cause de quoi ? insista Fredrika.

L'homme au bout du fil soupira.

— Oh, sans doute ces bandes de jeunes qui jouent sur les voies. Il y en a qui meurent comme ça tous les ans, vous savez. Ils s'amusent et déplacent nos panneaux de signalisation. Souvent, ça ne dure pas. Comme à Flemingsberg : quelques minutes et, hop, tout rentre dans l'ordre et le train repart.

— Vous voulez dire qu'une sorte de sabotage a provoqué le retard du train ?

— Tout à fait, répondit l'homme. Bien sûr, il peut aussi s'agir d'un animal qui s'est trop approché de l'émetteur. Mais c'est peu probable car le problème est apparu tout près de la gare de Flemingsberg.

Fredrika commençait à comprendre.

— Merci pour ces renseignements, dit-elle. Je vous recontacterai sans doute plus tard au cas où nous aurions besoin de recueillir votre déposition.

La conversation terminée, elle se cramponna au volant. Comment ses collègues avaient-ils pu négliger une piste aussi capitale ?

On pouvait toujours imaginer que Gabriel Sebastiansson était de mèche avec la fille au chien, mais Fredrika pressentait autre chose. Et elle comptait bien leur exposer la situation sous un angle nouveau pour obtenir un mandat et poursuivre ses recherches.

Plusieurs années auparavant, la belle-mère d'Alex avait été hospitalisée. Le diagnostic – un cancer incurable du foie et du pancréas – avait rendu Lena folle de désespoir. Comment son père allait-il survivre à la mort de son épouse ? Comment ce serait pour ses deux enfants de grandir sans leur grand-mère ?

Alex avait pris la situation avec plus de calme. Bien sûr qu'elle manquerait à leurs enfants, mais rien qui puisse se comparer à ce que ressentait son beau-père.

— Il va falloir entourer beaucoup papa, maintenant, avait dit Lena, en apprenant la nouvelle.

— Naturellement, avait répondu Alex.

— Non, insista-t-elle, il faudra être vraiment présent. Dans ces moments-là, on a tellement besoin d'être aimé et soutenu.

Pourquoi repensait-il à tout ça maintenant, alors qu'il se trouvait dans le bureau de Sonja Lundin au CHU d'Umeå ?

Sonja était le médecin légiste qui avait examiné le corps de Lilian Sebastiansson pour déterminer la cause probable du décès.

— Nous avons eu un moment de flottement, car nous ne savions pas si nous avions le droit d'examiner le corps, commença Sonja Lundin, puisque nous ignorons si le meurtre a été commis ici ou à Stockholm.

Sonja Lundin était une très grande femme, l'air intelligent, le genre de femme qu'appréciait Alex Recht. Le genre de Fredrika Bergman, tout bien considéré.

— Mais nous avons pris la décision d'effectuer un examen préliminaire ici, dans nos locaux, pour ne pas retarder l'enquête criminelle, poursuivit-elle. C'est toujours ça de fait.

Rapidement, elle lui exposa ses conclusions.

— Rien ne laisse supposer que l'enfant ait subi des violences ou, autant qu'on puisse en juger à l'œil nu, des agressions sexuelles.

Alex ne put s'empêcher de pousser un soupir de soulagement. Sonja Lundin leva la main.

— Je précise que seuls des examens approfondis permettront d'en avoir la certitude. Je ne vous parle ici que de ce qui ressort à première vue.

Alex hocha la tête – oui, bien sûr, cela allait de soi.

— Au début, j'ai eu du mal à déterminer la cause du décès, reprit le médecin légiste en plissant le front. Mais, comme elle avait le crâne rasé, je l'ai remarqué dès que je me suis penchée pour regarder de plus près.

— C'était quoi ? intervint Hugo.

— Une blessure au milieu de la tête. Et une minuscule piqûre dans la nuque.

Les deux policiers levèrent les yeux au plafond.

— Ce que je vous dis, ce ne sont que des hypothèses, je vous le répète, mais j'ai l'impression qu'on a essayé de la piquer à la tête et, comme ça ne marchait pas, on lui a fait la piqûre mortelle dans la nuque.

— C'est habituel comme procédé ? demanda-t-il, soucieux.

— Pas à ma connaissance, répondit Sonja. Et je ne vois pas bien l'intérêt de piquer dans le crâne.

— Pouvez-nous dire quel poison a été utilisé ?

— Non, il faut pour cela procéder à des examens, expliqua le médecin, les mains écartées en un geste d'impuissance.

Hugo se sentait mal à l'aise.

— Mais, bredouilla-t-il, était-elle consciente quand on l'a piquée ? Je veux dire…

Sonja Lundin esquissa un faible sourire qui se voulait rassurant.

— Je comprends à quoi vous pensez, dit-elle, mais je ne peux pas répondre à cette question. On lui a sans doute administré un sédatif avant, mais c'est encore trop tôt pour le dire.

Il y eut un silence. Hugo se racla la gorge et Alex tripota nerveusement son alliance.

— Et, c'est quoi, la suite ? demanda Alex après s'être éclairci lui aussi la voix.

— Votre collègue est plus à même de répondre à cette question, répondit-elle, donnant la parole à Hugo.

— Nous attendons l'identification formelle de l'enfant, dit-il d'un ton ferme. Si nous ne trouvons pas le moindre indice ici, à Umeå, le cadavre sera envoyé à l'institut de médecine légale de Solna pour l'autopsie. À quelle heure arrivent la mère et les grands-parents, m'avez-vous dit ?

Alex consulta sa montre.

— Ils atterrissent dans un peu plus d'une heure.

Au grand soulagement de Fredrika, Peder était si occupé par ce qu'il venait de découvrir dans l'ordinateur de Gabriel qu'il ne lui demanda pas pourquoi elle n'avait pas encore rendu visite à la mère de Gabriel Sebastiansson.

— Nous devons faire établir un mandat d'arrêt, dit Peder, tout excité par la tournure que prenaient les événements.

Il avait très mauvaise mine. *Qu'a-t-il bien pu faire hier soir pour avoir une tête pareille ?* s'étonna Fredrika.

— Et aussi un mandat de perquisition, poursuivit-il. Avec ça, tu files illico chez sa vieille mère. C'est pas toi qui m'as dit qu'il avait toujours une chambre chez elle ?

Fredrika ne se souvenait pourtant pas d'avoir mentionné ce détail.

— Oui, il a gardé sa chambre.

— Bref, il nous faut l'autorisation de fouiller sa maison à Östermalm, sa chambre dans sa maison natale, et son bureau, résuma Peder.

— Au fait, on cherche quoi, au juste ? Officiellement, je veux dire ? voulut savoir Fredrika.

— Officiellement, de la pornographie infantile. En réalité, on va essayer de trouver des indices sur l'endroit où il peut s'être planqué. Je viens d'avoir Alex au bout du fil. On aurait fait à la gamine une piqûre dans la tête avec du poison. Faut vraiment être timbré !

Fredrika avala difficilement sa salive. Encore un détail sordide qu'elle avait du mal à encaisser.

— On va recevoir des renforts, ajouta Peder. D'autres inspecteurs vont nous donner un coup de main pour les interrogatoires de tous les proches.

— Parfait, dit Fredrika, qui attendait de savoir qui, en l'absence d'Alex, prenait les choses en main.

Elle finit par poser la question.

— Eh bien, Alex m'a dit de le remplacer pendant qu'il était à Umeå, répondit Peder d'un ton si triomphant que Fredrika le trouva indécent.

Pourquoi n'avait-elle pu se retenir ? Peder n'attendait que ça, trop heureux de pouvoir se mettre en avant. Et elle tombait, comme toujours, dans le panneau.

— Mais il sera de retour ce soir, ajouta Peder. À moins qu'on ne trouve d'ici là le lien entre tout ce micmac et Umeå. J'emmènerai un des nouveaux inspecteurs à la boîte de Gabriel et je ferai les présentations. Gabriel entretenait apparemment des rapports assez étroits avec certains de ses collègues. Peut-être qu'il leur a confié des trucs qui pourraient nous intéresser. T'as qu'à prendre l'autre, là, une femme, avec toi pour aller interroger les proches de Sara Sebastiansson.

Fredrika allait faire un commentaire, mais il continuait sur sa lancée :

— C'est super, non ? On va faire trois perquisitions en parallèle, c'est quand même pas tous les jours que ça arrive !

Il était dans un tel état d'excitation que Fredrika se demanda s'il n'avait pas pris quelque substance illicite...

— Une petite fille est morte, je te rappelle. Tu m'excuseras de ne pas partager ton enthousiasme.

Sur ce, elle sortit du bureau de Peder pour faire la connaissance de sa nouvelle collègue.

Peder se demanda s'il allait courir après Fredrika pour l'insulter copieusement et lui clouer le bec une bonne fois pour toutes. Mais elle se prenait pour qui, cette gonzesse ?

Cela dit, il devait reconnaître qu'elle n'avait pas tout à fait tort. Un meurtre avait été commis. Mais c'était elle qui ne jouait pas le jeu et ne montrait pas assez de respect. Il avait réussi à ne pas laisser Ylva lui pourrir la vie avec ses coups de fil, ce n'était pas pour qu'une collègue lui foute le moral en l'air !

Oui, la dernière conversation avec Ylva au téléphone avait été carrément pénible. Son épouse était hors d'elle – et encore le terme était faible –, et ç'avait été pire encore quand aucun de ses collègues n'avait pu lui dire où il était lorsqu'elle les avait appelés au milieu de la nuit. Elle avait cru qu'il avait disparu et voulait lancer un avis de recherche ! Encore heureux qu'elle se soit ravisée au dernier moment et ait fini par s'endormir sur le canapé. Il lui avait promis de reparler de tout ça à son retour, mais pour l'instant l'enquête avançait à grands pas et il ne savait toujours pas quand il pourrait rentrer.

Ylva avait changé de ton en apprenant que Lilian avait été assassinée. Comme si elle comprenait mieux pourquoi il devait tant travailler. Mais de là à passer toute la nuit au bureau, non, elle n'était pas idiote à ce point-là... Pourquoi mentait-il si mal ? Il lui fallait faire des progrès dans ce domaine. L'autre solution était de ne plus coucher avec Pia Nordh. Une petite voix lui disait qu'il n'arriverait à faire ni l'un ni l'autre. Mais bon, c'est toujours bien de se fixer des objectifs...

Il reçut un coup de fil de Jimmy, inquiet parce qu'il devait participer à un cours de cuisine avec ses colocataires. Est-ce que ça allait bien se passer ? Peder le rassura de son mieux.

— Bien sûr que ça va bien se passer ! l'encouragea-t-il en se forçant pour avoir un ton de gaieté.

Il prenait toujours cette voix-là avec son frère.

— Tu te débrouilles comme un chef ! lança-t-il en riant.

— T'es sûr ?

— Mais oui, je te dis.

Des images de Jimmy avant l'accident flottèrent devant ses yeux. Du temps où il était différent, courageux, alors que Peder était un trouillard.

— *Je peux me balancer encore plus haut, tu vas voir, Peder ! Je peux aller plus haut que tout le monde !*

— *Je te crois pas !*

— *Mais si, Peder ! Je peux me balancer plus haut que tous les autres dans la rue !*

Si Jimmy avait pu grandir normalement, pensa Peder, *aurait-il continué à être le plus fort de tous ? Ou les années auraient-elles fini par le rendre moins sûr de lui ?*

Jimmy était bien la seule personne qu'il n'avait jamais trahie, se dit-il. Il était aussi le seul à qui Peder était autant redevable. Et le seul à qui il portait un amour inconditionnel.

Il se concentra de nouveau sur son travail. Les documents pour le ministère public étaient quasiment prêts. Ensuite, il déposerait son nouveau collègue au bureau de Gabriel Sebastiansson puis rejoindrait Fredrika chez la mère de Gabriel. Ce n'est pas tous les jours qu'il avait l'occasion de fourrer son nez dans la villa d'une vraie famille de riches.

Les choses se mettaient doucement en place et ça allait mieux dans sa tête. Il avait bu beaucoup d'eau et repris du paracétamol. Mais était-il vraiment en état de conduire pour se rendre dans ces différents lieux de perquisition ? Sans doute pas, vu la législation en Suède. Mais qui aurait l'idée d'arrêter un policier en service pour lui faire passer un alcootest ? Faudrait vraiment jouer de malchance ! Et Peder Rydh était un homme à qui tout réussissait, en ce moment. Du moins en était-il persuadé.

Ellen Lind était bouleversée. Elle avait cru jusqu'à la dernière minute que la petite Lilian rentrerait chez sa mère. Maintenant, elle avait appris l'assassinat de l'enfant et elle en était malade. Elle aurait aimé pouvoir en parler à son amoureux, même s'il n'avait pas été très aimable au bout du fil la veille, mais elle tomba sur son répondeur.

« Vous êtes bien chez Carl. Veuillez laisser un message après le bip sonore, et je vous rappellerai dès que possible. »

Elle soupira. Ne pourraient-ils vraiment pas se voir un peu dans la soirée ? Trouver une baby-sitter au pied levé, fallait pas rêver... Cela dit, il y aurait bien un jour où elle en aurait terminé avec ce genre de problème... Elle avait tant besoin de lui. Pourquoi n'aurait-elle pas le droit d'avoir un homme dans sa vie ? Était-ce trop demander ?

Elle laissa un message sur son répondeur et, malgré elle, fondit en larmes en lui expliquant ce qui s'était passé. L'image du corps de la fillette abandonnée devant l'hôpital ne cessait de la poursuivre. Couchée sur le dos, nue, sous la pluie.

Ellen posa un regard vide sur l'écran de son ordinateur. Au téléphone, avant de décoller pour Umeå, Alex lui avait donné des instructions claires : pas question de dire à quiconque où en était l'enquête tant que la petite fille n'avait pas été formellement identifiée par sa mère. Surtout, ne laisser filtrer aucun détail à l'extérieur. Ne pas révéler que l'enfant avait eu la tête rasée ou qu'ils avaient trouvé de la pornographie infantile dans le disque dur de l'ordinateur du père sur son lieu de travail. Dans les journaux sur Internet, on disait déjà que l'enfant avait été retrouvée.

Mats, l'analyste-programmeur, vint frapper à sa porte et la tira de ses réflexions.

— Pardon de vous déranger, dit-il poliment.

Ellen sourit.

— Non, je vous en prie. Je... j'étais perdue dans mes pensées.

— Peder m'a dit que nous venions d'obtenir l'autorisation du procureur de mettre le téléphone de Gabriel Sebastiansson sur écoute. Vous pouvez vous en charger ?

— Bien sûr. Comptez une heure avant que ce soit opérationnel. Et Tele2 devait nous donner le relevé des appels passés par cet homme depuis son portable ces derniers jours. Mais je ne peux pas vous dire quand on le recevra…

— Je l'ai eu il y a une heure, l'interrompit Mats. Après la disparition de sa fille, il n'a passé que trois coups de fil assez longs : le premier à sa mère, l'autre à un juriste et le dernier à un numéro à l'étranger que je n'ai pas encore pu identifier. En Suisse, c'est tout ce que je sais pour l'instant. Et il a reçu quelques SMS.

Ellen le regarda avec étonnement.

— En Suisse ?

Mats hocha la tête.

— Oui, mais comme je vous l'ai dit, je ne sais pas qui c'est. Et si la mère prétend qu'elle n'a pas vu son fils récemment, elle ment. J'ai pu établir, grâce aux antennes relais, que son téléphone a été en activité plusieurs fois depuis mardi dans le secteur de sa maison natale. Plus précisément ce matin encore, à 6 heures.

Ellen émit un sifflement admiratif.

— On dirait que les choses bougent, dit-elle, pensive.

— Oui, ça m'en a tout l'air, renchérit Mats.

Fredrika n'avait pas voulu téléphoner à la mère de Gabriel pour la prévenir de sa visite. Elle fonça pour arriver le plus vite possible et freina sec. Plus question qu'on lui montre du doigt où elle était priée de se garer. Non, elle bondit même hors de la voiture, monta les marches en trois enjambées et appuya deux fois sur la sonnette.

Comme elle ne percevait aucun bruit, elle sonna une troisième fois et entendit enfin une clé tourner dans la serrure, puis la porte s'ouvrit.

Teodora se raidit à la vue de Fredrika.

— Mais enfin, qu'est-ce que ça signifie ? s'écria-t-elle avec une force que sa silhouette frêle ne laissait en rien présager. Entrer comme ça dans notre propriété sans prévenir et défoncer pour ainsi dire la porte ! En voilà des manières !

— Premièrement, permettez-moi de vous dire que je ne suis pas sûre que le terme « propriété » s'applique à votre maison, deuxièmement, je me suis bornée à appuyer sur votre sonnette, et troisièmement...

Fredrika n'en revenait pas d'avoir soudain autant d'aplomb, mais elle continua :

— Oui troisièmement, je crains d'avoir de fort mauvaises nouvelles à vous annoncer. Pourrais-je entrer, maintenant ?

Teodora fixait Fredrika, et la jeune femme soutenait son regard sans ciller. Cette dame d'un certain âge portait à nouveau une broche accrochée en dessous de son menton. On aurait pu croire que ce bijou avait pour fonction de lui tenir la tête haute.

— Vous l'avez retrouvée ? demanda-t-elle lentement.

— Je préférerais que nous entrions, si vous n'y voyez pas d'inconvénient, dit Fredrika d'une voix radoucie.

Teodora secoua la tête.

— Non, je veux le savoir maintenant.

Son visage restait impénétrable.

— Oui, nous l'avons retrouvée, confirma la jeune femme après avoir réfléchi aux conséquences que pourrait avoir l'annonce, entre deux portes, du décès de l'enfant sur une dame comme Teodora Sebastiansson – plus toute jeune.

Cette dernière resta un long moment immobile.

— Entrez, finit-elle par dire.

Cette fois, la jeune policière n'accorda pas un regard à l'entrée et se dirigea directement vers le salon.

Teodora prit place dans un fauteuil près de la table basse et Fredrika fut soulagée qu'elle ne lui propose pas de boire quelque chose. Elle s'assit sans bruit dans le fauteuil en face.

— Où l'avez-vous retrouvée ?

— À Umeå.

Teodora tressaillit.

— À Umeå ? répéta-t-elle avec un étonnement non feint. Mais... vous êtes sûrs que c'est bien elle ?

— Oui, répondit Fredrika, malheureusement. La mère et ses parents sont en route pour l'identifier formellement, mais il n'y a aucun doute, c'est Lilian. Avez-vous un quelconque lien avec cette ville ? Ou savez-vous si votre fils ou Sara en ont un ?

Les épaules de Teodora s'affaissèrent.

— Comme je vous l'ai déjà dit lors de votre dernière visite, je sais peu de chose, pour ne pas dire rien, de la vie de ma belle-fille, mais je ne vois pas quel lien elle aurait avec Umeå. En tout cas, ni mon fils ni moi-même n'avons quoi que ce soit à voir avec cette ville.

— Vous n'avez pas d'amis, pas de connaissances là-bas ?

— Mais enfin ! Je n'y ai jamais mis les pieds ! s'exclama Teodora. Et je ne connais personne qui y soit allé. C'est vous dire ! Dans ma famille, bien sûr. Gabriel y est peut-être allé dans le cadre de son travail, mais je vous assure, sincèrement, que je ne suis pas au courant.

Fredrika attendit un moment.

— Justement, en parlant de votre fils… Vous avez eu des nouvelles de lui, récemment ? demanda-t-elle d'une voix plus ferme.

Teodora se redressa aussitôt.

— Non, dit-elle. Non, rien du tout.

— Vous en êtes sûre ? insista la jeune policière.

— Tout à fait sûre.

Les deux femmes se mesurèrent du regard.

— Pourrais-je voir sa chambre ? demanda Fredrika.

— Je vous fais la même réponse que la dernière fois : vous ne pourrez pas examiner un centimètre carré de cette maison si vous n'avez pas de mandat de perquisition.

— J'en ai un, répondit la jeune femme, qui entendit à cet instant plusieurs véhicules freiner sur le gravier devant la maison.

Teodora écarquilla les yeux, ne comprenant visiblement pas ce qui se passait.

— Vous faites du tort à votre fils en refusant d'aider la police à retrouver le meurtrier de sa fille, déclara Fredrika en se levant.

— Si vous aviez vous-même un enfant, vous sauriez qu'une mère ne le trahit jamais, jamais…, dit Teodora d'une voix brisée, en se penchant vers Fredrika. Si ma belle-fille avait compris ça, il ne serait rien arrivé à Lilian. Elle était où, cette incapable, quand Lilian a été enlevée ?

Sara était tombée dans un piège tendu par quelqu'un qui lui voulait vraiment du mal, pensa Fredrika, qui préféra ne rien répondre.

Cela n'avait duré qu'une seconde mais ça ne lui avait pas échappé : une expression de lassitude dans les yeux de cette femme plus âgée. Et de la vulnérabilité…

Elle souffre beaucoup plus qu'elle ne veut le montrer, comprit Fredrika.

Puis elle suivit Teodora jusqu'à la porte pour faire entrer les autres policiers.

Planté au beau milieu du salon de Teodora Sebastiansson, Peder Rydh n'en croyait pas ses yeux. Il se serait cru dans un musée, et ça le mettait franchement mal à l'aise. Et que cette vieille bonne femme givrée le regarde fixement de l'autre bout de la pièce n'était pas fait pour arranger les choses. Elle était restée aussi impassible que lorsqu'ils s'étaient salués sur le pas de la porte, quand il avait expliqué ce qui les amenait, son collègue et lui. Elle s'était assise dans un fauteuil placé dans un angle de la pièce et attendait.

Peder avait inspecté rapidement les pièces du rez-de-chaussée. Aucune trace de Gabriel Sebastiansson, et pourtant il sentait qu'il s'était trouvé là récemment. Une intuition.

— Quand avez-vous vu votre fils pour la dernière fois ? insista de nouveau Peder après avoir fait son petit tour.

— Mme Sebastiansson ne répondra pour l'instant à aucune de vos questions, répondit une voix derrière lui.

Il se retourna.

Un homme que Peder n'avait jamais vu venait d'entrer dans le salon. Très grand, large d'épaules,

les traits grossiers, vêtu de sombre, il en imposait, et pas seulement sur le plan physique, même si Peder le trouvait antipathique.

L'homme se présenta comme étant l'avocat de la famille.

Peder serra la main que l'autre lui tendait, se présenta à son tour et expliqua la raison du mandat de perquisition.

— De la pornographie infantile ! s'exclama Teodora en bondissant de son fauteuil. Mais vous dites n'importe quoi ! Je croyais que vous recherchiez Gabriel !

— Comme je vous l'ai expliqué en arrivant, nous le recherchons aussi, répondit Peder avec calme. Je profite d'ailleurs de l'occasion pour vous dire qu'un mandat d'arrêt contre votre fils a été lancé dans tout le pays. Si vous persistez à le couvrir, vous commettez une infraction vis-à-vis de la loi, quel que soit le crime qu'on lui reproche. Votre avocat vous le confirmera.

Mais Teodora, le regard de nouveau absent, donnait l'impression de ne pas avoir entendu ce qui venait d'être dit. Peder étouffa un soupir et sortit de la pièce.

À grandes enjambées, il monta au premier étage. La chambre de Gabriel était la plus proche du grand escalier.

— Comment ça va ? demanda-t-il aux policiers présents. Vous trouvez quelque chose ?

Une collègue pas très grande qui regardait sous le lit se redressa.

— La pièce est nickel, on n'a rien trouvé, par contre, le lit a été fait à la va-vite et les draps sont encore froissés. Il a dormi ici cette nuit, c'est sûr, mais l'oiseau s'est envolé.

Peder fit la moue.

— Il doit avoir un ordinateur portable.

— C'est sûr, dit un autre collègue. Et il le trimballe avec lui.

— Vous n'avez pas vu de photos traîner, ou ce genre de choses ?

— Rien du tout, répondit la femme.

— Bon. Mais on peut au moins affirmer qu'il a passé la nuit ici ?

Ses deux collègues confirmèrent de la tête.

— C'est toujours ça, marmonna Peder. Je vais voir ce qu'a donné la perquisition de son bureau et de sa petite maison à Östermalm.

Il appela d'abord Ellen Lind et apprit que Mats avait pu localiser Gabriel ce matin-là près de sa maison natale, grâce à l'antenne relais. Non, l'appel à témoins n'avait rien donné de nouveau, malgré la photo de l'enfant, désormais publiée dans la presse. Ah si ! Quelqu'un l'avait vue dans les bras d'un homme sur le quai, corroborant ainsi les dires de l'autre passagère. Sinon, rien de neuf.

Ensuite, il contacta l'équipe chargée de fouiller le bureau de Gabriel. Son ordinateur était confisqué et le contenu du disque dur serait examiné dès qu'une équipe aurait le courage d'affronter ces images. Les mails seraient analysés à part, ça devrait aller plus vite. Le patron avait confirmé que la société avait mis à la disposition de Gabriel Sebastiansson un ordinateur portable. Il ne savait pas où son employé se trouvait actuellement.

Enfin, Peder put joindre l'enquêteur qui procédait aux interrogatoires des collègues de Gabriel, mais celui-ci était occupé et lui dit qu'il le rappellerait une heure plus tard.

Peder avait du mal à faire le bilan. Le fait que Gabriel se cache de la police facilitait les choses, en un sens. Et aussi que sa mère ait reconnu avoir menti pour protéger son fils. C'était utile de savoir où il était ces derniers jours.

En même temps…

Pourquoi commettait-il l'imprudence d'enregistrer des photos pornos d'enfants sur le disque dur de son ordinateur de bureau alors qu'il disposait d'un portable ? Pourquoi se réfugier chez sa mère quand il aurait dû se douter que c'était le premier endroit où la police viendrait le chercher ? Si le père avait effectivement tué Lilian, l'avait-il fait ici, dans sa maison d'enfance ? Auquel cas la grand-mère aurait participé à ce meurtre ?

L'instinct de Peder lui disait qu'il faisait fausse route. Ça ne s'était pas passé ainsi. Gabriel aurait-il pu amener Lilian ici, à l'insu de sa mère ? Non, même si l'enfant avait été droguée, c'était peu probable.

Peder regarda autour de lui. Lilian avait-elle trouvé la mort ici ? Dans ce cas, il mettrait la maison sens dessus dessous jusqu'à trouver l'endroit où le meurtre avait été perpétré. Mais Alex lui avait précisé que l'enfant était morte d'une piqûre de poison faite dans la nuque. Ce genre de meurtre ne laissait guère de traces…

Il réfléchit. Mats lui avait dit que le téléphone portable de Gabriel n'avait pas été localisé une seule fois au nord de Stockholm, mais plusieurs fois au sud. Si on partait du principe que Gabriel avait toujours son téléphone sur lui, comment le cadavre de Lilian avait-il été transporté à Umeå ?

Quelque chose clochait, et Peder se sentit las. Son cerveau refusait de fonctionner, et le mal de tête revint à la charge.

Il appela néanmoins l'équipe chargée de la perquisition du domicile de Gabriel, mais elle n'avait rien trouvé non plus, si ce n'est une caisse contenant des *sex toys*. Ça ne tombait pas sous le coup de la loi. Ils avaient aussi confisqué un certain nombre de DVD. On pourrait avoir des surprises en les visionnant.

— Aucune trace de l'enfant dans la maison ? insista Peder, qui commençait à perdre courage.

Non. Bien sûr, l'enfant avait sa chambre à elle dans la maison, répondit le collègue. Mais rien n'indiquait qu'elle avait passé les derniers jours ici. On avait plutôt l'impression que la maison était inhabitée depuis un certain temps. Rien dans les poubelles. Et le frigo vide.

Il serait intéressant de savoir si la ligne téléphonique fixe avait été utilisée ces derniers jours. Cela étant, le patron de Gabriel avait assuré que celui-ci avait travaillé comme d'habitude toute la semaine précédente, venant même au bureau le samedi.

Quelque chose avait poussé Gabriel à se planquer. Mais quoi ? Déposer une demande de congé, mentir à sa mère en disant qu'il partait en voyage d'affaires... Sa mère s'était montrée loyale envers lui. Sa loyauté pouvait-elle aller jusqu'à couvrir la pédophilie de son fils et un meurtre ?

Peder informa ses collègues à l'œuvre dans la chambre de Gabriel qu'il partait inspecter la maison à Östermalm.

Dès qu'il traversa la cour de gravier, il éprouva un soulagement. Il contempla la grande demeure en brique puis le vaste jardin aux allures de parc. Ici, le temps s'était arrêté beaucoup trop longtemps.

Jelena glissa la clé dans la serrure de la porte d'entrée. Sa main tremblait toujours quand elle était excitée ou nerveuse. Et, à cet instant, elle était les deux à la fois. Elle avait réussi ! Elle avait suivi à la lettre les instructions de l'Homme et fait tout ce qu'il avait dit : elle était allée jusqu'à Umeå en voiture, s'était débarrassée du fœtus à l'endroit et dans la position qu'il avait indiqué, puis avait pris l'avion pour rentrer. Jelena avait conscience d'avoir accompli la chose la plus difficile de sa vie et n'en était pas peu fière.

Elle affronta le silence quand la porte se referma derrière elle.

Elle enleva ses chaussures et les rangea, l'une à côté de l'autre, l'Homme aimait que leurs chaussures soient alignées dans la petite entrée.

— Ohé ? hasarda-t-elle en s'avançant. T'es à la maison ?

Elle fit quelques pas. Le silence était oppressant.

Quelque chose n'allait pas. N'allait pas du tout.

Soudain, il sortit de l'ombre. Elle eut à peine le temps de deviner sa présence qu'elle reçut un violent coup de poing en plein visage.

Non, non ! se dit-elle, projetée en arrière, avant que son dos heurte le sol et que sa tête cogne le mur.

La peur et la douleur l'avaient envahie. L'expérience lui avait appris que dans ce cas il valait mieux ne rien faire du tout. Mais elle ne s'était pas attendue à un coup d'une telle violence. À la pensée de ce qui allait suivre, elle se fut si terrorisée qu'elle faillit faire pipi dans sa culotte.

Il était déjà près d'elle et la tirait pour la remettre debout. Du sang coulait de sa bouche, sa tête tournait et son dos douloureux l'élançait.

— Sale petite pute ! Espèce d'idiote attardée ! l'injuria-t-il, les mâchoires serrées, avec dans les yeux une expression de colère qu'elle n'avait encore jamais vue.

— Non, s'il te plaît, pitié, gémit-elle.

— Elle aurait dû être en position fœtale, martela-t-il en agrippant son visage et en l'amenant tout près du sien. Elle aurait dû être en position fœtale, t'entends ? Et puis pourquoi on l'a retrouvée sur le trottoir ? Mais, bordel, c'était quand même pas difficile à comprendre !

Il lui hurlait au visage, et elle n'osait bouger ni parler.

— Je..., finit-elle par articuler.

— Ta gueule ! vociféra-t-il. Ta gueule !

Au moment où elle allait lui expliquer qu'elle n'avait pas eu le temps d'arranger le fœtus exactement comme ils – ou plutôt l'Homme – avaient décidé de le faire, et pas non plus à l'endroit convenu, il lui balança deux coups. Un au ventre et un dans les côtes, au sol. Elle sentit qu'il lui en cassait plusieurs – ça faisait le même bruit que quand des branches gelées se cassaient en hiver. Elle finit par ne plus entendre ses hurlements et ne plus sentir les coups qui pleuvaient. Elle était à moitié inconsciente quand il lui arracha ses vêtements et la traîna dans la chambre à coucher. Elle gémit quand elle le vit prendre une boîte d'allumettes. Il lui fourra une chaussette dans la bouche pour étouffer ses cris et alluma la première allumette.

— Alors, c'est ça que tu veux, poupée ? chuchota-t-il en passant la flamme devant les yeux terrifiés de la jeune fille. Est-ce que je peux te faire confiance ?

Elle fit oui de la tête en essayant de recracher la chaussette qui l'étouffait.

Il la saisit par les cheveux et se pencha au-dessus d'elle. L'allumette se consumait toujours.

— Je ne sais pas, dit-il en approchant l'allumette de la peau, si fine entre le cou et le thorax. Je ne sais vraiment pas.

Puis il baissa l'allumette et laissa la flamme lécher la peau.

Une heure après que Sara Sebastiansson eut formellement identifié sa fille, Alex Recht et Hugo Paulsson la rencontrèrent avec ses parents dans une pièce réservée aux familles. Les couleurs chaudes des murs mettaient en valeur les fauteuils et les canapés moelleux ainsi que la table basse en bois. Aucune décoration aux murs, ni tableaux, ni dessins, ni photographies. Mais il y avait une corbeille de fruits sur la table.

Alex observa Sara. Contrairement à sa violente réaction à la réception du paquet, elle semblait résignée. En apparence. Alex avait vu assez de personnes frappées de plein fouet par le malheur et il savait qu'il fallait longtemps, très longtemps avant qu'elles puissent reprendre une vie un tant soit peu normale. Pour Sara Sebastiansson, la route risquait d'être longue. Le chagrin pouvait prendre tant de visages, traverser tant de phases. Quelqu'un – Alex ne se souvenait plus qui – avait dit que porter un gros chagrin, c'était comme marcher sur un lac qui avait gelé pendant la nuit. On croyait se sentir en sécurité, et l'instant d'après on passait au travers de la glace pour s'enfoncer dans les eaux sombres du mal.

Sara semblait pour l'heure se trouver sur une plaque de glace très fine mais qui semblait tenir. Elle paraissait ailleurs, sans pour autant avoir l'air complètement absente. Les yeux rougis et enflés, elle se cramponnait à un mouchoir en papier avec lequel elle essuyait son nez qui coulait. Sinon, elle se tenait immobile.

Ses parents se taisaient, les yeux pleins de larmes.

Hugo rompit le silence. D'abord en proposant du café. Puis du thé. Enfin, en promettant que l'entretien ne durerait pas longtemps.

— On ne comprend pas très bien pourquoi Lilian a été retrouvée ici, à Umeå, commença Alex. Est-ce que votre famille a des liens dans cette ville ou dans les environs ?

Il y eut d'abord un silence puis Sara répondit :

— Non, nous n'avons pas de famille par ici. Personne. Et Gabriel non plus.

— Et vous n'y êtes jamais venue avant ? demanda Alex en s'adressant à la jeune femme.

Elle secoua d'un mouvement très léger la tête, qui avait l'air de tenir à peine en équilibre sur son cou.

— Ah si ! Une fois. Moi et ma meilleure amie Maria, on est venues ici l'été après la fin du lycée, chuchota-t-elle avant de s'éclaircir la voix. Mais ça fait… laissez-moi compter… dix-sept ans. Je suivais un stage d'écriture, un peu à l'extérieur de la ville, et après on m'a proposé un job d'été comme assistante d'un des profs. Mais ça n'a pas duré longtemps, peut-être trois mois en tout.

Alex observa la jeune femme. Malgré la fatigue et le chagrin qui ternissaient son visage, il crut déceler un tressaillement au coin de l'œil quand elle parlait. Quelque chose la tourmentait qui n'avait rien à voir avec Lilian. Sa lèvre inférieure tremblait légèrement, le menton était relevé, comme dans une attitude de défi, même si elle avait les larmes aux yeux.

— Vous vous étiez fait de nouveaux amis ici ? Vous aviez rencontré un garçon ? hasarda Alex.

Sara secoua la tête.

— Non, absolument pas. J'ai bien sûr rencontré des gens intéressants pendant mon stage, et comme certains d'entre eux habitaient ici, en ville, je les ai fréquentés un peu quand j'ai commencé à travailler. Mais vous savez ce que c'est. Quand on est parti d'un endroit, on a du mal à garder le contact.

— Et vous ne vous y étiez pas fait d'ennemis ? demanda Alex en revenant à la charge.

— Non, dit Sara, en fermant les yeux un instant. Pas que je sache.

— Et votre amie ?

— Maria ? Non, elle non plus. En tout cas, je ne m'en souviens pas. On n'est plus en contact.

Alex se cala dans son fauteuil et fit signe à Hugo qu'il pouvait à son tour poser des questions. Tous deux ne voyaient pas quel rapport il pouvait y avoir entre le stage d'écriture et le meurtre, mais ils notèrent, à tout hasard, le nom de quelques participants dont se souvenait Sara.

Pour l'instant, les enquêteurs d'Umeå semblaient privilégier la thèse selon laquelle la fillette avait été tuée à Stockholm. Ils laissaient donc la brigade d'Alex prendre l'affaire en charge.

Toutefois, le groupe de Hugo avait rassemblé tous les détails relatifs à la découverte du corps de Lilian : l'appel téléphonique qui avait fait sortir l'infirmière sur le parking provenait d'un téléphone fonctionnant avec une carte prépayée, utilisé à trente kilomètres d'Umeå. Par la suite, ce téléphone n'avait plus servi. Il n'y eut aucun couple cette nuit-là dont la femme était arrivée à l'hôpital enceinte jusqu'aux dents. Le coup de téléphone avait donc pour seul but d'alerter une infirmière pour que le corps de l'enfant soit trouvé, et tout de suite.

Alex sentait qu'il ne parviendrait pas à y voir clair tant qu'il resterait là. Il lui fallait rentrer à Stockholm dès que possible. Plusieurs détails le chiffonnaient, toute cette histoire ne tenait pas debout.

La voix rauque de Sara interrompit le fil de ses pensées.

— Je n'ai jamais regretté d'avoir eu cette enfant, chuchota-t-elle.

— Pardon ? fit Alex.

— C'était marqué « indésirable » sur son front, mais ce n'est pas vrai. Je n'ai jamais regretté ma décision de la garder. Lilian était la plus belle chose qui me soit jamais arrivée.

Fredrika passa le reste de la journée à procéder aux auditions des proches de Sara, amis, relations, collègues. Sa liste s'était allongée à mesure des rencontres. Elle laisserait sa nouvelle collègue s'occuper des derniers interrogatoires.

L'image de Sara qui se dégageait était toujours la même, celle d'une personne fondamentalement chaleureuse et positive. Quelqu'un de bien. Presque tous, même ceux qui n'étaient pas ses plus proches amis, savaient qu'elle n'avait pas la vie facile à la maison et que son mari était un homme dur, brutal, froid et manipulateur. Il lui arrivait de boiter en arrivant au travail ou de porter des pulls à manches longues même en plein été… Sans en être tout à fait sûrs, la plupart se doutaient de quelque chose… Combien de fois une même personne peut-elle tomber et se blesser toute seule ?

Tous étaient en tout cas unanimes pour défendre Sara et réfuter les critiques de Teodora, pour qui sa belle-fille était une mère irresponsable et une épouse dévergondée. Et une des meilleures amies de Sara affirma que, dès le début, Gabriel l'avait trompée et couchait avec d'autres femmes. Cette amie pleura lors de l'entretien et dit :

— Nous pensions que Sara aurait un jour la force de le quitter, mais elle est tombée enceinte, alors on a tous compris que c'était fichu. Elle n'arriverait jamais à se débarrasser de lui.

— Mais elle l'a quand même quitté ? demanda Fredrika, les sourcils levés. Ils vont divorcer.

L'amie pleura de plus belle et secoua la tête.

— Aucun de nous n'y croit. Ce genre d'hommes, une fois qu'ils vous tiennent, ils ne vous lâchent plus.

Une seule chose frappa réellement Fredrika : tous les amis « de longue date » auxquels avait fait référence Sara, elle les avait rencontrés à l'âge adulte. Elle n'avait pas gardé une seule amie de son enfance et de son adolescence à Göteborg. D'après sa liste, ses parents étaient les seules personnes avec qui elle était restée en contact sur la côte ouest.

— Sara nous a raconté un jour qu'elle avait dû rompre avec tous ses anciens amis de là-bas quand elle a rencontré Gabriel, expliqua son amie. Nous autres, on les a toujours connus ensemble, mais ceux que Sara fréquentait avant, ils n'auraient sans doute jamais accepté qu'elle soit avec un homme comme lui.

Au fil des auditions, il apparut clairement que personne ne voulait de mal à Sara, excepté son mari.

Fredrika revint au commissariat épuisée, un hot-dog à la main, en espérant qu'Alex serait rentré. Si ce n'était pas le cas, elle s'enfermerait un moment dans son bureau pour décompresser. Elle reposerait ses jambes et écouterait un peu de musique que sa mère lui avait enregistrée sur son MP3.

— Ça t'aidera à méditer, lui avait-elle dit avec un sourire, sachant que sa fille considérait, comme elle-même, la musique comme aussi indispensable que le sommeil ou la nourriture.

Mais elle rencontra Peder.

— Oh, un hot-dog ! Ça me donne envie ! s'écria-t-il.

— Mmm, marmonna Fredrika, la bouche pleine.

À sa surprise, Peder la suivit dans son bureau et s'affala sur une des chaises pour les visiteurs. Autant dire que pour le petit repos en musique c'était râpé.

— Alors, c'était comment, ta journée ? demanda-t-il d'une voix lasse.

— Oh, des hauts et des bas.

Elle n'avait pas l'intention de lui révéler qu'elle était allée à Flemingsberg de sa propre initiative et avait mandaté un dessinateur pour dresser le portrait-robot de la fille au chien.

— Vous avez trouvé d'autres éléments à charge contre Gabriel, pendant vos perquisitions ? demanda-t-elle pour changer de sujet.

Peder se tut un moment avant de dire :

— Oui, mais ce qu'on a trouvé est vraiment à vomir.

Fredrika s'assit à son bureau et observa Peder. Il avait toujours l'air aussi fatigué. Il avait ce côté gamin de toujours vouloir se mettre en avant. Mais aujourd'hui, compte tenu de la gravité des faits, il lui apparut sous un autre jour. Cet homme, sous le masque, n'allait pas bien.

Quand elle eut fini de manger, Peder déposa devant elle une mince pile de feuilles.

— C'est quoi ? demanda-t-elle.

— Les mails envoyés par Gabriel Sebastiansson de son ordinateur de bureau.

La jeune femme haussa les sourcils.

— Je les ai eus il y a une heure, précisa Peder, en rentrant de l'audition de l'oncle de Gabriel. J'en ai d'ailleurs rien tiré, de cet entretien.

— Ça parle de quoi, ces mails ? insista-t-elle.

— Lis-les toi-même, répondit Peder. Je ne suis pas sûr de comprendre de quoi il s'agit, mais si c'est ce que je pense...

— D'accord, dit Fredrika en feuilletant les papiers.

Peder resta assis : il voulait observer ses réactions. Il était à la fois inquiet et impatient.

Elle commença par la feuille du dessus.

Il s'agissait d'un dialogue entre Gabriel Sebastiansson et un homme qui signait « Grand Tomas ». Sans être une experte en littérature enfantine, Fredrika savait que ce nom était tiré d'une série de livres pour enfants *La Petite Anna*.

Gabriel et Tomas parlaient de différents types de vins et planifiaient des dégustations. Après avoir lu deux pages, Fredrika sentit monter la nausée.

Grand Tomas, 1er janvier 09.32 : Les autres membres du cercle aimeraient de préférence goûter un vin qui soit antérieur à l'année 1998. Qu'en penses-tu ?

Gabriel Sebastiansson, 1er janvier 11.17 : Je suis d'accord pour des cépages de 1998, mais si possible un peu plus tardifs. J'ai une attitude plus critique envers des vins de garde trop jeunes.

Grand Tomas, 2 janvier, 06.25 : On me pose des questions quant au pays d'origine des vins et aux cépages concernés. Est-ce que cela a de l'importance pour toi aussi ?

Gabriel Sebastiansson, 2 janvier, 19.15 : Je préfère absolument les raisins bleus aux raisins rouges. Par contre, leur région d'origine m'importe moins. Tout compte fait, je me laisserais bien tenter par quelque chose de plus exotique que ce que j'ai goûté lors de la dernière réunion de notre cercle éminent. Il n'y aurait pas, par hasard, quelques bouteilles en provenance d'Amérique latine ?

— Oh, mon Dieu ! chuchota Fredrika, qui dut plusieurs fois avaler sa salive.

— Il ne s'agit pas de dégustation de vins, n'est-ce pas ? demanda Peder.

— Non, répondit-elle en secouant la tête. Non, ce n'est évidemment pas de ça qu'il s'agit.

— Les raisins rouges, c'est les filles ? Et les bleus, c'est les garçons… ?

— Vraisemblablement.

Fredrika eut mal au ventre.

— Oh non ! gémit-elle en mettant une main devant sa bouche tandis qu'elle poursuivait sa lecture.

Grand Tomas, 5 janvier, 07.11 : Chers membres ! La dégustation de vins tant attendue aura lieu la semaine prochaine ! Notre livreur nous fournira de bons vins que nous pourrons goûter et savourer au cours de la soirée et de la nuit. Paiement sur place. L'adresse exacte du lieu où se déroulera la dégustation vous sera communiquée ultérieurement selon la procédure habituelle.

Il apparaissait que Gabriel Sebastiansson avait participé à quatre « dégustations » de ce genre depuis le début de l'année.

— Comment sont-ils avertis du lieu de rendez-vous ? demanda Fredrika.

— Aucune idée, répondit Peder d'un ton las. Mais j'ai appelé un copain qui, je le sais, travaille sur ces saloperies. Il m'a dit qu'il y a plusieurs possibilités, soit par SMS, soit en appelant d'un portable avec une carte prépayée.

— C'est horrible, dit Fredrika, bouleversée, avant de poursuivre sa lecture à contrecœur.

— Lis la dernière page, lui conseilla Peder, qui n'en pouvait plus d'attendre.

Fredrika sauta une partie des mails pour aller à la dernière page.

Grand Tomas, 5 juillet 09.13 : Très chers membres ! Le clou de l'été approche à grands pas ! Nous avons reçu une livraison inattendue de vins merveilleux produits à partir de différents raisins et même de l'année 2001 ! Venez déguster à votre convenance la semaine prochaine ! L'adresse vous sera communiquée, comme toujours, à part, mais vous pouvez d'ores et déjà entourer de rouge la date du 20 juillet sur votre calendrier. Notez que la réunion aura lieu aux alentours de 16 heures et que, pour une fois, elle ne se tiendra pas dans notre charmante région mais plus loin, à cinq heures de voiture environ. Inscrivez-vous vite si vous comptez venir !

Fredrika leva aussitôt les yeux vers son collègue et le fixa intensément.

— Le 20 juillet, c'est le jour où Lilian a disparu.

Peder acquiesça en silence.

Fredrika feuilleta les pages qu'elle avait sautées mais ne trouva pas de mails ultérieurs.

— Selon l'employeur de Gabriel Sebastiansson, ce dernier aurait déposé une demande de congé pour cette semaine, dit-elle, très peu de temps à l'avance, prétextant des raisons familiales.

— Et, grâce aux indications de son téléphone portable, nous avons pu déterminer qu'il se trouvait dans les environs de Kalmar, peu après 22 heures, le jour même où sa fille disparaissait. Il l'a éteint le matin et ne l'a rallumé que vers le soir.

— Et qui a-t-il appelé ?

— Sa mère, répondit Peder.

Fredrika regarda son collègue un long moment.

— Vu que leur petit, comment appeler ça… « arrangement » était à Kalmar, commença-t-elle, et en comptant cinq heures pour y arriver…

Peder hocha la tête pour montrer qu'il suivait le même raisonnement.

— Ça implique qu'il aurait quitté Stockholm vers 11 heures pour être là-bas à 16 heures, heure à laquelle commençait leur « dégustation », compléta Peder.

— Exactement, s'exclama Fredrika en posant les feuilles sur la table. Avons-nous plus de renseignements grâce au téléphone ?

— Non, il n'y a pas eu le moindre appel après 8 heures du matin, répondit Peder, pensif.

— Bon, c'est pas important. Par contre, nous savons de manière certaine qu'à 22 heures il se trouvait à Kalmar et a appelé sa mère. On peut imaginer que leur petite réunion était terminée et qu'il était sur le chemin du retour.

Elle regarda Peder.

— Dans ce cas, il est impossible qu'il ait pu enlever Lilian dans le train. Il ne peut pas à la fois être en voiture et à la gare.

Son collègue ne tenait plus en place sur sa chaise.

— Ou alors, objecta-t-il, il a décidé de venir plus tard à cette réunion et d'emmener Lilian.

Fredrika secoua la tête.

— Bien sûr, c'est une hypothèse, mais ça complique drôlement les choses : d'abord enlever Lilian et la mettre dans sa voiture, aller avec elle jusqu'à Kalmar… puis de là aller retrouver les autres membres de ce club de malades. Puis ramener Lilian chez lui, la scalper, envoyer ses cheveux à la mère, tuer l'enfant et faire en sorte que quelqu'un transporte le cadavre et s'en débarrasse devant l'entrée de l'hôpital d'Umeå… Excuse-moi, mais ça me paraît vraiment tiré par les cheveux. Surtout quand Tele2 nous assure que son téléphone n'a pas été actif au nord de Stockholm durant tout ce laps de temps.

Peder se redressa. À l'évidence, il révisait son jugement.

— Effectivement, ça paraît assez compliqué, présenté comme ça.

Il tapa soudain sur le bureau.

— Mais, bordel, elle part dans tous les sens, cette affaire ! Il a peut-être donné son téléphone à quelqu'un d'autre ?

Fredrika pencha la tête sur le côté. Elle crut entendre Alex arriver dans le couloir.

— À moins, dit-elle lentement, que ces deux histoires n'aient absolument rien à voir l'une avec l'autre.

Alex Recht quitta Umeå peu après 16 heures. Le cadavre de l'enfant serait rapatrié à Stockholm par avion-cargo plus tard dans la soirée.

— J'espère vraiment que vous allez réussir à coffrer ce dangereux cinglé avant qu'il tue d'autres enfants, dit Hugo Paulsson d'une voix sombre en prenant congé d'Alex.

— Qu'il tue d'autres enfants ? répéta Alex.

— Oui. Pourquoi s'arrêterait-il en si bon chemin ? Maintenant qu'il est passé à travers les mailles du filet, il n'hésitera pas à recommencer, vous verrez.

Les phrases de son collègue tournaient en boucle dans sa tête. Une heure plus tard, il atterrit à Stockholm et fila aussitôt au bureau.

Fredrika, Peder, Ellen, Mats et deux personnes qu'il ne connaissait pas, les deux enquêteurs en renfort, sans doute, l'attendaient dans la Tanière du lion.

— Bon, par où on commence ? demanda-t-il en s'asseyant.

Il était tard. Chacun voulait faire court et efficace.

Alex avait suivi par téléphone les principales avancées de l'enquête mais n'était pas au courant des dernières informations concernant l'activité téléphonique et les mails de Gabriel Sebastiansson. Peder et Fredrika échangèrent quelques regards furtifs. Peder prit finalement la parole et distribua des photocopies des mails échangés par Gabriel et « Grand Tomas » à tous les présents dans la salle. Puis, avec le rétroprojecteur, il afficha un papier où s'inscrivaient deux lignes temporelles.

Alex jeta un coup d'œil du côté de Fredrika.

Encore une de ses idées, à coup sûr, pensa-t-il.

L'expression de satisfaction se peignant sur le visage de la jeune femme lui confirma qu'il avait vu juste.

Au fond, ce n'était pas une mauvaise idée, même s'il procédait autrement. Pourquoi ne pas changer un peu, après tout ?

— Bon, Fredrika et moi avons développé deux hypothèses à partir des renseignements dont nous disposons, commença Peder.

Il exposa brièvement sa propre théorie puis céda la parole à sa collègue, qui parla de sa place.

— L'alternative à la version des faits que vous venez d'entendre et qui, malgré un problème de temps, reste néanmoins possible avec un aller-retour à Kalmar avec Lilian, c'est qu'il s'agit tout simplement de deux affaires distinctes, sans rapport entre elles.

Alex plissa le front.

— Je m'explique, s'empressa d'ajouter Fredrika. Nous savons que Gabriel a commis des actes de violence envers Sara, nous savons qu'il regarde des vidéos pornos mettant en scène des enfants, et cet échange de mails prouve qu'il est un pédophile actif. Il fait partie d'un réseau dont nous ignorons tout et qui a déjà organisé plusieurs réunions depuis le début de l'année pour « déguster » de jeunes, voire très jeunes enfants. Voilà qu'une rencontre exceptionnelle est organisée à Kalmar à la hâte. Gabriel pose tout de suite une demande de congé et dissimule cela à sa mère en prétendant s'absenter quelques jours pour un voyage d'affaires. À cette occasion, il lui promet de venir déjeuner chez elle avec Lilian quand Sara et leur fille seront rentrées de Göteborg.

Après avoir vérifié que tous suivaient bien son raisonnement, Fredrika poursuivit, sentant le rouge lui monter aux joues :

— Donc, mardi, il part en direction de Kalmar dans la matinée, on ne sait pas exactement quand. Peu après 14 heures, Lilian disparaît. Une heure plus tard, quand nous essayons de le joindre au téléphone, son portable est éteint. Disons que Gabriel Sebastiansson a mieux à faire à ce moment-là et il reste injoignable jusqu'à 22 heures, heure à laquelle il rallume son portable.

Fredrika marqua une pause avant de continuer à dire l'insoutenable.

— Ce type est en effet en train de commettre les actes les plus abjects, à savoir s'en prendre sexuellement à des enfants, tandis que sa fille disparaît et que la police essaie de le joindre. Il sait que nous sommes au courant des plaintes déposées par sa femme, et aussi des informations contradictoires de sa mère et de son employeur quant au lieu où il se trouve. Il est tard, il a encore un long chemin à faire jusqu'à chez lui. Mais il préfère ne pas rentrer à la maison, et il veut éviter la police. Il sait, lui, qu'il n'a pas enlevé Lilian, mais préfère ne pas avoir à dire où il se trouvait ni ce qu'il faisait quand le rapt a eu lieu.

Elle reprit son souffle et poursuivit :

— Il n'en mène pas large, car sa mère, toujours prête à lui fournir un alibi, n'est plus crédible aux yeux de la police puisqu'il ne lui a pas dit où il allait. Mais elle reste la personne qui lui est le plus proche et il l'appelle malgré tout. Elle est la seule qui, toujours, répond présent. Difficile de savoir exactement ce qu'il lui a raconté, mais ils pensent tous deux que Lilian ne va pas tarder à réapparaître et décident de rester le plus discrets possible d'ici là.

— Parce qu'il s'imagine que la police aura autre chose à faire que de mettre le nez dans son emploi du temps si l'enfant est retrouvée saine et sauve, renchérit Alex.

— Exactement, dit Fredrika, qui prit une gorgée d'eau.

Il y eut un silence dans la pièce.

Alex feuilleta et parcourut les copies de mails distribués par Peder.

— Oh, mon Dieu ! lâcha-t-il. Quelqu'un a-t-il des infos qui invalideraient cette nouvelle version des faits ?

Personne ne répondit.

— On a, par conséquent, des raisons de penser que notre ami Gabriel, pourtant si activement recherché, n'est pas l'homme qui a enlevé Lilian. Je reconnais qu'il n'est pas impossible à Gabriel d'avoir enlevé Lilian et fait ensuite le voyage à Kalmar puis en est revenu le même jour, mais, comme l'a souligné Fredrika, ça coince un peu question horaires.

Alex secoua à nouveau la tête.

— Mais que signifie le témoignage d'Ingrid Strand alors ? objecta Peder. Elle était à côté de Sara et de Lilian dans le train. Elle a bien vu Sara dans les bras d'un homme…

— D'un homme qui « avait l'air d'être le père », compléta Alex calmement. Elle a dû penser que ce ne pouvait être que lui. Par qui d'autre que lui Lilian se serait-elle laissé porter ? Mais elle peut fort bien avoir été endormie, l'autopsie nous en dira peut-être plus long sur ce point.

Fredrika déglutit.

— Est-ce qu'elle a été…, bredouilla-t-elle. Est-ce que le médecin a pu dire si elle a subi une agression sexuelle ?

Alex fit non de la tête.

— Apparemment non, mais on sera fixés demain matin.

Alex se tut. L'affaire de ce réseau de pédophilie venait mettre la pagaille et compliquait tout. Il allait devoir refiler cette affaire aux autorités compétentes le plus tôt possible.

— En gros, il faut tout reprendre depuis le début, c'est ça ? résuma Peder.

Alex sourit.

— Non, dit-il. C'est juste que les informations que nous avons à présent ne collent pas avec le scénario qu'on avait imaginé. Gabriel Sebastiansson n'est plus notre suspect numéro un.

Voyant Peder soupirer, il ajouta :

— Mais il se peut que Gabriel connaisse l'homme qui a enlevé sa fille. Ce n'est pas à exclure, si on considère le genre de milieu qu'il fréquente.

Fredrika leva la main pour demander à intervenir.

— Nous savons que celui qui a enlevé Lilian s'est adressé directement à Sara et non à Gabriel Sebastiansson. Le paquet contenant les cheveux et les vêtements de l'enfant a été envoyé à l'adresse de Sara et non à celle de Gabriel.

— Tu pense que le meurtrier a davantage de liens avec la mère qu'avec le père ? précisa Alex.

— Oui, répondit Fredrika sans hésitation.

— Avons-nous d'autres éléments qui vont dans ce sens ? demanda Alex à l'assemblée.

Devant le silence de ses collègues, Fredrika prit la parole.

— En fait, oui, avoua-t-elle en rougissant un peu. Il se trouve que je suis allée faire un petit tour à Flemingsberg aujourd'hui.

Alex et les autres écoutèrent les infos qu'elle avait obtenus de la fille au guichet et du service de contrôle des trains à la gare centrale. Fredrika insista bien pour dire que ce n'étaient pour l'instant que des hypothèses, mais il y avait, selon elle, trop de coïncidences pour ne pas s'y arrêter. Alex n'avait toujours pas dit un mot. Mais il plissa le front et finit par intervenir.

— Je ne suis pas spécialement ravi de voir que tu n'en fais qu'à ta tête, mais ça passe, pour cette fois.

Fredrika poussa un soupir de soulagement.

— Si ton hypothèse se révèle exacte, cela prouverait que nous avons affaire à quelqu'un qui planifie tout, jusqu'au moindre détail, et que cet enlèvement suivi de meurtre visait expressément Sara. Quelqu'un qui ne recule devant rien, et bougrement intelligent. La question que je me pose est : pourquoi n'avons-nous pas, jusqu'ici, trouvé de mobile à son crime ? Pourquoi Sara n'a-t-elle aucune idée de la personne qui peut lui en vouloir à ce point ?

— Parce qu'elle n'a peut-être pas remarqué qu'on lui en voulait, suggéra Peder. Si nous avons vraiment affaire à un dangereux psychopathe – et ça m'en a tout l'air –, il peut très bien suivre une logique qui n'est logique que pour lui, je ne sais pas si je me fais bien comprendre…

— Bon, on va reprendre tous les éléments un par un, reprit Alex, assez tendu. On a forcément omis un détail et laissé passer quelque chose. Quand aurons-nous le portrait-robot de la fille au chien ?

— Il est déjà terminé, mais la fille du guichet doit y apporter d'éventuelles corrections ce soir.

Alex considéra qu'il était peut-être temps d'apporter sa contribution.

— Est-ce que je peux parler de la conversation avec Sara et ses parents à Umeå ?

Fredrika hocha la tête : comme ses collègues, elle brûlait d'en savoir davantage.

Alex résuma son entretien avec Sara après qu'elle eut identifié formellement sa petite fille, et remarqua que Fredrika avait paru intéressée quand il fit allusion au court séjour de Sara à Umeå, à la fin du lycée.

— J'ai parlé avec plusieurs amies et collègues de Sara, dit-elle, et le fait qu'elle n'a gardé aucune de ses anciennes amies m'a étonnée.

— Non, dit Alex. J'ai cru comprendre qu'elle avait rompu avec elles quand elle a fait la connaissance de son mari.

— Justement, insista Fredrika. C'est pourquoi, sur la ligne du temps, elle commence à avoir un réseau social assez tard dans sa vie.

Nous ne savons strictement rien de sa vie avant sa rencontre avec Gabriel.

— Et tu penses qu'il y a quelque chose là-dessous ? Tu penses que quelqu'un aurait médité sa vengeance pendant des décennies avant de passer à l'acte et de s'en prendre à Lilian ?

— Nous ne pouvons pas exclure cette hypothèse, se défendit Fredrika. Et que, pour l'instant, nous n'avons aucun moyen de le savoir, car nous ne cherchons pas, en quelque sorte, dans le bon laps de temps...

Alex prit le temps de réfléchir.

— O.K., les amis, je crois qu'il est temps de rentrer à la maison et de se détendre un peu. Il faut s'aérer la tête. On y verra plus clair après. Demain, on repasse tous les éléments en revue, tous les appels qu'on a reçus après l'avis de recherche, tout, compris ?

Alex fut étonné d'avoir dit « les amis ». Ce n'était pas son genre de se montrer aussi familier avec ses collaborateurs. Ça le fit sourire.

Ellen Lind fut déçue quand elle rentra chez elle après la réunion de débriefing. Elle s'était beaucoup impliquée dans cette enquête et trouvait que le chef aurait pu au moins faire une allusion à son travail. Quant au pauvre analyste-programmeur, il ne l'avait même pas regardé. Il ne devait même pas connaître son nom.

Mais toutes ces pensées s'évanouirent quand elle sortit son portable et vit la trace de plusieurs appels en absence de son amoureux. Le message qu'il avait laissé était clair et concis : il serait heureux si elle pouvait le rejoindre à l'Hôtel anglais où il allait passer la nuit. Il la priait aussi de l'excuser pour s'être mal comporté avec elle la fois précédente.

Son cœur battit à se rompre : elle avait deux bonnes raisons de se réjouir.

Mais ces grands changements d'humeur n'étaient pas faciles à vivre et, à vrai dire, l'inquiétaient un peu…

Sa nièce accepta, moyennant une rétribution confortable, de garder les enfants. Elle était déjà sur place, car Ellen lui avait demandé de les surveiller jusqu'à son retour puisqu'elle avait dû travailler tard.

— Ils ont encore besoin d'une baby-sitter ? s'était étonnée sa nièce, qui venait de passer son bac.

Ellen pensa une seconde à Lilian Sebastiansson et répondit d'un ton ferme :

— Oui.

Puis elle se dépêcha de rentrer pour se changer et pouvoir souhaiter bonne nuit aux enfants.

— On dirait une ado amoureuse, ne put s'empêcher de plaisanter sa nièce en la voyant courir dans l'appartement en sous-vêtements.

Ellen sourit en rougissant.

— Oui, je sais que je suis ridicule, mais je suis chaque fois tellement heureuse qu'il veuille me revoir.

Sa nièce lui adressa un sourire compréhensif.

— Prends le pull rouge, lui conseilla-t-elle. Ça te va bien, le rouge.

Peu après, Ellen filait dans un taxi en direction de l'hôtel. C'est seulement enfin assise à l'arrière qu'elle sentit la fatigue accumulée. Elle avait eu de grosses journées de travail. Pourvu qu'elle puisse en parler à Carl ! Elle avait tellement besoin de s'en ouvrir à quelqu'un.

À l'entrée de l'hôtel, Carl l'accueillit chaleureusement en lui adressant le plus beau de ses sourires.

— Je ne m'attendais pas à ce qu'on se voie deux fois dans la même semaine, murmura Ellen quand ils s'enlacèrent.

— Il y a des semaines plus faciles que d'autres, répondit Carl en la serrant fort contre lui.

Il lui caressa le dos, la complimenta pour son pull et lui dit qu'elle avait l'air resplendissante même si elle prétendait trop travailler.

Les heures qui suivirent s'écoulèrent comme dans un rêve. Ils burent du vin, mangèrent un peu, parlèrent longuement des derniers développements de l'affaire et firent l'amour avant de se résoudre à dormir un peu.

Ellen reposait, détendue, dans ses bras et allait s'endormir quand elle murmura :

— Je suis si heureuse qu'on se soit rencontrés, Carl.

Elle sentit dans sa nuque qu'il souriait.

— Moi aussi.

Puis il referma une main sur son sein gauche, l'embrassa sur l'épaule et chuchota :

— Tu me donnes vraiment tout ce dont j'ai besoin.

Deuxième partie

TRACES DE COLÈRE

Vendredi

Il faisait sombre dans l'appartement quand Jelena se réveilla. Elle comprit qu'elle était couchée sur le dos. Un de ses yeux refusait de s'ouvrir. Le temps de se demander pourquoi il était si lourd, les douleurs l'élancèrent. Impossible de lutter, de résister. Elles étaient insupportables, traversaient son corps et la faisaient trembler. Quand elle se tordait sur le drap, son dos restait collé au tissu à tous les endroits où son sang avait séché.

Jelena pouvait sangloter, elle savait que l'Homme n'était pas à la maison. Il n'était jamais là après l'avoir corrigée ou, comme il disait, « remise à sa place ».

Les larmes roulèrent sur ses joues.

Si seulement il l'avait laissée parler ! Elle lui aurait tout expliqué… Mais il n'avait pas voulu l'écouter et s'était jeté sur elle.

Jelena n'avait encore jamais vécu ça.

Comment avait-il pu lui faire ça ? pensa-t-elle en mouillant de ses larmes l'oreiller ensanglanté.

Elle n'avait pas le droit de penser, pas le droit de poser la moindre question à l'Homme. Telles étaient les règles. S'il la corrigeait, c'était pour son bien, uniquement pour son bien. Si elle ne le comprenait pas, alors, leur relation n'avait aucune raison d'être et serait condamnée. Combien de fois devait-il le lui répéter ?

Mais, là, il avait dépassé les bornes.

Jelena avait peu à peu perdu confiance en elle-même et dans le monde. Elle était seule parce qu'elle le méritait. Voilà pourquoi elle était reconnaissante et éperdue d'amour quand une personne telle que l'Homme voulait bien d'elle.

Mais il y avait en elle un noyau de force que l'Homme n'avait pas réussi à détruire. Il n'en avait d'ailleurs pas l'intention ; sans force, elle ne pouvait être son alliée dans la guerre qu'ils avaient commencé à mener.

Nue sur le lit, seule, abandonnée, le corps blessé en plusieurs endroits, Jelena utilisa ses dernières forces pour sentir le goût salé de la contestation. Lorsqu'elle était plus jeune, son corps n'était que révolte. L'Homme était parvenu à faire sortir cette révolte, qu'il avait jugée méprisable. Il le lui avait expliqué la première fois qu'elle était montée dans sa voiture : il y avait d'autres manières de se révolter. Et, si elle en avait la volonté et le courage, il l'aiderait à les découvrir.

C'était tout ce que désirait Jelena.

Mais elle n'aurait jamais cru que le chemin serait aussi long et aussi difficile. L'Homme disait que le combat qu'il allait mener exigeait une perfection absolue. Ce qui lui faisait le plus mal, c'était quand il la brûlait. Faut dire que c'était surtout au début de leur relation.

Mais il avait recommencé.

Jelena était brûlante de fièvre. Sa cage thoracique la faisait souffrir à chaque respiration, et elle préférait ne pas deviner tous les endroits du corps qu'il avait brûlés.

Une pensée désespérée traversa son esprit.

J'ai besoin d'aide. J'ai besoin d'aide.

Mue par une pulsion, elle se laissa glisser au bas du lit et rampa sur le sol. Demander de l'aide pour panser ses blessures, c'était enfreindre les règles, mais son instinct lui soufflait qu'elle risquait de mourir si elle ne se faisait pas soigner. Et vite.

L'Homme finissait toujours par revenir et l'aidait tôt ou tard. Sauf que, cette fois, Jelena n'avait pas le temps de l'attendre. Ses forces l'abandonnaient.

Il faut que j'atteigne la porte d'entrée.

La panique la gagna.

Quelle conséquence aurait ce non-respect des règles sur leur relation ? L'Homme n'accepterait jamais qu'elle manifeste une forme d'indépendance, qu'elle ose sortir de l'appartement dans l'état où elle était. Il la retrouverait et la tuerait.

Il faut que j'aie le temps, pensa Jelena à genoux, tremblante de fièvre, en agrippant la poignée de la porte. *Il faut que j'aie le temps de réfléchir...*

Elle rassembla tout son courage pour lever l'autre main et déverrouiller la porte. Après, ce fut le trou noir.

La porte s'ouvrit et elle s'effondra, son visage heurtant le marbre froid.

Dès le lendemain, Alex Recht envoya Fredrika à Uppsala pour qu'elle interroge Maria Blomgren, l'ancienne amie de Sara Sebastiansson, celle avec qui elle avait participé au stage d'écriture à Umeå. Puis il resta seul dans son bureau, une tasse de café à la main, pour réfléchir dans le calme.

Par la suite, Alex aurait tout loisir de se demander à quel moment les choses avaient basculé en faveur du psychopathe. Déjouant tous les pièges, cet homme semblait dicter sa loi et narguer la police.

Je sais ce que j'ai à faire, semblait-il proclamer. *Et ce n'est pas toi qui vas m'en empêcher.*

Malgré sa courte nuit, Alex se sentait plein d'énergie. Et surtout très en colère. Toute cette mise en scène avec les cheveux envoyés à la mère, le corps de l'enfant abandonné sur un parking devant un grand hôpital, le coup de téléphone pour s'assurer qu'on trouverait l'enfant… Et, avec tout ça, réussir à ne laisser aucune trace, pas la moindre empreinte digitale !

Les gens invisibles, ça n'existe pas. Et personne n'est infaillible, se dit Alex avant de décrocher son téléphone pour appeler la médecine légale à Solna.

Le médecin légiste à l'autre bout du fil paraissait très jeune. Sans trop savoir pourquoi, Alex imaginait toujours que les bons médecins légistes devaient avoir au moins la cinquantaine. Il n'aimait pas trop avoir affaire à de plus jeunes.

Cela dit, celui-ci semblait très compétent et avait la bonne idée d'éviter le jargon médical. Au moins, on comprenait ce qu'il racontait, celui-là. Tant mieux.

Le médecin à Umeå avait vu juste. Lilian Sebastiansson était morte empoisonnée, suite à une overdose d'insuline injectée directement dans le corps par une piqûre faite dans la nuque.

— Je n'avais encore jamais vu une chose pareille, précisa le médecin. Mais c'est un moyen efficace, et médical, de tuer. Et cela épargne toute souffrance à la victime.

— L'enfant était-elle consciente quand elle a eu la piqûre ?

— Difficile à dire. J'ai retrouvé des traces de morphine, ce qui tendrait à prouver qu'on a essayé de la calmer. Mais je ne peux pas affirmer qu'elle n'était pas consciente au moment de la piqûre mortelle. Je ne vois pas bien par ailleurs l'intérêt pour l'assassin de piquer dans la tête ou en haut de la nuque. La dose d'insuline était telle qu'elle aurait eu le même effet si elle avait été injectée dans le bras ou la jambe.

— Vous croyez que le meurtrier est un médecin ? demanda soudain Alex en baissant la voix.

— Ça m'étonnerait, répondit le médecin légiste. La piqûre est le fait d'un amateur. Et puis, comme je vous l'ai dit, quel intérêt de la piquer dans la tête ? Selon moi, il pourrait s'agir d'un acte symbolique.

Alex se répéta ce mot : « symbolique ». Il ne comprenait pas bien. Pas plus qu'il ne voyait de mobile à ce crime.

— Est-ce qu'elle avait mangé quelque chose après son enlèvement ?

Il y eut un instant de silence.

— Non, finit par répondre le médecin. Non, elle avait l'estomac vide.

— Et pouvez-vous nous dire ce qu'il a fait du cadavre avant de s'en débarrasser ?

— Comme vous avez déjà pu le constater à Umeå, le corps a été en partie nettoyé à l'alcool. J'ai essayé de retrouver des traces sous ses ongles, mais ça n'a rien donné. Par contre, j'ai retrouvé ici et là les restes d'un type de talc, ce qui prouve que ceux qui l'ont touchée portaient des gants en plastique, du genre qu'on utilise à l'hôpital.

— On peut se procurer ces gants ailleurs qu'à l'hôpital ?

— Il faudra des analyses complémentaires, mais je pense qu'il s'agit de véritables gants chirurgicaux. Ça ne s'achète pas en pharmacie, mais il suffit de connaître quelqu'un qui travaille dans le milieu hospitalier pour s'en procurer.

Alex hocha la tête, pensif.

— Si l'assassin a pu avoir accès à des piqûres, à du désinfectant et à des gants chirurgicaux…

— En tout cas, une des personnes impliquées dans l'histoire doit effectivement avoir un lien avec ce milieu, compléta le médecin.

Alex sursauta : « Une des personnes impliquées… »

— Vous avez l'air de dire qu'ils sont plusieurs, fit-il remarquer.

— Oui.

— Sur quoi vous vous fondez pour être aussi affirmatif ?

— Excusez-moi, je croyais qu'on vous l'avait déjà expliqué à Umeå, dit le médecin.

— Expliqué quoi ?

— Le cadavre ne porte la trace d'aucun acte de violence, excepté la petite blessure au crâne. L'enfant n'a été ni frappée ni violée.

Alex poussa un soupir de soulagement.

— En revanche, reprit le médecin, on voit nettement des bleus sur ses bras et ses jambes. Cela prouve qu'elle s'est débattue et que quelqu'un a dû la tenir fermement. Deux mains toutes menues, sans doute celles d'une femme. Et d'autres, plus haut sur les bras, plus larges, à en juger par les bleus qu'elles ont laissés. Celles d'un homme, vraisemblablement.

Alex reprit péniblement son souffle.

— Ils sont donc deux ? parvint-il à dire. Un homme et une femme ?

Il sentit le médecin hésiter.

— Oui, apparemment, mais il faut toujours se montrer prudent dans ce genre d'affirmation. En tout cas, les bleus sont survenus plusieurs heures avant la mort de l'enfant. Peut-être au moment où ils lui ont rasé la tête.

— Voici ce qui a qui a dû se passer : la femme a tenu la petite fille tandis que l'homme lui rasait la tête, dit Alex. Et, comme elle s'est débattue, ils ont échangé leurs rôles. La femme l'a rasée et l'homme l'a maintenue.

— Oui, peut-être.

— Ça doit être ça, murmura Alex.

Lorsque Fredrika Bergman arriva à Uppsala, le portrait-robot de la fille au chien était déjà diffusé par les médias. Elle l'entendit elle-même à la radio tandis qu'elle garait sa voiture au pied de l'immeuble de Maria Blomgren.

« La police recherche activement une femme qui se serait trouvée à... »

Fredrika coupa le moteur et sortit de la voiture. Les médias s'étaient à présent emparés de l'affaire. Les détails scabreux de l'histoire n'étaient pas encore connus, mais les journalistes finiraient tôt ou tard par les apprendre et les révéler. Et ça ferait un sacré bruit...

Il faisait beaucoup plus chaud à Uppsala qu'à Stockholm. Fredrika s'était déjà fait cette réflexion lorsqu'elle était étudiante. Le climat, ici, était continental, avec des étés un peu plus chauds et des hivers plus rigoureux. Comme si on arrivait en un autre pays.

Son rendez-vous avec Maria Blomgren la tira de ses rêveries, car cette femme venait visiblement du même monde qu'elle.

On se ressemble même un peu, constata la jeune policière : *cheveux sombres, yeux bleus*.

Maria avait peut-être les joues plus rebondies, la peau plus mate, et elle paraissait un peu plus grande. Elle avait aussi les hanches un peu plus larges.

Elle a eu des enfants, en déduisit aussitôt Fredrika.

Sur le visage de Maria se peignait une expression encore plus grave que celle de Fredrika, à supposer que ce fût possible. La jeune femme attendit pour sourire que Fredrika lui présente sa carte de police – si tant est qu'on puisse appeler sourire cette mince fente ne laissant pas même entrapercevoir les dents.

Cela dit, la situation n'avait rien de réjouissant. Alex Recht avait appelé Maria Blomgren pour la mettre au courant de l'affaire. Elle ne voyait pas bien ce qu'elle pouvait leur apprendre mais, bien sûr, acceptait d'aider la police.

Elles s'assirent dans la cuisine aux murs couleur sable, un carrelage de mosaïque et des meubles de Kvik. La table était de forme elliptique, entourée de chaises blanches peu confortables. Hormis les murs, tout était blanc, impeccable, d'une propreté quasi clinique.

Quelle différence avec la maison de Sara ! songea Fredrika. Difficile d'imaginer que ces deux femmes aient pu être, à un moment de leur vie, les meilleures amies du monde.

— Vous voulez que je vous parle de notre été à Umeå, c'est ça ? demanda Maria, allant droit au but.

Fredrika sortit un stylo et son calepin, car il était clair que Maria voulait bien parler avec la police à condition que ça ne dure pas des heures.

— J'aimerais tout d'abord savoir comment vous êtes devenues amies, toutes les deux. Où vous êtes-vous rencontrées pour la première fois ?

Fredrika crut déceler une brève hésitation sur le visage de la jeune femme et un très léger agacement. Une ombre passa dans ses yeux.

— Au collège, répondit-elle. Mes parents se sont séparés à cette époque et j'ai dû changer d'école. Je me suis retrouvée dans le même cours d'allemand que Sara. On a eu le même prof pendant trois ans.

Maria tripota un vase avec de jolies fleurs posé sur la table. Fredrika se rendit compte qu'elle ne lui avait même pas proposé un verre d'eau.

— Je ne vois vraiment pas ce que je pourrais vous dire d'intéressant, reprit Maria. On s'est vite liées d'amitié. Ça n'allait pas très fort non plus entre ses parents, je pense que c'est ce qui nous a rapprochées. On était toutes les deux des élèves appliquées, le genre de filles qui prêtent leurs affaires aux autres et n'aiment pas qu'il y ait du chahut en cours.

En voyant ses yeux briller d'émotion, Fredrika comprit qu'elle était plus triste qu'elle ne voulait le montrer et regrettait l'amitié de Sara.

— À la fin de la troisième, Sara a changé. Elle a eu envie de se révolter et a commencé à se maquiller, à boire de l'alcool et à flirter avec différents garçons.

Elle secoua la tête.

— Je pense qu'elle ne se supportait plus. Et puis ça lui a passé... Je crois que ses parents se sont remis ensemble, après s'être séparés un moment, mais je n'en suis pas sûre. En tout cas, ça allait presque bien. Et, au lycée, on s'est débrouillées pour être dans la même classe. On avait déjà choisi ce qu'on voulait faire plus tard : interprètes à l'ONU.

Maria avait l'air de trouver ça drôle. Fredrika se contenta de sourire.

— Vous étiez bonnes en langues ?

— Oh oui, en allemand... Et nos profs d'anglais nous portaient aux nues.

Maria redevint grave.

— Mais, chez Sara, il y a eu un nouveau conflit. Les parents sont entrés dans une autre communauté, et Sara a eu du mal à accepter les nouvelles règles, beaucoup plus strictes.

— Une autre communauté ? s'étonna Fredrika.

— Oui, les parents de Sara étaient des pentecôtistes. En soi, ce n'est pas un problème. Mais il s'est formé un groupe dissident qui a lancé la branche suédoise d'un mouvement américain d'Église libre. Ils se sont appelés les Enfants de Dieu ou quelque chose dans le genre.

Fredrika n'en perdait pas une miette.

— Et sur quoi portait le conflit avec ses parents ?

— Oh, c'était terrible, répondit Maria en soupirant. Son père et sa mère avaient toujours été assez ouverts jusqu'alors, même s'ils étaient très croyants. Ils ne nous avaient jamais empêchées de sortir et de voir des amis. Mais soudain ils se sont, pour ainsi dire, radicalisés et ont imposé à leur fille des restrictions concernant les vêtements, la musique et les sorties. Sara n'a pas réussi à s'y faire. Elle refusait de les accompagner à leurs réunions malgré les injonctions pressantes du prêtre. Alors pour bien leur montrer sa détermination, elle a transgressé tous les interdits.

— En buvant encore plus et en sortant avec des garçons, vous voulez dire ?

— Oui, et en couchant aussi avec eux, précisa Maria. Elle avait l'âge de le faire, on était en première à l'époque, mais le problème, c'est qu'elle le faisait uniquement pour contrarier ses parents.

Fredrika croisa ses jambes sous la table. Pour sa part, elle n'avait pas couché avec un garçon avant l'âge de dix-huit ans.

— Toujours est-il qu'elle a fini par rencontrer un garçon très bien quand on est passées en terminale. Et moi je suis sortie avec son meilleur ami. On formait une sorte de bande, tous les quatre, on traînait toujours ensemble.

— Et quelle a été la réaction des parents de Sara quand ils ont appris qu'elle avait un amoureux ?

— Au début, ils n'en ont rien su. Et puis finalement ils ont assez bien réagi. Mais ç'aurait été différent s'ils avaient su combien d'aventures Sara avait eues avant ce garçon.

— Et après ?

— Quand le printemps est arrivé, et Sara a commencé à se détacher de ce garçon. On se voyait moins souvent, tous les quatre. J'ai fini par rompre avec mon petit ami, et Sara a fait de même.

Maria poussa un nouveau soupir.

— Au début, il en a fait tout un drame, le petit copain de Sara, il tenait à elle et ne voulait pas la perdre. Il l'a harcelée jusqu'à ce qu'il sorte avec une autre fille. Il a alors laissé Sara tranquille. On était à quelques semaines du bac, et Sara et moi on s'était déjà inscrites au stage d'écriture à Umeå. Je me faisais vraiment une joie d'y aller.

Les choses sérieuses allaient enfin commencer : le bac, le stage, la fac…

Maria se mordit la lèvre inférieure.

— Mais j'ai bien vu que quelque chose n'allait pas chez Sara. J'ai d'abord pensé que son ancien copain continuait à l'importuner, puis que ses parents se disputaient à nouveau, mais non. C'était autre chose, et je lui en ai beaucoup voulu de ne pas se confier à moi.

Fredrika griffonna quelques notes.

— Et vous êtes donc allées à ce stage ?

Maria tressaillit.

— Oui, on est parties. Sara répétait sans arrêt que tout s'arrangerait là-bas, et elle m'a annoncé qu'à la fin du stage elle ne rentrerait pas avec moi. Elle passerait le restant de l'été là-bas pour travailler. Cela m'a fait beaucoup de peine, j'ai vraiment eu l'impression qu'elle me laissait tomber comme une vieille chaussette.

— Vous ne saviez pas qu'elle avait postulé pour un job d'été ?

— Non. Et ses parents non plus. Elle les appelés au bout d'une semaine pour le leur annoncer en leur faisant croire que c'était une offre qu'on venait de lui faire. Ce n'était pas le cas, elle avait déjà tout prévu avant son départ.

— Elle ne vous a donné aucune explication ? insista Fredrika.

— Non, répondit Maria en secouant la tête. Elle m'a simplement dit que ç'avait été une année éprouvante et qu'elle avait besoin de partir, de prendre un peu de distance. Je ne devais pas prendre ça pour moi.

Maria s'appuya contre le dossier de la chaise et croisa les bras sur sa poitrine. Son visage prit une expression dure.

— J'ai eu du mal à l'accepter, avoua-t-elle. On a suivi le stage ensemble puis je suis rentrée seule à la maison. On avait parlé d'habiter ensemble à Uppsala quand on irait à la fac, mais après le stage j'ai préféré vivre seule en résidence universitaire. Sara a considéré que je la laissais tomber, mais c'est elle qui m'a laissée tomber la première. Et puis…

Il y eut un court silence. Une grosse voiture rouge passa dans la rue et Fredrika la suivit du regard en attendant que Maria reprenne le cours de son récit.

— On n'a jamais retrouvé notre complicité, continua-t-elle à voix basse. Ce n'était plus comme avant. Bien sûr, on s'est beaucoup vues à Uppsala, on partageait les mêmes intérêts, mais il y avait quelque chose de cassé.

— J'aimerais revenir à votre séjour à Umeå, dit Fredrika. Dites-moi comment c'était. S'est-il passé quelque chose dont vous vous souvenez particulièrement ?

— Oh, ça allait bien. On vivait sur le lieu du stage et on rencontrait plein de gens.

— Avez-vous gardé des contacts avec eux ?

— Non, avec personne. Le stage terminé, je devais travailler puis déménager à Uppsala. J'avais autre chose en tête.

— Et Sara ? Elle n'a rien raconté de spécial à son retour ?

Maria fronça les sourcils.

— Non… elle n'avait presque rien à raconter.

— Est-ce qu'il y avait d'autres personnes aussi proches d'elle que vous ?

— Non. Elle s'était fait de nouveaux amis, mais personne de vraiment proche. J'ai eu la très nette impression qu'en venant à Uppsala elle voulait définitivement tourner la page, tirer un trait sur le passé. Et, après avoir rencontré Gabriel, elle a de nouveau fait le vide autour d'elle.

Fredrika en profita pour rebondir.

— Vous étiez encore amies quand elle a fait la connaissance de Gabriel ?

— Oui, en fait, on était même en train de se rapprocher. Quelques années s'étaient écoulées depuis l'épisode d'Umeå, nous allions passer nos derniers examens et enfin chercher du travail. Une nouvelle phase de notre vie allait commencer, on se sentait devenir plus adultes. Et puis Sara a rencontré Gabriel et il a contrôlé ses moindres faits et gestes. J'ai eu beau essayer de garder le contact pour la…

Maria se tut. Elle pleurait.

— Pour la… ? l'encouragea Fredrika.

— Pour la sauver, compléta Maria en larmes. J'ai tout de suite vu comment il se comportait vis-à-vis d'elle. Mais elle est tombée enceinte et, là, on a définitivement rompu. Je ne supportais plus de la voir réduite à une petite chose sans défense entre les mains de cet homme, et qu'elle n'essaie même pas de s'en sortir.

Fredrika faillit lui dire que Sara avait plusieurs fois essayé d'échapper à l'emprise de Gabriel, mais elle l'informa simplement :

— À présent, elle a réussi à se détacher de lui. Mais elle se retrouve seule, complètement seule.

Maria essuya ses larmes.

— Elle est comment ?

Fredrika, qui allait ranger ses affaires, leva la tête.

— Qui ?

— Sara. Je me demandais à quoi elle ressemblait aujourd'hui.

Fredrika esquissa un sourire.

— Elle a de longs cheveux roux. Une jolie femme, si je peux m'exprimer ainsi. Avec du vernis à ongles bleu sur les doigts de pieds.

— C'est elle tout craché ! s'exclama Maria, très émue. Elle n'a donc pas changé.

Peder Rydh réfléchissait à la vie en général et à sa relation avec Ylva en particulier. Il se grattait sans cesse le front, signe d'un profond stress. Plus distraitement, il se grattait aussi à l'entre-jambe. Ça le grattait partout, ce matin.

Il se leva pour aller se chercher son deuxième café de la matinée et retourna à son bureau. Et, pour montrer qu'il voulait être seul, il poussa la porte. Il avait envie de calme.

La soirée précédente avait été un cauchemar.

Il fallait « rentrer à la maison et se détendre un peu », leur avait conseillé Alex. Mais, pour la détente, c'était raté. Ses petits garçons dormaient à son retour. Cela faisait déjà plusieurs jours qu'il ne les avaient pas vus éveillés et n'avait pu jouer avec eux.

Quant à Ylva… Ils avaient commencé à discuter « entre personnes adultes et sensées », mais, après quelques phrases Ylva avait explosé.

— Parce que tu t'imagines que je suis aveugle ? C'est ça que tu crois ?

Combien de fois l'avait-il vue pleurer cette dernière année ? Combien de fois ?

Peder n'avait pas grand-chose à arguer pour sa défense et n'était pas très fier d'avoir recouru à un argument pourri.

— Mais tu ne comprends pas que je suis sur une affaire difficile ? Tu crois que ça m'amuse de voir des gamins suédois se faire trucider par un malade alors que je suis moi-même père ? Alors tant pis si je dois parfois passer la nuit au bureau. Bon sang, c'est quand même pas compliqué à comprendre !

Il gagnait à tous les coups, évidemment. Malgré ses forts soupçons, Ylva ne disposait d'aucune preuve tangible, et elle avait été si chamboulée toute cette année qu'elle n'osait plus se fier comme avant à sa seule intuition. Alors elle s'était assise par terre et avait imploré son pardon. Peder l'avait prise dans ses bras, lui avait caressé les cheveux et dit qu'il lui pardonnait. Puis il était allé dans la chambre des garçons et était resté un moment dans le noir entre leurs deux lits.

Papa est à la maison maintenant, les garçons.

À cette pensée, la chaleur lui était montée au visage.

Salaud...

Il n'était qu'un salaud, une ordure, un père indigne, un...

Il s'était mis à trembler de tout son corps. *Mon Dieu...*

Il fut tiré de ses pensées par des coups frappés à la porte. Il sut aussitôt qu'il s'agissait d'Ellen Lind, qui avait une manière particulière de frapper.

Elle ouvrit la porte avant qu'il ait eu le temps de dire « Entrez ».

— Excuse-moi d'entrer comme ça, mais j'ai un enquêteur de la police judiciaire de Jönköping au bout du fil et Alex m'a demandé de te le passer. Il est lui-même en ligne avec quelqu'un à Umeå.

Peder regarda Ellen et se secoua.

— Bon, passe-le-moi.

Il décrocha le combiné et attendit qu'Ellen le mette en relation avec cet inspecteur.

C'était une voix de femme. Une voix posée et agréable, celle d'une femme mûre.

Elle se présenta : Anna Sandgren, inspecteur auprès de la police judiciaire de Jönköping.

— Ah, très bien, dit Peder.

— Excusez-moi, mais je n'ai pas saisi votre nom, dit Anna Sandgren.

— Peder Rydh, s'empressa-t-il de dire. Je travaille au sein de la brigade criminelle d'Alex Recht.

— Parfait, approuva la femme, qui poursuivit, avec son accent chantant de Jönköping : je me permets d'appeler, car on a retrouvé une femme morte hier matin.

Peder tendit l'oreille. Donc le matin où eux avaient appris la mort de Lilian Sebastiansson.

— Sa grand-mère nous a appelés pour nous signaler sa disparition. Elle a affirmé que sa petite-fille l'avait appelée mercredi après-midi pour la prévenir de sa visite. Elle avait eu une relation avec un homme violent et s'était installée sous un faux nom pour qu'il ne la retrouve pas. Quand les choses allaient trop mal, elle venait se réfugier chez sa grand-mère.

— O.K., dit Peder, qui ne voyait toujours pas en quoi ça le concernait.

— Mais elle n'a pas rappelé sa grand-mère dans la soirée comme elle l'avait promis, poursuivit Anna Sandgren, alors la vieille dame nous a téléphoné pour qu'on aille voir s'il était arrivé quelque chose à sa petite-fille. On a envoyé une voiture de patrouille qui n'a rien vu de suspect. Mais la grand-mère a insisté pour qu'on entre dans l'appartement, ce qu'on a fait. Et c'est là qu'on l'a retrouvée, sur le lit. Morte étranglée.

Peder plissa le front. Il ne voyait toujours pas où cette femme voulait en venir.

— On a fouillé l'appartement et trouvé son portable. Elle avait enregistré peu de numéros. Mais il se trouve que l'un d'eux était le vôtre.

Anna Sandgren marqua une pause.

— Le nôtre ? demanda Peder, qui ne comprenait toujours pas.

— Oui, on a vérifié tous les numéros qu'elle a appelés, et l'un d'eux était le numéro que vous aviez donné pour l'appel à témoins après la disparition de l'enfant que vous aviez retrouvée morte à Umeå.

Peder se redressa sur sa chaise.

— Ce numéro était noté dans son portable, mais elle ne vous a pas appelés de son téléphone. On a pensé que ce serait utile que vous le sachiez. Surtout qu'on n'a pas beaucoup d'éléments pour cette enquête.

Peder déglutit. *Jönköping.* Qu'est-ce que Jönköping avait à voir dans cette affaire ?

— Vous savez quand elle est morte ?

— Probablement quelques minutes après avoir appelé sa grand-mère pour lui annoncer sa visite, répondit Anna Sandgren. Le médecin légiste nous précisera tout ça, mais, disons, autour de 22 heures, mercredi soir. Elle avait acheté deux billets de train sur Internet pour aller chez sa grand-mère, qui habite à Umeå, et elle…

— Umeå ? l'interrompit Peder.

— Oui, Umeå. Elle aurait dû quitter Jönköping le matin où on l'a retrouvée morte. C'est-à-dire, hier.

Le cœur de Peder battit soudain plus vite.

— La grand-mère sait qui il est ? Je veux dire, l'homme qui la maltraitait et qu'elle essayait de fuir

— Oh, c'est une histoire très compliquée, répondit Anna Sandgren avec un soupir. Disons, pour faire court, que Nora, la femme assassinée, a été avec un homme quand elle vivait dans une petite ville non loin d'Umeå il y a six ou sept ans. La relation s'est très vite dégradée. Nora avait des problèmes à cette époque-là, elle était déprimée et en congé maladie. Il faut savoir qu'elle avait grandi dans différents foyers, car ses parents étaient morts.

Peder était abasourdi.

— En fait, il vaudrait mieux parler directement avec la grand-mère maternelle de Nora. Nous ne l'avons eue qu'au téléphone et elle est très choquée, comme on peut s'en douter. Tout ce que je sais, c'est qu'elle n'a jamais rencontré cet homme et que Nora, un beau jour, en a eu assez et s'est enfuie pour lui échapper. Comme elle était passablement amochée, elle a pu obtenir un faux nom sans problème mais a refusé de donner l'identité de son tortionnaire. Je ne crois pas que la police se soit donné les moyens de le retrouver. Cela dit, quand on n'a même pas un nom…

— Nous non plus, dit Peder malgré lui.

— Bon, maintenant, vous êtes au courant, dit Anna Sandgren pour conclure la conversation. Nous vous tiendrons évidemment informés des progrès de l'enquête, mais pour l'instant elle est au point mort.

Elle eut un petit rire sec…

— Non, on a quand même une trace, mais elle est faible. Une empreinte de chaussure que nous avons pu détecter dans l'entrée de Nora. Une chaussure d'homme de la marque Ecco, taille 46.

Fredrika Bergman revint au commissariat vers midi. Elle fut surprise de trouver Alex seul, le front soucieux, à une table dans la salle de réunion. Il écrivait sur une grande feuille de papier.

Il s'est réveillé, on dirait, pensa Fredrika. *D'abord il a perdu pied et est parti sur une fausse piste, mais maintenant la machine de guerre a démarré.*

— On a une réunion maintenant ? demanda-t-elle à haute voix.

Alex sursauta.

— Non, non. Je mets en ordre mes idées, c'est tout. Comment ça s'est passé à Uppsala ?

Fredrika réfléchit.

— Bien, dit-elle simplement. C'était bien. Mais je sens qu'il y a un problème avec le stage d'écriture à Umeå.

— Comment ça ?

— Il a dû se passer quelque chose là-bas, ou plus exactement avant ce stage, qui a fait que Sara Sebastiansson a choisi d'y rester plus longtemps que son amie.

Alex resta silencieux.

— J'aimerais bien faire un petit tour à Umeå, contina Fredrika.

— À Umeå ? répéta Alex.

— Oui, pour rencontrer les responsables de ce stage et leur demander s'ils savent ce qui s'est passé avec Sara Sebastiansson.

Et, avant qu'Alex ait eu le temps d'objecter, elle ajouta :

— Et je vais avoir un autre entretien avec Sara. Si elle en a la force et si elle est rentrée chez elle.

— Elle est rentrée, confirma Alex. Elle et ses parents ont repris l'avion ce matin.

— Vous saviez que ses parents étaient très croyants ?

— Euh, non, je ne le savais pas. C'est intéressant pour l'enquête ?

— Peut-être, dit Fredrika. Peut-être.

— Bon, viens t'asseoir et explique-toi mieux.

Il eut un sourire maladroit quand Fredrika passa le seuil de la porte et entra dans la pièce. Elle choisit de s'asseoir de l'autre côté de la table.

— Où est Peder ? demanda la jeune femme.

— En route pour Umeå, dit une voix derrière elle.

Peder pénétra à son tour dans la pièce, un sac de voyage jeté sur l'épaule.

On dirait un gamin, pensa Fredrika. *Un jeune footballeur.*

Peder jeta un regard dans la pièce.

— On a une réunion, là ?

Alex rit.

— Non, mais puisque vous êtes là…

Peder se laissa tomber sur une chaise. Comme il avait déjà mis Alex au courant, il s'adressa à Fredrika en résumant de son mieux.

— Une femme a été assassinée à Jönköping, elle avait noté notre numéro d'appel à témoins dans son téléphone portable, et il se trouve que sa grand-mère habite à Umeå.

Fredrika tressaillit.

— À Jönköping ?

— Oui. On ne sait pas très bien pourquoi elle avait noté notre numéro sur son portable, puisqu'elle ne s'en est pas servie pour nous appeler, mais...

— Mais si. Elle nous a appelés, l'interrompit Fredrika.

Alex et Peder ouvrirent de grands yeux.

— Vous ne vous souvenez pas ? Ellen nous a parlé d'une femme qui voulait garder l'anonymat mais affirmait qu'elle pensait connaître l'agresseur et avait vécu avec lui.

Le visage d'Alex se tendit.

— C'est vrai, admit-il. Mais comment tu fais le rapprochement avec la femme à Jönköping ?

— L'appel provient d'une cabine téléphonique à Jönköping. Je tiens cette info de Mats, l'analyste-programmeur.

— Et tu le sais depuis quand ? répliqua Peder, offusqué.

— On a classé cet appel comme inintéressant, je vous le rappelle, se défendit Fredrika. À ce moment-là de l'enquête, Jönköping ne nous disait rien de particulier.

Alex leva la main pour calmer le jeu.

— D'ailleurs, l'info se trouvait dans la base de données de Mats, ajouta la jeune femme.

Peder baissa les yeux.

— J'ai pas regardé, avoua-t-il d'un ton contrit, en jetant un coup d'œil à Alex.

Ce dernier toussota.

— Bon, supposons que c'est bien la femme assassinée qui nous a appelés. Est-ce qu'on a au moins noté ce qu'elle a dit ?

Fredrika fit signe que oui.

— Ellen a rédigé une courte note, je crois qu'elle se trouve aussi dans la base de données.

Peder bondit de sa chaise.

— Je vais aller de ce pas parler à Mats, s'écria-t-il en se levant.

La jeune femme soupira discrètement, mais Alex retint le policier impulsif.

— Fredrika a aussi besoin d'aller à Umeå, mais je ne vois pas l'intérêt de vous y envoyer tous les deux, surtout en ce moment. On a du nouveau à propos de la fille au chien, à Flemingsberg. Le programmeur, c'est quoi, son nom, déjà... ?

— Mats, répondit Fredrika.

— Eh bien, Mats et moi, on a tout épluché et il y a deux appels auxquels nous devons donner suite. D'une part, un loueur de voitures nous a contactés pour nous dire qu'il croit avoir loué une voiture à une femme qui ressemble au portrait-robot diffusé sur les ondes. D'autre part, une femme a appelé pour dire qu'elle a été famille d'accueil de la fille il y a quelques années de cela. Elle nous a révélé l'identité possible de cette fille.

Il y eut un grand silence. Peder et Fredrika s'observèrent.

— Peut-être qu'il vaudrait mieux que Fredrika aille à Umeå voir une vieille grand-mère effondrée et un professeur qui animait des stages d'écriture, déclara Alex en insistant sur chaque syllabe. Quant à toi, Peder, je te laisse t'occuper du loueur de voitures et de la famille d'accueil.

Les deux jeunes collègues acquiescèrent.

— Y a-t-il autre chose que je doive savoir sur la victime assassinée avant d'aller à Jönköping ? demanda Fredrika.

Peder glissa un papier sous le nez de la jeune femme.

— Tout ce qui a été dit dans la conversation est marqué là, dit-il.

Fredrika parcourut rapidement le texte.

— Une paire de chaussures Ecco de taille 46…, lut-elle tout haut.

— Ce serait trop beau, dit Alex, qui avait aussi lu le compte rendu de Peder. Ne rêvons pas. Cela dit, c'est une coïncidence intéressante.

Fredrika poursuivit sa lecture, le visage soucieux.

— Bon, alors on fait comme ça, conclut Alex.

Fredrika regardait s'éloigner les deux hommes quand Alex se retourna.

— À propos, dit-il, j'ai contacté la brigade des mineurs. « Grand Tomas » est apparemment un personnage connu dans les milieux pédophiles et ils sont en train de le localiser. Ils préparent un grand coup de filet contre lui et son réseau, et nos infos ne pouvaient pas mieux tomber. Ils m'ont chargé de vous remercier.

Peder Rydh avait une certaine image du monde policier quand il avait postulé pour entrer à l'École de la police voilà une dizaine d'années. Tout d'abord, c'était un univers où ça bougeait, et surtout des professions qui comptaient dans la société. Enfin, on jouissait d'un certain prestige auprès de la population.

C'est ce dernier point qui l'avait le plus intéressé : se faire respecter. Non qu'on lui manquât de respect habituellement, mais il s'agissait ici d'un autre genre de respect, plus profond.

Bien sûr qu'on le respectait. Mais, depuis sa promotion dans la brigade d'Alex Recht, il ne portait plus l'uniforme de policier, et on ne le considérait plus de la même façon, comme s'il avait perdu un peu de son prestige.

Cela se vérifia une fois de plus quand il se rendit chez le loueur de voitures qui avait dit reconnaître la fille au chien. Cet homme jeta à Peder un regard très soupçonneux jusqu'à ce que ce dernier lui présente sa carte de police. Il baissa alors la garde, mais le policier le sentit très déçu.

C'était un petit bureau au milieu de Södermalm. Les affichettes sur les vitres proposaient à la fois des locations de voitures et des heures de conduite, ce qui était pour le moins curieux. Car rien n'indiquait qu'on eût affaire à une auto-école.

L'homme vit que Peder paraissait surpris.

— Si c'est l'auto-école que vous cherchez, elle se trouve au premier étage, bougonna-t-il.

Peder sourit.

— Non, je me permets de jeter un coup d'œil, c'est tout. Ça doit être un bon coin, par ici, pour louer des voitures.

— Comment ça ?

C'était vraiment nul comme accroche, mais Peder continua sans se démonter, toujours avec le sourire :

— Je disais ça parce que vous n'avez pas beaucoup de concurrence par ici. Les autres entreprises de location de voitures sont affiliées, pour la plupart, aux grandes stations-service, si je ne me trompe, et souvent situées à un ou deux kilomètres du centre-ville.

Comme le loueur continuait à lui faire la gueule, Peder décida d'arrêter les frais.

— Bon, vous nous avez appelés pour nous dire que vous croyiez avoir reconnu cette femme, dit-il en posant sur le comptoir le portrait-robot de la fille au chien.

L'homme regarda attentivement le dessin.

— Oui, elle ressemble à celle qui est venue ici.

— C'était quand ?

Le loueur de voitures fronça les sourcils et ouvrit un gros agenda posé sur son bureau.

— C'est elle qui a tué la môme ? demanda-t-il, sans la moindre émotion dans la voix. C'est pour ça que vous la recherchez ?

— On n'a aucune charge contre elle, s'empressa de répondre Peder. On veut seulement lui parler, elle peut avoir vu quelque chose qui permettrait de faire avancer l'enquête.

L'homme hocha la tête et chercha la date.

— Voilà, dit-il en posant son doigt épais sur une page. Elle est venue ce jour-là.

Peder se pencha en avant. Le loueur tourna vers lui l'agenda où il notait les rendez-vous. Son doigt indiquait le 7 juin.

— Comment pouvez-vous être sûr de la date ? demanda-t-il, avec une certaine déception, car rien n'était écrit.

— Parce que ce jour-là je devais me faire enlever une foutue dent de sagesse, c'est pour ça que je m'en souviens, déclara l'homme avec une certaine fierté, en tapotant du doigt sur un gribouillis dans la marge. J'étais en train de fermer pour aller à l'hôpital quand elle a débarqué.

Les yeux brillants, il se pencha vers Peder, qui se sentit mal à l'aise.

— Une gonzesse maigrichonne, à l'air terrorisé, dit-il d'une voix pâteuse. On aurait dit un petit animal surpris la nuit dans les phares d'une voiture. Le genre qui ne bouge pas, tétanisé, alors qu'il se sent en danger. Ouais, elle m'a vraiment fait cet effet-là.

Il partit d'un gros rire.

Peder préféra ignorer sa réaction, même s'il se doutait que ce qu'il venait d'entendre n'était pas anodin.

— Qu'est-ce qu'elle a loué comme voiture ? Et pour combien de temps ?

L'homme parut décontenancé.

— Comment ça, quelle voiture ? Elle voulait pas de voiture.

— Ah bon ? s'étonna Peder. Qu'est-ce qu'elle voulait, alors ?

— Des heures de conduite. Mais j'avais pas encore vraiment mis en route cette activité, donc je lui ai demandé de revenir la première semaine de juillet, mais elle n'est jamais revenue.

Le cerveau de Peder tournait maintenant à plein régime.

— Elle voulait passer le permis ?

— Ouais, confirma le loueur de voitures en refermant son agenda de rendez-vous.

— Elle n'a pas donné son nom ? demanda Peder, même s'il connaissait déjà la réponse.

— Non. Pourquoi l'aurait-elle fait ? Je pouvais pas l'inscrire, j'avais pas encore tous les papiers en règle.

Peder poussa un soupir.

— Vous vous souvenez d'autre chose au sujet de cette rencontre ? demanda-t-il, presque par automatisme.

— Non, je vois pas, répondit l'homme en se caressant la barbe d'une main, l'autre sur le ventre. Je vous ai déjà dit qu'elle avait l'air terrorisée, elle était toute pâle et maigrichonne. Elle avait dû se teindre les cheveux parce qu'ils étaient foncés, presque noirs, et ç'avait pas l'air naturel. Et elle avait reçu une bonne dérouillée.

Peder tendit l'oreille.

— Sur son visage, il y avait de gros bleus, poursuivit l'homme en montrant la joue gauche. C'était pas récent, à mon avis, mais pas beau à voir. Elle a dû en baver.

Le silence retomba dans le bureau. La porte s'ouvrit derrière Peder et un client entra. Le loueur fit signe au nouveau venu d'attendre un peu.

— Je vais vous laisser, dit le policier. Si jamais un détail vous revient…

Le loueur se gratta la barbe.
— Ah si ! Elle parlait bizarrement.
— Bizarrement ?
— Ouais. Ses phrases étaient bizarres, c'était assez décousu, mais ça doit être à cause de tous les coups qu'elle s'est pris. Ça apprend aux femmes à la boucler.

Lorsque Peder et Fredrika eurent quitté le commissariat, Alex éprouva la même impression que lorsque ses enfants sortaient voir des camarades autrefois. La maison devenait si silencieuse.

Ses deux collègues n'étaient pas les seuls à avoir leur bureau dans le même couloir que lui, mais il remarquait aussitôt leur absence. Parfois, cela lui faisait même du bien.

Sa femme l'appela sur son portable.

— Alors, pour les vacances, qu'est-ce qu'on fait ? demanda-t-elle. L'agence de voyages vient de me téléphoner. Ils aimeraient qu'on confirme le voyage et qu'on règle les billets.

— Oh, on aura quand même des vacances, ne t'inquiète pas.

— T'es sûr ?

— Tu m'as déjà vu mentir à ce sujet ?

Il sourit et put l'entendre faire de même à l'autre bout du fil.

— Tu rentres tard, ce soir ?

— Oui, je pense.

— On pourrait faire des grillades dehors, proposa Lena.

— Et si on partait en Amérique latine ?

Alex n'en revint pas d'avoir lancé cette idée, comme ça. Qu'est-ce qui lui avait pris ?

— Pardon ?

Alex sentit sa gorge se nouer.

— Ça ne serait pas une mauvaise idée d'aller un jour voir notre fils qui vit là-bas. Il sentirait peut-être qu'on fait encore partie de sa vie.

Sa femme garda le silence un instant.

— Tu as tout à fait raison, murmura-t-elle. Peut-être cet automne ?

— Oui, peut-être cet automne.

L'amour pour un enfant est si différent de l'amour entre un homme et une femme, songea Alex après avoir raccroché. Un amour fondamental que rien ne peut remettre en question. Parfois il se disait que c'était cet amour pour leur fils qui leur avait permis, à Lena et à lui, de vivre ensemble depuis presque trente ans. Sinon, comment expliquer qu'ils supportent tous ces problèmes, ces périodes de tristesse et la grisaille du quotidien ?

Il avait beau être le patron, Alex entendait les bruits de couloir. Il connaissait les rumeurs circulant sur le compte de Peder, qu'il avait une maîtresse, une collègue de la police de Södermalm. Alex, lui, n'avait jamais trompé sa femme, mais il savait que pour d'autres il était parfois plus difficile de résister à la tentation, par exemple, pendant une période de déprime ou quand les problèmes s'accumulaient.

Mais ça ne se faisait pas quand on avait des enfants en bas âge à la maison, comme Peder. Voilà qui lui déplaisait fortement. Et avec une collègue, qui plus est ! Peder s'y était pris comme un manche, tout le monde était au courant. C'était vraiment une conduite infantile et irresponsable.

Ah ! ces jeunes se comportaient comme des enfants gâtés. Il savait bien qu'il pensait comme un vieux croûton. Mais ils croyaient quoi, tous ces jeunes ? Que la vie était un long fleuve tranquille ?

Cependant, à force de penser à Peder et aux choix de son fils parti en Amérique latine, Alex eut mauvaise conscience. Au fond, de quoi se mêlait-il ?

Peder appela à ce moment précis et le tira de sa mélancolie. Quelque chose dans sa voix énergique rassurait Alex : cet homme aimait son boulot. Voilà au moins qui était positif.

Mais son jeune collègue semblait mécontent.

— Bref, tout ce qu'on sait, c'est qu'elle a voulu prendre des cours de conduite, maugréa-t-il. À supposer qu'on parle bien de la même fille.

Alex l'interrompit.

— Non, nous savons aussi maintenant qu'elle est régulièrement battue, ce qui semblerait conforter la thèse qu'il s'agit bien de la fille que nous recherchons – et de notre homme. Rappelle-toi, Peder, la victime assassinée à Jönköping avait dû vivre sous une fausse identité pour échapper à cet homme violent. Quand elle a appelé la police, elle a parlé d'une sorte de combat que l'homme allait mener pour punir certaines femmes. Il est évident que ce cinglé s'est trouvé une nouvelle complice pour accomplir ses méfaits, une autre qui n'a pas eu trop de chance dans la vie, pour ne pas dire aucune, et qui, pour une raison qui nous échappe, est tombée sous l'emprise de ce type. Si, je dis bien si, c'est le même homme qui a enlevé Lilian et étranglé la fille à Jönköping, il a eu de l'aide pour transporter l'enfant – morte ou vivante – jusqu'à Umeå, car il n'a pas le don d'ubiquité, que je sache.

Auquel cas, ce ne serait pas bête que sa complice sache conduire.

Peder écoutait en silence.

— Est-ce que j'en profite, puisque je suis là, pour aller voir les autres auto-écoles dans les environs en leur montrant le portrait de la fille ? demanda-t-il. Elle a dû aller voir ailleurs quand ça n'a pas marché avec le loueur de voitures.

— Bonne idée. Mais n'oublie pas d'interroger aussi la femme qui prétend avoir accueilli cette fille.

— Je ferai les deux, dit Peder. Des nouvelles de Fredrika ?

— Non, répondit Alex en soupirant. Je crois qu'elle est partie interroger encore une fois Sara Sebastiansson. Elle doit m'appeler quand elle sera sur le chemin de l'aéroport d'Arlanda.

Il allait raccrocher quand Peder ajouta :

— Quelque chose me chiffonne.

Alex attendit.

— Pourquoi serait-il allé à Jönköping tuer cette femme juste maintenant ? Il devait avoir assez à faire avec Lilian, non ? Pourquoi tout faire en même temps ?

— Je me suis fait la même réflexion. On dirait qu'il a mis en place un plan très élaboré. D'abord, retenir Sara à Flemingsberg pour lui faire rater le train, envoyer le paquet avec les cheveux et les vêtements... Le meurtre à Jönköping fait peut-être partie d'une sorte de rituel, pour lui, même si on n'y comprend rien.

— Oui, c'est ce que je me suis dit aussi, mais il y a un truc qui cloche, insista Peder. J'ai comme l'impression que le meurtre à Jönköping n'était pas planifié, qu'il l'a fait dans l'urgence. Il n'a même pas effacé les empreintes dans l'entrée, lui qui jusqu'ici s'est montré très méticuleux pour laisser le moins possible de traces.

— Il y en avait pourtant dans le train.

— C'est parce qu'il n'a pas eu le choix. Il pouvait difficilement essuyer le sol derrière lui ou encore marcher pieds nus ou en chaussettes. Là, il aurait vraiment trop attiré l'attention. Il a dû se dire qu'il y avait tellement de traces de pas dans un train qu'il ne courait aucun risque.

— Tu penses qu'il a tué la femme à Jönköping pour la faire taire ?

— Oui, répondit Peder.

— Mais comment pouvait-il savoir qu'il valait mieux la faire taire pour de bon ?

— Eh bien, c'est justement ça qui me chiffonne. Comment a-t-il pu savoir qu'elle nous avait déjà contactés ? Ou bien il l'aurait tuée de toute façon, parce qu'elle en savait trop ?

Ellen Lind était tout heureuse. Elle repensait à la soirée et à la nuit qu'elle venait de passer.

Et s'il m'aimait vraiment ? se demandait-elle.

Elle n'en revenait pas qu'il lui ait accordé autant d'attention quand elle avait évoqué l'horrible affaire de la petite Lilian. Elle avait pu lui parler à cœur ouvert et cela l'avait soulagée. Et lui, pourtant sans enfants, avait donné l'impression de la comprendre.

Ensuite, ils avaient parlé des nouveaux films qu'ils iraient voir. Elle s'était sentie toute chose. Ils n'étaient encore jamais allés au cinéma ensemble. Jusqu'ici ils se rencontraient toujours à l'hôtel où il descendait quand il était de passage, et leurs soirées se déroulaient de façon presque immuable : ils mangeaient, ils parlaient, ils faisaient l'amour et ils dormaient.

Ce serait bien de faire autre chose, pour une fois, se dit Ellen en souriant. S'ils sortaient voir un film, cela voudrait dire qu'un jour il accepterait aussi de rencontrer les enfants. S'il l'aimait vraiment, il devait la prendre avec ses enfants.

Elle sortit son téléphone portable. Elle venait de lui envoyer un SMS et attendait la réponse. Mais non, pas de nouveau message.

En le quittant ce matin, elle lui avait demandé quand ils se reverraient.

— Bientôt, avait-il promis. Je t'appelle dès que je vois une possibilité.

Une possibilité… Pourquoi fallait-il que ce soit toujours lui qui décide quand et où ils se voyaient ?

Le soleil avait enfin réussi à réchauffer les rues de Stockholm, constata Fredrika Bergman en se garant à toute vitesse devant sa maison. La clé à la main, elle se précipita dans l'escalier et fut dans l'appartement en moins de deux. Elle devait seulement prendre quelques affaires pour son voyage à Umeå.

Son sac se trouvait sur l'étagère supérieure de sa penderie. Derrière, elle aperçut l'étui de son violon. Fredrika essaya de ne pas le regarder, de ne pas laisser les souvenirs la submerger. Mais rien à faire, c'était trop tard, le passé ressurgit, toujours aussi douloureux, et cette pensée qui la taraudait : *J'aurais pu être une autre, j'aurais pu être tout à fait ailleurs aujourd'hui*.

Sa mère avait évoqué ce sujet peu de temps auparavant.

— Les médecins ne t'ont jamais demandé d'arrêter complètement de jouer, Fredrika, lui avait-elle dit d'une voix douce. Ils t'ont juste dit que tu ne pouvais plus envisager une carrière de violoniste professionnelle.

Fredrika avait secoué la tête en sentant une larme pointer au coin de l'œil. À quoi bon continuer ? Non, si elle ne pouvait pas jouer du violon autant qu'elle voulait, elle préférait tout arrêter.

En entrant dans la cuisine, elle vit le répondeur clignoter. Surprise, elle écouta le message.

« Bonjour, mon nom est Karin Melander, dit la voix grave d'une femme d'un certain âge. Je vous appelle à propos de la demande d'adoption que vous avez faite. Pourriez-vous me rappeler, s'il vous plaît, quand vous serez disponible, au 08... »

Fredrika resta un instant à écouter les chiffres s'égrener, se déposer dans son cerveau avant de se dissoudre dans l'air.

Merde !

Curieusement, la panique la faisait agir de manière très rationnelle. Et, aujourd'hui comme hier, la jeune femme ne dérogea pas à cette règle.

Elle retourna à la penderie et fit son sac. Culottes, soutiens-gorge, pulls. Aurait-elle besoin d'un autre pantalon ? N'était-ce qu'un voyage de deux jours ? Ou allait-elle devoir rester plus longtemps ? Bon, elle n'avait pas de temps à perdre. Elle prit un deuxième pantalon.

Puis ses affaires de toilette. Pourquoi, tout à coup, ne cessait-elle de penser à Spencer ?

Je devrais lui en parler. Oui, c'est ce que je devrais faire.

Son sac était prêt et elle claqua la porte derrière elle.

De l'air, j'ai besoin d'air.

Le bitume lui renvoya de la chaleur quand elle se retrouva sur le trottoir.

Ce n'était pas le moment de changer d'avis ! Mais si ça la mettait dans un tel état, peut-être n'était-elle pas vraiment prête...

Et si elle laissait tout tomber ?

Fredrika déglutit. Puis son regard tomba sur les affiches du kiosque à journaux

QUI A TUÉ LILIAN ? s'étalait en gros titres.

Revenons à nos moutons, se morigéna Fredrika en serrant les dents. *Il s'agit maintenant de se concentrer sur Sara, qui a perdu sa petite fille.*

Qu'est-ce qu'il y avait de pire ? Avoir un enfant et le perdre ou n'avoir jamais eu d'enfant... ?

Elle ne s'était pas attendue que Sara elle-même lui ouvre la porte et fut surprise de se retrouver face à elle. La jeune policière ne l'avait pas revue depuis la découverte du corps de Lilian. Elle essaya de trouver quelque chose à dire.

— Toutes mes condoléances, je suis vraiment désolée.

Sara hocha la tête d'un mouvement raide. Ses cheveux roux flamboyaient. Elle devait être épuisée.

Fredrika s'avança d'un pas incertain dans l'appartement. Elle reconnut l'entrée claire, avec le salon sur la gauche. Tout droit, la cuisine où, le premier soir, elle avait interrogé le nouvel ami de Sara. Comme tout cela paraissait loin...

Les parents de Sara surgirent et vinrent se placer derrière leur fille, tels des renforts prêts à donner l'assaut. Fredrika les salua et leur serra la main. Oui, ils s'étaient déjà rencontrés. Mais si, le paquet avec les cheveux... Ah oui...

On montra à Fredrika où elle devait s'asseoir : sur le canapé du salon. Ce dernier était peu confortable. Sara prit place dans un grand fauteuil et sa mère s'assit sur l'accoudoir. Le père vint se placer à côté de Fredrika, un peu trop près d'elle.

Les parents n'auraient pas dû assister à l'entretien. Cela allait à l'encontre des règles de base de tout interrogatoire. Fredrika comprit aussitôt que certains thèmes ne pourraient pas être abordés en leur présence. Mais l'attitude de Sara et de ses parents ne laissaient place à aucune ambiguïté : soit elle leur parlait à tous les trois, soit elle s'en allait.

Située dans un coin de la pièce, une grande horloge qu'elle n'avait pas remarquée la fois précédente indiquait 14 heures.

Je n'ai pas chômé, se dit-elle. *Je suis allée à Uppsala, suis passée au travail puis à la maison pour faire mon sac, et maintenant je suis là.*

Le père de Sara toussota pour lui faire comprendre que les choses traînaient en longueur.

Fredrika entama donc une nouvelle page sur son calepin.

— Eh bien, j'aimerais vous poser quelques questions à propos de votre séjour à Umeå, si cela ne vous dérange pas.

Comme Sara ne semblait pas comprendre, Fredrika précisa :

— Lorsque vous avez suivi un stage d'écriture, vous vous en souvenez ?

Sara acquiesça lentement d'un signe de tête et tira sur les manches de son pull. Elle cherchait toujours à cacher les ecchymoses sur ses avant-bras. Fredrika, soudain bouleversée, dut se retenir pour ne pas pleurer. Elle baissa les yeux et fit semblant de relire ses notes.

— J'ai rencontré Maria Blomgren, ce matin, finit-elle par dire en levant les yeux.

Sara n'eut aucune réaction.

— Elle m'a prié de vous transmettre ses amitiés.

Sara continuait à regarder Fredrika fixement.

On lui a peut-être administré un calmant, en conclut Fredrika. *Elle a l'air complètement shootée.*

— Ça fait des années que Sara et Maria n'ont plus de contacts, déclara le père de Sara sur un ton bougon. Nous l'avons déjà dit à votre chef, à Umeå.

— Je sais, rétorqua Fredrika, mais lors de mon entretien avec Maria d'autres questions nous sont venues à l'esprit.

Elle fit de son mieux pour capter le regard vide de Sara.

— Vous étiez avec un garçon, ce printemps-là, avant de partir à Umeå, reprit-elle.

Sara hocha la tête.

— Que s'est-il passé quand vous avez rompu ?

Sara fit des mouvements nerveux.

— Ce qui s'est passé ? Oh... pas grand-chose, en fait. Il s'est fâché et m'a harcelée un moment, puis il a fini par comprendre qu'on n'était pas faits l'un pour l'autre.

— Il n'a jamais essayé de reprendre contact avec vous ? Après l'été, par exemple ? Ou surgi sans prévenir à Umeå ?

— Non, jamais.

Fredrika réfléchit.

— Vous êtes restée plus longtemps à Umeå que votre amie, commença-t-elle. Pourquoi ?

— On m'a proposé un job d'été là-bas, répondit Sara lentement. Je ne pouvais pas refuser. Mais Maria m'en a voulu. Je crois qu'elle était jalouse.

— Maria dit que vous saviez, avant de partir à Umeå, que vous ne rentreriez pas à Göteborg tout de suite après la fin du stage. En d'autres termes, que vous aviez déjà trouvé ce job avant votre départ.

— Elle ment.

La réponse avait fusé.

— Elle ment ?

— Oui.

— Pourquoi mentirait-elle à propos d'une chose pareille, des années après ? hasarda Fredrika.

— Parce qu'elle était jalouse qu'on me fasse une telle proposition, à moi et pas à elle, répondit Sara avec véhémence. Elle ne l'a jamais accepté, c'est même à cause de ça qu'on ne s'est pas installées ensemble à Uppsala, comme prévu.

Sara s'affaissa dans le fauteuil.

— Ou alors elle a tout compris de travers, dit-elle d'un ton las.

— Maria m'a dit qu'un job d'été l'attendait à Göteborg. Ce n'était pas aussi votre cas ?

Sara afficha un certain étonnement.

— Je veux dire que le stage d'Umeå durait seulement deux semaines. Vous aviez donc forcément planifié un peu le reste de vos vacances...

Le regard de Sara vacilla.

— Une proposition pareille, ça ne se refuse pas, c'est tout, répéta-t-elle d'une petite voix. Ça passait devant tout le reste.

La mère de Sara, inquiète, se tourna vers sa fille.

— Je me souviens que j'ai parlé à Örjan, tu sais, le propriétaire de la pension où tu travaillais chaque été, et il m'a dit que tu avais décliné son offre parce que tu ne serais pas en ville cet été-là.

Le visage de Sara s'assombrit.

— C'est pas ma faute si le vieux radote !

— Non, bien sûr, ma chérie, intervint le père. Tout le monde peut oublier des détails en des moments aussi difficiles, n'est-ce pas ?

Il a compris, pensa Fredrika. *Il a compris que Sara cherche à dissimuler quelque chose, mais il ne sait pas quoi. Il sait seulement qu'il vaut mieux que ça reste secret, c'est pour ça qu'il l'aide.*

— D'accord, dit Fredrika, essayant de trouver une position plus confortable. Et comment c'était, là-bas ? Pourquoi est-ce vous et non votre amie qui avez eu ce job ?

— Ils avaient besoin de quelqu'un pour aider le prof, expliqua calmement Sara. Ils trouvaient que j'écrivais de bons textes, alors ils m'ont proposé le travail.

— Sara a toujours été une bonne plume, renchérit son père.

— Je n'en doute pas, admit Fredrika avec sincérité. Mais ç'a dû créer un climat de rivalité entre les participants du stage. C'est souvent comme ça, à cet âge...

— Non, personne, sauf Maria, ne m'en a voulu, insista Sara en tirant sur une mèche de cheveux. Dès notre arrivée, ils avaient prévenu qu'ils auraient besoin d'aide et qu'il fallait leur dire si on était intéressés.

— Et ils vous ont choisie ?

— Oui, ils m'ont choisie.

Il y eut un long silence. La grande aiguille avança d'une minute. Dehors, le soleil disparut derrière un nuage.

— Elle ment comme elle respire, déclara Fredrika, hors d'elle, en route vers l'aéroport, quand elle appela Alex pour lui faire le compte rendu de l'entretien.

Alex l'écouta et répondit :

— Je ne dis pas que tu n'as pas levé un lièvre, Fredrika, mais n'oublie pas que Sara est en état de choc. Et puis, en présence de ses parents, qu'est-ce qu'elle aurait pu dire ? Voyons plutôt ce que tu vas apprendre à Umeå. On verra ce qu'on fait après.

— Je n'arrête pas de penser à ce garçon avec qui elle était, poursuivit Fredrika. Maria Blomgren m'a dit, à mots couverts, qu'il avait presque pété un plomb quand Sara a rompu avec lui.

— Il a dû plus que péter un plomb, comme tu dis, s'il a attendu quinze ans pour se venger en tuant sa petite fille, soupira Alex.

— J'ai son nom, l'informa la jeune policière. Ellen a vérifié dans nos registres si on a quelque chose sur lui. Et il semblerait qu'il ait fait des siennes depuis qu'il a quitté le lycée.

— Par exemple ?

— Il a été condamné pour coups et blessures sur le nouveau petit ami de son ex, répondit Fredrika. Et pour recel et vol de voitures.

— Ce sont des délits, c'est vrai, mais ça n'en fait pas un meurtrier pour autant, protesta Alex. La personne qui a enlevé Lilian n'a visiblement rien laissé au hasard.

— Oui, mais quand même…

Alex soupira.

— Il habite où, ce type ?

— Il a pas mal bougé, mais il habite actuellement à Norrköping. Il a quitté Göteborg la dernière fois qu'on l'a relâché.

— Jönköping, Norrköping, Umeå… On va aller jusqu'où, comme ça ? Si tu veux mon avis, ça part dans tous les sens.

— Le moins qu'on puisse dire, c'est que ça bouge...

— Bon, d'accord. On va attendre Peder. Il est en route pour Nyköping pour interroger la femme qui croit avoir reconnu dans le portrait-robot la fille qu'elle a accueillie chez elle.

— Nyköping ? Mais c'est sur le chemin !

— Ah oui, c'est vrai, admit Alex. J'appelle Peder tout de suite. C'est Ellen qui a toutes les infos sur ce type ?

— Oui, confirma Fredrika.

— O.K. Appelle-moi quand tu auras atterri.

Alex resta un moment le téléphone à la main. Pour la première fois depuis son arrivée dans la brigade, Fredrika manifestait un certain enthousiasme pour le travail. Jusqu'ici, elle avait semblé s'ennuyer et ne formulait que des critiques. Prendrait-elle goût au métier ?

Même s'il lui en coûtait de l'admettre, c'était elle qui les avait mis sur la bonne piste dans cette affaire. Elle avait su démêler les fils plus vite que les autres, voir comment tout ça se tenait, quand ils pédalaient tous dans la semoule. Cela dit, si Gabriel Sebastiansson avait réellement été le coupable, elle aurait été la dernière, sur ce coup-là.

Il jeta un œil au schéma qu'il avait tracé sur une feuille de papier et sentit poindre le découragement.

Au fond, qu'est-ce qu'ils savaient réellement, pour l'instant ?

Qu'il n'y avait pas un, mais deux agresseurs : la fille au chien à Flemingsberg et l'homme avec les chaussures Ecco.

Il regarda les notes prises par Ellen après l'appel de la femme à Jönköping. De cette Nora, à supposer que ce fût bien la même femme.

Ellen avait noté que la femme lui avait donné l'impression d'être très troublée, d'avoir peur. Elle pensait que le ravisseur était un homme avec qui elle avait eu une liaison. Un homme qui la battait. Et qui n'y allait pas de main morte. Alex ne put s'empêcher de repenser à ce que Peder lui avait raconté après sa visite au loueur de voitures. La fille de Flemingsberg aussi était une femme battue. Ellen avait ensuite noté des bribes de phrases à propos d'une sorte de combat que l'homme menait et auquel il voulait qu'elle participe. « C'est uniquement pour punir les femmes, elles ne méritent pas leurs enfants. » Tiens donc… Alex lut aussi : « Il ne laisserait pas les femmes garder leurs enfants, car si on ne s'intéresse pas à tous les enfants sans exception, il ne faut pas en avoir du tout. »

C'était quoi, ce charabia ? « Si on ne s'intéresse pas à tous les enfants… » C'est normal de ne pas s'intéresser à tous les enfants de la même façon. On s'intéresse forcément plus à ses propres enfants qu'à ceux des autres ! Il était bien placé pour le savoir.

Il relut les notes d'Ellen. Il fallait punir les femmes. « Il ne laisserait pas les femmes garder… »

Les femmes ?

Une boule se forma dans sa gorge.

— Tu te trompes, Fredrika, murmura-t-il.

Si ce que disait la femme de Jönköping se révélait exact, la rage de l'homme n'était pas seulement tournée vers Sara Sebastiansson, mais vers plusieurs femmes. Des femmes qui ne s'intéressaient pas autant à tous les enfants. Et cet homme aurait voulu exécuter son plan par le passé mais n'y serait pas parvenu. Alors que maintenant…

C'est quoi, ce projet insensé ? se demanda Alex avec effroi. *Qui sont ces autres femmes ? Qui sont les prochaines sur la liste…*

Il avait fallu plusieurs années à Magdalena Gregersdotter pour se sentir bien à Stockholm. C'est pourquoi elle et son mari avaient d'abord attendu qu'elle trouve ses marques dans cette nouvelle ville avant de fonder une famille.

— Je veux être sûre d'avoir un minimum d'amis sur qui compter, avait décrété Magdalena.

Son époux, Torbjörn, s'était plié aux désirs de madame. Une fois n'était pas coutume. Par ailleurs, il avait mieux à faire dans l'immédiat.

Mais les choses ne se passèrent pas comme prévu : quand ils décidèrent d'avoir un enfant, ils n'y parvinrent pas. Après avoir essayé toute une année sans résultat – ah, comme ils détestaient ce mot, « essayé » –, ils consultèrent et s'ensuivirent de longs mois de protocoles divers et variés, auxquels succéda une autre année d'« essais ». En tout, il y eut onze traitements FIV (pour une fécondation *in vitro*), et Magdalena finit par faire une grossesse extra-utérine.

— On laisse tomber, décida-t-elle en pleurant sur son lit d'hôpital. Je n'en peux plus.

Torbjörn non plus. Ils prirent six mois de congé sans solde et partirent en voyage autour du monde. À leur retour, ils décidèrent d'adopter un enfant.

— Mais ce ne sera pas vraiment le vôtre, fit remarquer la mère de Torbjörn.

Pour la première et dernière fois de sa vie, Magdalena crut qu'elle allait frapper quelqu'un.

— Bien sûr que si, protesta-t-elle.

Et, un beau jour de mars, les deux époux allèrent en Bolivie chercher une petite Natalie. Depuis, Magdalena se réveillait chaque matin le sourire aux lèvres. Cela pouvait sembler ridicule quand elle le racontait, mais c'était la vérité. Au point qu'elle n'accusait pas sa prochaine quarantaine.

— Tu es belle, lui avait chuchoté Torbjörn à l'oreille, le matin même de son anniversaire.

— Bien sûr que je suis belle, avait-elle répondu.

On est jeune quand on a de jeunes enfants, raisonnait Magdalena. Et la petite Natalie n'avait pas encore un an. Donc, suivant cette logique, Magdalena était très jeune.

Même si la petite Natalie avait commencé à grandir, elle continuait chaque jour à faire la sieste dehors. Magdalena allait d'abord se promener avec elle, le temps qu'elle s'endorme, puis elle laissait le landau sur la terrasse. Un espace privatif protégé des regards extérieurs par une haie assez haute que Torbjörn avait même renforcée par une petite clôture.

Aussi Magdalena n'avait-elle aucune inquiétude quand elle laissait la petite dormir dans le landau. La porte de la maison restait ouverte et elle avait même placé une alarme bébé à côté de Natalie. Ainsi, elle entendait le moindre oiseau qui s'approchait, le moindre bruit suspect. Peut-être un bruit de cette nature l'avait-il fait réagir, quitter précipitamment la cuisine et sortir...

Elle aperçut le landau à travers la porte vitrée et ralentit le pas.

Un souffle de vent souleva les longs rideaux de lin. Une feuille se détacha d'une plante et tomba sur le sol. Ces deux détails resteraient à jamais gravés dans sa mémoire.

Magdalena se pencha au-dessus du landau.

Il était vide.

Comme en transe, elle parcourut du regard les environs. Personne.

Où était Natalie ?

Peder Rydh faisait le tour des auto-écoles du quartier de Södermalm. Deux personnes crurent reconnaître la fille au chien, mais sans certitude. Peder, lui, en était sûr, d'après l'impression qu'elle leur avait faite et le déroulement de l'entrevue. Elle leur avait paru extrêmement nerveuse, et son visage et ses bras étaient couverts de bleus. Comme elle insistait pour passer son permis le plus vite possible, les deux directeurs des auto-écoles lui avaient proposé un forfait comprenant des cours intensifs, mais, en apprenant qu'elle devrait conduire dans une autre ville et passer plusieurs nuits sur place elle avait aussitôt refusé. Elle ne pouvait pas s'absenter de son travail, avait-elle argué. Puis elle était partie.

Pourquoi diable voulait-elle avoir le permis ? réfléchit Peder. Était-ce pour transporter le cadavre de Lilian à Umeå tandis que l'autre cinglé allait à Jönköping étrangler une ancienne conquête ?

Il jeta un coup d'œil sur sa montre en prenant le volant, direction Nyköping. Il ne voulait pas arriver trop tard chez cette femme qui prétendait avoir élevé la fille au chien de Flemingsberg.

Ylva avait dit qu'elle emmènerait aujourd'hui les enfants à la plage de Smedsuddsbadet, à Kungsholmen. Il n'était pas sûr que ce fût une très bonne idée, car elle paniquait toujours quand elle était seule avec eux. D'un autre côté, il était assez mal placé pour jouer l'adulte responsable…

Il préféra ne pas regarder son téléphone portable. S'il recevait un appel en absence d'Ylva ou de Pia, il risquait d'aller dans le fossé. Et s'il était malade ? Il avait lu un article sur des hommes souffrant d'une réelle addiction au sexe. Et si c'était son cas ? Mais, avant la naissance des jumeaux, le problème ne s'était jamais posé. Qu'était devenue sa vie ? Quel genre d'homme était-il devenu ?

Ylva et Peder avaient essayé pendant un an d'avoir des enfants quand, enfin, ça avait marché. Quel bonheur ! Un peu d'inquiétude aussi, mais surtout du bonheur.

— Merde ! avait lâché Peder quand Ylva avait fait le test de grossesse. T'en as déjà un dans le ventre !

Puis il avait posé sa main chaude sur le ventre nu d'Ylva et essayé de s'imaginer comment c'était de vivre à l'intérieur. Ils avaient adoré les sons à l'échographie. À ce moment-là, ils avaient encore une vie sexuelle. Elle le désirait sans cesse, l'appelant même parfois pour qu'il revienne lui faire l'amour à l'heure du déjeuner.

— Ce doit être les hormones, disait-elle en riant quand ils se rhabillaient.

Ce souvenir appartenait à une autre vie. Il eut un petit rire sec. Avec Ylva, ce n'était pas une histoire de sexe, mais de complicité, de savoir qu'ils avaient besoin l'un de l'autre. Quand elle l'appelait pour faire l'amour dans la journée, elle avait des exigences très particulières et il avait intérêt à assurer. Mais comment faire, avec un boulot aussi prenant ? Du coup, ses besoins à lui passaient à la trappe. Un soir, il était rentré du travail après avoir vu les victimes d'un cambriolage qui avait mal tourné. Un couple de retraités. Tués d'une balle en plein visage. Il avait voulu se blottir contre Ylva cette nuit-là, mais elle l'avait repoussé.

— T'es vraiment obligé de me coller comme ça, Peder ? J'arrive pas à dormir si je sens ton souffle sur mon visage.

Alors il s'était écarté pour laisser Ylva dormir. Mais il avait beau fermer les yeux, les fermer très fort, il n'avait pas trouvé le sommeil. Ni cette nuit-là, ni la suivante.

Peder n'avait pas la larme facile. Il se souvenait parfaitement des quatre fois où il avait pleuré : à la mort de son grand-père paternel ; à la naissance des jumeaux ; deux semaines après avoir découvert le couple de retraités assassiné ; et, chez sa mère, comme un vrai môme.

— On ne s'en sortira jamais, avait-il murmuré en évoquant ses problèmes de couple. Jamais.

— Ça finira par s'arranger, avait répondu sa mère. Sois patient, Peder. Toute chose a ses limites. Il arrivera un moment où ça ne pourra pas être pire, et où ça ira forcément mieux.

Elle qui avait cru un jour qu'elle élèverait deux garçons costauds pour en faire de vrais hommes et qui avait dû accepter que l'un d'eux reste à jamais un grand enfant…

En un sens, Peder comprenait qu'il avait atteint la limite évoquée par sa mère. Surtout en continuant à fréquenter Pia. Quelque chose touchait à sa fin, il le sentait dans tout son corps : son mariage. Il n'avait pas voulu ça, savait qu'il ne sauverait pas son couple en se conduisant ainsi. Pourtant, le danger était bien réel, maintenant.

En tout cas, s'il ne renonçait pas à Pia.

Il arriva à Nyköping plus rapidement qu'il ne se l'était imaginé. Comment avait-il fait au juste ?

Il venait de se garer devant la maison indiquée sur l'adresse quand son portable sonna. Il répondit en sortant de la voiture. Il faisait encore assez chaud, même si le soleil se cachait de nouveau derrière de gros nuages. Peder parcourut du regard la zone pavillonnaire où il se trouvait. Classe moyenne. Pas de nouvelles voitures, pas d'épaves non plus. Peu de nouveaux deux-roues, mais de beaux vélos usagés. Des enfants, qui ne semblaient pas laissés à eux-mêmes, jouaient un peu plus haut dans la rue. Un endroit parfait pour tout Suédois qui rêve d'un environnement calme et rassurant.

La voix d'Alex le tira de ses pensées.

— T'es arrivé ?

— Oui, je sors de la voiture. Il s'est passé quelque chose ?

— Non, je voulais seulement savoir si t'étais encore au volant. J'ai repensé à un truc, mais on verra ça plus tard.

Du coin de l'œil, Peder vit s'ouvrir la porte d'entrée de la maison où il s'apprêtait à aller sonner.

— T'es sûr ?

— Oui, dit Alex. Je peaufine ma petite théorie et je te rappelle. Ah, il y avait aussi autre chose...

Peder se mit à rire.

— Une théorie ? répéta-t-il. Vous auriez dû appeler Fredrika, ça, c'est son rayon.

— Je vais le faire aussi, bien sûr. Non, il y a autre chose et c'est pour ça que je t'appelle. Il y a un ex-petit ami de Sara Sebastiansson à Norrköping. Une petite frappe avec qui elle était avant de faire son stage à Umeå. Tu pourrais discuter un peu avec lui avant de rentrer à Stockholm ?

— À Norrköping ?

— Oui. C'est sur la route...

— Bon, d'accord. Si j'ai quelques éléments, ça devrait aller.

Alex parut soulagé.

— Fredrika te rappellera, promit-il. Bonne chance !

— Merci, dit Peder en éteignant son portable.

Il sourit à la femme debout sur le perron et se présenta.

Birgitta Franke lui servit du café avec des petits pains au lait et à la cannelle. Il n'en avait pas mangé d'aussi bons depuis longtemps. Il en prit même deux à la fois.

Il se dégageait de cette femme chaleureuse de la douceur mais aussi un certain courage. Sa voix était directe, son regard amical. Et, malgré les cheveux gris, son visage paraissait encore jeune. Bref, une femme qui avait vécu et avait conservé une grande humanité.

Il lui demanda poliment de présenter sa carte d'identité et découvrit avec stupéfaction qu'elle avait déjà cinquante-cinq ans. Il la félicita et la complimenta pour ses délicieux petits pains. Elle le remercia en souriant, faisant apparaître de petites rides autour de ses yeux. Ça lui allait bien.

— Vous avez appelé la police après la diffusion d'un portrait-robot de femme, dit-il, abordant le vif du sujet.

— Oui, dit Birgitta. Mais avant toute chose j'aimerais savoir pourquoi elle est recherchée.

Peder but un peu de café, et à la vue des rideaux de Birgitta pensa soudain à sa grand-mère maternelle, ce qui ne lui était pas arrivé depuis plusieurs années.

— Nous la recherchons, mais elle n'est soupçonnée de rien, finit-il par dire. Nous aimerions seulement lui parler, car nous avons des raisons de croire qu'elle détient des informations capitales. Je ne peux pas vous en dire plus pour le moment.

Birgitta hocha la tête et réfléchit.

Sans qu'il sût trop pourquoi, Peder pensa soudain à la mère de Gabriel Sebastiansson. Cette vieille furie aurait beaucoup à apprendre d'une femme comme Birgitta pour ce qui était de communiquer avec les autres.

Tout à coup, Birgitta se leva et alla dans l'entrée. Peder l'entendit ouvrir le tiroir d'une commode, puis elle revint avec un album de photos qu'elle posa devant lui.

— La voilà, dit-elle après avoir tourné quelques pages. C'est là que ça commence.

Peder scruta ces photos qui montraient une Birgitta plus jeune, un homme plus âgé et une adolescente qui, avec un brin d'imagination, pouvait ressembler à la fille au chien de Flemingsberg. Sur les deux photos, il y avait aussi un jeune garçon.

— Monika est venue chez nous à l'âge de treize ans, commença Birgitta. À l'époque, les familles d'accueil, c'était différent. Il n'y avait pas autant d'enfants ayant besoin d'un nouveau foyer que maintenant, et on croyait qu'avec un peu d'amour et de tolérance on pouvait résoudre la plupart des problèmes.

Birgitta soupira et rapprocha sa tasse de café.

— Mais, avec Monika, ça n'a pas suffi. Elle était, pour reprendre le terme qu'employait mon mari, déficiente. Elle avait un problème. Si on regarde ces photos, elle a l'air comme tout le monde : une fille blonde aux traits fins et aux yeux bleus. Mais à l'intérieur elle était abîmée. Erreur de programmation, diront ceux qui aujourd'hui ne jurent que par l'informatique.

— Comment ça ? demanda Peder en continuant à feuilleter l'album de photos.

Il contenait plusieurs clichés d'elle et de sa famille d'accueil. Elle ne souriait sur aucun. Pourtant Birgitta avait raison : Monika avait de beaux yeux et des traits fins.

— Elle a vécu dans son enfance des choses si épouvantables que nous avons, aujourd'hui encore, du mal à comprendre comment nous avons pu accueillir quelqu'un comme elle, avoua Birgitta en s'enfouissant le visage entre ses mains. Mais nous ne savions pas grand-chose d'elle avant que ce soit trop tard. Bien trop tard… Vous reprendrez du café ? demanda-t-elle soudain.

Peder leva les yeux de l'album.

— Oui, merci, répondit-il de manière automatique. À propos, où est votre mari ?

— Au travail. Il rentrera dans quelques heures et si vous voulez nous faire l'amitié de dîner avec nous…

— C'est très gentil à vous, mais je ne peux pas, malheureusement.

Birgitta sourit.

— C'est dommage, car vous avez l'air d'un garçon très bien.

Sur ce, elle se pencha et remplit à nouveau leurs deux tasses.

— J'en étais où ? dit-elle, reprenant le fil de la conversation. Ah oui, au passé de Monika.

Elle se leva et alla chercher un classeur dans l'entrée.

— Mon mari et moi avons rassemblé ici toutes les informations qu'on nous a communiquées sur les enfants que nous avons recueillis, expliqua-t-elle en préambule. Nous n'avons pas réussi à avoir d'enfant, alors on a décidé de s'occuper de ceux des autres.

Elle semblait heureuse de feuilleter le classeur avec Peder. Sans doute quelques bons souvenirs au milieu de beaucoup de drames.

— Tenez, dit-elle. Voici les renseignements que nous ont donnés les services sociaux quand l'adolescente devait venir ici. Le reste était classé « Secret », alors je n'en ai pas eu de copie.

Peder lut :

« Monika Sander, treize ans, au lourd passé, a besoin d'un placement immédiat dans une famille chaleureuse et un cadre stable. La mère s'est vu retirer la garde de sa fille quand celle-ci n'avait que trois ans et n'a eu que peu de contacts avec elle depuis.

« De graves problèmes d'alcool et de drogue de la mère ont justifié que l'enfant lui soit retirée. Elle a fréquenté un grand nombre d'hommes. Selon toute vraisemblance, elle se prostitue. Le père est décédé peu après la naissance de l'enfant dans un accident de voiture. C'est à ce moment que les problèmes de la mère ont commencé.

« L'enfant a vécu trois ans dans une première famille d'accueil. Puis les parents se sont séparés et l'enfant n'a pu rester. Elle a donc connu plusieurs familles d'accueil jusqu'à l'âge de huit ans, où elle a vécu dans un foyer pendant un an.

« La scolarité de l'enfant a été très affectée par ces changements. Elle aurait subi des agressions sexuelles, mais rien n'a été prouvé. Elle a des problèmes relationnels avec les autres enfants. Depuis le CE 2, elle est dans une classe aménagée de six élèves. L'expérience a été assez concluante, mais les résultats restent insuffisants. »

Peder lut aussi les deux pages suivantes qui retraçaient le parcours scolaire chaotique de l'enfant. Placée chez le couple Franke, elle fut soupçonnée de menus larcins et emmenée au poste de police.

Sa pensée revint à la femme assassinée à Jönköping : avait-elle, elle aussi, grandi dans des familles d'accueil ?

— Vous dites que certaines informations ne vous ont pas été communiquées ?

Birgitta acquiesça d'un signe de tête et prit une gorgée de café.

— Nous ne voulions que son bien, dit-elle, cherchant le regard de Peder. Nous pensions pouvoir lui donner le soutien dont elle avait besoin pour avancer dans la vie. Dieu sait que nous avons essayé, mais ça n'a servi à rien.

— Avez-vous accueilli d'autres enfants en même temps qu'elle ? demanda Peder, se rappelant le garçon présent sur les photos.

— Non, répondit Birgitta. Si vous faites allusion au jeune garçon sur les photos, c'est mon neveu. Il avait le même âge que Monika, alors on a cru qu'ils pourraient s'entendre. Ils devaient aussi aller à la même école.

Elle esquissa un faible sourire.

— Mais ça n'a pas marché du tout, évidemment. Mon neveu était un garçon équilibré et ne la supportait pas. Il la trouvait complètement cinglée.

— Pourquoi volait-elle ?

— Parce qu'elle avait toutes sortes de peurs bizarres. Elle n'arrivait pas à communiquer avec les autres, restait toujours dans son coin, pouvait piquer une colère et la seconde suivante s'effondrer et sangloter. Elle faisait des cauchemars épouvantables, des choses du passé la hantaient, elle se réveillait en hurlant au milieu de la nuit, trempée de sueur. Mais elle ne nous a jamais raconté ses rêves, on pouvait juste essayer de les deviner.

Peder se sentit un peu abattu. Voilà l'inconvénient du travail de policier : on avait rarement affaire à des gens gais et sans problèmes.

— Combien de temps est-elle restée chez vous ?

— Deux ans. Et puis c'est devenu impossible. Elle n'allait presque plus à l'école, fuguait pendant des semaines et revenait sans jamais dire où elle était allée. Elle fréquentait des délinquants, elle volait, fumait du hasch.

— Elle sortait avec des garçons ?

— Nous n'en avons jamais rencontré un seul, mais bien sûr qu'elle sortait avec des garçons.

Peder plissa le front.

— Quel genre d'informations auriez-vous aimé avoir quand vous l'avez accueillie chez vous ?

Birgitta s'affaissa.

— Qu'elle avait été adoptée à l'origine, répondit-elle calmement.

— Comment ça ?

— Eh bien, la femme désignée comme sa mère dans le rapport que vous venez de lire n'était pas sa mère biologique. Monika était une enfant adoptée.

— Mais comment cette femme avait-elle pu obtenir l'agrément ? s'étonna Peder.

— C'est écrit en toutes lettres dans le rapport : les problèmes de la mère ont commencé à la mort de son mari. Mais ils devaient être antérieurs à cela, disons seulement que jusqu'à l'accident cette femme menait une vie apparemment normale avec une maison, un travail et une voiture. Après ça a été la chute libre. Il semble qu'elle ait eu dans sa jeunesse des fréquentations douteuses avec lesquelles elle a renoué quand elle s'est retrouvée seule avec la petite.

— D'où vient Monika, alors ?

— D'un pays balte, mais je ne me souviens plus duquel ni des conditions exactes de l'adoption.

Le cerveau de Peder enregistrait rapidement toutes ces infos.

— Comment avez-vous appris tout cela ?

— Par une des personnes chargées de son dossier. Mais je n'ai jamais eu le droit de voir le moindre document. Pour eux, l'affaire a été désastreuse. Ils auraient dû intervenir beaucoup plus tôt. On peut dire que Monika a été doublement trahie : d'abord par sa mère biologique, puis par sa mère adoptive...

Birgitta marqua un temps d'hésitation.

— Et peut-être aussi par une de ses familles d'accueil, mais on n'en a pas la certitude.

Peder relut le rapport. Puis il feuilleta au hasard l'album. Des photos de famille à Noël, à Pâques, en vacances, en balade le week-end.

— On a vraiment essayé, répéta Birgitta d'une voix tremblante, ça n'a pas marché.

— Vous savez ce qu'elle est devenue après ? Je veux dire, après être partie d'ici ?

— D'abord elle a vécu dans une sorte de centre spécialisé pendant six mois, mais elle a fugué une dizaine de fois. Elle est même revenue ici. Alors ils ont tenté de la placer dans une autre famille, mais ça n'a pas marché non plus. Et puis elle est devenue majeure et on n'a plus jamais eu de nouvelles d'elle. Jusqu'à ce que je reconnaisse son portrait dans le journal.

Peder referma lentement l'album.

— Mais comment l'avez-vous reconnue ? voulut-il savoir. Je vois bien une certaine ressemblance avec la fille sur les photos, mais… (Il secoua la tête.) Comment savez-vous que c'est bien elle ?

Les yeux de Birgitta se mouillèrent.

— Son pendentif, dit-elle avec un timide sourire. Elle porte encore la chaîne que nous lui avions offerte pour sa confirmation, peu avant son départ.

Peder sortit le fameux portrait-robot de la fille de Flemingsberg. Il n'y avait pas prêté attention jusqu'ici, mais elle portait effectivement une chaîne autour du cou : un pendentif en forme de lion au bout d'une grosse chaîne en argent.

Birgitta rouvrit l'album et tourna les pages du milieu.

— Vous voyez ? dit-elle en montrant du doigt une photo.

Peder vit effectivement que c'était la même chaîne.

— Elle se passionnait pour l'astrologie. C'est pour ça qu'on avait choisi ce pendentif-là. D'abord elle ne voulait pas entendre parler de confirmation, mais nous lui avons fait miroiter une retraite avec les autres adolescents au bord de la mer et un beau cadeau. Nous pensions que cela lui ferait du bien de rencontrer des jeunes différents de ceux qu'elle fréquentait. Mais elle a eu aussi des histoires dans ce camp. On a appris par la suite qu'elle avait volé des affaires à ses camarades.

Birgitta commença à débarrasser.

— C'est là qu'on a dit stop. Si on vole pendant une retraite de confirmation, c'est vraiment qu'on n'a aucun sens de l'honneur ou du respect d'autrui. Mais on lui a laissé garder le pendentif qu'elle aimait tant.

Peder nota les renseignements d'état civil de Monika inscrits sur le rapport Monika Sander. Puis il se ravisa.

— Je peux emporter ce document pour en faire une copie ? demanda-t-il en agitant légèrement les feuilles.

— Oui, bien sûr. Du moment que vous nous le renvoyez par la poste après. J'aime savoir quels enfants nous avons accueillis ici.

Peder hocha la tête pour montrer qu'il comprenait, prit les papiers et se leva.

— Si jamais un détail vous revient, n'hésitez pas à nous appeler, dit-il en posant sa carte de visite sur la table.

— C'est promis, lui assura Birgitta. (Puis, après un silence :) Jamais nous n'aurions imaginé qu'elle puisse être mêlée à une affaire aussi sordide. Comment est-ce possible ?

— On se pose tous la même question, croyez-moi.

Fredrika Bergman arriva à Umeå tard dans l'après-midi. Elle ressentait la fatigue dans tout son corps. Son portable indiquait deux appels en absence. Malheureusement, elle ne pouvait rencontrer ni la grand-mère de Nora ni le professeur du stage d'écriture de Sara Sebastiansson avant le lendemain. Elle regarda l'heure : presque 17 h 30. L'avion avait été retardé. Elle haussa les épaules. Au fond, rien ne pressait. Si elle pouvait interroger ces deux personnes le lendemain, c'était aussi bien.

Elle n'avait pas eu le temps d'appeler Peder pour lui parler de l'ex-petit ami de Sara, comme elle l'avait promis. Pourvu qu'il ait pu mener à bien l'interrogatoire !

Malgré sa fatigue, Fredrika sentait une poussée d'adrénaline. L'enquête partait enfin dans une direction qu'elle savait intuitivement être la bonne. Elle réfléchit un moment à l'endroit où pouvait se trouver Gabriel Sebastiansson à cet instant, lui qui jusqu'ici avait été le principal suspect. Sans doute avait-il déjà fui à l'étranger avec la complicité de sa mère. Fredrika frissonna à la pensée de la maison de Teodora Sebastiansson.

Il y avait quelque chose de glauque, de malsain dans ce lieu.

Le soleil de cette fin d'après-midi caressait le bitume quand elle quitta le terminal de l'aéroport. Tandis qu'elle attendait qu'Alex décroche, elle ferma les yeux un instant pour sentir la chaleur et une douce brise sur son visage.

Un temps de printemps, se dit-elle, *et non d'été. L'air sent le printemps*.

Comme ni Alex ni Peder ne répondaient au téléphone, Fredrika prit son sac et se dirigea vers la file de taxis. Elle avait réservé une chambre au Stadshotellet. Tiens, et si elle s'offrait un verre de vin sur la terrasse tout en préparant la journée du lendemain ? Ça lui permettrait aussi de réfléchir au message sur son répondeur concernant sa demande d'adoption.

Rien que d'y penser, elle se sentait gagnée par la panique. Allait-elle devoir prendre une décision là, tout de suite ? Désirait-elle vraiment une vie de mère célibataire ? Elle fondit soudain en larmes.

D'abord respirer profondément plusieurs fois, puis réfléchir. Pourquoi cette réaction violente ? Quelle idée de se mettre dans un tel état sur un trottoir de l'aéroport d'Umeå ! Elle jeta un regard autour d'elle. Était-elle déjà venue ici ? Pas sûr. En tout cas, elle n'en avait nul souvenir.

Son téléphone sonna au moment où elle arrivait près du taxi. Le chauffeur mit son sac dans le coffre, et elle attendit d'être installée à l'arrière pour répondre.

— Un autre enfant a disparu, un bébé, cette fois, annonça Alex d'un ton grave.

Fredrika écouta, très concentrée, appuyant sur le bouton pour baisser la vitre.

— Eh ! vous ne pouvez pas ouvrir la vitre comme ça ! J'ai mis l'air conditionné ! protesta le chauffeur.

Fredrika lui fit signe de se taire.

— Comment on sait que ça a un lien avec notre enquête ? demanda-t-elle à Alex.

— Environ une heure après la disparition de l'enfant, la police a remarqué un paquet au bord d'une plate-bande juste devant l'entrée de la maison, avec à l'intérieur les vêtements et la couche du bébé. Et il avait aussi coupé une mèche de cheveux à laquelle la mère avait mis une barrette.

— Oh, merde ! s'exclama-t-elle, se surprenant soudain à jurer. Alors qu'est-ce qu'on fait ?

— On va travailler nuit et jour pour trouver la personne qui se cache derrière tout ça, répondit Alex. En ce moment, Peder doit être à Norrköping en train d'interroger l'ex de Sara et il viendra à Stockholm aussitôt après. Quant à moi, je suis en route pour aller voir la mère du bébé disparu.

Fredrika sentit sa gorge se nouer.

— Demandez-lui si elle a le moindre lien avec Umeå, dit-elle d'une voix blanche.

— Bien sûr, répondit Alex.

— On dirait que les choses s'accélèrent, cette fois, si on a bien affaire au même agresseur, remarqua-t-elle.

Alex s'immobilisa.

— Qu'est-ce que tu veux dire ?

— Sara Sebastiansson a reçu le paquet avec les cheveux de sa fille le lendemain de son enlèvement, cette fois, les vêtements et les cheveux du bébé ont été remis aux parents juste après le rapt.

— C'est vrai, bordel, murmura-t-il.

Fredrika ferma les yeux.

Pourquoi l'agresseur se pressait-il autant ? Pourquoi prenait-il un autre enfant alors qu'il venait à peine de se débarrasser du premier ? Et s'il rendait déjà aux parents les cheveux et les vêtements de l'enfant, cela signifiait-il que… que le bébé était mort ?

Mais qu'est-ce qui le pousse à agir ainsi ? se demanda la jeune femme. *C'est quoi, son mobile ?*

Peder Rydh fonça pour rentrer à Stockholm. Alex lui avait appris la disparition d'un autre enfant alors qu'il arrivait tout juste à Norrköping, mais tous deux étaient d'avis qu'il fallait quand même interroger l'ex de Sara. Il restait une chance, peut-être infime, qu'il soit mêlé d'une façon ou d'une autre à l'enlèvement de la petite Lilian et qu'il ait pris un autre enfant uniquement pour que ça semble l'œuvre d'un tueur en série et non d'un ex de la mère.

Mais, dès le premier regard, Peder Rydh déchanta. Il était impensable que l'homme en face de lui ait kidnappé une enfant, lui ait rasé les cheveux et l'ait tuée. Il ne niait pas avoir eu du mal à se remettre de sa rupture avec Sara, mais de là à se venger quinze ans après !

Peder soupira. Rien de ce qu'il échafaudait ne se révélait exact. Encore heureux que Fredrika et non lui ait dû aller à Umeå. Primo parce qu'il n'avait aucune envie de faire le voyage, secundo parce qu'il avait ainsi le champ libre pour s'occuper du deuxième enlèvement.

Il n'aimait vraiment pas la tournure que prenaient les événements. Tant que le père de l'enfant était le principal suspect, Peder avait eu l'impression d'avancer en terrain connu. C'était presque toujours un des proches de la victime qui avait fait le coup. Presque toujours... Qui d'autre, sinon ? Aucun autre enfant n'avait disparu et Sara ne se connaissait pas d'ennemis. Pourtant Fredrika, elle, avait dès le départ imaginé un autre scénario. Elle avait tout de suite vu que Sara, à son insu, avait un lien avec l'agresseur, et que Gabriel Sebastiansson était hors jeu – sur cette affaire. Si l'enquête avait pris autant de retard, c'était parce que personne n'avait voulu l'écouter – lui le premier, il devait l'admettre. Il se garderait bien de le dire tout haut. Et surtout pas devant Fredrika.

Cela dit, quand bien même l'enquête serait partie dans la bonne direction, auraient-ils pu empêcher la mort de Lilian ? N'était-il pas, de toute façon, trop tard ?

Et voilà qu'un autre enfant venait d'être enlevé. Peder sentit son ventre se nouer. Un bébé. Quel homme sain d'esprit pouvait s'en prendre à un bébé ? Ce ne pouvait être que l'œuvre d'un cinglé.

Quelque chose lui disait que sa brigade n'arriverait pas à interpeller l'agresseur à temps pour sauver ce bébé...

Peder tapa du poing sur le volant.

Mais qu'est-ce qui lui prenait de douter brusquement ? Ils allaient faire le maximum, mais si le ravisseur avait l'intention de tuer aussi cet enfant-là il risquait fort de les prendre de vitesse.

On retrouvera le bébé quand l'agresseur voudra qu'on le retrouve, conclut Peder, découragé. *C'est lui qui choisira où et quand il le rendra...*

Les policiers pouvaient se sentir à certains moments comme des héros, à d'autres plutôt désemparés. L'enquête avait-elle vraiment progressé, aujourd'hui ? Certes, ils connaissaient désormais l'identité de la fille qui avait aidé l'homme aux chaussures Ecco. Mais à part ça… Elle avait eu un comportement bizarre avec un chien à la gare de Flemingsberg – peut-être pour retenir Sara Sebastiansson et lui faire rater le train. Elle avait essayé de passer son permis de conduire – peut-être pour transporter le cadavre de Lilian à Umeå. Cela faisait beaucoup de « peut-être ».

Si elle se révélait être la femme qui avait aidé l'homme à enlever puis à tuer l'enfant, il fallait la retrouver au plus vite.

Alex avait décidé de communiquer à la presse le nom et la photo de Monika Sander en lui demandant de prendre contact avec la police. Quelqu'un pourrait peut-être lui conseiller de les appeler ou, du moins, leur dire où elle était. Et Sara Sebastiansson pourrait confirmer qu'il s'agissait bien de cette femme. Quant aux parents du bébé, qui savait si elle avait un lien avec eux ?

Mais, à l'instar d'Alex, Peder était persuadé que Monika n'était pas la tête pensante du duo. Si l'on tenait compte de ce que Birgitta Franke avait raconté, l'enlèvement avait été trop bien préparé pour une personne comme elle. Elle restait néanmoins un personnage clé dans ces disparitions.

Peder secoua la tête – il sentait qu'il touchait du doigt quelque chose qui lui échappait. Et il avait une de ces soifs ! Pourtant, pas question de s'arrêter pour boire quelque chose. L'urgence était de rentrer à Stockholm, de s'attaquer au deuxième enlèvement et de déterminer son lien avec le premier.

Car il y avait forcément un lien ! Ce n'était quand même pas un hasard si les cheveux et les vêtements du bébé avaient été déposés dans une boîte et abandonnés devant la maison. La presse n'était pas encore au courant des détails concernant la disparition de Lilian Sebastiansson, Alex préférant attendre un peu avant de les divulguer.

À la vue du Globe de Stockholm, signe qu'il était bientôt arrivé, Peder n'avait qu'une idée : localiser Monika Sander. Et vite.

Les infirmières de l'unité numéro 4 au CHU de Karolinska, à Solna, avaient reçu des consignes très strictes s'agissant des soins à apporter à la patiente de la chambre numéro 3. Celle-ci était arrivée en ambulance à 1 heure du matin. Son voisin avait été réveillé par des bruits bizarres dans la cage d'escalier et il avait jeté un coup d'œil par le judas pour voir s'il s'agissait de cambrioleurs. Et là il avait vu la femme de l'appartement d'en face, constellé de traces de coups, allongée face contre terre, les jambes encore à l'intérieur de son entrée et le buste gisant sur le sol de marbre du couloir.

Aussitôt, il avait appelé une ambulance puis attendu à côté de la jeune femme quasi inconsciente l'arrivée des secours.

Quand les ambulanciers lui avaient demandé le nom de la jeune femme, il avait répondu :

— Jelena quelque chose… Mais l'appartement n'est pas à elle. Ça fait des années que le propriétaire ne vit plus ici. Cette femme est seulement locataire. Un homme habite avec elle, mais je ne connais pas non plus son nom.

Il n'y avait aucun nom sur la porte, et la jeune femme, battue presque à mort, ne prononça que des sons inarticulés quand on lui demanda son nom. Un infirmier qui les accompagnait crut comprendre qu'elle avait dit quelque chose comme « Helena », avant de s'évanouir sur la civière.

Aux urgences, ses blessures furent considérées comme très graves. Elle avait quatre côtes cassées, la mâchoire déboîtée et fracturée en différents endroits, plusieurs doigts cassés et le corps couvert de bleus. Des radios de la tête révélèrent que le cerveau était tuméfié à la suite des violences qu'elle avait subies et il fut décidé de l'hospitaliser au service des soins intensifs.

Toutefois, ce qui fit réagir l'équipe médicale, ce ne furent pas les innombrables ecchymoses, lésions et fractures du squelette, mais la découverte de graves brûlures. Son corps avait été marqué en une vingtaine d'endroits, sans doute avec une allumette. Les plaies étaient si douloureuses que les infirmières chargées de la malade en avaient la chair de poule.

Vers 10 heures du matin, la femme inscrite sous le nom de « Helena » commença à revenir à elle, mais son esprit restait embrumé par la morphine administrée pour atténuer ses souffrances. Le médecin-chef des soins intensifs jugea son état suffisamment stable pour qu'elle pût être transportée dans un autre service. Ainsi se retrouva-t-elle à l'unité numéro 4.

L'aide soignante Moa Nilsson fut chargée de veiller sur elle ; ce n'était pas un travail très pénible. Moa regardait, pleine de compassion, le visage tuméfié et couvert d'ecchymoses. Il n'avait été retrouvé aucune carte d'identité au domicile, mais Moa se représentait bien le genre de vie que la patiente avait dû avoir. Les ongles rongés jusqu'au sang, les bras ornés de petits tatouages mal réalisés, les cheveux secs, décolorés en roux, une coloration d'ailleurs assez récente. Quelques mèches tristes encadraient son visage sur l'oreiller. La couleur rousse était si intense qu'il semblait que sa tête reposait dans une mare de sang.

Les collègues de Moa passaient régulièrement vérifier comment allait la malade. Son état resta stationnaire jusqu'à ce que le bruit des roues du chariot transportant les repas résonne dans le couloir. La patiente ouvrit lentement l'œil non dissimulé par des bandages.

Moa posa le magazine qu'elle feuilletait.

— Helena, tu es au CHU de Karolinska, chuchota-t-elle en s'asseyant au bord du lit.

La femme ne dit rien. Son visage n'exprimait qu'une émotion : la peur. Une peur extrême.

Moa lui caressa doucement le bras.

La femme murmura.

Moa se pencha pour entendre.

— Aidez-moi. Aidez-moi...

Samedi

Si Spencer Lagergren avait beaucoup de bons côtés, il lui manquait cependant – aux yeux de Fredrika – une qualité essentielle dans une liaison amoureuse : une certaine spontanéité et le sens de la surprise. Certes, il avait pour excuse d'être marié, ce qui limitait considérablement sa spontanéité. Seules les circonstances pouvaient lui permettre, à l'occasion, de la surprendre.

Mais toute règle connaît des exceptions.

Fredrika sourit en attachant rapidement ses cheveux en une sorte de chignon. Elle avait pensé passer la soirée seule à Umeå devant un verre de vin et un calepin. Et cela avait débuté ainsi. Mais soudain, alors qu'elle était assise sur la terrasse du Stadshotellet devant un bon verre de vin, elle avait entendu quelqu'un derrière elle.

— Excusez-moi, la place est libre ?

Fredrika avait été si surprise de reconnaître la voix de Spencer qu'elle avait laissé couler un peu de vin sur son menton.

— Mais enfin, qu'est-ce qui t'arrive ? s'était-il étonné en prenant une serviette sur la table voisine pour lui essuyer le menton.

Fredrika rougit encore en y repensant.

Elle ne s'attendait pas du tout que Spencer lui fît une aussi belle surprise, leur relation ayant précisément impliqué jusqu'ici l'absence totale d'obligations et de promesses de l'un vis-à-vis de l'autre. Ainsi, les rôles étaient bien définis. Et voici que Spencer était venu la voir. Pas seulement pour lui faire plaisir, mais parce qu'il en avait eu envie...

— Il faut sauter sur l'occasion quand elle se présente, avait-il affirmer en trinquant avec elle. Ce n'est pas tous les jours qu'on peut venir à Umeå et dormir au Stadshotellet !

Fredrika avait été ravie de le revoir aussi vite, mais savait-il qu'elle devait travailler toute la journée du lendemain et reprendre l'avion aussitôt après ? Apparemment, oui. Mais elle lui manquait trop, et sa voix lui avait paru bouleversée au téléphone.

La jeune femme avait fini par penser qu'Eva, l'épouse de Spencer, était d'accord pour le laisser découcher une nuit par semaine. Sans doute avait-elle ses propres aventures de son côté.

Un jour, Spencer lui avait expliqué pourquoi il ne divorçait pas. Certaines relations liées à son mariage – celle entre lui et son beau-père, par exemple – rendaient tout bonnement impensable le divorce, mais aussi, avait-il ajouté, il s'était créé des liens solides entre son épouse et lui. Des liens qu'on pouvait détendre mais non pas rompre tout à fait.

Pas de problème, avait alors pensé Fredrika, qui, à cette époque, n'était pas sûre d'avoir envie de partager la vie quotidienne d'un homme comme Spencer.

Ç'avait été une belle soirée. Du vin sur la terrasse, un dîner dans un restaurant non loin de là avec un piano-bar. Sous l'effet du vin et de ce moment d'exception, Fredrika avait fixé un instant le pianiste d'un regard un peu trop intense ; Spencer avait alors doucement passé la main sur les cicatrices que la jeune femme avait au bras avec un air interrogateur et inquiet. Mais elle n'avait pas quitté le pianiste des yeux, évitant le regard de Spencer.

D'un air grave, elle fourra sa brosse à cheveux dans son sac à main et rectifia le tombé de sa veste. Elle s'en voulait de n'avoir pas réussi à parler à Spencer du coup de téléphone à propos de sa demande d'adoption.

Il faut qu'il le sache, s'exhorta-t-elle. *Peu importe la nature de notre relation, je dois le lui dire. Bientôt.*

Il était 9 heures quand elle quitta le Stadshotellet pour son rendez-vous avec le directeur du stage auquel Sara Sebastiansson avait participé quelques années auparavant. Il ne lui avait jamais été difficile de se séparer de Spencer au petit matin, même si elle ne savait jamais quand elle le reverrait. L'important, pour elle, était d'avoir toujours la certitude qu'ils allaient se revoir. Peu importait quand, finalement.

Elle s'entretint brièvement avec Alex au téléphone avant de descendre de voiture. Les médias ne parlaient que de ça, lui dit-il d'emblée, ce qui n'avait pas échappé à Fredrika en passant devant les kiosques à journaux. On n'avait pas trouvé de cadavre de bébé, ouf… Mais ce n'était qu'une question de temps.

— Rappelle-moi dès que tu as terminé, la pria Alex avant de raccrocher. Nous avons suivi différentes pistes hier soir et ce matin, mais honnêtement...

Fredrika l'imagina secouant la tête.

— Honnêtement, on n'a rien de concret à se mettre sous la dent, avoua-t-il.

Fredrika sortit de voiture et courut presque vers la porte d'entrée d'une petite maison individuelle. On aurait dit la maison de la sorcière du conte de Grimm *Hansel et Gretel*. La façade était ornée de mille détails charmants qui paraissaient peints. Le coin était calme et propret : des plates-bandes bien entretenues, des arbres fruitiers croulant sous les fruits. Pas d'enfants, pas d'adolescents. *Vraiment un quartier de retraités*, eut-elle le temps de se dire avant que la porte s'ouvre et qu'elle se retrouve en face d'un homme de grande taille aux cheveux roux et épais.

Fredrika cligna des yeux, un peu étonnée.

— Magnus Söder ?

— Lui-même, répondit l'homme en lui tendant la main.

Soulagée de reconnaître la voix qu'elle avait entendue au téléphone lors de leur prise de contact, Fredrika lui serra la main. Elle eut un sourire un peu crispé et le regarda droit dans les yeux. Elle crut y lire de la dureté, voire une certaine agressivité.

Magnus Söder, fraîchement retraité, des taches de café sur sa veste tricotée main, ne ressemblait en rien à l'homme que Fredrika avait imaginé. Elle se l'était représenté plus jeune, les cheveux plus foncés, et plus attirant. Moins grand aussi. Fredrika était toujours un peu nerveuse face à des hommes inconnus qui la dépassaient d'une tête.

Magnus précéda Fredrika et la conduisit à travers la maison jusqu'à une jolie terrasse à l'arrière. Il ne lui proposa rien à boire ni à manger et s'assit simplement face à elle.

— Comme je vous l'ai dit au téléphone, je ne me rappelle pas grand-chose de ces années-là. (Avant que Fredrika pût répondre, il ajouta :) Je suis alcoolique abstinent, mais à cette époque-là je buvais beaucoup.

Fredrika hocha la tête.

— Je n'ai pas de questions précises à vous poser, je voulais seulement que vous me parliez un peu de ce stage, cet été-là…

Magnus Söder eut un geste d'impuissance.

— J'ai retrouvé quelques documents de cette année-là… Je n'ai jamais su jeter les vieux papiers.

Il posa un classeur vert sur la table, et le bruit sourd qu'il produisit fit tressaillir la jeune femme.

— De qui s'agissait-il en particulier ? demanda Magnus.

— D'une certaine Sara Lagerås, répondit Fredrika, qui se félicita de se souvenir aussi vite du nom de jeune fille de Sara.

Magnus s'arrêta sur une page de son classeur.

— Ah oui…

Fredrika plissa le front.

— C'est elle. Elle habitait à Göteborg, n'est-ce pas ?

— Oui, répondit Fredrika.

— C'est elle qui a perdu son môme ? Celle dont on a parlé aux infos ?

— Exactement.

Magnus émit un son indistinct.

— Je voulais savoir, commença-t-elle… mais elle s'arrêta en voyant le regard de l'homme s'attarder sur son décolleté.

Il sourit et leva les yeux. Sans un mot.

— Je voulais savoir si vous aviez gardé la preuve dans vos papiers que Sara, à la fin des cours, a continué à travailler sur le lieu du stage.

Magnus feuilleta ses papiers.

— En effet, il était prévu qu'elle reste tout l'été. Il y avait toujours des élèves qui obtenaient la permission, car moi et l'autre directeur – il est d'ailleurs à Sydney, maintenant – on avait besoin d'un coup de main sur le plan administratif, enfin, ce genre de chose...

— Comment choisissiez-vous ceux qui pouvaient rester plus longtemps ? voulut savoir Fredrika.

— Soit c'était décidé à l'avance, soit nous en prenions un parmi les stagiaires qui s'étaient révélés assez doués au cours du stage. La plupart souhaitaient rester, car pour eux c'était une forme de reconnaissance.

— Et dans le cas de Sara Lagerås ?

Magnus consulta de nouveau sa feuille

— Elle nous a écrit, répondit-il. J'ai même sa lettre ici. Elle nous a dit qu'elle aimerait travailler à Umeå à la fin du stage en joignant à sa demande quelques textes qu'elle avait écrits. On l'a trouvée douée, donc on lui a laissé sa chance.

— Pourrais-je voir sa lettre ?

Magnus lui passa le classeur.

La lettre ne disait rien de spécial. Sara demandait simplement à avoir un job d'été sur le lieu du stage.

— Elle ne vous a pas donné d'autres raisons à son désir de prolonger son séjour ? demanda Fredrika.

— Pas que je me souvienne.

Mais, devant l'expression de la jeune femme, il ajouta :

— Je me souviens vaguement d'elle, on a eu tellement de stagiaires, vous savez. Elle habitait à l'écart sur le site et était avec d'autres anciens stagiaires. Je ne me rappelle pas avoir beaucoup parlé avec elle. En tout cas, jamais de quelque chose de personnel. On a parlé boulot et écriture.

Magnus reprit le classeur et le feuilleta à nouveau.

— Ah oui, ça me revient ! dit-il soudain.

Il regarda Fredrika.

— La seule chose bizarre, c'est qu'il y avait un problème avec une certaine date.

Fredrika tendit l'oreille.

— Sara nous a demandé un jour de congé bien précis et il se trouve que ce jour-là nous avions planifié un séminaire où nous avions absolument besoin de son aide. Elle n'a rien voulu entendre, arguant qu'elle nous avait prévenus longtemps à l'avance. Ma mémoire était déjà assez défaillante à cette époque-là, alors elle l'avait peut-être dit, mais je ne m'en suis pas souvenu. Je lui en ai voulu à mort, mais visiblement elle n'en avait rien à faire.

Magnus consulta le dossier.

— C'était le 29 juillet très précisément.

Fredrika prit soin de noter la date.

— Et comment s'est terminée la discussion ?

— On a été obligés de céder et de lui accorder son jour de congé. Elle ne pouvait visiblement pas repousser son rendez-vous. On a tous trouvé ça un peu bizarre, mais c'était comme ça. Et son absence a foutu un sacré bordel dans le séminaire, croyez-moi.

Magnus secoua la tête.

— Vous ne lui avez jamais demandé où elle devait aller ce jour-là ? demanda Fredrika.

— Non, elle nous a juste dit qu'elle était absolument obligée de rencontrer quelqu'un, dit Magnus. Quelqu'un qui n'était en ville que ce jour-là. Je ne crois pas non plus qu'elle en ait parlé à d'autres. Elle était plutôt du genre à rester dans son coin. Je me souviens d'avoir noté qu'elle avait des difficultés sur le plan relationnel. Elle avait visiblement la tête ailleurs.

— Y a-t-il autre chose qui vous revienne ?

Magnus eut un petit rire.

— Ah oui, je me souviens de l'avoir croisée le soir même. Elle était pâle comme un linge. Et je me suis vraiment fait du mauvais sang pour elle. Mais elle m'a dit qu'il fallait seulement qu'elle se repose un peu. J'ai pensé qu'il avait dû y avoir un problème avec la personne qu'elle devait voir ce jour-là et que les choses ne s'étaient pas passées comme elle le voulait.

Il haussa les épaules.

— Elle était majeure, je ne pouvais pas l'obliger à appeler la police ou le médecin.

Fredrika eut un sourire crispé.

— Je comprends...

Puis elle posa sa carte de visite sur le classeur.

— Si jamais un détail vous revenait..., dit-elle en se levant.

— Ou si je me sens un peu trop seul un jour, répondit-il en lui faisant un clin d'œil.

Fredrika se força à esquisser un sourire.

— Restez assis, je trouverai le chemin de la sortie toute seule.

Alex Recht était contrarié. Contrarié et très en colère. Au cours de sa longue carrière, il lui était bien sûr arrivé de commettre des erreurs. Personne n'est parfait. Mais, dans cette histoire d'enlèvement d'enfant et d'assassinat, il avait été en dessous de tout. Il lui prenait des envies de frapper n'importe qui, histoire de se passer un peu les nerfs. Pas une seconde il n'avait envisagé que d'autres enfants pourraient aussi disparaître. Ni personne de sa brigade. Une fois Gabriel Sebastiansson écarté comme principal suspect dans cette affaire, tous avaient été persuadés que le rapt de Lilian et sa mort trouvaient leur explication dans le passé de Sara. Pas un instant, avant que ce fût trop tard, ils n'avaient imaginé avoir affaire à une sorte de meurtrier en série d'enfants, voire de bébés ! Bref, le mal incarné... Et Alex s'était fait prendre de vitesse.

Il respirait mal. Sa colère l'étouffait. Il tapota sur le calendrier posé sur son bureau. On était samedi, soit cinq jours après le signalement de l'enlèvement de Lilian Sebastiansson dans le train en provenance de Göteborg. *Cinq jours*. Ce n'était pas si long. Personne ne s'attendait que les événements se précipitent ainsi. Alors qu'ils croyaient contrôler la situation, l'affaire partait en réalité dans une tout autre direction et ils avaient perdu un temps précieux. « Avoir un métro de retard », ce n'était pas exactement ce que pensait Alex à cet instant : ils avaient plusieurs trains – ou jours – de retard...

Il tendit l'oreille pour guetter les bruits dans le couloir. D'habitude, personne ne venait travailler le week-end, mais, là, tout le monde était sur les dents. L'analyste-programmeur travaillait comme un fou pour trier les infos obtenues par les appels téléphoniques. Alex ne voyait pas bien l'intérêt de nourrir une base de données. Cela n'avait rien donné jusqu'ici. Mais c'était leur manière de travailler qui était en cause : Peder n'avait pas parlé, par exemple, avec le programmeur lors du coup de téléphone de la femme de Jönköping, assassinée par la suite. S'il l'avait fait, ils auraient pu établir le lien avec le rapt de Lilian plus tôt. Cela dit, Fredrika leur avait apporté tous les éclaircissements nécessaires, confirmant ce qu'Alex avait toujours pensé à propos de toutes ces innovations technologiques dont on faisait si grand cas aujourd'hui : elles ne se révélaient utiles que dans la mesure où quelqu'un se donnait la peine d'analyser les données dans sa petite tête et de filtrer ce qui était important. Dans un groupe assez soudé, l'information circulait correctement, même sans l'aide de tous ces ordinateurs.

Alex leva les yeux vers le ciel bleu où flottaient de rares nuages.

C'était peut-être l'âge. Il se sentait las. Il n'avait plus le feu sacré. Ou, pis, il devenait un de ces chefs ringards avec qui aucun jeune policier ne veut travailler. Combien de temps pouvait-on tenir sur sa réputation ?

Il feuilleta les papiers sur son bureau. Fredrika venait de l'appeler pour confirmer que Sara avait menti et que l'accord de rester à Umeå plus longtemps que son amie avait été obtenu bien avant le début du stage. Pourquoi Sara avait-elle éprouvé le besoin de mentir quant à ses liens avec la ville d'Umeå ? Alex était vraiment en colère. Comment retrouver le coupable si Sara leur mettait des bâtons dans les roues ? Il fut à deux doigts de sauter dans sa voiture et d'aller lui dire ses quatre vérités. Elle faisait purement et simplement de l'obstruction, un acte répréhensible aux yeux de la loi. Et qu'elle soit submergée de chagrin n'était pas une excuse.

Non, en y réfléchissant bien, elle n'avait pas menti sur son lien avec Umeå mais seulement omis de révéler un détail, un détail important. L'enquête partait du principe qu'il s'était passé quelque chose dans la vie de Sara, à Umeå précisément, de déterminant pour son destin. Mais ils se trompaient. Il s'était passé quelque chose avant son stage, cet été-là, quelque chose qui avait forcé la jeune fille à prolonger son séjour à Umeå.

Était-ce pour cela qu'elle avait été punie, des années plus tard, par le meurtre de son enfant ? La personne qu'elle devait rencontrer ce jour-là était-elle directement impliquée ?

Alex sortit les photos du cadavre de Lilian. Des photos assez insoutenables. Pourquoi avait-on écrit sur son front le mot « indésirable » ? Pourquoi avait-on éprouvé le besoin de dire qu'elle était une enfant non désirée ? Une enfant dont personne ne voulait ? Pourquoi avait-elle été retrouvée devant les urgences ? Y avait-il un message caché ? Aurait-elle pu être abandonnée ailleurs dans Umeå ? Ou dans une autre ville ?

Une seule question le taraudait : un deuxième cadavre serait-il, lui aussi, retrouvé devant l'hôpital d'Umeå ?

Il fit de son mieux pour repousser cette pensée. Pourvu que l'audition de la grand-mère de la femme assassinée à Jönköping apporte des éléments nouveaux ! Il fallait aussi espérer qu'ils retrouveraient rapidement cette mystérieuse Monika Sander. Sans elle, l'enquête risquait de rester au point mort.

D'un mouvement résolu, il se leva. Il avait besoin d'une tasse de café. S'il réfléchissait trop à l'endroit où allait réapparaître le bébé mort, cela signifiait que la bataille était perdue…

Peder Rydh avait incroyablement bien dormi cette nuit-là. Ylva et lui n'avaient presque pas parlé à son retour, peu après 22 heures. Les garçons dormaient déjà à poings fermés. Il s'était assis sur le bord du lit de l'un d'eux et l'avait regardé dormir en suçant son pouce, vêtu d'un pyjama bleu avec de petits singes. Le visage du petit garçon avait tressailli soudain : rêvait-il ? Peder, attendri, avait caressé délicatement le front de l'enfant.

Ylva avait demandé des nouvelles du deuxième enfant disparu. Il avait répondu brièvement puis bu un verre de vin, regardé un peu la télé, et enfin s'était couché. Après avoir éteint la lampe de chevet, il avait entendu la voix d'Ylva dans le noir.

— Il faudra qu'on parle sérieusement un de ces jours, Peder.

Il s'était d'abord gardé de répondre.

— On ne peut pas continuer comme ça, avait-elle renchéri. On doit se dire ce qu'on ressent.

Et, pour la première fois, il lui avait dit la vérité.

— Je n'en peux plus. Voilà, j'ai beau essayer, je n'en peux plus. (Et il avait ajouté :) Je n'ai pas envie que ma vie ressemble à ça...

Il avait prononcé ces derniers mots tourné vers elle et, malgré l'obscurité, avait deviné que le visage d'Ylva s'affaissait et entendu sa respiration changer. Elle croyait qu'il allait dire autre chose, mais il n'avait rien eu à ajouter. Il avait fini par s'endormir, soulagé au fond mais inquiet aussi de ne pas s'en faire plus que ça. Aucun remords, aucune panique. Rien qu'un soulagement.

En voiture, sur le chemin de son bureau, il essaya de repenser à l'enquête, mais l'image de Jimmy surgit dans son esprit. Il avait oublié d'appeler son frère pour lui dire qu'il ne pourrait pas venir le voir comme prévu. Il faudrait trouver un autre jour pour manger un gâteau à la pâte d'amande ensemble, car il était très occupé. Il ne savait jamais ce que Jimmy comprenait vraiment, les nuances le dépassaient complètement et il avait un rapport particulier au temps.

Quelque chose tourmentait Peder. Un détail relégué dans un coin de son cerveau et qu'il ne parvenait pas à retrouver. Les journaux avaient diffusé le portrait-robot et la vieille photo de passeport de Monika avec son nom complet, communiqué par Birgitta, de la famille d'accueil. Pas sûr que cela ait été une bonne idée de publier cette photo vieille de plus de dix ans. La Monika d'aujourd'hui devait avoir beaucoup changé et le standard risquait d'être saturé d'appels de gens l'ayant connue à cette époque-là, et perdue de vue. Pourtant, la police était bien obligée de divulguer les quelques renseignements dont elle disposait. Ils en savaient déjà si peu… Et il fallait à tout prix retrouver Monika.

Peder s'était déjà, ce matin-là, entretenu avec Alex et avait appris que les appels téléphoniques ne donnaient rien pour l'instant. À quoi cela servait-il, alors, de publier une vieille photo et un nom qu'elle ne portait peut-être plus aujourd'hui ?

Soudain, le détail qu'il cherchait lui revint en mémoire – ce détail qu'ils avaient omis en lançant l'avis de recherche de Monika – et il se précipita au commissariat.

Alex venait de se rasseoir à son bureau avec une tasse de café lorsque Peder surgit en trombe.

— Il faut la faire rechercher sous deux noms, déclara-t-il avant même de dire bonjour.

— De qui tu parles ? demanda Alex, un peu perdu.

— De Monika Sander. Nous devons appeler les services d'immigration et savoir sous quelle identité elle est entrée en Suède. Elle a été adoptée, comme tu sais, et peut très bien avoir repris son vrai nom.

— L'avis de recherche est déjà lancé, mais c'est effectivement une très bonne idée, reconnut Alex. Dis à Ellen de contacter les services d'immigration.

Peder se précipita aussitôt dans le bureau d'Ellen.

Alex ne put s'empêcher de sourire. C'était beau de voir un policier avec autant d'énergie.

Dans un autre quartier de Stockholm, deux individus se déplaçaient avec infiniment moins d'énergie que Peder Rydh. Agenouillés chacun dans un coin du grand jardin, Ingeborg et Johannes Myrberg binaient les plates-bandes et autour des arbustes. La pluie avait rendu presque impossible les autres travaux de jardinage, mais il semblait que l'été fût enfin arrivé. Certes, il restait quelques nuages dans le ciel, mais du moment que le soleil brillait et réchauffait la température de l'air le couple Myrberg était plus que satisfait.

Ingeborg consulta sa montre. Il était presque 11 heures du matin. Ils avaient donc travaillé deux heures sans interruption. Elle mit sa main en visière pour regarder son mari. Johannes avait eu des problèmes de prostate, ces dernières années, ce qui l'obligeait à aller souvent aux toilettes. Mais pas ce matin. Non, ce matin, il avait pu faire du bon travail sans entrer et sortir sans cesse de la maison.

Elle contempla avec tendresse son mari, qui binait autour des plants de rhubarbe. Tous deux adoraient leur maison, en particulier ce jardin. Ils n'en revenaient pas d'avoir eu la chance de l'acquérir. Tant de maisons leur avaient filé entre les mains : soit elles étaient trop chères, soit la cave était moisie, soit le toit laissait passer l'humidité.

Comme Ingeborg aimait cette grande villa peinte en blanc ! Elle était belle et suffisamment grande pour pouvoir héberger enfants et petits-enfants quand ils venaient en visite, tout en conservant son charme. Oui, c'était le foyer dont elle avait toujours rêvé, et tous se sentaient bien dans cette maison. Leur maison.

— Johannes ! cria-t-elle, rompant le silence du jardin.

Il faillit tomber quand il se retourna et ça la fit rire.

— Je vais juste me chercher un truc à boire. Tu veux quelque chose ?

Johannes eut ce petit sourire qu'il avait toujours eu depuis qu'ils étaient mariés – c'est-à-dire depuis trente-cinq ans.

— Je prendrais bien un verre de sirop à la fraise.

Ingeborg se releva lentement et sentit ses genoux protester un peu. Plus jeune, elle n'avait jamais pensé qu'un jour son corps lui ferait défaut et ne s'y habituait pas.

— Nous avons eu un drôle d'été, murmura-t-elle en rentrant dans la maison par la porte de la terrasse laissée grande ouverte.

Soudain, tout son corps se raidit. Elle n'aurait su dire pourquoi, mais elle sentait que quelque chose clochait.

Elle alla prudemment voir dans la chambre d'amis, tournée vers la terrasse, puis dans les quatre autres chambres, plus loin dans le couloir. Elle jeta un coup d'œil à droite, à gauche, mais ne perçut pas le moindre mouvement. Elle fouilla du regard la grande entrée, la cuisine et le salon. Là non plus, rien. Tout paraissait normal. Mais elle savait que quelqu'un était entré chez elle et avait souillé son foyer.

Elle secoua la tête. Assez avec ces idées de vieille dame paranoïaque !

Elle se résolut à aller à la cuisine faire ce pour quoi elle était venue : servir deux grands verres de sirop à la fraise pour elle et son mari.

Juste au moment où elle s'apprêtait à sortir avec son plateau et les deux verres, elle se dit qu'elle pouvait tout aussi bien en profiter pour faire un tour aux toilettes. Dire que Johannes avait pu se retenir si longtemps aujourd'hui...

La salle de bains se trouvait de l'autre côté de la maison, près des quatre chambres à coucher. Par la suite, elle ne se souviendrait plus d'y être allée, mais seulement d'avoir posé le plateau. Pourtant, elle avait forcément traversé le couloir, abaissé la poignée, ouvert la porte des toilettes et allumé la lumière.

Elle vit le bébé presque aussitôt. Il gisait tout nu sur le tapis de bain, recroquevillé en position fœtale.

Tout d'abord, elle ne comprit pas ce qu'elle voyait. Elle fut obligée de s'avancer et de se pencher pour toucher. C'est seulement lorsque ses doigts touchèrent le cadavre dur et froid de l'enfant qu'elle se mit à hurler.

Fredrika Bergman prenait le thé avec Margareta Andersson, la grand-mère de Nora, quand elle apprit que le bébé enlevé avait été retrouvé mort dans la villa d'un couple âgé. La jeune policière pria Margareta de l'excuser et sortit sur le balcon pour téléphoner tranquillement.

— Comment ? Sur un tapis de bain ? répéta-t-elle.

— Oui, grommela Alex, dans une villa à Bromma. Avec la même inscription sur le front. Je suis en route pour y aller. Et Peder doit consulter je ne sais quel psychologue.

Fredrika s'inquiéta.

— Il prend tout ça tellement à cœur ?

— Mais non, rectifia Alex en riant. C'est pour le travail. Il pense que nous avons besoin d'un « profileur », comme il dit. Il devait se charger d'en trouver un.

La voix d'Alex lui parut si bizarre que Fredrika crut qu'il avait bu. Un « profileur », ça ne se trouvait pas comme ça… et quelle curieuse façon de parler des psychologues.

— Il a vu des articles sur lui dans la presse, expliqua Alex, c'est comme ça qu'il a eu l'idée.

— Peder a lu des articles sur qui ? s'enquit Fredrika, qui prêtait peu foi à ce que certains journalistes pouvaient raconter.

— Un profileur américain qui travaille pour le FBI donne actuellement des cours à l'université sur la psychologie comportementale, expliqua Alex d'une voix plus claire. Peder va essayer de le rencontrer par l'intermédiaire d'un ami à lui qui suit son cours.

— Très bien, dit Fredrika.

— Comment ça va ? voulut savoir Alex.

— Ça va. Je rentrerai à Stockholm dès que j'en aurai terminé ici.

Elle marqua un silence.

— Mais pourquoi le bébé a réapparu à Bromma ? s'étonna-t-elle.

— Tu veux dire qu'il rompt avec le schéma ?

— Schéma, c'est un grand mot. Nous avons peut-être surévalué l'importance du lien avec Umeå.

— Non, je ne crois pas. En revanche, nous devons trouver un autre dénominateur commun.

— Un dénominateur commun entre la salle de bains de Bromma et un endroit du Norrland…

— Exactement. Voilà le second défi que nous devons relever, asséna-t-il. Trouver le lien entre ces deux lieux. À supposer que la géographie joue un rôle.

Si la situation n'avait pas été aussi dramatique, Fredrika aurait volontiers souri à l'entendre s'exprimer ainsi.

— Hé ! Tu m'écoutes ?

— Oui, je pensais simplement à ce que vous veniez de dire. Au fait, c'est quoi, notre premier défi ?

— Retrouver Monika Sander. Je crois qu'on ne comprendra rien à tout ce micmac tant qu'on l'aura pas retrouvée.

— On va faire de notre mieux, dit-elle.

— Ça, tu peux compter sur nous !

Fredrika rangea son portable et rentra en priant son hôtesse de l'excuser pour cette longue conversation.

— Je suis désolée, c'était important.

Margareta fit signe qu'elle comprenait.

— Vous avez aussi retrouvé le bébé ? demanda-t-elle, à la grande surprise de Fredrika.

— Oui, répondit cette dernière avec une certaine hésitation. Effectivement. Mais ce n'est pas encore officiel, alors si vous pouviez ne pas ébruiter cette information…

Margareta se défendit d'un geste de la main.

— Je ne vais pas le crier sur les toits, ne vous inquiétez pas. Je n'ai que Tintin à qui parler.

— Tintin ?

— Mon chat, précisa Margareta avec un grand sourire

Fredrika aimait la voix grave et chaleureuse de cette femme. Grave mais féminine. Elle avait les épaules larges, mais pas une allure de camionneur, et, sans être ronde, une belle stature. Surtout, on se sentait en sécurité en sa présence.

Fredrika rappela d'abord les éléments connus de la police sur la victime : son enfance dans différentes familles d'accueil, le retard psychique et le mauvais état physique général, sa relation destructrice avec un homme violent soupçonné de l'avoir assassinée, ainsi que Lilian Sebastiansson et le bébé, son départ d'Umeå pour Jönköping, son travail, qu'elle préservait, son appartement, qu'elle entretenait, et aussi le fait qu'elle avait peu de famille et presque pas d'amis. Puis elle en vint à sa première question.

— Pourquoi Nora s'est-elle retrouvée en famille d'accueil ?

La grand-mère de Nora ne répondit pas tout de suite. Dans le silence, Fredrika crut entendre ronronner le chat dans son panier.

— Oui, je me suis moi-même souvent posé la question sans trouver de réponse.

Elle inspira profondément et posa ses mains ridées sur ses genoux, tirant un peu sur le bas de sa robe. Un tissu rouge et marron. Une robe d'hiver, assurément.

— On essaie de ne pas nourrir trop d'attentes vis-à-vis de ses enfants, en tout cas nous nous comportions ainsi, mon mari et moi. Et puis, à sa mort, j'ai gardé le même état d'esprit. Mais… on veut toujours le meilleur pour ses enfants. Qu'ils deviennent des adultes responsables et s'en sortent bien. Mais cela n'a jamais été le cas pour la mère de Nora. Et nous n'avons pas eu d'autres enfants.

Margareta se tut, et quand Fredrika leva les yeux elle la vit pleurer.

— On peut faire une pause, si vous préférez, hasarda-t-elle.

Margareta secoua la tête.

— C'est si douloureux de penser que désormais je n'ai plus ni ma fille ni ma petite-fille… Quand la mère de Nora est morte, ç'a été terrible pour moi, mais je connaissais son genre de vie et savais quels coups durs elle avait subis. Ça ne pouvait pas se terminer autrement. Je me disais qu'au moins il me restait Nora. Et maintenant je l'ai perdue elle aussi.

Tintin quitta son panier et s'approcha de la table. Fredrika replia instinctivement ses jambes. Elle n'avait jamais aimé les chats.

— Très vite, les choses ont mal tourné pour ma fille, raconta Margareta. Dès le collège, en fait, après la mort de son père. Elle a commencé à avoir de mauvaises fréquentations et ramenait à la maison un garçon après l'autre. Et j'ai été furieuse d'apprendre qu'elle ne voulait pas aller au lycée mais faire tout de suite un petit boulot pour gagner de l'argent. Elle a trouvé du travail dans une usine de bonbons qui a fait faillite il y a maintenant plusieurs années. Mais elle refusait de se plier aux règles et on l'a virée. Je crois que c'est à ce moment-là qu'elle a commencé à se prostituer et à prendre des drogues dures.

Dans la famille de Fredrika, on se référait souvent à un vieux dicton : « Dans chaque femme, quel que soit son âge, sommeille un cœur de mère. » Était-ce son cas à elle aussi ? Qu'aurait-elle dit si sa fille avait laissé tomber l'école pour travailler à l'usine et finir par se prostituer ?

— Qui était le père de Nora ? se permit-elle de demander.

Margareta sourit et sécha ses larmes.

— Bonne question. On n'a jamais su. Ce pouvait être n'importe qui. La mère de Nora n'a donné aucun nom à la naissance de l'enfant, à laquelle j'ai assisté. Il a fallu attendre plusieurs jours avant qu'elle accepte de prendre le bébé dans ses bras.

Le soleil disparut derrière un nuage et l'appartement devint plus sombre. Fredrika eut presque froid.

— Nora était à tous points de vue une enfant non désirée, chuchota Margareta. Sa mère l'a détestée dès qu'elle l'a eue dans son ventre. Elle s'est acharnée pour faire une fausse couche. Mais le fœtus était bien accroché et Nora est quand même née.

Fredrika sentit le sol se dérober sous ses pieds. Que venait-elle d'entendre ? « Une enfant non désirée »... Elle revit les photos de Lilian Sebastiansson avec le mot « indésirable » sur le front.

Elle dut avaler sa salive.

— A-t-elle su en grandissant qu'elle était une enfant non désirée ? demanda-t-elle en essayant de cacher son trouble.

— Oui, bien sûr. Les premières années, Nora a vécu presque tout le temps chez moi puisque sa mère ne voulait pas d'elle, mais le service à l'enfance a préféré placer Nora en famille d'accueil. Dans une « vraie famille », pour reprendre leurs termes.

Margareta se cramponna à la table.

— Elle s'en serait sortie, chez moi, je l'aurais aidée. Ç'aurait été beaucoup mieux pour elle que de passer d'une famille d'accueil à l'autre. Elle avait toujours le droit de venir me voir, mais ce n'est pas pareil. Comment réparer ce que d'autres s'évertuent à détruire ?

— Vous avez toujours vécu à Umeå ?

— Oui, toujours. J'ai du mal à comprendre comment on peut vivre comme ça, à droite et à gauche, comme Nora a dû le faire. Ma grande fierté a été de voir qu'elle a réussi à suivre au lycée. Elle avait choisi une filière de sciences sociales, je crois, qui n'existait pas de mon temps, en tout cas, l'école l'a aidée à se structurer.

— Est-ce qu'elle a trouvé du travail après ?

— Oh, du travail, c'est vite dit. Comme sa mère, elle a commencé à mal tourner, à boire beaucoup, à sortir sans arrêt, à passer d'un homme à un autre. Incapable de se fixer, de garder un boulot. Elle avait une mine épouvantable. Je ne vous fais pas de dessin. Jusqu'au jour où elle a rencontré cet homme.

Fredrika retint sa respiration.

— Si je me souviens de l'année exacte, c'est parce que mon frère s'est marié pour la troisième fois cette année-là. C'était il y a sept ans.

Tintin, d'un bond gracieux, se retrouva sur les genoux de sa maîtresse. Elle posa les mains sur son dos et le caressa.

— J'ai d'abord cru que pour une fois elle était tombée sur un type bien, se rappela Margareta. Il a lui fait arrêter l'alcool et la drogue – rien que ça ! J'ai d'abord trouvé ça fantastique. Un vrai conte de fées ! La fille que le prince prend dans le caniveau pour en faire une princesse... Et puis tout a changé. Et, là, j'ai vraiment eu peur...

La jeune policière fronça les sourcils.

— Je ne l'ai jamais rencontré, je préfère vous le dire tout de suite, au cas où vous auriez espéré avoir un portrait de lui.

— Non, mais votre déclaration reste très importante, insista Fredrika, pourtant déçue.

Elle avait effectivement espéré obtenir des détails ou un vague signalement permettant de mieux cerner l'homme soupçonné de tous ces meurtres.

Margareta s'étira. Fredrika vit qu'elle aimait qu'on s'intéresse aussi à elle.

— Elle a fait la connaissance de cet homme au début du printemps de cette année-là. Je ne sais pas comment, je crois qu'il l'avait aidée à se sortir d'une embrouille dans la rue.

— Est-ce que Nora aussi se prostituait ?

— Non, oh non ! protesta Margareta, mais ça n'empêche pas de fréquenter ce milieu.

Fredrika avait plus de doutes sur la question mais se garda de détromper la grand-mère de Nora. Si seulement elle pouvait aller droit au but !

— Elle m'a tout de suite parlé de lui. Elle m'a dit qu'il était psychologue, un homme brillant, très beau. Il lui répétait qu'elle était l'« élue », qu'elle était « spéciale » et qu'ensemble ils allaient accomplir de grandes choses dans ce monde. Ça l'a transformée. J'ai même cru un moment qu'elle était entrée dans une secte ; au début, c'était positif puisque ça remettait de l'ordre dans sa vie alors qu'elle traversait une période dépressive. Le message de l'homme se résumait à « Ressaisis-toi, tu en es capable, tu peux t'en sortir ». Mais quand il a trouvé qu'elle ne guérissait pas assez vite…

Margareta se tut et inspira profondément plusieurs fois.

— Eh bien, il a perdu patience et a commencé à la tabasser, quelque chose d'affreux.

De nouveau de grosses larmes roulèrent sur ses joues, glissèrent sur son menton et tombèrent sur la fourrure du chat.

— Je l'ai suppliée de le quitter avant qu'il soit trop tard, sanglota-t-elle. Et elle a fini par m'écouter. Cette fois-là, il l'avait terriblement brûlée et elle a décidé de le quitter dès sa sortie de l'hôpital.

— Brûlée ? murmura Fredrika.

— Oui, il la brûlait avec des allumettes, répondit Margareta. Il l'attachait sur le lit et les allumait une à une.

— Mais vous n'êtes pas allées à la police ? s'étonna Fredrika, qui eut un haut-le-cœur.

— Bien sûr que si, mais ça n'a servi à rien. Alors Nora a dû changer de ville et vivre sous une autre identité.

— Vous voulez dire qu'il n'a pas été condamné, malgré les graves blessures qu'il avait infligées à Nora ?

— Le fait est qu'on ne savait pas vraiment qui il était, avoua Margareta d'une voix brisée. Il lui avait dit de le considérer comme « l'Homme », sans nom ni prénom. Ils ne se sont jamais vus ailleurs que dans l'appartement de Nora.

Fredrika essaya de mettre de l'ordre dans ce qu'elle entendait.

— En d'autres termes, elle ne connaissait ni son nom ni les endroits où il habitait et travaillait ?

Margareta acquiesça d'un signe de tête.

— Et qu'est-ce qu'ils devaient accomplir ensemble ? Elle vous a dit en quoi consistaient ces « grandes choses » ?

— Ils allaient punir toutes les femmes incapables d'aimer leurs enfants et qui avaient choisi de les éliminer, chuchota Margareta. Précisément ce que la mère de Nora avait fait : elle a tenté de se débarrasser de Nora, et puis quand ça n'a pas marché elle a refusé de l'aimer.

Stockholm passe pour être une des plus belles villes au monde. Mais Alex Recht n'en voyait pas grand-chose, de son bureau. Pour lui, regarder au-dehors l'aidait à penser. Et le coup de fil de Fredrika l'avait plongé dans un abîme de réflexion.

— C'est pour les punir, avait crié Fredrika au téléphone à cause du mauvais réseau. Il les punit parce que, d'une façon ou d'une autre, elles ont fait du mal à leurs enfants, parce qu'elles ont choisi de se débarrasser d'eux. Et les filles le suivent dans son scénario délirant parce qu'elles ont elles-mêmes souffert. Il s'agit de vengeance, Alex, de vengeance pure et simple…

— Mais aucun élément jusqu'ici n'a montré que ces parents aient fait quoi que ce soit de mal à leurs enfants, avait-il rétorqué. Ni la petite Lilian ni le bébé n'étaient maltraités, au contraire. À moins que Gabriel Sebastiansson n'ait abusé de sa propre fille.

Fredrika avait protesté.

— Non, ce n'est pas ça. Cet homme veut punir les mères, pas les pères. C'est seulement aux mères qu'il en veut.

— Mais si une mère soustrait son enfant à un homme qui veut abuser d'elle, comment lui en vouloir ?

— D'accord, dans ce cas précis. Mais la question reste la même : comment il les a trouvées, ces femmes ? Comment a-t-il su pour Lilian, puisqu'il n'y a aucune plainte déposée en ce sens ? Et pareil pour le bébé ? Comment a-t-il su que le bébé a été maltraité, à supposer que ce fût le cas ?

Le cœur d'Alex battit plus fort.

— Oui, cet homme a un lien avec ces deux familles, mais on n'a pas réussi à trouver lequel.

— À moins qu'il se situe tellement à la périphérie de leur vie qu'il reste invisible pour nous.

— Il travaille peut-être dans une école ?

— Mais le bébé assassiné n'allait pas à l'école, avait objecté Fredrika.

Les doigts d'Alex tambourinaient sur son bureau.

— Est-ce que Peder est rentré de son rendez-vous avec le psychologue ? avait demandé Fredrika.

— Non, mais ça ne saurait tarder.

— Je crois qu'il va falloir réinterroger Sara Sebastiansson, et aussi la mère du bébé.

Alex avait jeté un regard furieux par la fenêtre.

— Il faut prendre sérieusement les choses en main, avait-il dit à Fredrika. On finira bien par trouver le foutu dénominateur commun de ces deux crimes !

Plus facile à dire qu'à faire, avait-il constaté après avoir raccroché. Il fallait vite mettre Peder au courant avant qu'il rencontre le profileur américain. En principe, Alex n'avait rien contre de nouvelles idées, mais il rechignait à voir de nouveaux collaborateurs se joindre à l'enquête.

Il regarda de nouveau le schéma qu'il avait tracé sur une feuille blanche et où figuraient différentes hypothèses. Rien ne se déroulait comme il l'avait imaginé. Mais du moment qu'il ne montrait ce schéma à personne… Ça l'aidait en tout cas à ordonner ses idées.

« Il s'agit de vengeance », avait répété Fredrika.

C'était ça, le mobile des crimes ?

Encore une fois, Alex résuma ce qu'ils savaient et ce qu'ils ignoraient à ce stade de l'enquête…

Deux enfants d'âges différents avaient été tuées. L'une, Natalie, était adoptée, l'autre non. Les parents de Natalie semblaient être un couple harmonieux ; ce n'était pas le cas des Sebastiansson, séparés et en instance de divorce. Natalie venait d'une famille des classes moyennes, alors que Lilian était la fille d'un homme appartenant à une famille aisée de la haute bourgeoisie et d'une mère issue des classes moyennes.

Quel était leur lien ? Ces deux familles s'étaient-elles rencontrées un jour ? Leurs chemins s'étaient-ils croisés ? Peut-être même à leur insu ?

Alex écrivit : « Il punit les mères. Sans doute parce que, en quelque sorte, elles ont trahi leurs enfants… parce qu'elles ont choisi de les éliminer. »

Il fallait donc se concentrer sur les mères, et non sur les enfants. C'étaient les péchés des mères qui avaient provoqué le meurtre des enfants. Alex tournait et retournait ces phrases dans la tête : « … parce qu'elles ont choisi de les éliminer ».

Comment Sara Sebastiansson avait-elle « choisi » d'« éliminer » Lilian ? Ça ne tenait pas debout. Et pourquoi punir l'enfant et non la mère ?

Quant aux lieux où avaient été retrouvés les corps des enfants, ils n'avaient rien en commun. Le choix en paraissait bizarre, pourtant, ce ne devait pas être le fruit du hasard. Ce n'étaient pas les endroits les plus faciles pour se débarrasser d'un cadavre. Y avait-il une logique derrière tout ça ? Les deux enfants n'avaient pas le moindre lien avec l'endroit où ils avaient été déposés.

Les seuls points communs dans cette affaire concernaient le mode opératoire, l'enlèvement et le meurtre proprement dit : l'enfant était d'abord kidnappé, ses vêtements et ses cheveux renvoyés à la mère dans un paquet, avant que son corps soit abandonné dans un lieu improbable où il serait assurément découvert.

Je ne comprends pas, se répétait Alex, *je ne comprends toujours pas.*

À cet instant, on frappa à sa porte et l'un des jeunes inspecteurs détachés à son service passa la tête.

— On vient de refaire un tour chez Magdalena Gregersdotter et son mari.

De qui parlait-il ? Ah oui, les parents de la petite Natalie. Cet homme les avait d'abord accompagnés, Peder et lui, le matin, pour leur annoncer le décès de leur petite fille. Mais, vu l'état de choc extrême des parents, il avait été convenu que l'un d'eux reviendrait un peu plus tard dans la journée s'entretenir avec eux. Ce collègue y était donc retourné avec un autre policier.

— Nous leur avons montré des photographies de la maison en leur expliquant où elle se trouvait, débita le jeune enquêteur à une telle allure qu'Alex eut du mal à suivre. Et la mère, Magdalena, l'a tout de suite reconnue.

— Comment ça ?

— C'est là qu'elle a grandi. Elle a habité dans cette maison jusqu'à la fin du lycée, avant de partir pour ses études. Non, mais il faut vraiment être timbré pour déposer le cadavre de la môme dans la maison natale de cette femme, alors que cette maison a été vendue il y a plus de quinze ans !

Au volant, Peder Rydh bouillait d'impatience. On était samedi matin et il se retrouvait coincé dans un embouteillage en roulant vers Kungsholmen. Dès qu'il y avait un accident, que ce soit en semaine ou le week-end, il se formait tout de suite un bouchon.

En repensant à la semaine qui venait de s'écouler, Peder eut presque le tournis. Jamais il n'aurait imaginé que l'enlèvement de la petite Lilian Sebastiansson prendrait une telle tournure. Deux enfants assassinées en une semaine… C'était bien la première fois qu'il travaillait sur une affaire pareille.

Les odeurs de gaz d'échappement et les voitures qui frôlaient de trop près sa carrosserie achevaient de l'énerver. Il s'en voulait d'être si peu productif. La seule bonne idée qu'il avait eue aujourd'hui avait été de faire rechercher Monika Sander sous le nom qu'elle portait avant son adoption : Jelena Scortz.

Il avait aussi interrogé les parents et les grands-parents paternels et maternels de la petite Natalie Gregersdotter. Personne ne voyait qui pouvait leur vouloir du mal.

— Réfléchissez bien, leur avait dit Peder. Cela peut remonter à plusieurs années. Cherchez le moindre conflit qui n'aurait pas été réglé à l'époque.

Mais non, ils avaient beau chercher, ils ne voyaient pas.

Et toutes ces auditions avaient été interrompues quand Peder avait appris la mort de Natalie, retrouvée à Bromma. Il avait dû retourner chez les parents du bébé pour l'annoncer, puis était parti superviser les premiers relevés et analyses effectués là où l'enfant avait été découverte. Comme pour Lilian, ils n'avaient aucune idée du lieu où le meurtre lui-même avait été perpétré.

En revanche, ils savaient à présent comment l'assassin tuait ses victimes. Le médecin légiste trouva presque aussitôt la trace d'une piqûre au milieu de la tête, vraisemblablement une injection de poison. L'autopsie confirmerait tout cela, mais il semblait bien que cette fois l'insuline avait été injectée directement à travers la fontanelle. Était-ce aussi ce que le meurtrier avait tenté de faire la première fois ?

Il y avait d'autres ressemblances avec Lilian Sebastiansson quand celle-ci avait été retrouvée. Natalie elle aussi était nue et lavée avec un désinfectant. Elle portait le même mot « indésirable » inscrit sur son front. Mais était en position fœtale, à la différence de Lilian, couchée sur le dos. Fallait-il y voir une signification ?

Ce mot : « indésirable ». Peder venait d'en parler à Alex. Pourtant, les deux victimes avaient été des enfants désirés.

La circulation commençait à se fluidifier, mais Peder n'avait plus la force de s'en réjouir. Il était tout heureux d'avoir eu l'idée de contacter ce profileur américain et de bénéficier de l'entremise de son ami à l'université. Mais il n'était plus si sûr de lui. Cela n'avait-il pas été une perte de temps d'aller là-bas ? Il avait dû attendre la fin de sa conférence, et quand, enfin, il avait pu lui parler, ce dernier s'était montré assez froid et distant. Malgré l'importance de l'enjeu de l'enquête en cours, le psychologue l'avait éconduit, lui disant qu'il le trouvait plutôt mal élevé de l'aborder ainsi. Il n'avait, disait-il, nullement l'intention de collaborer avec la police suédoise. Tout ce qui l'intéressait, pour l'heure, c'était de se rendre à la villa Källhagen pour déjeuner.

Cette rencontre n'avait fait que confirmer les préjugés de Peder envers les Américains en général et les psychologues en particulier. Des gens bêtes, fainéants, humainement nuls. Des types carrément antipathiques. Peder lui avait presque jeté sa carte de visite à la figure avant de repartir comme il était venu. Pour qui il se prenait, ce con ?

La circulation était redevenue fluide. Peder put appuyer sur le champignon et foncer vers le commissariat.

Son téléphone sonna.

À sa grande surprise, c'était le psychologue américain.

— Je vous prie de m'excuser pour ma conduite un peu cavalière tout à l'heure. Mais comprenez-moi, si j'avais accepté devant ces étudiants de vous aider, vous et vos collègues, ils m'auraient tous demandé quelque chose. Et je ne suis pas venu pour ça mais pour donner des cours.

Peder, qui n'avait toujours pas compris que l'Américain l'appelait pour l'aider ou du moins le prier de l'excuser, restait muet.

Le psychologue poursuivit :

— Ce que j'essaie de vous dire, c'est que je veux bien vous aider. Je pourrai peut-être passer vous voir au commissariat dès que j'aurai terminé ce déjeuner auquel je suis tenu d'assister ? Qu'est-ce que vous en dites ?

Peder sourit.

Alex resta d'abord sans voix quand Peder lui annonça que le profileur américain passerait les voir dans le courant de l'après-midi. Au fond, pourquoi pas ? Ils avaient besoin de toute l'aide possible. Et, dans une heure, Fredrika serait rentrée d'Umeå.

Alex regarda ses petits schémas. Au moins ils avaient saisi un mode opératoire et un semblant de scénario : l'assassin kidnappait et tuait des enfants avant de les déposer dans des lieux en rapport avec le passé de leurs mères. Et tout ça à un rythme effréné.

Pourquoi les enfants avaient-elles disparu seulement à quelques jours d'intervalle ? Le meurtrier prenait un risque énorme en commettant deux crimes aussi rapprochés. Trois, si on incluait la femme à Jönköping. Certes, il existait des fous persuadés qu'on ne mettrait jamais la main sur eux. Encore que, bien souvent, ils n'attendaient que ça, se faire coincer. Au bout d'un moment, ils faisaient même tout pour. Mais cet assassin se rangeait-il dans cette catégorie ?

Alex repensa à Umeå et Bromma. Peu importe, au fond, qui Sara Sebastiansson avait rencontré à Umeå. L'important, c'était que ce lieu signifiait quelque chose pour elle. Voilà pourquoi Lilian avait été retrouvée là-bas et non à Stockholm.

La vérité était parfois beaucoup plus simple qu'on ne le croyait. C'est du moins ce que l'expérience avait appris à Alex. Ça l'avait conduit à retenir Gabriel Sebastiansson comme principal suspect – une erreur. Mais, dans cette affaire-ci, la vérité s'éloignait toujours davantage. Aucun proche ne pouvait être inculpé dans ces histoires de meurtres. Il fallait l'admettre, on se trouvait face à un meurtrier en série.

Combien de meurtiers en série as-tu rencontrés au cours de ta longue carrière, Alex ? insinuait une voix dans sa tête.

Ellen interrompit le cours de ses réflexions en frappant à sa porte.

— Alex ! s'écria-t-elle d'une voix si forte qu'il sursauta.

— Oui, qu'est-ce qu'il y a ? marmonna-t-il.

— Ils viennent d'appeler de Karolinska, dit-elle, tout excitée.

Alex eut un air interrogatif.

— Ils croient qu'une de leurs patientes pourrait être Jelena Scortz.

Pendant un moment, Alex Recht se demanda s'il n'allait pas se rendre seul au CHU de Karolinska pour parler avec cette patiente qui, selon le personnel, pouvait être Jelena Scortz. Mais ce ne serait pas correct vis-à-vis de Peder, puisque ce serait grâce à lui si elle était enfin identifiée. Non, ils iraient ensemble. Alex était sur les nerfs, car il venait d'apprendre que Sara Sebastiansson reconnaissait en Jelena Scortz la jeune femme qui l'avait retenue à Flemingsberg. La photo était trop ancienne pour qu'elle pût l'affirmer avec exactitude, mais pour elle c'était quasi certain.

Peder fut tout excité en apprenant qu'il allait accompagner Alex à Karolinska pour procéder au premier interrogatoire de Jelena Scortz – ou Monika Sander, son nom sur le registre d'état civil. Il courut à la voiture, Alex à ses basques, et roula au-delà de la vitesse autorisée jusqu'à Solna.

Peder n'avait jamais caché qu'il appréciait particulièrement cet aspect du travail dans le métier de policier. Rien ne valait ces montées d'adrénaline quand l'enquête s'emballait. Et il voyait bien qu'Alex était comme lui, même si ça faisait plus longtemps qu'il exerçait leur métier.

Comment Fredrika ne pouvait-elle pas ressentir cela ? Quand tout le monde se sentait pousser des ailes, elle, au contraire, donnait l'impression de se fermer. Tout ce qu'elle avait à dire, c'était des phrases du genre : « Vous êtes sûrs de ce que vous avancez ? » ou : « Et si c'était plutôt moi qui avais raison ? » Il fallait reconnaître que la situation avait été débloquée grâce à elle, alors elle pouvait s'autoriser un petit sourire, fût-il narquois. De toute façon, mieux valait une collègue souriante que maussade.

Alex et Peder ne savaient pas ce qui les attendait à Karolinska. On les avait bien sûr prévenus que la femme avait subi de graves violences et se trouvait encore en état de choc. Mais rien n'aurait pu les préparer à ce qu'ils virent en entrant dans la chambre de la patiente.

Son visage n'était qu'une masse informe et tuméfiée couverte de plaies. De grosses ecchymoses s'étalaient sur son cou. Le coude du bras gauche était plâtré et l'avant-bras droit couvert de bandages, tout comme la plus grande partie du front, jusqu'à la racine des cheveux.

Oh, la pauvre, la pauvre fille..., fut la première pensée des deux hommes.

Une jeune aide soignante était assise sur son lit, le visage grave. Peder comprit qu'il n'était pas le seul à être horrifié par l'ampleur des blessures infligées à la jeune femme.

Quelqu'un toussota derrière lui. Il se retourna et vit un homme à la barbe sombre et aux épais cheveux gris, portant une blouse de médecin, sur le pas de la porte. Il se présenta comme étant Morgan Thulin, le médecin de Monika.

— Peder Rydh, dit le policier en lui serrant la main.

Sa poignée de main était ferme et inspirait confiance. Alex dut penser la même chose.

— Je ne sais pas si on vous a renseignés sur son état, commença le médecin.

— Non, pas vraiment, admit Alex en jetant un regard à l'épave humaine sur le lit.

— Eh bien, dit Morgan Thulin d'un ton cordial mais ferme, il est donc de mon devoir de vous informer. Elle est, comme vous pouvez le voir, en très mauvais état. Elle oscille constamment entre des instants de veille et de somnolence et a des problèmes pour parler quand elle essaie de le faire. Sa mâchoire est abîmée et jusqu'à ce matin sa langue était si tuméfiée qu'elle remplissait toute la cavité buccale.

Peder déglutit tandis que le médecin poursuivait :

— La police est déjà venue à cause des violences qu'elle a subies pour tenter de savoir qui lui avait fait ça, mais elle n'a pu prononcer que des mots incompréhensibles. À mon avis, elle est encore en état de choc et les calmants que nous lui donnons pour atténuer ses douleurs prolongent cet état. En plus des coups et blessures qui se voient à l'œil nu, elle a plusieurs côtes cassées. Il n'est pas sûr qu'elle ait été agressée sexuellement, mais elle est sévèrement brûlée en de multiples endroits sur le corps.

— Brûlée ? répéta Peder.

Morgan Thulin acquiesça d'un signe de tête.

— On l'a brûlée avec des allumettes en une vingtaine d'endroits, même à l'intérieur des cuisses et sur la fossette sus-sternale.

L'air se fit étouffant, Peder respirait difficilement et n'avait envie que d'une chose : rentrer chez lui. Tout son bel élan était retombé. Il fixa d'un regard las une plante verte sur le rebord de la fenêtre.

— Ces brûlures laisseront de lourdes séquelles sur le plan esthétique, mais pas sur le plan fonctionnel, d'un point de vue strictement objectif. Pour ce qui est des séquelles psychologiques, il est encore trop tôt pour se prononcer, mais le chemin sera long. Très long.

La plante avait-elle bougé ou avait-il des visions ? Était-ce un souffle d'air qui avait fait trembler ses feuilles ? Peder suivait, fasciné, les mouvements infimes avant de revenir à la réalité et au silence qui régnait désormais dans la pièce. Pourquoi le médecin avait-il cessé de parler ?

Alex se racla la gorge.

— Excusez-moi, avoua Peder, j'étais ailleurs. Ces dernières journées ont été assez éprouvantes…

Que venait-il de dire ? Qu'est-ce qui lui prenait de parler comme ça ?

Morgan Thulin lui donna une tape sur l'épaule. Alex haussa les sourcils mais s'abstint de tout commentaire.

— J'ai plusieurs informations à vous communiquer, si vous êtes prêts à en apprendre davantage, reprit le médecin.

Peder eut si honte de son moment de faiblesse qu'il aurait voulu se cacher derrière la plante verte.

— Bien sûr, ça nous intéresse. On vous écoute, dit-il en s'efforçant de prendre un ton assuré.

Morgan Thulin ne fut pas dupe, pas plus qu'Alex, mais tous deux eurent la gentillesse de ne pas relever.

— Elle a plusieurs blessures assez anciennes, annonça le médecin. Ce n'est pas la première fois qu'elle se fait tabasser, loin de là.

— Ah bon ?

— Oui. Les radios révèlent d'anciennes fractures jamais soignées. Les deux bras ont été cassés ainsi que plusieurs côtes. Son corps porte aussi la trace de nombreuses brûlures plus anciennes, une dizaine, ce qui montre que les violences qu'elle a subies cette fois sont beaucoup plus importantes que les précédentes.

À l'écoute de ce compte-rendu, tous hochèrent la tête. Morgan Thulin pour montrer qu'il avait terminé de parler, Peder pour indiquer qu'il se rendait compte de la gravité du cas, et Alex pour suivre le mouvement.

La femme allongée remua légèrement.

Elle gémit et voulut se relever. Aussitôt, l'aide soignante l'aida à se recoucher. Si la patiente restait tranquille, elle pourrait soulever le haut du lit pour lui surélever la tête.

Peder voulut aider, d'une part parce qu'il n'attendait que ça, d'autre part parce que ça lui permettait de s'approcher de la jeune femme. Il constata qu'elle pouvait à peine ouvrir les yeux mais suivait le moindre de ses mouvements.

Morgan Thulin se retira.

— Je serai dans mon bureau si vous avez d'autres questions.

Peder ne savait où s'asseoir. Le bord du lit semblait peu envisageable vu l'état de la victime, et lui paraissait aussi trop intime. Il rapprocha donc la chaise placée à l'autre bout de la pièce et s'installa à distance respectueuse de la jeune femme. Alex était resté près de la porte.

Peder déclina son identité, nom et prénom, ainsi que celle d'Alex, et lui dit qu'ils faisaient partie de la police. Il vit aussitôt le regard de la femme s'assombrir. Il fit un geste de la main pour la rassurer.

— Nous voulons seulement vous parler, dit-il doucement. Nous avons besoin de votre aide dans une affaire. Mais si vous n'en avez pas la force ou ne voulez rien dire, vous avez le droit, on s'en ira, c'est tout.

Il évita d'ajouter : « … Et on reviendra un autre jour. »

— Faites oui de la tête si vous comprenez ce que je vous dis.

La femme le regarda en silence puis fit un signe de tête.

— Vous pouvez nous donner votre nom ?

Peder attendit, mais elle se tut. L'aide soignante lui donna un peu d'eau à boire. Peder attendit.

— Jelena, chuchota-t-elle.

— Jelena ? répéta Peder.

La femme acquiesça.

— Et votre nom de famille ?

Nouveau silence. Nouvelle gorgée d'eau.

— Scortz.

Un léger souffle d'air vint frôler la joue de Peder. Il se retint de sourire, cachant sa joie. Enfin, c'était bien celle qu'ils recherchaient… Ils avaient enfin retrouvé Monika Sander.

Soudain, il ne sut plus quoi dire. Était-ce bien elle qui avait retenu Sara Sebastiansson à la gare de Flemingsberg ? Comment s'en assurer ? Pourquoi n'y avait-il pas pensé avant de venir ?

Il décida de commencer par tout autre chose.

— Qui vous a fait ça ? demanda-t-il tout bas.

La femme frotta son bras plâtré contre le drap ; peut-être que ça commençait à la démanger.

— L'Homme, chuchota-t-elle.

Peder se pencha en avant.

— Pardon, l'Homme ?

L'aide soignante marqua une certaine irritation mais ne dit rien.

— L'Homme, répéta la jeune femme, qui visiblement s'appliquait pour articuler. Je l'appelle... seulement... comme ça.

Peder la fixa.

— L'Homme ?

Elle hocha lentement la tête.

— D'accord, dit Peder. Vous savez peut-être où il habite ?

— On se rencontre... seulement... moi, articula Jelena avec peine.

— Seulement chez vous ? précisa Peder.

Elle fit signe que oui.

— Alors vous ne savez pas où il habite ?

Elle hocha la tête.

— Vous savez peut-être où il travaille ?

— Psy... cho... logue.

— Il vous a dit qu'il était psychologue ?

Jelena parut soulagée qu'il ait compris.

— Mais vous ne savez pas où il travaille, c'est ça ?

Elle fit non de la tête et parut désolée de ne pas pouvoir répondre.

Peder réfléchit.

— Vous connaissez la marque de sa voiture ?

La femme essaya de se rappeler. Elle faisait de gros efforts et ça se voyait même sous ses bandages. Comme elle devait souffrir !

— Différentes, chuchota-t-elle enfin.

Peder attendit.

— Presque jamais… les mêmes.

Peder fut surpris : ce type roulait à bord de voitures volées ou il en louait une chaque fois qu'il en avait besoin ?

— Voi… ture… de… fonc… tion.

— Vous pensez qu'il s'agirait de différentes voitures de fonction ?

— Il a dit… ça.

Ce type devait mentir comme il respirait.

— Où l'avez-vous rencontré ? demanda-t-il. La première fois, je veux dire.

La question provoqua une réaction immédiate chez la jeune femme allongée. Elle détourna les yeux et eut l'air fâchée. Peder attendit un moment avant de renoncer.

— Vous n'avez peut-être pas envie d'en parler ? hasarda-t-il.

Jelena confirma d'un signe de tête.

Alex bougea légèrement mais continua à garder le silence.

Peder résolut de prendre un autre angle d'attaque et de parler de ce que leur avait dit la femme de Jönköping qui avait appelé la police sans donner son nom. Pourquoi n'y avait-il pas pensé plus tôt ?

— Nous pensons que l'homme qui vous a battue a aussi fait subir des violences à d'autres femmes, commença-t-il d'un ton un peu hésitant.

Jelena Scortz enfonça la tête dans l'oreiller, mais sans quitter Peder des yeux.

— Nous croyons qu'il cherche à entrer en contact avec plusieurs femmes pour les faire participer à une sorte de combat…

Jelena ne baissa pas les yeux, mais même Peder, qui n'avait aucune formation d'infirmier, put la voir pâlir. Cette conversation n'était pas du goût de l'aide soignante, qui essaya de le faire comprendre par son expression, mais Peder évita soigneusement de la regarder.

— C'est très, très important qu'on mette la main sur lui, et vite, insista Peder en s'efforçant de ne pas prendre un ton trop sévère. (Il marqua une pause avant de poursuivre :) Il faut absolument qu'on le retrouve pour l'empêcher d'enlever et de tuer d'autres enfants…

La femme gémit aussitôt et tenta de se débattre dans le lit.

— Écoutez, je crois que ça suffit, intervint l'aide soignante en lui passant plusieurs fois la main sur les cheveux, tout doucement, pour la tranquilliser sans lui faire mal.

Mais Peder était heureux que Jelena ait réagi de manière aussi violente. Cela prouvait qu'elle était impliquée. Restait à savoir à quel point. En tout cas, pour la disparition de Lilian Sebastiansson.

Il se leva et s'assit sur le bord du lit. La jeune femme refusa de le regarder.

— Jelena, dit-il tout bas, nous savons que tu as été entraînée malgré toi dans toute cette histoire.

Ce n'était pas tout à fait vrai, mais peu importait. L'important était de calmer la jeune femme, et il y parvint.

— J'ai vraiment besoin d'avoir le maximum d'informations, la supplia-t-il. Comment choisit-il ces enfants ? Il les trouve comment ?

La respiration de Jelena était terriblement saccadée et elle évitait de regarder Peder et l'aide soignante.

— Comment il les choisit ? répéta Peder.

— C'est… les mères.

Elle avait parlé si bas qu'il l'avait à peine entendue. Mais il avait parfaitement compris.

— D'accord, dit-il pour l'encourager à en dire davantage.

Comme elle restait silencieuse, il ajouta :

— Il a déjà rencontré ces femmes-là ? Comment il les choisit ?

Lentement elle tourna la tête et le regarda droit dans les yeux. C'était un regard si sombre que Peder en eut froid dans le dos.

— On… choisit… pas, ricana-t-elle. On aime… tous… qu'on a… ou… aucun.

Peder déglutit plusieurs fois.

— Qu'est-ce qu'on ne choisit pas ? insista-t-il. Je ne comprends pas tout à fait. Qu'est-ce qu'on ne choisit pas ?

— Les enfants, chuchota-t-elle, à bout de forces, en tournant la tête sur l'oreiller. Il… faut… les… aimer… tous.

Puis elle se tut et ferma les yeux. Peder comprit que l'entretien était terminé.

Il régnait une telle activité dans le couloir de la brigade que Fredrika crut, à son retour, s'être trompée d'étage. Elle trouva, dans la Tanière du lion, Alex et Peder ainsi que Mats, l'analyste-programmeur – il n'en avait pas assez, celui-là ? –, et un homme qu'elle ne connaissait pas. Elle le salua.

— Fredrika Bergman.

— *Excuse me ?*

Elle répéta son nom en le prononçant à l'anglaise. L'homme comprit et se présenta : Stuart Rowland. Puis il se rassit sur sa chaise, discrètement placée dans un coin de la pièce.

Peder vint au-devant de sa collègue et lui expliqua en quelques mots qui était cet invité.

— Le Dr Rowland est psychologue, ou plus exactement profileur, expliqua-t-il d'une voix que le respect faisait presque trembler. Il a promis de nous apporter ses lumières lors de ce débriefing.

À croire que c'est le Messie, se dit Fredrika, plutôt sceptique.

Peder ajouta :

— J'espère que ça ne t'embête pas qu'on parle anglais pendant toute la première partie de la réunion ?

En comprenant que ce n'était pas dit au second degré, Fredrika sentit la moutarde lui monter au nez.

— Que la réunion soit en anglais, en allemand, en français ou en espagnol, ça ne me fait ni chaud ni froid, dit-elle d'un air pincé.

Peder eut l'air dérouté.

— Ah bon, dit-il simplement avant de se rasseoir.

Amusé, Alex observait leur petit jeu. Il l'accueillit.

— C'est bien que tu aies pu rentrer à temps, Fredrika, pour assister à cette réunion. Assieds-toi, comme ça on pourra commencer.

Fredrika ne s'était pas rendu compte qu'ils l'attendaient tous, et s'assit aussitôt. Ellen lui adressa un petit sourire et referma la porte de la salle en la poussant du pied.

Dans toutes les enquêtes vient le moment où elles basculent. Alex était persuadé que ce moment était arrivé. Il n'y avait plus tellement d'infos à obtenir, presque tout était là, et pourtant…

Il jeta un coup d'œil discret sur le professeur de psychologie que Peder était littéralement allé chercher à l'université. Dans sa veste brune avec des pièces en daim aux coudes et sur la poche de poitrine, et avec sa grosse barbe ressemblant à une queue d'écureuil égarée sous son nez, on aurait dit un acteur dans un film anglais. Mais ce n'était pas le moment de faire le difficile. Dans la situation où ils se trouvaient, toute aide était bonne à prendre.

— O.K., fit-il en regardant l'assemblée.

L'atmosphère devint aussitôt électrique. Alex déglutit. Si tout le monde était nerveux, ce ne serait pas l'idéal pour lancer de grandes théories. Fredrika, une fois n'est pas coutume, faisait l'exception : elle paraissait en mesure de réfléchir posément n'importe où, n'importe quand, du moment que l'urgence le réclamait. Et c'était le cas.

Alex continua en anglais.

— Nous souhaitons la bienvenue au professeur Rowland, déclara-t-il de façon très solennelle. Nous sommes très honorés de sa présence parmi nous.

Le professeur daigna hocher la tête et esquisser un sourire.

Alex aurait préféré en parler d'abord à ses collaborateurs, mais il n'avait pas eu le choix, et donc avait autorisé ce professeur à assister à leur réunion, passant exceptionnellement outre les règles et les obligations liées au secret professionnel.

En espérant que son équipe le comprenne, il alluma le rétroprojecteur. Avec l'aide de Mats – tiens, il avait enfin retenu le nom du programmeur –, il exposa les différents éléments qu'il avait réunis, jusqu'aux dernières infos que Fredrika leur avait communiquées par téléphone, et fit un compte rendu concis mais complet de l'état de l'enquête.

Il avait évité de croiser le regard du professeur américain, songeant que ce devait être bien plus intéressant pour ce dernier de collaborer avec le FBI qu'avec la police de Stockholm.

Comme s'il avait deviné ses pensées, le professeur prit spontanément la parole.

— Je dois reconnaître que c'est une affaire tout à fait intéressante.

— Vraiment ? s'étonna Alex, qui se sentit, malgré lui, presque flatté.

— Oui, dit le professeur Rowland. Mais étant donné le schéma que vous avez montré, je vois mal comment je pourrais vous être d'une aide quelconque. Qu'est-ce que vous ne comprenez pas ?

Alex fixa son propre schéma. Pour lui, tout restait passablement confus.

— Il me paraît clair, même si on ne peut jamais en être tout à fait sûr, poursuivit l'Américain, que c'est le même homme qui a kidnappé et tué les deux petites filles. En revanche, si la femme que vous avez identifiée à l'hôpital est bien la complice de cet homme – ce que je pense, d'après l'entretien que vous avez eu avec elle –, il a accompli son dernier crime seul, sans elle. La question qui se pose est donc de savoir si quelque chose n'aurait pas bien marché dans le premier cas. En effet, les tueurs en série commencent rarement leur « carrière », si j'ose m'exprimer ainsi, en commettant deux crimes aussi brutaux, faisant par conséquent beaucoup de bruit, à si peu d'intervalle…

Le professeur marqua une pause pour vérifier si tous suivaient bien et s'il pouvait continuer. À moins que l'un d'eux ne veuille déjà intervenir ?

Alex se leva.

— Vous croyez donc, professeur Rowland, que, parce que cette femme a réussi à sortir de l'appartement après avoir été presque battue à mort et s'est retrouvée à l'hôpital, le meurtrier a été contraint d'agir précipitamment ?

— J'en suis convaincu, assura le professeur. Cette femme a dû être punie pour ne pas avoir exécuté parfaitement dans les règles quelque chose qu'il a exigé d'elle lors du premier meurtre. La violence avec laquelle il l'a frappée prouve qu'il était dans une rage folle, incontrôlable. Cela prouve aussi qu'elle a négligé de faire quelque chose d'une importance capitale sur le plan symbolique pour le tueur. Ça, elle ne l'a pas compris.

Alex se rassit et laissa le professeur continuer son exposé.

— Il faut bien se représenter le duo que forment ces deux-là, insista le profileur. Les deux femmes que l'assassin a voulu enrôler sont des créatures faibles, au sens où elles ont un passé douloureux et une vie difficile. Elles ont connu les excès et frôlé des abîmes, même très jeunes. Sans doute ont-elles été attirées par lui, car jamais auparavant quelqu'un dans son genre ne s'était intéressé à elles.

Comment ne pas songer à ce que lui avait raconté la grand-mère de Nora ? se dit Fredrika. Qu'en rencontrant l'homme qui allait détruire sa vie Nora avait cru au début vivre un vrai conte de fées...

— La personne que vous recherchez est sans aucun doute un homme très charismatique et déterminé, continua le professeur. Il peut avoir reçu une formation militaire, par exemple. Une chose est sûre, il est bien élevé et a un physique avantageux. C'est ainsi qu'il attire les filles paumées qui tombent tellement en admiration devant lui qu'elles finissent par lui obéir au doigt et à l'œil. S'il est effectivement psychologue, ce que les deux femmes prétendent, cela fait de lui un manipulateur hors pair.

— Mais la première femme avait trouvé le courage de le quitter, objecta Fredrika pensant à Nora, elle avait pourtant essayé de se reconstruire.

— C'est vrai, admit le professeur, mais elle n'était pas tout à fait seule puisqu'elle se sentait soutenue par sa grand-mère. Le meurtrier a retenu la leçon, à supposer que ce fût la première fois. La femme qu'il lui fallait devait être faible et seule au monde, sans personne dans son entourage pour l'influencer. Il devait pouvoir la dominer et lui dicter sa loi, en faire sa chose.

Le professeur Rowland chercha une position plus confortable sur sa la chaise.

— Il croyait avoir une emprise totale sur la seconde femme, Jelena, mais il a eu la surprise de voir qu'elle avait réussi à le quitter. Une femme, c'est important pour lui, il en a besoin non seulement sur le plan pratique mais aussi mental. Elle assoit en quelque sorte sa légitimité, le conforte dans l'idée qu'il est un génie et…

Le professeur leva un doigt en prenant un air grave.

— … il en est un. Aucune de ces femmes ne connaît son nom, son adresse, le lieu de son travail ni la marque de sa voiture. Elles ne l'ont jamais appelé autrement que « l'Homme ». Ça peut être n'importe qui. Dans le meilleur des cas, vous pourrez peut-être relever des empreintes dans l'appartement de la femme battue, mais ce n'est même pas sûr. Et, étant donné toutes les précautions que cet homme prend, je ne serais pas étonné qu'il ait abîmé ses doigts.

Un murmure spontané parcourut l'assemblée, et Alex fit signe à tous de rester calmes.

— Oh, ce n'est pas difficile, dit Rowland en souriant. Ce n'est même pas si inhabituel. De nombreux demandeurs d'asile recourent à cette pratique pour qu'on ne puisse pas bien relever leurs empreintes digitales. Ça leur permet ainsi de s'adresser à d'autres pays si leur demande est rejetée dans le premier pays où ils arrivent.

Il y eut un silence. Alex avait osé espérer que des empreintes dans l'appartement permettraient de résoudre cette affaire, pour peu que l'homme ait déjà été condamné.

— Attendez, il y aurait donc, selon vous, des chances pour que l'homme ait un casier judiciaire ? demanda-t-il.

— Si ce n'est pas le cas, peut-être trouverez-vous des empreintes dans l'appartement, répondit Rowland. Mais je crains que cet homme ne soit déjà tombé sous le coup de la loi, et je serais fort surpris s'il commettait la maladresse de laisser la moindre trace derrière lui.

Fredrika réfléchissait à cette histoire d'accélération dans le rythme du meurtrier après que Jelena eut quitté l'appartement.

— Vous pensez donc que d'autres enfants vont disparaître dans les heures, les jours qui viennent ? demanda-t-elle, le front soucieux.

— Oui, très certainement, répondit le professeur Rowland. Cela ne m'étonnerait pas qu'il ait établi une liste des enfants qu'il va prendre. Ce ne sont pas des actes irréfléchis, au coup par coup. Tout est planifié.

— Mais comment il les trouve, ces enfants ? s'exclama Peder, frustré de n'y rien comprendre. Sur quels critères les choisit-il ?

— Ce ne sont pas les enfants qu'il trouve, mais leurs mères. Ce sont elles qu'il veut punir, les enfants ne sont qu'un moyen. Il se venge. Il redresse des torts, répare quelque chose.

— Vous n'avez pas répondu à ma question, fit remarquer Peder. Qu'est-ce qui le pousse à agir ainsi ?

— Disons que j'ai répondu indirectement. Les deux femmes ont été punies de la même façon : leur enfant a été enlevé et tué avant d'être abandonné en un lieu avec lequel ces femmes ont un lien spécial. On pourrait en conclure que ces mères ont vraisemblablement commis le même délit et que ce qui le pousse à agir ainsi, c'est la vengeance.

Le profileur ajusta ses lunettes et lut tout haut la phrase écrite sur le schéma d'Alex.

— « Il punit les femmes parce qu'elles n'aiment pas autant tous leurs enfants. Dans ce cas, il ne faut pas en avoir du tout. »

Le professeur plissa le front.

— Il est difficile de savoir exactement ce qu'il veut dire par là. Il semblerait que ces femmes, d'une façon plus ou moins consciente, aient été en tort vis-à-vis de leurs enfants ou peut-être de ceux de quelqu'un d'autre. Je ne suis pas sûr que ces femmes s'en souviennent elles-mêmes. Il ne s'agit pas d'un délit répréhensible au regard de la loi. Mais lui n'est pas de cet avis.

— Et la femme à l'hôpital pense comme lui, glissa Fredrika.

Les autres la regardèrent et acquiescèrent.

— Le mot qu'il écrit sur le front des enfants, « indésirable », s'explique mieux maintenant que nous connaissons l'histoire individuelle de ces deux femmes. Mais il reste à déterminer ce qui le fait réagir ainsi. Il faudrait savoir dans quelles circonstances exactes il les a rencontrées la première fois. Seule certitude : il connaît leur passé, car elles n'habitaient plus les lieux où ont été retrouvés les corps de leurs enfants.

Il but une gorgée du café qui refroidissait.

— Ces lieux où les enfants ont été retrouvés, vous pensez qu'ils ont un lien direct avec le délit commis par leurs mères ?

— Peut-être répondit Rowland. Il se peut que la première fois l'enfant n'ait pas été abandonné exactement comme il le voulait. Vous partez de l'hypothèse que c'est la femme actuellement hospitalisée qui a conduit jusqu'à Umeå, tandis que l'homme était occupé à liquider Nora, à Jönköping. C'est sans doute une hypothèse correcte, cela revient à dire qu'il a délégué à cette femme une part importante de l'opération qu'il avait planifiée dans ses moindres détails. En d'autres termes, il a momentanément perdu le contrôle de la situation.

Alex et Peder échangèrent un regard. *Au diable le secret professionnel !* se dit Alex.

— Le premier enfant était couché sur le dos, dit-il, alors que le second était en position fœtale.

— Vraiment ? Voilà qui est très intéressant. C'est peut-être ça, le détail qui a valu à Jelena d'être torturée presque à mort.

— Mais comment un détail pareil peut-il avoir une telle importance ? voulut savoir Fredrika.

— Même si votre adversaire est très intelligent, il ne suit pas la même logique que nous. Ce qui ne fait aucune différence pour nous est sans doute capital pour lui. Nous, on aurait surtout veillé à se débarrasser du cadavre le plus discrètement possible, mais l'homme a une autre idée en tête. Il met en scène les cadavres des enfants. Il veut nous signifier quelque chose.

Il y eut un nouveau silence. Le ventilateur grinçait dans un coin.

— Vous avez deux zones d'ombre dans cette théorie, résuma Rowland. Vous ne savez pas en quelles circonstances l'assassin est entré en contact avec ces mères, il y a fort longtemps et quel rôle joue le choix des lieux. Je vous conseille d'interroger de nouveau les mères pour savoir quel lien exact les rattache à ces endroits spécifiques et qu'elles ne vous auraient pas révélé. Vous ne savez pas non plus pourquoi ces femmes doivent être punies, même s'il s'agit apparemment de l'incapacité à aimer tous ses enfants de la même façon. Cherchez donc dans leur passé. Elles ont peut-être travaillé avec des enfants, ou été mêlées à je ne sais quel accident.

Alex jeta un coup d'œil par la fenêtre. De nouveaux nuages s'étaient formés et avançaient vers la capitale.

— Vous m'avez l'air assez découragés, fit remarquer le professeur Rowland avec un sourire. Mais je pense que vous allez résoudre cette affaire assez vite. N'oublions pas qu'il y a certainement une raison à la folie de cet homme. Quand vous l'aurez trouvée, vous découvrirez sans doute qu'il a eu lui aussi une enfance très difficile, sans la présence d'un ou de ses deux parents.

Alex eut un sourire pâle.

— Une dernière chose, intervint Peder avant que la réunion s'achève. Il a fait la connaissance de cette Nora il y a environ sept ans. Cela signifie-t-il qu'il aurait tué avant ? Auquel cas, pourquoi ça lui a pris tout ce temps avant de trouver une autre complice ?

Le professeur Rowland le regarda droit dans les yeux.

— C'est une question très pertinente, en effet. Et je vous propose de commencer par là. Où était cet homme pendant toutes les années qui séparent la première complice, Nora, de la deuxième, Jelena ?

Il y eut une brève concertation après que le professeur Stuart Rowland eut quitté la Tanière du lion et eut été raccompagné jusqu'à la sortie par Ellen. Tous les enquêteurs de la brigade, les anciens ou les nouveaux mis sur l'affaire, attendaient, tendus.

Fredrika eut la même impression qu'au cinéma lorsqu'elle sentait la fin du film approcher : les muscles de son corps se crispèrent. Et pourtant elle ignorait tout de l'issue de cette affaire. Inviter le professeur Rowland avait été une initiative formidable. Il ne faudrait pas manquer de féliciter Peder.

À sa grande joie, elle vit qu'elle n'était pas la seule à avoir été emballée par l'exposé du profileur.

Alex résuma les deux pistes principales pour la suite à donner à l'enquête.

D'une part, établir la liste de toutes les personnes incarcérées qui avaient été relâchées cette année ou la précédente. Sans savoir encore exactement qui ils recherchaient, on pouvait présumer de l'âge du meurtrier et de son haut niveau d'éducation. Peut-être avait-il effectivement suivi une formation de psychologue, comme il l'avait affirmé à Nora et à Jelena. Pour mieux cibler leurs recherches, il faudrait réinterroger Jelena Scortz pour savoir avec certitude de quand datait leur première rencontre. On pourrait lui demander si les mains ou les doigts de cet homme étaient abîmés ou non.

En outre, la seconde piste à privilégier était le passé de Sara Sebastiansson et de Magdalena Gregersdotter. Où en étaient-elles dans leur vie lorsqu'elles avaient un lien avec les lieux où leurs petites filles avaient été retrouvées mortes ?

La répartition du travail se fit en deux phrases : Peder allait travailler à établir ladite liste avec les critères mentionnés ; Fredrika allait se pencher sur le passé des deux femmes.

Alex posa une main lourde sur l'épaule de Fredrika.

— Ce serait formidable, toi qui adores les liens de causalité entre les choses, si tu pouvais trouver le point commun entre une salle de bains à Bromma et un bébé assassiné, dit-il en lui adressant un clin d'œil fatigué.

Fredrika était plutôt satisfaite de la tâche qui lui incombait. Elle avait préféré ne pas répondre à Alex et à sa petite phrase sur les « liens de causalité ». À quoi bon ? Elle savait maintenant prendre sur elle.

Elle ferma les yeux et posa la tête sur ses mains.

L'accueil des urgences dans une ville où Sara Sebastiansson a passé quelques semaines il y a plus de quinze ans.

Une enfant dans une maison où Magdalena Gregersdotter a vécu il y a plus de vingt ans.

Elle se répéta ces phrases en boucle.

Soudain, elle se redressa. Ils avaient omis quelque chose. Quelque chose de fondamental.

Les mots d'Alex résonnèrent dans sa tête : « Ce serait formidable si tu pouvais trouver le point commun entre une salle de bains à Bromma et un bébé assassiné… »

Puis elle entendit la phrase du professeur Rowland : « Ces femmes ont vraisemblablement commis le même délit. » C'était la raison de leur punition…

Une pensée prit forme dans son esprit, et elle saisit rapidement un stylo et du papier pour ne pas la laisser échapper.

Son pouls s'accéléra quand elle formula sa pensée.

Mais bien sûr !

Il suffisait de jouer un peu avec les mots, et le puzzle se mettait en place.

Un dénominateur commun entre une salle de bains à Bromma et une ville du Norrland. Voilà ce qu'elle avait répondu avec un petit rire amer lorsque Alex l'avait appelée et qu'elle avait dû sortir sur le balcon chez Magdalena Gregersdotter, à Umeå. En fait, il s'agissait bien de trouver un lien entre une salle de bains à Bromma et les urgences d'Umeå.

Évidemment. Ce n'était pas Umeå qui importait ici, mais les urgences.

Une mauvaise question appelait inévitablement une mauvaise réponse. Si le deuxième enfant avait été retrouvé dans une salle de bains, on comprenait mal pourquoi le premier avait été retrouvé sur un parking devant les urgences. Car, dans ce cas, pourquoi ne pas avoir déposé le cadavre du bébé sur le trottoir devant la maison ? Plusieurs éléments n'avaient donc pas été respectés dans la mise en scène du premier assassinat, et Jelena avait payé ces négligences au prix fort.

Fredrika éprouva un certain soulagement. Ce n'étaient pas les enfants eux-mêmes qui étaient liés aux endroits où on les retrouvait, mais leurs mères. Alex se trompait en lui demandant de trouver le lien entre une salle de bains et un bébé assassiné, mais il avait eu raison juste avant, en lui demandant de trouver le lien entre ce lieu précis et la femme qui avait vécu dans cette maison autrefois. De même, le lien entre les urgences du CHU d'Umeå et…

Fredrika bondit sur le téléphone. Elle devait encore déterminer avec certitude la raison pour laquelle Sara Sebastiansson avait prolongé son séjour à Umeå cet été-là.

On était samedi soir, et Peder se trouvait encore au bureau. C'était l'été, mais le ciel restait couvert. Il faisait frais et humide. Bref, tout était déréglé.

Peder avait l'impression d'être une balle de flipper ballottée d'un côté à l'autre. Il n'avait pas parlé à Ylva de toute la journée et n'en éprouvait même pas de remords. Le matin, il se sentait le dernier des derniers et maintenant il avait au contraire l'impression d'être au sommet de sa carrière. Son idée d'inviter le professeur américain avait sacrément redoré son blason. Cela avait fait un bien fou non seulement à l'enquête mais aussi à son moral, en rechargeant ses batteries.

Il alla au CHU de Karolinska les yeux fermés. Cette fois, il n'avait pas prévenu de sa venue. S'il tombait mal, il reviendrait le lendemain.

Il essayait d'avoir pitié de Jelena Scortz, qui n'avait fait qu'accumuler malheur sur malheur dans une vie pourtant courte. Mais il avait une foi profonde dans ce qu'on appelle le libre arbitre et trouvait que les enfances difficiles avaient bon dos. Une personne à l'esprit assez dérangé pour tuer des gosses n'était plus un être humain à ses yeux. C'était le cas de Jelena Scortz. Il n'oubliait pas le regard noir et furieux qu'elle lui avait lancé, malgré son visage martyrisé, en lui disant pourquoi ces femmes méritaient d'être punies.

Elle savait ce qu'elle faisait quand elle avait retenu Sara à Flemingsberg. Oui, elle le savait pertinemment.

Néanmoins, Peder se radoucit en arrivant à l'hôpital et en revoyant Jelena. Il n'était pas non plus du côté du tortionnaire qui avait martyrisé la jeune femme.

Une infirmière aidait la malade à boire avec une paille. Elle sursauta en entendant Peder arriver derrière elle.

— Oh, vous m'avez fait peur, dit-elle en souriant quand elle vit sa carte de police.

Ce n'était pas la même que la fois précédente. Peder lui rendit son sourire. Jelena ne broncha pas.

— J'aimerais bien parler un peu avec Jelena si elle en a le courage, dit-il. Je suis déjà venu dans la matinée.

L'infirmière plissa le front.

— Je ne sais pas…, commença-t-elle.

— Ce ne sera pas long, s'empressa d'ajouter Peder. Et uniquement si Jelena est d'accord.

L'infirmière se tourna vers la jeune femme.

— Vous avez le courage de parler avec la police ? demanda-t-elle, inquiète.

Jelena se tut.

Peder s'approcha lentement du lit.

— J'ai encore quelques questions, chuchota-t-il. Mais vous n'êtes pas obligée de répondre si vous n'en avez pas la force.

Jelena continua à garder le silence, mais elle le regarda en face et ne secoua pas la tête pour protester. Peder choisit d'y voir une forme d'assentiment.

— J'aimerais savoir depuis combien de temps vous connaissez cet homme.

Jelena tourna la tête sur l'oreiller. Regrettait-elle de s'être enfuie ? Pensait-elle l'avoir trahi en abandonnant le combat ? Dans ce cas, elle ne dirait pas un mot de plus aux enquêteurs.

— Depuis… le nouvel an.

Elle parlait si bas que sa voix était presque inaudible.

— Depuis le nouvel an, répéta l'infirmière d'une voix claire et distincte.

Peder reprit espoir.

— Et comment vous êtes-vous rencontrés ? S'il vous plaît, c'est très important…

Il la suppliait, ce qu'il ne faisait presque jamais.

Tout doucement, de petites larmes jaillirent des yeux de Jelena et roulèrent sur ses joues tuméfiées. Peder déglutit. Il ne fallait pas se laisser bouleverser dans le boulot, mais on était quand même un être humain sensible à la détresse des autres.

— Dans la rue, répondit-elle assez fort pour que l'infirmière n'ait pas besoin de répéter.

— La rue… Vous faisiez le trottoir avant de faire sa connaissance ?

Les questions fermées étaient plus faciles dans ce genre de situation. Il lui suffisait de faire oui ou non de la tête. Elle hocha la tête.

Était-ce un client ? se demanda Peder. *Pourraient-ils le retrouver ainsi ?*

Jelena fut envahie par une grande fatigue, et l'infirmière manifesta des signes d'impatience. Peter avait eu les renseignements qu'il cherchait.

Il se leva et remercia Jelena pour son aide, mais il se retourna sur le pas de la porte et dit :

— Juste une dernière question, Jelena…

Elle tourna la tête vers lui.

— Ses mains ont-elles quelque chose de spécial ? Sont-elles abîmées ou autre chose dans le genre ?

Elle avala sa salive plusieurs fois. Peder vit qu'elle souffrait terriblement.

— Le feu.

Peder fronça les sourcils.

— Le feu…, répéta Jelena. Il m'a dit… qu'elles… avaient… brûlé.

Elle était à bout de forces. Peder ouvrit de grands yeux, il n'en revenait pas.

— Il a dit que ses mains avaient brûlé ?

Nouveau hochement de tête.

— Et ça se voyait ?

Nouveau signe affirmatif.

Les pensées de Peder partaient dans tous les sens.

— Où, commença-t-il. Non, comment…

Il toussota.

— Les cicatrices étaient sur le dessus des mains ou dans la paume ?

— Dans la paume.

— Et ces cicatrices, elles étaient anciennes ?

Jelena fit non de la tête.

— Nouvelles, murmura-t-elle. Nouvelles… quand on s'est… rencontrés.

Ah, bordel, il avait vraiment pensé à tout, ce salaud !

— Jelena, s'il y a quoi que ce soit que vous vouliez nous dire, vous pouvez le faire n'importe quand, vous entendez ?

Peder allait partir quand la jeune femme parla.

— Poupée, chuchota Jelena, qui avait cessé de pleurer. Il… m'appelait… poupée.

Peder eut l'impression qu'elle souriait.

Fredrika reçut un appel d'une femme qui se présenta comme étant le médecin Sonja Lundin.

— Je travaille comme médecin légiste à Umeå, annonça-t-elle en préambule. C'est moi qui me suis chargée de l'examen préliminaire de la petite fille retrouvée morte devant l'hôpital.

Fredrika s'en voulut de ne pas s'être souvenue de son nom, même si c'était Alex qui avait pris en charge cette partie de l'enquête.

— Je sais que nous n'avons pas été contact l'une avec l'autre jusqu'ici, ajouta-t-elle comme si elle avait deviné les pensées de son interlocutrice, mais quand j'ai demandé à parler à Alex Recht, on m'a répondu qu'il était déjà en ligne et on m'a dirigée sur vous. On nous a réclamé un renseignement à propos d'un registre.

Le cœur de Fredrika battit aussitôt la chamade.

— Vous pouvez m'en parler, car il se trouve que c'est moi qui ai fait cette demande.

Quelle chance qu'Alex soit occupé ! Sinon, cette conversation lui serait passée sous le nez.

— C'est-à-dire que, en principe, hésita Sonja Lundin, ce genre de renseignements relèvent du secret professionnel...

— Bien sûr, reconnut Fredrika aussitôt.

— Mais en raison de la nature du crime et du caractère non spécifique de votre question, j'ai décidé de vous donner malgré tout une réponse, annonça le médecin d'un ton résolu.

Fredrika, sûre d'elle, avait juste besoin d'une confirmation.

— Pourriez-vous juste m'indiquer une date ? demanda-t-elle en craignant d'aller trop loin.

Sonja Lundin resta silencieuse un bref instant.

— Le 29 juillet 1989, elle est venue à l'hôpital, répondit-elle. Cette patiente est repartie le jour même. Mais la raison de sa venue, je regrette, je ne peux pas vous la communiquer, à moins que…

Fredrika l'interrompit.

— Je n'ai pas besoin d'autres renseignements pour l'instant, je vous remercie beaucoup pour votre aide.

Le soir tombait. Le ciel prit des couleurs d'automne quand le soleil disparut derrière un nuage. Pourquoi l'été ne pouvait-il s'installer une bonne fois pour toutes ? Alex regarda vaguement par la fenêtre. Cette soirée s'annonçait différente des autres. Il le sentait.

Il fut interrompu par l'arrivée en trombe de Peder et sourit. Si Fredrika enquêtait discrètement de son côté sans toujours dire où elle allait avant de revenir avec des résultats étonnants, Peder, lui, claironnait sur tous les toits ce qu'il faisait et s'enorgueillissait de ce qu'il trouvait.

— Ils se connaissent depuis le nouvel an, s'exclama-t-il en s'affalant sur la chaise des visiteurs.

— Qui ?

— Jelena et celui qui se fait appeler l'Homme.

— Et comment tu le sais ?

Peder se redressa.

— Je vous avais dit que je retournerais au CHU de Karolinska, répondit-il d'un ton quelque peu provocant.

Comme Alex ne disait rien, Peder poursuivit :

— Il l'a ramassée dans la rue, elle se prostituait.

Alex soupira et posa une main sous son menton.

— Ce n'était pas aussi le cas de l'autre fille, celle qui s'est fait tuer à Jönköping ? lança Peder

— Non, je ne crois pas, dit Alex d'un air dubitatif. Il faudra demander à Fredrika. En revanche, Nora a fréquenté ces milieux, ça, c'est sûr, alors elle a aussi dû le rencontrer dans la rue. Ça paraît le plus logique.

Peder ouvrit les mains.

— Allez ! Qu'est-ce qu'une fille comme elle a à traîner dans la rue si elle n'est pas une putain ?

— Je ne sais pas, reconnut Alex. C'est sa grand-mère qui nous a affirmé le contraire. Si elle a besoin d'enjoliver un peu la réalité, c'est son droit, non ? Mais elle peut très bien avoir raison. Nora n'apparaît dans aucun des fichiers concernant des affaires liées au milieu de la prostitution.

— Mais qu'est-ce qu'elle vient faire là-dedans ? s'étonna Peder. Je n'arrive toujours pas à comprendre pourquoi, alors qu'il est en plein dans ce qu'on pourrait appeler une phase critique de son combat, il va tout à coup à Jönköping pour trucider une de ses ex.

— Une de ses ex à qui il a parlé de ses plans il y a très longtemps, rappela Alex.

— D'accord, reconnut Peder, mais quand même ! Ça l'avançait à quoi ?

— Je suis d'accord avec toi, mais je propose qu'on laisse cette question de côté pour l'instant. J'ai parlé avec la police de Jönköping : ils n'ont relevé aucune trace dans l'appartement, sauf une empreinte de chaussure Ecco. En d'autres termes, on n'est pas plus avancés.

— Pourtant, on a cru un moment qu'il savait peut-être où nous en étions de l'enquête, fit remarquer Peder.

— Ce devait être un concours de circonstances. Nous ne savions même pas à ce moment-là que c'était elle qui nous avait appelés pour nous parler de lui.

Peder se tut. Puis :

— S'ils ne retrouvent aucune empreinte digitale, c'est parce qu'il a abîmé ses doigts.

Alex le fixa.

— Tu me fais marcher ou quoi ?

Peder fit non de la tête.

— Oh, mon Dieu, gémit Alex, ce type est vraiment un malade !

— Est-ce qu'il ne serait pas un client de ces prostituées ? hasarda Peder.

— Un client ?

— C'est comme ça qu'il a rencontré ces deux femmes.

— Au fond, pourquoi pas ? acquiesça Alex en inclinant la tête sur le côté. Et, comme nous le savons, les clients des prostituées viennent de toutes les couches de la société.

— Bon, je vais faire quelques recherches de ce côté-là.

— Très bien. Regarde si tu ne trouves pas des hommes déjà condamnés pour des faits de violence envers des femmes. Ce ne doit pas être la première fois qu'il lève la main sur une femme.

Avant de partir, Peder ajouta :

— Elle m'a dit qu'il l'appelait « poupée ».

— Poupée ?

Tout chagrin est lourd à porter.

Mais le deuil d'un enfant est sombre comme la nuit.

Fredrika essaya de garder cela en mémoire quand elle descendit de voiture devant la maison de Sara Sebastiansson. Après le coup de téléphone de l'hôpital d'Umeå, elle savait ce qui lui restait à faire. Avait-elle le droit de venir la déranger un samedi soir ? Tant pis pour ce genre de scrupule. Il y avait urgence.

Elle essaya de calmer les bouffées de colère qui l'assaillaient, en se disant que Sara devait avoir une bonne raison pour s'être comportée comme elle l'avait fait. Mais il leur avait manqué une pièce essentielle du puzzle, et il n'avait tenu qu'à Sara de la leur donner. Non seulement elle avait ralenti l'enquête sur la mort de sa fille, mais elle avait aussi rendu plus difficile l'enquête sur l'enlèvement et la mort de Natalie Gregersdotter. Ce crime aurait-il pu être évité si Sara avait accepté de parler ?

Pourvu qu'elle soit seule ! se dit Fredrika en sonnant à la porte. Sinon, elle devrait demander aux parents de sortir.

Sara ouvrit à la deuxième sonnerie. Et à la vue de cette femme pâle et lasse, avec de grands cernes sous ses yeux rouges, toute la colère de Fredrika tomba. Devant elle se tenait une femme qui avait vu sa vie devenir un cauchemar. Comment lui en vouloir ?

— Excusez-moi de venir sans prévenir, dit Fredrika d'une voix douce mais ferme. Il faut absolument que je vous parle.

Sara Sebastiansson s'effaça pour la laisser entrer. Il semblait que des personnes avaient dormi par terre dans le salon, car le sol était couvert de matelas. Ses parents devaient toujours être là, même si, au grand soulagement de Fredrika, ils ne se trouvaient pas pour l'instant dans l'appartement.

— Vous êtes seule ?

— Oui, mes parents sont sortis faire quelques courses. Mais ils doivent rentrer d'une minute à l'autre.

Fredrika sortit discrètement son calepin.

— Vous l'avez retrouvé ? demanda soudain Sara.

— Vous voulez parler de…

— De Gabriel, compléta Sara, dont les yeux étaient remplis de haine.

— Non, répondit Fredrika, nous ne l'avons pas retrouvé, mais il est recherché dans tout le pays et un mandat d'arrêt a été lancé contre lui.

Elle marqua une pause.

— En revanche, Gabriel n'est plus soupçonné d'être l'auteur de l'enlèvement et du meurtre de Lilian. D'un point de vue strictement pratique, il est impossible que ce soit lui.

Sara regarda la jeune policière.

— Je ne crois pas non plus qu'il ait tué notre fille, dit-elle. Mais j'ai appris qu'il avait des vidéos pornos dégoûtantes avec des enfants sur son ordinateur, alors je serais contente que vous l'arrêtiez et qu'il pourrisse en prison le restant de sa vie de merde !

Fredrika n'avait nullement l'intention de discuter des éventuelles peines qui attendaient Gabriel quand on l'aurait arrêté, à supposer qu'ils y parviennent. Elle préféra rassurer Sara.

— Rien n'indique qu'il ait jamais abusé de Lilian.

Sara, le regard vide, parla sur un ton encore plus véhément.

— Oui, on me l'a déjà dit. Mais je n'ai aucune certitude. Qui vous dit qu'il ne l'a pas touchée, ce cinglé ?

Elle s'emportait tellement que Fredrika se demanda si ç'avait été une si bonne idée de venir ici seule, sans prévenir. Elle résolut d'interroger Sara coûte que coûte.

— Sara, dit-elle d'un ton déterminé, il faut que nous parlions d'Umeå.

La jeune femme essuya quelques larmes d'un revers de main.

— J'ai déjà tout dit sur Umeå, se défendit-elle.

— Avez-vous une idée de la raison pour laquelle Lilian a été retrouvée précisément devant les urgences de l'hôpital ?

— Non, je ne sais pas, répondit Sara en évitant de regarder Fredrika.

— Nous, on pense qu'elle a été déposée là pour une raison bien précise, continua Fredrika, toujours aussi décidée à avoir le fin mot de l'histoire. Nous pensons que vous êtes liée à cet hôpital et que le meurtrier connaissait la nature de ce lien. C'est pour ça que Lilian a été retrouvée là et pas ailleurs.

Sara, troublée, fixa Fredrika.

— Y a-t-il quelque chose que vous n'ayez pas dit ? insista Fredrika. Quelque chose que vous pensiez sans importance, du moins pour cette enquête, et que vous n'avez donc pas jugé bon de raconter jusqu'ici ?

Sara baissa les yeux et secoua la tête.

Fredrika soupira.

— Sara, nous savons que vous figurez dans le journal de bord du CHU d'Umeå, dit-elle en martelant chaque mot. Nous avons l'absolue certitude qu'il y a un lien entre votre séjour à l'hôpital et le fait que votre fille ait été retrouvée là-bas.

Sara garda un long moment le silence, puis lâcha, dans un chuchotement :

— J'ai avorté.

Fredrika ne cilla pas. Elle avait la confirmation de son intuition.

— Je suis tombée enceinte lorsque mon petit ami et moi on s'est séparés et je ne pouvais pas le dire à mes parents, alors j'ai pris la décision d'avorter pendant mon séjour à Umeå. J'ai écrit au professeur pour lui dire qu'il fallait absolument que je me libère tel jour pour un rendez-vous avec un ami, et en fait je suis allée à l'hôpital.

Quel était le summum de la solitude ? Subir un avortement en cachette ? Était-ce pour cette raison que Sara avait été punie si sévèrement ?

— Je suis vraiment désolée, croyez-le bien, d'avoir été obligée d'exhumer cette vieille histoire, dit Fredrika, mais c'est important pour l'enquête.

Sara fit signe qu'elle comprenait et pleura doucement.

— Quelqu'un était-il au courant de ce que vous avez fait à Umeå ?

Sara secoua résolument la tête.

— Personne ne l'a su, dit-elle, des sanglots dans la voix. Pas même Maria, avec qui j'étais en stage. Je ne l'ai dit à personne. Je n'en ai jamais parlé jusqu'à aujourd'hui.

Fredrika eut de la peine pour elle. Le salon parut soudain rétrécir.

— C'est pour ça que vous êtes restée à Umeå à la fin du stage ? demanda-t-elle.

— Oui, c'était difficile à faire quand Maria était là, expliqua Sara, de plus en plus abattue. (Elle releva soudain la tête :) Je préférerais que mes parents n'en sachent rien, précisa-t-elle d'une voix tremblante.

— Je peux vous assurer que cela restera entre nous, s'empressa de dire Fredrika, espérant qu'elle ne proférait pas là un mensonge.

Elle posa une dernière fois la question.

— Vous ne l'avez donc dit à personne ? Pas même à votre petit ami de l'époque ? Personne n'a su ni deviné quoi que ce soit ?

Sara secoua la tête.

— Je ne l'ai dit à personne. Personne.

Mais quelqu'un l'avait quand même su. Un être malintentionné l'avait quand même su.

Dans un élan de compassion, Fredrika posa une main sur l'épaule de Sara. Comme l'aurait fait un directeur de conscience. Elle qui s'était juré de rester impassible...

Ellen Lind n'avait pas mauvaise conscience de rentrer de son travail plus tôt que les autres. Sa tâche n'était pas aussi capitale que dans la brigade.

Elle avait toujours grandi à l'ombre de son frère et de sa sœur, à qui tout réussissait, et de ses parents, un couple sans histoire, « bien sous tous rapports ». Ellen était le type même de l'enfant qui sent qu'il fait tache, qu'il n'était pas attendu alors que les autres étaient désirés. Elle n'avait eu droit qu'à un nom de famille, alors que son frère et sa sœur avaient reçu les patronymes des familles maternelle et paternelle.

Cette impression d'être en dehors s'accentua au fil du temps. Ellen n'était pas comme les autres. Elle ne ressemblait pas du tout à son frère et à sa sœur. Elle n'avait pas le même corps qu'eux et ses traits étaient plus grossiers. Son frère et sa sœur étaient grands et beaux, très à l'aise en société. Elle était tout le contraire.

Elle avait réglé ce problème comme elle avait pu. À présent, c'était une femme adulte avec deux enfants, et elle avait fini par considérer ses parents ainsi que son frère et sa sœur comme une famille lointaine.

Voilà pourquoi elle ne s'offusquait pas le moins du monde de son statut un peu à part à la brigade criminelle. Elle avait toujours été différente, celle qui n'est pas à sa place dans un groupe. Quand Fredrika débarqua dans leur service, elles en avaient discuté discrètement – tout était toujours très « discret » avec Fredrika –, mais cela ne les avait pas rapprochées pour autant. Ellen en avait été attristée, car elle était persuadée qu'elles auraient pu être bonnes amies.

Toutefois, ce soir-là, elle ne pensait ni au travail ni à Fredrika, mais à Carl et à ses propres enfants. Enfin, surtout à Carl.

Pourquoi n'avait-il pas répondu à ses SMS hier ou aujourd'hui ? Il n'avait pas non plus répondu quand elle l'avait appelé. Il n'avait même pas de répondeur, juste une voix synthétique qui lui avait débité le sempiternel « Votre correspondant ne peut être joint actuellement, veuillez rappeler ultérieurement ».

C'était comme si la terre l'avait engloutie.

Elle essaya de ne pas s'inquiéter. Ça s'était bien passé la dernière fois qu'ils étaient ensemble. Échaudée par son mariage raté, elle réagissait au quart de tour. Elle devenait légèrement paranoïaque, et ce n'était assurément pas une qualité sur le marché du couple. Elle se sentait oppressée, comme si un poids comprimait sa cage thoracique. Impossible de respirer profondément. Comme elle insistait, la douleur se déplaça à l'estomac.

Elle le savait bien, c'était idiot de sa part : il devait y avoir une explication toute simple à ce silence. Elle ne pouvait pas s'attendre que Carl soit joignable à toute heure du jour et de la nuit.

Elle avait vraiment succombé à son charme. Elle était raide dingue de lui.

Le médecin légiste qui avait autopsié la petite Natalie parvint enfin à joindre Alex. Elle confirma que le mode opératoire avait été le même que dans le cas de Lilian Sebastiansson : de l'insuline avait été injectée à travers la fontanelle. Aucune empreinte digitale ni trace d'un autre ADN n'avait pu être relevée sur le cadavre.

Et ils n'avaient pas trouvé de talc, comme sur Lilian.

— En soi, c'est un peu étrange, commenta le médecin légiste. Cela signifie que le meurtrier n'a pas jugé utile d'enfiler des gants pour commettre son meurtre.

— Il n'y a rien d'étonnant là-dedans, répondit Alex sur-le-champ. Notre homme n'a pas peur de laisser des empreintes digitales, c'était juste pour celle qui l'aidait. Elle avait besoin de gants, pas lui.

— Pourquoi n'avait-il pas besoin de gants ? demanda le médecin, surpris.

— Il s'est brûlé les mains pour ne pas laisser d'empreintes.

— Pas possible, murmura le médecin, qui n'en revenait pas.

Alex lui demanda si elle avait quelque chose à ajouter.

Il la sentit qui réfléchissait.

— Non, finit-elle par dire. Ou, plutôt, si.

Alex attendit.

— Nous n'avons retrouvé aucun sédatif dans son corps, à la différence de Lilian Sebastiansson.

Alex laissa passer un silence.

— Le bébé dormait quand il l'a pris dans sa poussette, dit-il. Il a dû penser qu'il était inutile de lui en administrer.

— C'est possible. À part ça, je n'ai rien à dire de plus sur le bébé. On ne lui a rien fait d'autre que cette injection mortelle. Pas de violences, pas d'hématomes, ni récents ni anciens.

— Anciens ? répéta Alex en fronçant les sourcils.

Il eut soudain l'impression que le médecin légiste, à l'autre bout du fil, rougissait en répondant.

— Il existe tant de parents fragiles. Autant vérifier…

Alex sourit, un peu triste.

— Oui, je suppose.

Au début, Alex avait été étonné de constater que, très souvent, le responsable d'un meurtre se trouvait dans l'entourage proche de la victime. Il avait mis des années à comprendre comment c'était possible. Qu'une personne perde son sang-froid et en frappe une autre, il comprenait. Mais de là à tuer en toute connaissance de cause, c'était tout autre chose. Que dire de ces meurtres souvent commis pour des raisons incompréhensibles ?

— Le monde est fou, avait chuchoté Alex à sa femme un soir, quand, jeunes mariés, ils étaient sur le point de s'endormir.

Elle lui avait alors annoncé qu'elle attendait leur premier bébé. Le moment choisi pour cette nouvelle n'avait fait que confirmer ce qu'il pensait déjà : le monde était fou.

Alex tentait sans succès de se persuader que la disparition de Lilian Sebastiansson n'était qu'un cas parmi tant d'autres rencontrés au cours de sa carrière. Malgré ses efforts pour se convaincre que tout cela se terminerait d'une manière qui lui permettrait de tourner la page, il savait que le cas de cette petite était unique et qu'il s'en souviendrait toujours.

Il jeta un coup d'œil sur sa montre, ne sachant trop combien de temps il devait prolonger cet entretien. Cela n'avait pas beaucoup de sens de rester éveillé toute la nuit. Et le lendemain, dans quel état serait-il ? Leur groupe devait garder ses forces jusqu'au bout.

Le médecin se racla discrètement la gorge, ce qui ramena Alex à la réalité, et il en fut un peu gêné.

— Pardonnez-moi, dit-il, mais je n'ai pas bien compris ce que vous venez de dire.

Le médecin hésita un instant.

— Que l'homme injecte du poison dans la tête des enfants, vous voulez dire ?

— Oui.

— Je ne sais pas, je me trompe peut-être, et ça n'a probablement rien à voir, mais dans certains pays c'est une méthode tout à fait légale pour procéder à un avortement tardif.

— Pardon ? s'exclama Alex en levant les sourcils.

— Je vous assure, insista le médecin.

Comme Alex ne faisait aucun commentaire, elle continua :

— Cela se pratique dans des pays où l'on autorise des avortements pratiquement jusqu'à la naissance. Quand la tête de l'enfant apparaît, on injecte du poison dans son crâne pour qu'il soit mort une fois sorti.

— Mon Dieu ! s'exclama Alex.

— Mais cela n'a peut-être rien à voir avec le cas qui nous concerne...

Les pensées se bousculaient dans la tête d'Alex.

— Qui sait ?

Alex se pencha sur les éléments de l'enquête avec une nouvelle énergie.

L'ambiance dans la Tanière du lion avait été magique pendant l'intervention du psychologue américain. En vérité, Alex n'avait pas rencontré une personne aussi intelligente depuis bien longtemps. Le psychologue leur avait pour ainsi dire exposé tout le plan pour la suite de l'enquête.

Alex se jeta sur le rapport établi par le groupe de travail qui avait inspecté l'appartement de Jelena Scortz. Il avait été extrêmement difficile d'obtenir du ministère public une autorisation de perquisition. Les aveux de Jelena étaient soi-disant beaucoup trop vagues pour pouvoir la soupçonner d'avoir participé au meurtre de Lilian Sebastiansson. Alex avait insisté sur le fait que, même si sa complicité dans cette affaire était difficile à prouver, Jelena avait néanmoins avoué que l'homme suspecté d'être l'auteur du crime était bien venu dans son appartement. Cela avait finalement suffi pour obtenir l'autorisation de perquisition.

Cependant, tout comme l'avait prédit le psychologue, les recherches dans l'appartement n'avaient apporté aucun élément nouveau pour progresser dans l'identification du coupable. Bien entendu, ils avaient relevé un nombre impressionnant d'empreintes digitales, mais après vérification il s'avéra que la quasi-totalité provenaient de Jelena elle-même. Ses empreintes avaient été stockées dans le fichier de la police après une mise en examen pour vol et recel quelques années auparavant.

Quant aux autres, elles n'étaient pas identifiables, en tout cas, pas enregistrées officiellement. Et le coupable, lui, ne pouvait pas en laisser.

Alex eut la nausée en regardant les photos prises dans la chambre où Jelena se trouvait sans doute après sa sévère correction : du sang partout, sur les draps, sur les murs et sur le sol.

Les policiers responsables de la perquisition n'avaient trouvé aucun objet susceptible d'appartenir à un homme. Il n'y avait qu'une brosse à dents dans la salle de bains, qu'ils avaient mise sous scellés. Alex était persuadé qu'ils n'y trouveraient que l'ADN de Jelena. Aucune trace non plus de vêtements masculins.

En définitive, seuls deux indices relevés dans l'appartement présentaient un intérêt : quelques cheveux trouvés par terre dans la salle de bains et qui, avec un peu de chance, avaient appartenu à Lilian Sebastiansson, auquel cas ils n'auraient aucun mal à prouver que Jelena avait joué un rôle dans le meurtre de Lilian. Et une paire de chaussures Ecco, noires, pointure 46, rangées en évidence dans l'entrée.

D'abord, Alex s'interrogea. Comment un homme intelligent et prévoyant pouvait-il commettre une bourde aussi énorme, s'il était le coupable ?

Puis il comprit qu'une seule réponse s'imposait, et son cœur battit la chamade.

Le meurtrier avait dû revenir à l'appartement après avoir tabassé Jelena. Il avait constaté l'absence de la jeune femme. Il ne lui

avait pas fallu longtemps pour se rendre compte que la police, tôt ou tard, conclurait à une participation de Jelena aux meurtres, surtout si un avis de recherche le concernant avait été annoncé dans les journaux.

— Bon sang ! hurla Alex, en tapant du poing sur la table.

Il fixa la photo des chaussures Ecco, qui semblaient le narguer. C'était tellement inouï qu'il se sentit flancher.

L'assassin savait que la police identifierait rapidement Jelena et, dans la foulée, son appartement. Le coupable avait laissé ces foutues chaussures pour les narguer !

Il était presque 20 heures quand Fredrika Bergman se demanda si elle ne devait pas passer voir Magdalena Gregersdotter avant qu'il soit trop tard ou attendre le lendemain. Elle choisit de retourner à son bureau pour en discuter avec Alex avant de prendre sa décision.

Elle était si excitée qu'elle avait du mal à rester tranquille dans sa voiture. Les haut-parleurs diffusaient un extrait du *Lac des cygnes*. Un court instant, elle se sentit comme dans sa vie d'autrefois, avant l'accident. Cette musique lui rappelait une activité à laquelle elle pouvait alors se consacrer avec passion.

Puis il lui sembla entendre la voix de sa mère : « Joue pour que les gens dansent en écoutant ta musique, pense toujours au danseur invisible. »

Fredrika avait l'impression de voir le danseur invisible exécuter *Le Lac des cygnes* sur le capot de sa voiture. Pour la première fois depuis longtemps, elle se sentait vivante. Jamais des mots ne pourraient exprimer ce plaisir-là.

Euphorique, elle envoya un SMS à Spencer après avoir garé sa voiture devant son bureau, en le remerciant encore une fois pour une nuit de rêve. Elle avait envie d'écrire des mots plus passionnés. Mais la raison prit le dessus, comme toujours, et elle laissa le téléphone glisser dans son sac avant d'avoir envoyé sa déclaration d'amour. Elle le savait, quelque chose avait changé.

Nous avons repoussé les limites, ces derniers temps, pensa-t-elle. *On se voit plus souvent, et on craint moins de manifester nos sentiments l'un envers l'autre.*

Certains collègues étaient encore occupés à travailler quand, entrant dans son petit bureau, Fredrika se débarrassa de sa veste et de son sac. Dans le monde de la police, on mesurait son succès au nombre de mètres carrés qui vous étaient réservés. Selon la rumeur, la brigade avait l'intention de déménager, de quitter le grand immeuble du commissariat pour aller s'installer dans des locaux tout neufs avec des bureaux *open space*. Fredrika pouffa en imaginant la réaction de ses collègues dans une telle perspective. Elle croyait entendre les protestations de Håkan, son confrère.

— Moi, dans un bureau *open space* ? Ça fait vingt ans que j'attends d'intégrer le bureau de mon voisin !

Elle était de très bonne humeur. Mais quelques minutes plus tard, lorsqu'elle se trouva sur le seuil du bureau d'Alex, elle sentit son énergie et son enthousiasme s'envoler.

— Il s'est passé quelque chose ? demanda-t-elle, à la vue du visage renfrogné d'Alex.

Immédiatement, elle regretta le choix de ses mots. Deux enfants avaient été tuées en moins d'une semaine. Sa question était pour le moins déplacée.

Mais Alex n'avait pas l'habitude de prendre des gants.

— Quel a été le résultat de ta petite recherche perso ? demanda-t-il, pour changer de sujet.

Fredrika l'avait étonné plusieurs fois ces quelques jours, et il était impatient de savoir si elle avait du nouveau.

— Je crois que j'ai compris ce que ces femmes ont fait et pourquoi il les punit, annonça-t-elle.

Alex haussa les sourcils.

— Moi aussi, j'ai ma théorie, dit-il en souriant. Comparons les deux.

Peder avait commencé par rechercher les hommes libérés depuis le mois de novembre de l'année précédente après avoir purgé des peines pour coups et violences sur des femmes. Il y en avait beaucoup trop. Alors il limita ses recherches à une certaine tranche d'âge : entre quarante et cinquante ans.

Puis il découvrit que ces hommes n'avaient passé que très peu de temps derrière les barreaux. Nora avait connu cet homme sept ans auparavant, qu'avait-il fait entre-temps ? D'autres femmes non encore identifiées avaient-elles vécu les mêmes expériences ? Ou, pis, d'autres enfants étaient-ils morts dans de semblables circonstances ? Peder eut comme une bouffée de panique. Pourquoi n'y avait-il pas pensé plus tôt ? Pourquoi avaient-ils supposé que la petite Lilian était la première victime du meurtrier ?

Il retrouva un peu son calme en se disant que si un policier, un seul, avait travaillé sur un cas semblable au cours des vingt dernières années, il – ou elle – aurait pris contact avec ses collègues à Stockholm depuis longtemps. Et si le meurtrier avait fait une tentative et échoué ? S'il avait mené à terme un enlèvement mais pas commis de meurtre ?

Peder, frustré, secoua la tête. Il devait concentrer ses efforts et décider de la piste à suivre en priorité. Le policier nota les hypothèses à éliminer. « C'est bien, de lister les priorités ! » lui aurait dit Fredrika si elle l'avait vu à l'œuvre.

Il se résolut à demander à Alex de confier à d'autres les pistes établies par un collègue et qu'il avait écartées, même si celles-ci n'étaient pas sans importance.

Il examina les listes de noms. Elles comportaient un trop grand nombre de personnes condamnées à des peines courtes. S'il s'en tenait à ce qui avait été décidé par le groupe d'enquête, à savoir :

— que le meurtrier, pour une raison inconnue, n'avait plus rien fait après avoir perdu le contrôle de Nora et « recruté » Jelena ;

— qu'il se trouvait probablement déjà dans leurs fichiers, parce qu'il avait été condamné pour des violences l'ayant conduit à passer presque toutes ses années en prison depuis que Nora l'avait quitté ;

— qu'il était, selon toute probabilité, gravement dérangé mentalement ;

— qu'il était sans doute client de prostituées…

il ne restait pas tant de noms sur sa liste. Mais comment trier les renseignements ?

Peder tapa frénétiquement sur le clavier.

Les fichiers de police ne sont pas faits pour ce genre d'enquête, se dit-il avec colère.

Les premières données qu'il avait eu le temps de traiter lui avaient été fournies par Ellen, partie pour la journée et qui ne reviendrait pas avant le lendemain matin. Et s'il rentrait chez lui pour dormir un peu, lui aussi ?

Mais cette idée le remplit d'angoisse. Il n'avait aucune envie de rentrer chez lui et d'affronter sa femme. Leur couple battait de l'aile. Les jumeaux lui manquaient, mais il ne pouvait plus supporter leur mère.

— Qu'est-ce que je vais faire, putain ? chuchota Peder. Je ne sais pas quoi faire…

Il n'avait pas eu de nouvelles de Pia Nordh depuis qu'il l'avait quittée l'autre jour, et c'était tant mieux. Il avait honte de la manière dont il s'était comporté ce matin-là, avait l'horrible impression que ça s'était passé des années plus tôt, alors que c'était tout récent.

Peder se replongea dans ses notes claires et précises. Pour les lire et les relire.

Il ouvrit le placard et en sortit le schéma établi avec Fredrika indiquant la chronologie des déplacements de Gabriel Sebastiansson le jour où sa fille avait été kidnappée. Dans le tiroir de son bureau, il prit une feuille blanche et commença à refaire le schéma.

Tout ça va trop vite, se dit-il, penché sur le papier. *On n'est pas assez nombreux et on a trop de choses à retenir en trop peu de temps, alors il y a toujours des détails qui nous échappent.*

Les parents de Magdalena Gregersdotter avaient vendu leur maison de Bromma plus de quinze ans auparavant. Si le meurtre de Natalie était lié à sa maison natale, le coupable avait forcément été en contact avec elle – d'une manière ou d'une autre, impossible de savoir pourquoi – avant que les parents vendent la maison.

Pour résumer : le meurtrier se trouvait d'abord à Stockholm. Il avait dû connaître Magdalena, sans doute à cause du « crime » pour lequel elle venait d'être punie. Il avait ensuite déménagé – de manière provisoire ou permanente – à Umeå. Dans cette ville, il avait passé suffisamment de temps pour faire la connaissance de Sara Sebastiansson et de Nora, décédée depuis.

Peder hésita un instant puis décida de restreindre son champ d'investigation. Le crime commis par l'homme recherché et pour lequel il avait purgé une peine avait sans doute été perpétré à Umeå ou dans les environs proches.

Il étudia sa liste puis y ajouta un dernier point : l'homme n'était pas nécessairement resté enfermé pendant sept ans. Il avait pu être seulement condamné à un suivi psychiatrique obligatoire.

À cet instant, Alex frappa à la porte.

— Tu peux venir à une petite réunion dans la Tanière du lion avant de rentrer chez toi ?

— Bien sûr, répondit le policier, qui envoya sa demande de renseignements par mail à Ellen pour qu'elle s'en occupe dès le lendemain.

— Un avortement ? s'exclama-t-il, stupéfait.
— Oui, répondit Fredrika.
Les yeux fatigués de Peder s'écarquillèrent.
— Magdalena Gregersdotter s'est aussi fait avorter ? Le psychologue a dit que les deux femmes avaient dû commettre le même « crime »...
Fredrika hocha la tête énergiquement.
— Je n'ai pas encore eu le temps de parler à Magdalena. Je le ferai demain dans la matinée.
— Est-ce que ça pourrait être le médecin qui a pratiqué ces avortements ? demanda Peder, pensif.
— Pas de conclusions hâtives, leur recommanda Alex. D'abord, il faut savoir si Magdalena s'est réellement fait avorter. Si c'est le cas, il nous reste à savoir pourquoi l'homme s'est glissé dans la maison natale de la jeune femme pour déposer le bébé mort par terre, dans la salle de bains, plutôt que de se rendre à l'hôpital où l'intervention a eu lieu.
— Autrefois, les femmes avortaient seules..., commença Peder, mais Fredrika et Alex le firent taire aussitôt.
— En revanche, dit Alex avec sérieux, il faut se demander pourquoi on ne l'a pas su plus tôt.
— Parce qu'on a toujours raisonné comme tu viens de le faire, dit Fredrika simplement.
Peder et Alex la regardèrent sans comprendre.
— Tu viens de dire « pourquoi ne l'a-t-on pas su plus tôt ? » expliqua-t-elle. Si on devait recueillir nous-mêmes les informations – par exemple en posant les bonnes questions –, on serait moins à la merci des autres et des renseignements qu'ils sont susceptibles de nous donner.

Alex et Peder échangèrent un coup d'œil rapide, l'air amusés.

— Qu'en pensez-vous ? lança Fredrika, un peu moins sûre d'elle.

Alex éclata de rire pour la première fois depuis des jours.

— Ce n'est pas faux, ce que tu dis là, dit-il en souriant.

Fredrika rougit.

— Sara n'a pas voulu parler de l'avortement, et on a pensé que si elle était attachée d'une façon particulière à cet hôpital, et pas seulement à la ville d'Umeå en général, elle nous aurait tout raconté spontanément, dit Alex en retrouvant son sérieux. Mais c'était une erreur. On aurait dû faire pression beaucoup plus tôt, même si ça pouvait paraître absurde.

Il ramassa ses papiers.

— On continue demain, dit-il. Il est tard, et on a fait du bon boulot aujourd'hui. Du très bon boulot, même.

— C'est pour ça que ça ne semble pas logique de rentrer maintenant, protesta Peder, contrarié.

— Je sais que ce n'est pas facile, mais on a tous besoin de repos, répondit Alex sur un ton ferme. On se retrouve demain matin. J'ai déjà téléphoné pour prévenir qu'on travaillera aussi ce week-end. On se rattrapera plus tard.

Par la fenêtre, Fredrika regarda le ciel d'été gris et nuageux.

— On pourra toujours prendre des jours de congé quand l'été sera vraiment là, dit-elle d'un ton ironique.

Dernier jour

Ce dimanche-là, Ellen Lind fut la première arrivée au travail. La première à arriver et la première à partir. Elle aimait travailler ainsi.

Elle envoya un SMS à sa fille tout en allumant son ordinateur. Elle n'avait cessé de demander aux enfants s'ils étaient d'accord pour rester seuls à la maison, sans baby-sitter pour une fois.

« Mais oui, lui avaient-ils répondu. T'en fais pas pour nous. »

La demande de Peder se trouvait sur le dessus de la pile. Elle l'ouvrit. Mon Dieu, qu'est-ce qu'on lui demandait encore de chercher dans les registres ? Il n'avait toujours pas compris qu'on n'était pas dans une série américaine ?

Elle décida de faire malgré tout une tentative et appela son contact à la direction de la police nationale pour lui demander de l'aide. La femme, de mauvaise humeur, faillit l'envoyer balader.

— C'est pas vrai, on est même enquiquinés le dimanche, maintenant !

Ellen ne dit rien. Comme si ça l'amusait de déranger les autres ! Mais la gravité de la situation exigeait que chacun y mette du sien. Et, finalement, cela ne lui déplaisait pas tant que ça. C'était même assez excitant, en un sens.

Par contre, ce qui l'était moins – pour ne pas dire carrément frustrant – c'était que Carl n'ait toujours pas donné signe de vie. Elle avait dormi avec le portable allumé à côté d'elle en espérant qu'il l'appellerait, mais non, rien, pas même un SMS. Elle commençait à craindre qu'il ne lui soit arrivé quelque chose. Si elle restait sans nouvelles de lui, elle appellerait dans la soirée les hôpitaux de la ville. On ne savait jamais.

D'un autre côté…

D'un autre côté, quelque chose n'allait pas. C'était comme un pressentiment. Elle avait beau se raisonner, sa vague inquiétude ne partait pas.

Ne tenant pas en place, elle vida le fax qui avait reçu une flopée de messages durant la nuit. Fredrika allait avoir droit à toute une pile de la part du CHU d'Umeå. Ellen parcourut rapidement les documents. Il s'agissait du journal de bord de Sara Lagerås. Il y avait aussi un petit mot adressé à Fredrika.

« Ce journal vous est adressé avec l'accord préalable au téléphone de Sara Sebastiansson. Cordialement, Sonja Lundin. »

Sa curiosité fut piquée.

Qu'est-ce qui s'était passé depuis son départ, tôt, la veille au soir ?

Fredrika se réveilla, ce dimanche matin, la tête lourde. Elle regarda le réveil : encore dix minutes avant qu'il sonne. Elle enfonça la tête dans l'oreiller. Si seulement elle pouvait se reposer un peu, juste un peu…

En quittant l'appartement, elle s'aperçut qu'elle n'avait toujours pas rappelé la dame qui avait laissé un message sur son répondeur téléphonique concernant sa demande d'adoption. Elle avait tant d'autres choses en tête !

Autant aller tout de suite voir Magdalena Gregersdotter et la prévenir de son arrivée pendant le trajet. En précisant qu'elle aimerait lui parler en tête à tête.

Une grande brune lui ouvrit la porte quand elle sonna.

— Magdalena ? demanda-t-elle, se rendant soudain compte qu'elle n'avait aucune idée de l'apparence de la mère de Natalie.

— Non, répondit la femme en lui tendant une main molle. Je suis Esther, la sœur de Magdalena.

Esther conduisit Fredrika dans le salon.

Un intérieur où tout était à sa place, bien rangé… Cette famille n'aimait visiblement pas le désordre. Tant mieux : Fredrika non plus.

C'est fou le nombre de maisons qui s'ouvrent à vous dès qu'on montre une carte de police. Cela vous donne presque le vertige.

Puis Magdalena Gregersdotter entra dans la pièce, et Fredrika fut brutalement ramenée à la réalité.

Ce n'était pas le même genre de femme que Sara Sebastiansson. Jamais elle ne se mettrait du vernis à ongles bleu sur les orteils. Son attitude et ce qui se dégageait d'elle montraient qu'elle venait d'un tout autre milieu que la plantureuse Sara. Si elle lui avait avoué avoir avorté dans la salle de bains de ses parents, Fredrika aurait eu du mal à la croire.

— Asseyez-vous, je vous en prie.

Magdalena s'assit au bord du canapé, et Fredrika dans un immense fauteuil dont le tissu à grands motifs contrastait avec les murs blancs. Fredrika n'aurait su dire si elle trouvait ce fauteuil beau ou affreux.

— Vous avez... découvert... qui... ?

Le regard de Magdalena était suppliant.

— Je veux dire... celui qui a fait ça ?

Celui qui a fait ça... Oui, c'était précisément le rôle de la police de le trouver et de l'arrêter, l'auteur de ces crimes.

— Nous n'avons pas encore identifié la personne, mais nous travaillons sur une théorie qui semble prometteuse, commença Fredrika.

Magdalena hocha la tête.

— Ah, tant mieux...

— Et c'est pour ça que je suis ici, poursuivit Fredrika sur sa lancée. J'ai, en fait, une question bien précise à vous poser.

Elle regarda Magdalena droit dans les yeux, pour capter son attention.

— C'est une question très personnelle et elle n'est pas facile à poser...

— Allez-y, dit Magdalena d'une voix ferme. Je répondrai à toutes vos questions, toutes.

— Très bien, dit Fredrika, un peu soulagée.

Elle prit une inspiration et demanda :

— Je voulais savoir si vous aviez subi un avortement.

Magdalena ouvrit de grands yeux.

— Un avortement ?

Fredrika fit oui de la tête.

Magdalena soutint son regard et répondit d'une voix rauque :

— Oui, mais il y a longtemps. Cela remonte à plus de vingt ans.

Fredrika attendait la suite.

— C'était peu après avoir quitté la maison. Je suis sortie avec un homme qui avait presque quinze ans de plus que moi. Il était marié mais m'avait promis de quitter sa femme pour moi.

Magdalena eut un rire amer.

— Ce qu'il ne fit jamais, bien sûr. Au contraire, ç'a été la panique quand je lui ai dit que j'étais enceinte. Il a hurlé en m'ordonnant d'avorter tout de suite. (Elle secoua la tête.) Que vous dire d'autre ? Vu les conditions, je n'ai pas gardé l'enfant. Et je n'ai plus jamais revu cet homme.

— Où l'avortement a-t-il eu lieu ? demanda Fredrika.

— À l'hôpital de Söder. Mais j'en étais à un stade si précoce que j'ai dû attendre plusieurs semaines avant que l'intervention puisse se faire.

Le regard de Magdalena se troubla de nouveau.

— Il s'est passé un truc bizarre. L'avortement, en fait, n'a pas marché, mais ils ne s'en sont pas rendu compte. Alors je suis rentrée chez moi en croyant que le fœtus était parti, mais en réalité il était toujours là. Quelques jours plus tard, je suis tombée malade et j'ai fait une fausse couche. Le corps a pour ainsi dire expulsé le fœtus de lui-même. Je crois que c'est à cause de ça que je n'ai jamais réussi à tomber enceinte après. J'ai eu une infection à la suite de ma fausse couche qui m'a rendue stérile.

Il y eut un silence. Fredrika prit le temps de formuler la question qui lui brûlait les lèvres.

— Et cette fausse couche, c'était où ?

Madgalena baissa la tête.

— Où avez-vous perdu l'enfant, finalement ? chuchota Fredrika.

Le visage de Magdalena se contracta et elle porta la main à la bouche pour étouffer un cri.

— Dans la salle de bains de mes parents, sanglota-t-elle. J'ai perdu l'enfant là où il a placé Natalie.

Peder Rydh n'était pas à prendre avec des pincettes quand il revint au boulot le dimanche. Seule consolation : il avait réussi à faire plaisir à Jimmy en lui passant un coup de fil de la voiture.

— Gâteau bientôt, Pedda ? s'était exclamé Jimmy, gai comme un pinson.

— Oui, bientôt, lui avait assuré Peder. Peut-être même demain.

Comme s'il y avait quelque chose à fêter…

Sa mauvaise humeur ne désarma pas quand il vit qu'Ellen n'avait toujours pas trouvé les extraits des registres demandés.

— Mais enfin, Peder ! Sois un peu patient ! Ça prend du temps, ce genre de choses ! s'était justifiée Ellen.

Précisément le genre d'argument qui lui sortait par les yeux. Mais il ne voulut pas faire d'esclandre et s'enferma dans son bureau avant de prononcer des paroles qu'il pourrait regretter.

Il n'avait pas aussi bien dormi cette nuit que la précédente. Il avait dormi sur le canapé, et ça ne lui était encore jamais arrivé. Il avait même envisagé un instant de dormir dans l'appartement communautaire de Jimmy, mais cela aurait perturbé et inquiété son frère.

Le manque de sommeil le rendait irrationnel et il en était conscient. Il avait donc préféré ne pas échanger un mot avec Ylva le matin et commencer sa journée par deux cafés bien serrés.

Il s'assit devant son ordinateur et tenta de consulter lui-même plusieurs registres ; c'était impossible. Pour certains, il n'avait pas accès à l'intégralité des données, pour d'autres, il fallait des codes.

Il ouvrit donc son armoire et sortit la chemise où il avait déjà classé un certain nombre de documents et se répéta, comme les autres, ces mêmes questions : *Qu'est-ce qu'on sait au juste ? Qu'est-ce qu'on ignore ? Et qu'est-ce qu'on devrait savoir pour résoudre cette affaire ?*

Ils croyaient connaître le mobile des crimes : les femmes étaient punies parce qu'elles avaient avorté. Ça collait avec la phrase : « Il punit les femmes parce qu'elles n'aiment pas autant tous leurs enfants. Dans ce cas, il ne faut pas en avoir du tout. » Il ne s'agissait donc pas, comme Peder l'avait cru au début, de punir toutes les femmes qui n'aimaient pas assez leurs enfants.

Mais la brigade criminelle ignorait encore comment ce « justicier » choisissait ces femmes parmi toutes celles en Suède qui avaient avorté un jour avant d'avoir eu des enfants par la suite. Le meurtrier était-il le père de ces enfants indésirables ? Peu probable… L'assassin avait dû vaguement connaître ces femmes, être « en marge » quand elles avaient avorté. Il pouvait très bien être médecin, par exemple. À moins qu'il n'ait trouvé leurs noms dans un ancien journal de bord à l'hôpital ou par un biais similaire. Auquel cas il ne les avait pas connues à l'époque de leur avortement.

Peder soupira. Comment faire le tri parmi tant de possibilités ?

Il relut ses notes.

Différents détails laissaient penser que l'homme qu'ils recherchaient avait des liens avec le milieu médical, voire hospitalier : les gants chirurgicaux, les produits auxquels il avait accès. Il savait injecter des tranquillisants mais aussi des solutions mortelles.

Peder réfléchit à ces préparations qui, en elles-mêmes, n'avaient rien d'inhabituel. On devait les trouver dans n'importe quel hôpital en Suède. Mais tous les hôpitaux n'avaient peut-être pas des employés ayant fait un petit tour derrière les barreaux pour violences aggravées. Avait-on un suivi, un contrôle sur ce genre de choses ? Cela dit, l'homme pouvait aussi fort bien travailler sous un faux nom...

Peder en doutait. Les hôpitaux devaient se porter garants de leurs employés et vérifier leur identité. À moins que l'homme n'ait changé de nom de manière tout à fait légale.

Peder retourna toutes les infos dont il disposait, se répétant qu'il devait y avoir un moyen de tirer tout ça au clair et de retrouver cet homme. « Retrouver cet homme » devint comme un mantra auquel il se raccrocha. Ils allaient quand même bien finir par le coincer, ce salaud...

Le policier n'aurait su dire combien de temps il était resté plongé dans ses pensées quand le téléphone sonna : Fredrika lui confirma ce qu'ils avaient tous deviné, à savoir que Magdalena aussi avait avorté très longtemps auparavant. Il trouva l'épisode de la salle de bains assez tragique mais fascinant.

Une demi-heure plus tard, Fredrika entrait dans son bureau. Elle avait l'air différente. Elle portait un jean et une veste en velours côtelé, avec un simple débardeur. Ses cheveux étaient attachés en queue de cheval et elle n'avait presque pas de maquillage. Peder s'aperçut que sa collègue était sacrément jolie.

— Tu as une minute ? lui demanda-t-elle.

— Bien sûr.

Elle s'assit en face de lui, une liasse de papiers à la main.

— On vient de me faxer le registre de l'hôpital sur les femmes qui ont subi un avortement, annonça-t-elle.

Voilà qui redonna des forces à Peder.

— Tu crois, toi aussi, qu'il travaille dans le milieu hospitalier ?

— Une chose est sûre, il travaille ou a travaillé dans la santé, rectifia Fredrika, plus prudente. Et je pense que c'est là que ces femmes l'ont peut-être croisé. Ce n'est pas une obligation, elles ne l'ont pas forcément rencontré personnellement… Bien que j'en sois persuadée. Si elles ne se souviennent plus de lui aujourd'hui, c'est qu'il n'était pas impliqué dans l'intervention elle-même.

— Un homme « en marge », murmura Peder.

— Exactement.

Elle balança la liasse de documents sur la table.

— Bon, et si on regardait ça ensemble, le temps qu'Ellen réunisse les infos que tu as demandées ? Qui sait ? La réponse est peut-être là, sous nos yeux.

La chaleur devenait de plus en plus étouffante dans le bureau d'Ellen. Son déodorant ne faisait plus effet et elle commençait à suer – signe chez elle de grande nervosité.

Pourquoi Carl ne donnait-il pas signe de vie ? Pourquoi s'était-elle accordé jusqu'au soir pour contacter les hôpitaux ? Elle n'aurait jamais la patience d'attendre jusque-là.

Ellen avait les larmes aux yeux tant elle était angoissée. Qu'est-ce qui avait bien pu se passer ? Elle toucha du bout des doigts le bouquet de fleurs qu'il lui avait fait porter quelques jours plus tôt. Elle qui avait tant d'amour à donner… Pourquoi fallait-il que les choses soient toujours si compliquées ?

Je deviens incontrôlable, se dit-elle en souriant à demi. Mais son angoisse et sa tristesse se teintèrent de colère. Que Carl ne donne pas de nouvelles, soit. Mais pourquoi les enfants ne répondaient-ils pas à ses SMS ? Ils ne comprenaient qu'elle s'inquiétait ?

La matinée touchait à sa fin, donc ils ne dormaient plus ! Elle prit son téléphone et tapa sur le cadran le numéro du fixe de la maison. Elle écouta l'appareil sonner au moins une vingtaine de fois dans le vide avant de raccrocher.

Elle était dévorée d'inquiétude. À 11 heures du matin, d'habitude, les enfants ne dormaient plus, et pourquoi seraient-ils sortis ? À moins qu'elle ne fût si stressée qu'elle aurait oublié leurs activités de ce jour-là. Une démonstration d'exercices de gymnastique ou un entraînement de foot ?

Ellen essaya de travailler un peu, elle attendait toujours les documents pour Peder. Elle rappela un moment plus tard chez elle – toujours pas de réponse. Elle appela chacun des enfants sur leurs portables. Rien.

Tout allait de travers. Silence radio des enfants, silence radio de Carl. Mais qu'est-ce qui leur prenait, à tous ? Carl lui avait bien dit qu'elle était très importante pour lui, qu'elle lui donnait « tout ce dont il avait besoin ».

Soudain, elle crut comprendre la raison de tout ce silence. Alors elle ne fut plus ni inquiète ni en colère, mais terrorisée.

À peine Alex Recht avait-il raccroché que Peder et Fredrika déboulaient dans son bureau et restaient plantés là, comme deux écoliers.

Il esquissa un sourire.

— Je suppose que vous avez entendu les bonnes nouvelles.

Peder et Fredrika échangèrent un coup d'œil.

— On l'a coincé, annonça Alex.

Peder et Fredrika le regardèrent sans comprendre.

— Oh, c'est tout simple, répondit Alex, tout heureux. Il a essayé de prendre un avion pour la Thaïlande au départ de Copenhague et s'est fait arrêter au contrôle des passeports. Heureusement qu'Interpol avait bloqué son passeport comme on le leur avait demandé de toute urgence.

— Excusez-nous, mais vous parlez de qui ? l'interrompit Fredrika.

— De Gabriel Sebastiansson, répondit Alex en plissant le front. De qui d'autre… ?

Fredrika poussa un soupir et s'assit sur la chaise réservée aux visiteurs.

— On a cru un instant que tu parlais de l'assassin de Lilian et de Natalie, dit-elle à voix basse.

— Ç'aurait été difficile : on ne connaît toujours pas son identité !

Peder et Fredrika se regardèrent à nouveau.

— Peut-être que si, justement, annonça Peder.

Alex fit aussitôt signe à Peder de s'asseoir.

Fredrika allait commencer ses explications quand Ellen arriva comme une tornade dans le bureau d'Alex.

— Excusez-moi, dit-elle d'une voix étouffée par l'émotion. Mais je dois rentrer tout de suite chez moi. Je reviens le plus vite possible.

— Il s'est passé quelque chose ? demanda Alex, inquiet. Parce qu'on a vraiment besoin de toi ici…

— Oui, je sais. Mais les enfants ne répondent ni au fixe ni sur leurs portables, et ils n'ont pas l'habitude de rester seuls à la maison. J'ai appelé leur père et les amis chez qui ils vont jouer d'habitude, mais personne ne les a vus. Alors je veux juste rentrer pour m'assurer que tout va bien. Et leur passer un savon pour ne pas répondre au téléphone quand ils savent que je me fais un sang d'encre.

— Bon, d'accord, mais reviens vite, insista Alex.

Il avait lui-même élevé des enfants et savait ce que c'était. À sa place, il aurait fait exactement la même chose qu'Ellen. Et il les aurait aussi engueulés, ça, oui !

— Dis-leur que la prochaine fois tu m'enverras, lui cria-t-il tandis qu'elle s'éloignait

Il revint à Peder et à Fredrika.

— À notre avis, il est psychologue, comme il l'a déclaré à Nora et à Jelena…, commença Fredrika, dont les yeux brillaient tant elle se sentait impliquée dans cette affaire.

— Et nous pensons que c'est à titre de psychologue qu'il a rencontré ces femmes qui maintenant ont perdu leurs enfants, enchaîna Peder.

Alex espérait qu'un seul prendrait la parole jusqu'au bout au lieu de parler tour à tour. Ça l'embrouillait.

— Il est fréquent qu'on propose aux femmes de parler avec un psychologue dans le cadre d'une interruption volontaire de grossesse, expliqua Fredrika. Et nous avons trouvé dans leur dossier médical qu'elles ont accepté cette proposition.

Peder feuilleta les papiers qu'il tenait à la main.

— Selon ce document, Magdalena Gregersdotter s'est entretenue avec un étudiant en psychologie qui travaillait à l'époque à l'hôpital de Söder. Plus tard, à cause du choc psychologique, elle eut un autre entretien avec un psychologue diplômé. Mais, tout d'abord, l'équipe médicale, croyant que tout s'était bien passé, l'avait dirigée vers un psychologue encore en formation. Selon le dossier, ce serait un certain David Stenman.

— Sara Sebastiansson a avorté à Umeå quelques années plus tard, et elle aussi a parlé avec quelqu'un avant l'intervention proprement dite, raconta Fredrika. Le dossier révèle qu'il s'agit d'un psychologue. Malheureusement, son nom ne figure pas, seulement ses initiales, DS. J'ai donc appelé le CHU d'Umeå et ils m'ont confirmé qu'il s'agissait bien du même homme.

Alex regarda l'un puis l'autre.

— Est-ce qu'Ellen a pu te communiquer la liste de personnes intéressantes déjà fichées chez nous ? demanda-t-il en s'adressant à Peder.

— Non, répondit ce dernier. Et nous avons aussi cherché le nom de David Stenman sur les registres d'état civil. Il n'existe personne de ce nom.

— En revanche, nous avons trouvé quelqu'un portant ce nom dans le registre des peines, intervint Fredrika. On vient de nous faxer une copie de ses papiers d'identité. Il a été condamné à des soins dans un hôpital psychiatrique pour incendie volontaire, au début de l'année 2000. Il a été libéré l'automne dernier. Il a bénéficié de circonstances atténuantes : la personne morte dans l'incendie était sa grand-mère maternelle chez qui il a grandi et qui, apparemment, l'a maltraité pendant toute son enfance. Ainsi, elle aurait eu l'habitude de le brûler avec des allumettes dès qu'il faisait quelque chose de mal.

— Et maintenant il fait la même chose..., marmonna Alex.

— Oui, répondit Peder. Il y a en effet plusieurs parallèles intéressants. Il n'aurait pas dû naître, par exemple. Sa mère se droguait et elle a essayé d'avorter avec une aiguille à tricoter.

— Alors il nourrit une véritable haine envers ces femmes qui se permettent de choisir les enfants qu'elles veulent garder. Aux yeux de notre meurtrier, elles commettent un grave péché et méritent d'être châtiées, résuma Alex.

Se penchant au-dessus de son bureau, il ajouta :

— Mais si vous l'avez trouvé dans le registre des peines, vous avez certainement eu accès à son numéro d'identité personnel et vous pourrez vérifier sous quel pseudonyme il est inscrit à l'état civil. Il a dû changer de nom.

— C'est effectivement ce qu'il a fait une fois libéré, répondit Fredrika en posant sur la table une feuille couverte de données.

— Il se fait désormais appeler Aron Steen. Et, toujours selon ce registre, il est domicilié à Midsommarkransen. Tenez, voici une ancienne photo de passeport.

Fredrika posa une autre feuille sous les yeux d'Alex, dont le cœur battit très fort à la vue de la photo.

C'était un bel homme.

— Alors, qu'est-ce que vous en dites ? demanda Peder, un peu inquiet.

— Je crois que nous tenons enfin notre assassin. Vous avez fait du bon boulot.

Sur ce, Alex tapa dans les mains.

— Bon, je propose qu'on procède de la manière suivante : Peder va contacter nos collègues de la brigade d'intervention. Je veux que nous allions tout de suite à cette adresse pour appréhender cet individu. Avec un peu de chance, il n'aura pas le temps de nous filer entre les doigts. (Il se racla la gorge et poursuivit :) Réunissez tout ce que vous pouvez trouver sur ce type, mais je sais qu'on est dimanche. Parlez encore une fois avec Magdalena Gregersdotter et Sara Sebastiansson si nécessaire. Demandez-leur si elles se souviennent de lui. Il s'agit d'éviter tout faux pas. L'enquête doit être la plus minutieuse possible. Nous devons connaître les moindres faits et gestes de cet homme depuis sa libération. Et prévenez le procureur le plus vite possible. Peu importe lequel est de garde aujourd'hui, il va avoir du boulot. Vous verrez plus tard les listes qu'Ellen vous aura remises. Je pense qu'on tient notre homme, mais il ne faut pas perdre de temps.

Fredrika et Peder hochèrent vigoureusement la tête – l'affaire s'emballait.

— Nous n'avons eu aucun mal à joindre la personne qui suit son dossier, dit-elle. Notre ami Aron Steen s'est conduit de manière irréprochable depuis sa sortie, il a même trouvé un travail. Dans une entreprise de nettoyage. Cela ne m'étonnerait pas que cette entreprise ait été chargée de l'entretien d'un ou de plusieurs hôpitaux ces six derniers mois. Cela expliquerait comment il se procure les produits qu'il utilise et les gants chirurgicaux.

Fredrika parlait avec assurance.

Elle a ça en elle, estima Alex. *Je me suis trompé à son sujet. Elle aussi, d'ailleurs. Elle se ment à elle-même quand elle prétend ne pas avoir le feu sacré pour ce boulot.*

Des pas rapides dans le couloir vinrent les interrompre. Ellen repassa devant le bureau d'Alex en lançant :

— Je ne sais plus où j'en suis, haleta-t-elle, au comble du stress. J'ai oublié les clés de la voiture dans mon bureau.

À la vue de leurs mines réjouies, elle ne put s'empêcher de leur demander :

— Il s'est passé quelque chose ?

Cette phrase les fit tous rire. *Un moyen de relâcher la pression*, analysa Alex.

— Je crois qu'on le tient, cette fois, déclara-t-il.

— Vous en êtes sûrs ? chuchota Ellen, qui pâlit.

— Oui. Disons qu'on ne peut jamais être sûrs à cent pour cent, mais il y a de fortes chances que ce soit lui.

Il poussa la feuille avec la photo d'identité vers Ellen.

— Puis-je te présenter… comment il s'appelle déjà, avec tous ces noms ? demanda-t-il, nerveux.

Fredrika et Peder esquissèrent un sourire complice.

— Bon, si vous n'écoutez pas ce qu'on vous dit, on va se trouver un autre patron, plaisanta Peder avec un geste d'impuissance.

Personne ne vit la réaction d'Ellen quand elle s'approcha du bureau et scruta l'homme sur la photo. Personne ne vit le rose lui revenir aux joues quand elle cligna des yeux pour chasser les larmes voilant son regard. Mais tous l'entendirent chuchoter :

— Oh, merci, mon Dieu !

Il y eut un silence.

Ellen pointa en tremblant un index sur la photo.

— J'ai cru un instant… J'ai pensé que c'était peut-être l'homme que je…

Elle eut un petit rire et ne finit pas sa phrase.

— C'est fou comme on peut se monter la tête pour un rien, dit-elle en reniflant et en souriant.

Soudain, son portable sonna. Son fils lui parlait à toute vitesse.

— Maman, il faut que tu viennes tout de suite.

— Qu'est-ce qu'il y a ? demanda Ellen, infiniment soulagée.

— Viens tout de suite, maman, insista-t-il. Il dit que tu dois venir tout de suite. Dépêche-toi. Il n'a pas l'air d'aller bien du tout.

Il faisait un temps absolument radieux quand le dernier enfant disparut. L'annonce de l'enlèvement leur parvint alors qu'ils mettaient la dernière main aux préparatifs du raid contre Aron Steen.

Alex se précipita dans le couloir puis retrouva Peder et Fredrika dans la Tanière du lion. Peder enfilait son gilet pare-balles. Fredrika, très concentrée, consultait des documents.

— Il vient de prendre un autre enfant, leur fit savoir Alex. Un garçon de quatre ans a disparu il y a une demi-heure d'une aire de jeux à Midsommarkransen, tout près de l'appartement de Steen. Les parents, affolés, viennent de nous prévenir qu'ils ont retrouvé les vêtements de l'enfant et une mèche de cheveux derrière un arbre aux abords du parc.

— Pourtant, on a fait surveiller son appartement ! s'exclama Peder. Ils ont dit qu'ils pouvaient le voir à travers la fenêtre et ne l'avaient pas encore vu sortir.

— Il l'a quand même fait, dit Alex sèchement, et maintenant il y a un autre enfant enlevé.

— Il ne doit pas être allé bien loin, intervint Fredrika.

— Non, surtout qu'il agit dans l'urgence, soutint Alex. Il a balancé les vêtements en tas et n'a pas eu le temps de raser le garçon, il s'est contenté de lui couper une mèche de cheveux.

— Il a dû sentir qu'on était sur ses talons, supposa Peder, les mâchoires crispées, et glissant son arme de service dans sa ceinture.

Fredrika leva les yeux et resta silencieuse à la vue de l'arme.

— On fait quoi, maintenant ? demanda-t-elle.

— On fait ce qui était prévu, répondit Alex d'un ton ferme. Il faut entrer dans son appartement et voir si on trouve des éléments qui pourraient nous conduire là où il va emmener le garçon. Mais il n'ira pas bien loin. On a installé des barrages sur toutes les routes aux sorties de la ville et lancé un avis de recherche.

Fredrika fronça les sourcils.

— Je suppose que vous avez parlé avec les parents du garçon… à propos des raisons de son enlèvement, je veux dire.

— Bien sûr, répondit Alex. Deux enquêteurs sont chez eux en ce moment. Cette fois, on sait quelles questions poser. La mère nous dira quand et où elle s'est fait avorter, mais pour l'instant il faut partir.

— Pourvu qu'il ne soit pas trop tard, s'inquiéta Fredrika. S'il est aussi pressé que vous le dites, l'enfant est peut-être déjà mort. Il faut envisager ce cas de figure.

Alex déglutit.

— Non, dit-il. Non, il ne faut pas l'envisager. Il faut tout faire pour l'empêcher.

Peder réfléchit.

— Mais si on part de l'hypothèse qu'il sait qu'on est à ses trousses…, commença-t-il, hésitant.

— Eh bien ?

— Soit il est aussi barjo qu'on l'imagine et il refera avec cet enfant exactement la même chose qu'avec les autres, même s'il n'a pas eu le temps de tout planifier en détail, soit il a gardé une part de rationalité, auquel cas il ne se débarrassera pas du gosse tout de suite…

— … mais le gardera pour s'en servir comme monnaie d'échange, compléta Alex.

— Exactement.

— Au fait, on a des nouvelles d'Ellen ? demanda Fredrika.

Alex secoua la tête.

— Elle a insisté pour rentrer seule en disant qu'elle pouvait parfaitement se débrouiller sans notre aide. Mais, par mesure de sécurité, j'ai quand même envoyé une patrouille là-bas. Il y a un truc qui ne colle pas dans son histoire.

De beaux rayons de soleil vinrent réchauffer la Tanière du lion, faisant danser la poussière. Le ventilateur poussif se mit en marche.

Des bruits de pas. Et un jeune homme de la section chargée de la surveillance et des filatures déboula.

— Les gars postés en faction autour du domicile de Steen viennent d'appeler, débita-t-il, très tendu. Il est rentré chez lui.

— Et l'enfant, alors ? demanda Peder.

— Il le portait nu dans les bras. Comme s'il savait qu'on le voyait mais s'en foutait.

Pendant quelques heures, Ellen avait vraiment cru que, si elle n'avait plus de nouvelles de Carl, c'était parce qu'il était le fameux meurtrier d'enfants qu'ils recherchaient tous. Et, si ses enfants restaient injoignables, c'était que Carl les avait kidnappés, point barre.

La réalité était tout autre.

Comment avait-elle pu mélanger à ce point sa vie privée et sa vie professionnelle ? Serait-elle toujours à la merci de son imagination débordante ? Laissait-elle trop le travail empiéter sur sa vie privée ?

Il faudra que je mette ça au clair, mais pas maintenant, se dit-elle. *Je dois vraiment décider une bonne fois pour toutes ce qui est important et ce qui ne l'est pas.*

Si les enfants n'avaient pas répondu à ses appels répétés au téléphone, c'est parce qu'ils se trouvaient chez la voisine en train de déguster un bon brunch… en laissant leurs portables à la maison. Pas plus compliqué que ça.

Carl, par contre…

Assise par terre, Ellen couva des yeux l'homme allongé sur son canapé. Dès son retour, les enfants s'étaient réfugiés dans leurs chambres.

— Il nous attendait sur les marches quand on est revenus du brunch, lui avait expliqué sa fille en faisant un signe de tête à Carl, sa jambe droite toute raide devant lui. Il avait l'air complètement à l'ouest.

Elle ne l'avait pas tout de suite fait entrer chez elle car elle n'avait su que penser.

Une voiture de patrouille avait ralenti à la hauteur de sa maison, c'est alors qu'elle l'avait prié de rentrer avec elle tout en laissant la porte d'entrée ouverte.

La voiture de patrouille s'était arrêtée.

Carl s'effondra sur le vieux canapé Chesterfield et fondit en larmes. Elle choisit de s'asseoir un peu plus loin pour le regarder. Et attendre.

Comme la vie était imprévisible ! Qui aurait pu deviner que cet homme si strict, toujours si maître de lui, cet homme qui choisissait soigneusement ses mots, pouvait baisser ainsi la garde et se laisser aller à pleurer ? Ne sachant pas quoi dire dans une telle situation, Ellen resta silencieuse. Son fils parlait au téléphone et elle percevait sa voix à travers la porte de la chambre, puis elle entendit sa fille qui prenait sa guitare.

— Je suis marié.

Ellen sursauta.

— Je suis marié, répéta-t-il.

— Mais..., commença Ellen.

— J'ai dit que j'étais célibataire, mais j'ai menti. Ça va faire quinze ans que je suis marié à la même femme, et on a deux enfants. Nous avons une maison à Borås.

Ellen secoua lentement la tête.

Des coups à la porte vinrent interrompre ce début d'explication.

Un policier en uniforme entra dans le salon.

— Tout va bien ? demanda-t-il.

Ellen fit signe que oui.

— Dans ce cas, on s'en va, dit le policier après un moment d'hésitation.

— Oui, tout va bien, dit-elle d'un ton peu convaincu.

Le policier partit en refermant derrière lui la porte d'entrée. Sa fille jouait des accords de *Layla*, son fils riait au téléphone.

C'est drôle, c'est comme s'il ne s'était rien passé.

— Voilà pourquoi je ne voulais pas rencontrer ta famille, Ellen, reprit Carl d'une voix plus douce.

Il se moucha dans un vrai mouchoir brodé à ses initiales. Était-ce sa femme qui avait ce talent-là ?

— Je ne savais plus où j'en étais, tu comprends ? Est-ce que c'était sérieux entre nous ? Qu'est-ce qu'on allait faire ? Est-ce que j'aurais assez de courage ?

La poitrine d'Ellen se soulevait et s'abaissait sans qu'elle parvînt à bien respirer.

— Assez de courage ? répéta-t-elle. Mais pour faire quoi ?

— Ce que j'ai fait maintenant. Quitter ma famille.

Par la suite, Ellen se rappellerait qu'elle avait soutenu son regard sans relâche.

Carl parla avec un débit plus précipité.

— Je sais que j'ai tout fait de travers, je sais que je me suis mal comporté. Je comprends que tu as dû être inquiète en te demandant où je pouvais bien être pendant tout ce temps, quand je ne répondais pas à tes appels. Mais je dois quand même te poser une question...

Nouveau silence. Un silence, alors que de l'autre côté résonnaient les accords d'Eric Clapton et des bribes de conversation téléphonique.

— Il faut que je sache si... si tu penses qu'entre nous ça peut marcher.

Ellen croisa son regard sombre. Un court instant, elle le vit comme elle l'avait vu lors de leur première rencontre. Un homme qui croque la vie à pleines dents. Un homme bien dans sa peau.

— Je ne sais pas, Carl, chuchota-t-elle. Je ne sais vraiment pas.

La porte d'entrée était à moitié ouverte lorsque la patrouille d'intervention s'approcha de l'appartement d'Aron Steen. Alex et Peder se tenaient en retrait, leurs armes à la main. Fredrika était restée au commissariat. Alex ne voulait pas prendre le risque de faire intervenir une personne civile, sans arme, dans une situation aussi critique.

— Aron Steen ! cria Alex pour provoquer une réaction.

Pas de réponse.

Il donna un grand coup dans la porte extérieure, qui s'ouvrit largement.

Personne à droite, personne à gauche.

Le groupe pénétra dans l'appartement et progressa lentement.

Une entrée dans la pénombre, des murs sombres et nus.

Alex sentit une odeur familière lui chatouiller les narines.

De l'essence. *L'appartement sentait l'essence.*

Ils le trouvèrent dans la cuisine. Immobile sur une chaise de cuisine, un briquet à la main, l'enfant nu drogué dans les bras, le corps trempé d'essence.

Voix étouffées de la brigade d'intervention : « Du calme », « On reste là », « On garde nos distances, il a renversé de l'essence dans toute la pièce ».

Les hommes de ce groupe ne franchirent jamais le seuil de la cuisine.

Alex posa son arme et s'approcha en se balançant d'avant en arrière à la lisière de ce seuil. Là où s'arrêtait son territoire et où commençait celui d'Aron.

Ils se dévisagèrent un instant. Un léger sourire flottait sur le visage d'Aron Steen.

— On a fini quand même par se rencontrer, Alexander, dit l'homme.

— Il semblerait que oui, répliqua Alex avec prudence.

Aron Steen bougea légèrement l'enfant qu'il tenait. La brigade d'intervention suivait le moindre de ses gestes. Aron sourit de nouveau.

— On pourrait peut-être régler tout ça sans toute cette débauche de violence, dit-il en penchant la tête sur le côté. Tu ne pourrais pas dire à tes copains d'attendre dans l'entrée, Alex ? Ça nous permettrait de discuter plus tranquillement.

La voix aurait pu être celle d'un professeur. Il parlait à Alex comme à un enfant, à un élève. L'inspecteur sentit la colère gronder en lui : Aron Steen n'avait rien à lui apprendre. Qu'il se mette bien ça dans le crâne !

Son arme à la main, Peder vint se placer derrière Alex. Celui-ci lui fit signe de s'éloigner un peu, de même, il indiqua aux autres de reculer dans l'entrée. Ils pourraient contrôler la situation sans être trop présents.

Aron les observa. Sa bouche souriait, mais ses yeux brûlaient.

— Il y a quelque chose de particulier avec le feu, tu ne trouves pas ? chuchota-t-il en jouant avec son briquet. J'ai remarqué ça quand j'étais tout petit.

Alex attendit. Plus tard, il se demanderait bien pourquoi.

— Je vous laisse le garçon et, en échange, vous me laissez quitter le pays, continua Aron.

Alex hocha lentement la tête.

— D'accord.

— Voici comment on va procéder, poursuivit Aron Steen d'une voix douce. Le garçon et moi, nous allons quitter l'appartement, monter dans une voiture et partir. Vous ne nous suivez pas. Quand je serai assez loin, je vous appellerai pour vous dire où vous retrouverez l'enfant.

Les rayons du soleil dansaient sur la vitre derrière lui et le petit garçon. Alex les regarda une seconde avant de reposer les yeux sur Aron.

— Non, dit-il.

Aron tressaillit.

— Non ? répéta-t-il.

— Non. Le garçon ne quitte pas l'appartement.

— Alors il mourra, répondit Aron sans ciller.

— Il mourra aussi s'il vient avec toi, rétorqua Alex sur le même ton calme qu'employait Aron. C'est pourquoi nous ne pouvons pas te laisser l'emmener.

Cette réponse agaça Aron.

— Pourquoi le tuerais-je ? Je t'ai dit que je te proposais un échange.

— Et moi j'ai dit « D'accord », mais à condition que l'échange se fasse ici. Tu me donnes le garçon, et on quitte ensemble l'appartement.

Aron éclata de rire, puis il se leva si brusquement de la chaise qu'Alex fit d'instinct un pas en arrière. La brigade d'intervention s'approcha, s'arrêta et attendit. Les mouvements des hommes dans le dos d'Alex lui donnaient un sentiment de force complètement absurde, comme si, par leur seule présence, la situation devenait différente.

— N'ai-je pas assez montré ma manière de travailler ? demanda Aron en élevant la voix. Et avec quelle précision d'horloger je remplis mes missions ?

Alex perçut ce changement de ton qui l'inquiéta. Il fallait absolument calmer le jeu pour avoir une chance d'éviter le pire.

— Nous avons bien remarqué ta manière de travailler, articula-t-il lentement. Et nous sommes évidemment très impressionnés.

— Les flatteries, ça ne marche pas avec moi, ricana Aron.

Mais ça marchait. Aron se rassit avec l'enfant baigné d'essence, inanimé et lourd sur ses genoux. Alex pouvait voir le liquide couler sur son visage. Aron bougea pour avoir une meilleure prise.

Alex sentit l'odeur d'essence lui monter à la tête. Il ouvrit la bouche pour parler, mais Aron le devança.

— Ma proposition tient uniquement si l'enfant et moi quittons l'appartement ensemble.

— Ça devrait pouvoir se négocier, dit Alex en s'accroupissant. Le marché est clair pour chacun de nous : je veux le garçon et toi, tu veux la liberté. (Alex ouvrit les mains.) Il doit bien y avoir un moyen de s'entendre là-dessus, non ?

— Oui, tout à fait, répondit Aron, immobile.

Il y eut un instant de silence. Le soleil disparut derrière les nuages et l'appartement se retrouva dans l'ombre.

— Mais le garçon ne pourra pas quitter l'appartement ? finit par dire Aron.

— Non, pas lui, répondit Alex en secouant la tête.

Il regarda autour de lui. La seule issue pour sortir de cette cuisine était la porte. Alex sentit l'inquiétude monter d'un cran. Pourquoi Aron ne s'était-il pas assis dans le salon avec l'enfant ? Il aurait au moins pu s'enfuir par la porte du balcon.

Pourquoi s'était-il enfermé pour se faire prendre comme un rat ?

Aron répondit à la question muette d'Alex.

— C'est bien ce que je pensais, dit-il en souriant. Vous n'avez jamais eu l'intention de me laisser sortir de l'appartement.

Et, avant qu'Alex ait pu répondre, l'étincelle s'alluma au bout du briquet, et en une fraction de seconde toute la cuisine s'embrasa.

Troisième partie

TRACES DE RÉPARATION

Fin septembre

Sans qu'il y ait eu un véritable été, l'automne arriva en douce. Il cessa tout à fait de pleuvoir. Le ciel se dégagea tandis que les soirées se faisaient plus fraîches et que la nuit tombait de plus en plus tôt.

Alex Recht revint travailler la troisième semaine de septembre. Il s'arrêta sur le seuil de son bureau et sourit. Ça faisait du bien de rentrer.

Dans la salle de repos, ses collègues fêtèrent son retour avec des gâteaux et du café. Le patron se fendit même d'un bref discours. Alex remercia, salua tout le monde et reçut fleurs et cadeaux.

Il avait presque la larme à l'œil en s'installant à son bureau.

Ses plaies avaient mieux cicatrisé qu'on aurait pu s'y attendre, avaient dit les médecins qui lui avaient promis qu'il pourrait retrouver la pleine mobilité de ses deux mains.

Alex observa pour la énième fois la cicatrice qui ornait le dessus et la paume de chacune d'elles. Une peau fine avec différentes nuances de rose recouvrait ses mains, remontant un peu plus haut que les poignets.

Curieusement, il ne se souvenait plus de la douleur éprouvée quand ses mains avaient brûlé, mais seulement du déroulement des événements : la cuisine d'Aron Steen s'était embrasée, Aron s'était enflammé sans bouger de sa chaise, tenant l'enfant en feu dans ses bras. Alex s'était jeté dans le brasier pour l'arracher des bras d'Aron. Il entendait encore ses propres cris résonner dans sa tête.

— Attention ! Poussez-vous ! Le garçon brûle !

Bien sûr, le garçon était en feu, et comment ! Il brûlait tellement qu'Alex ne pensa pas une seconde que lui aussi s'enflammait. Il tira l'enfant jusque dans l'entrée et roula sur lui d'avant en arrière pour éteindre les flammes. Peder, à son tour, se jeta sur Alex avec une grande serviette de bain, essayant de protéger ses mains. Le feu crépitait, brûlait, dévorait, s'attaquait aux chairs.

Des membres de la patrouille d'intervention continuaient à progresser en direction de la cuisine en se protégeant contre les flammes avec paillasson, tapis de bain et serviettes. Ils ne purent jamais s'approcher de la chaise où Aron Steen flambait, véritable torche vivante. Il ne poussa pas un cri quand le feu eut raison de son souffle vital. Par la suite, cette image reviendrait longtemps hanter leurs rêves : un homme qui brûle, immobile, sur la chaise d'une cuisine.

Alerté par le bruit, un voisin accourut avec un extincteur. La progression du feu fut ainsi stoppée jusqu'à l'arrivée des pompiers et de l'ambulance. À ce moment-là, une personne était morte et un petit enfant gravement brûlé. Les ambulanciers trouvèrent Alex aux toilettes, les mains sous le robinet d'eau froide.

La suite, en revanche, était plus floue. L'inspecteur savait qu'on l'avait plus ou moins endormi plusieurs jours et qu'il avait eu très mal à son réveil. Toujours est-il que sa guérison avait été beaucoup plus rapide que prévu.

Durant son arrêt maladie, les journaux ne cessaient de revenir en détail sur l'affaire. Des reportages établirent la chronologie et la topologie des crimes, les meurtres des enfants et celui de Nora à Jönköping, et des schémas avec des flèches retracèrent le parcours de l'assassin. Bref, on aurait dit que les journaux n'avaient rien d'autre à se mettre sous la dent.

Alex les lut tous. Soi-disant parce qu'il n'avait rien d'autre à faire.

Le destin de Nora et de Jelena fut aussi dûment commenté. Les journalistes contactèrent les prétendus proches des jeunes femmes, des proches qui ne les avaient quasiment jamais rencontrées mais qui étaient ravis qu'on parle d'eux dans le journal. D'anciens camarades de classe racontèrent des anecdotes sans queue ni tête remontant à leurs années d'école, et l'on contacta et cita même le nom d'anciennes enseignantes, voire d'anciens employeurs.

Le travail des enquêteurs fut examiné à la loupe. Auraient-ils pu agir plus rapidement ? Aurait-on pu identifier le meurtrier plus tôt ? Divers experts se prononcèrent. Plusieurs étaient d'avis que la police s'était emmêlé les pinceaux dans ce qui aurait dû être une « enquête d'une grande simplicité », tandis que d'autres soulignèrent qu'il était tout à fait légitime que la police oriente d'abord ses recherches vers le père de Lilian, leur principal suspect. Il fallait le faire, même si cela leur avait pris du temps.

L'ensemble des experts se montrait en revanche plus critique quant à l'assaut donné à l'appartement d'Aron Steen à Midsommarkransen. Certains arguaient que la police aurait dû sentir l'odeur de l'essence et retourner chercher des extincteurs et des couvertures antifeu avant d'intervenir. D'autres estimèrent que la police aurait dû essayer de parlementer avec Aron Steen ou de le neutraliser avec un tir à travers une fenêtre, ce qui, compte tenu de sa position, aurait pu être envisagé.

Aucun de ceux qui s'exprimaient n'avait été présent lors de l'action. Alex, oui. Aujourd'hui encore il persistait à dire qu'il n'y avait pas eu d'autre solution. Ils auraient mis en danger la vie du petit garçon s'ils avaient fait savoir au meurtrier qu'ils se trouvaient derrière la porte. Arrivés devant chez lui, ils n'avaient pas eu le choix : il fallait y aller, coûte que coûte.

Les seuls articles qu'Alex trouva vraiment intéressants étaient les reportages consacrés davantage à l'auteur des crimes. Les journalistes s'étaient donné la peine d'effectuer des recherches approfondies et avaient eu accès à des informations de fond, ce qui en rendait la lecture très intéressante et instructive. À l'évidence, les journalistes ne savaient pas sur quel pied danser : impossible de raconter la descente aux enfers d'Aron Steen sans témoigner un peu de compassion.

Aron faisait partie de ces enfants à qui on n'a jamais laissé la moindre chance de s'en sortir, constata amèrement Alex. Alors qu'il n'était qu'un nourrisson, il était déjà maltraité par sa grand-mère, malade mentale qui ne cessa de l'humilier, année après année. À travers elle, toutes les valeurs furent inversées, et il grandit ainsi, sans aucune affection. Chaque jour, il arrivait à l'école dans des vêtements crasseux, le visage agressif. Il puait la cigarette de sa grand-mère et les enfants se moquaient de lui en le traitant de « fifille à sa mémé ». Il faut dire que sa maigreur et ses cheveux longs le faisaient vraiment ressembler à une fille. Il devint leur souffre-douleur et, à cause de son odeur de tabac froid et de son apparence crasseuse, on lui donna le surnom de Cendrillon. Oui, un enfant des cendres...

Le garçon avait quinze ans quand les services sociaux intervinrent enfin et le placèrent dans une famille d'accueil. Sa grand-mère le rendait responsable de la mort de sa fille et leur expliqua qu'il ne sortirait jamais rien de bon de lui.

Au début, les faits eurent l'air de la contredire. David réussit ses années de lycée, fit des études de psychologie et quitta la maison. Les signaux d'alerte étaient au rouge. Sa première maîtresse d'école affirma que, tout petit, il éprouvait un malin plaisir à torturer les animaux et qu'il avait du mal à se faire des amis ou à nouer des relations avec autrui. Cela étant, il avait toujours eu de l'aisance à l'oral et s'intéressait aux autres. Devenu adulte, il passait pour un bel homme, ce qui facilite toujours les prises de contact.

Il avait du mal à s'intégrer et à garder un travail, il en changeait donc sans cesse. De même, il déménageait très souvent et passait, à juste titre, pour une personne extrêmement instable.

Quand il rencontra Nora, il était de retour à Umeå, sa ville natale, et travaillait à l'hôpital. Les journaux racontèrent que sa rupture avec Nora avait dû provoquer chez lui une sorte d'état psychotique puisque, au beau milieu de la nuit, il alla chez sa grand-mère et la brûla vive dans son lit.

Le reste appartenait à l'histoire.

Alex s'était récemment entretenu avec les parents du petit garçon qu'Aron Steen avait pris en otage. L'enfant se rétablissait lentement. Ses blessures étaient beaucoup plus graves que celles d'Alex, mais au moins il était vivant, et ses parents lui en étaient d'une infinie reconnaissance. Avec le temps, on verrait si le garçon lui en serait, lui aussi, reconnaissant…

Malgré les recherches de la police, de nombreuses questions restaient sans réponse. Impossible de déterminer avec certitude où Aron Steen avait tué les enfants : Lilian, sans doute dans l'appartement de Jelena ; et Natalie dans celui d'Aron – mais cela se révéla impossible à prouver. Comme il fut impossible aussi de savoir pourquoi Nora fut tuée au moment précis où elle allait se réfugier chez sa grand-mère. Comment l'avait-il su ? Jelena Scortz affirma ne pas être du tout au courant de cette affaire.

Du reste, elle sortit de l'hôpital et fut mise en détention provisoire à la maison d'arrêt de Kronoberg, dans l'attente du jugement. Elle nia en bloc toutes les accusations portées contre elle, mais des prélèvements prouvaient que Lilian avait séjourné chez elle, et on avait retrouvé la petite culotte de l'enfant dans un sac plastique dans le local à poubelles. Jelena refusa d'expliquer comment l'enfant s'était retrouvée chez elle. Alex ne savait si, au fond, il la plaignait ou non.

En affichant le calendrier sur son ordinateur, Alex vit qu'il allait travailler quelques semaines seulement avant de partir avec Lena voir leur fils en Amérique latine. Ce serait un voyage extraordinaire, il ne pouvait en être autrement.

On frappa discrètement à sa porte, et Fredrika passa la tête.

— Entre ! dit-il d'une voix chaleureuse.

Fredrika sourit et prit place sur la chaise des visiteurs.

— Je voulais seulement savoir comment vous alliez, dit-elle. Tout va bien ?

Alex hocha la tête en souriant.

— Tout va aussi bien que possible. Et pour toi, comment ça va ?

Ce fut au tour de la jeune femme d'acquiescer. Mais oui, tout allait bien.

— Tu as passé de bonnes vacances ? demanda Alex, l'air sincèrement intéressé.

Fredrika ne s'attendait pas à cette question. L'été qui venait de s'achever et les vacances paraissaient déjà si loin... Soudain, elle revit les merveilleux moments passés avec Spencer dans une petite pension de famille à Skagen, au Danemark.

Elle sourit, mais un voile assombrit son regard.

— J'ai passé de très bonnes vacances, répondit-elle.

Spencer assis sur le sable fin, tourné vers l'océan, le vent qui caresse son visage, ses yeux réduits à de simples fentes pour éviter l'éblouissement...

— On ne peut pas être plus heureux que ça, Fredrika, avait-il dit.

— Je le sais, avait-elle répondu.

— J'espère ne pas t'avoir entraînée trop loin...

— Mais non, tu sais bien que je me sens toujours en confiance avec toi.

Puis ils avaient continué à admirer le mouvement des vagues jusqu'à ce que Fredrika hasarde :

— À propos d'être entraînée trop loin, euh, je crois que nous devrions parler de...

Alex se racla la gorge quand il vit Fredrika perdue dans ses pensées.

— Au fait, merci pour le CD que tu m'as envoyé, dit-il. Lena et moi, on l'a beaucoup aimé. On l'écoute tous les jours.

Fredrika eut un large sourire qui fit briller ses yeux.

— Cela me fait plaisir. C'est l'un de mes préférés.

Il y eut un silence.

— Quand est-ce que Peder revient ? demanda-t-elle.

Alex dut réfléchir un moment.

— Le 1er novembre, il me semble. À moins qu'il ne décide de devenir homme au foyer !

Fredrika ne put s'empêcher de sourire.

Peder et Fredrika avaient jeté leurs dernières forces dans la bataille pour résoudre l'affaire. Les deux collègues avaient fini par s'estimer et s'étaient quittés en bons termes, lorsque Peder avait pris son congé de paternité au début du mois d'août.

Depuis, Fredrika n'avait pas eu de nouvelles. Elle avait pensé l'appeler mais s'était ravisée. Sans doute parce qu'il restait davantage un collègue qu'un véritable ami. Et maintenant il s'était écoulé trop de temps pour que ça paraisse naturel. Sans compter que les rumeurs allaient bon train : Peder se serait séparé de son épouse pour « faire un break », selon l'expression consacrée, mais dans le même temps il avait chargé un ami juriste de préparer les papiers pour le divorce.

C'est triste, avait pensé Fredrika.

Mais ni elle ni Alex n'évoquèrent le sujet, même si tous les deux l'avaient sur les lèvres.

Alex préféra poser de nouveau sa question à Fredrika.

— Et toi, alors, ça va bien ? Tu vas continuer à travailler chez nous ?

La jeune femme le regarda droit dans les yeux et répondit :

— Oui. C'est mon intention.

— Voilà qui me réjouit, dit Alex avec un sourire sincère.

Était-ce le bon moment pour préciser que, même si elle avait envie de continuer à travailler dans le service d'Alex, elle souhaitait voir intervenir quelques changements ? Qu'on cesse de la considérer seulement comme une personne venant de l'extérieur avec une formation qui la mettait en porte-à-faux. Car les journaux avaient souligné son rôle clé dans la résolution de l'affaire, et il s'était ensuivi un conflit larvé entre les policiers formés comme tels et les personnes de la société civile travaillant avec eux, conflit qui avait duré plusieurs jours. Fredrika avait refusé deux invitations à participer à des débats sur la question. Elle n'avait aucune envie d'exposer ses opinions sur une chaîne de télévision.

Cette question pouvait attendre. C'était le premier jour de travail pour Alex après l'incendie, moment qui lui paraissait mal choisi pour aborder ce genre de discussion.

En revanche, elle avait quelque chose à lui annoncer.

— Je vous préviens déjà que je compte demander un congé maternité à partir de la fin avril de l'année prochaine.

Alex sursauta, ce qui fit presque rire la jeune femme.

— Un congé maternité ? répéta-t-il, stupéfait.

— Oui, j'attends un enfant, confirma Fredrika en rougissant de fierté.

— Félicitations ! dit Alex de manière presque automatique.

Il l'observa.

— Ça ne se voit pas du tout...

Fredrika se contenta de sourire, ce qui permit à Alex de faire une bourde.

— Il y aura un mariage à la va-vite ?

Ce fut au tour de Fredrika de sursauter, et Alex fit un geste pour montrer qu'il retirait ce qu'il venait de dire. Fredrika ne put s'empêcher d'être agacée par ce terme. Dire qu'il y avait un mot pour ça.

Elle décida d'enfoncer le clou.

— Non, malheureusement. Vous comprenez, le père de l'enfant est déjà marié.

Alex fixa la jeune femme en pensant que celle-ci voulait seulement le faire marcher. Apparemment, non.

Alors, il lança un regard par la fenêtre en pensant : *Je crois que ce voyage en Amérique latine me fera le plus grand bien.*

Remerciements

Les Enfants de cendres est mon premier livre. C'est pourquoi ce sont les plus longs remerciements que j'écrirai jamais. Enfin, je crois.

La rédaction de ce roman eût été impossible si, depuis une vingtaine d'années, je ne m'étais amusée à écrire toutes sortes d'aventures et de récits. De fait, j'ai commencé à l'âge de sept ans, avec mes fameux « livres d'aventures » à l'école, et je tiens à remercier mes professeurs formidables qui, dès l'école primaire, m'ont transmis leur passion pour la lecture et l'écriture puis m'ont vivement encouragée à écrire en voyant le plaisir que j'y prenais : Kristina Göransson, Kristina Permer et Olle Holmberg.

Je ne saurais dire d'où m'est venue l'idée de départ de ce roman. C'est comme toutes mes idées : un jour, j'ai eu cette inspiration et il fallait absolument que j'en tire un récit. C'était en août 2007 et j'avais encore une semaine de vacances. En janvier 2008, j'avais achevé un premier manuscrit. Le bonheur que j'ai éprouvé en mettant le point final a été incroyable. Il faut dire que pour la première fois j'allais au bout d'un vrai projet littéraire. Si j'ai réussi à écrire ce roman, c'est en partie grâce au soutien de mon collègue écrivain Staffan Malmberg, qui m'a dit : « Le plus dur, c'est de passer les quatre-vingt-dix premières pages. Après, tu peux écrire autant que tu veux ! » Cela a achevé de me convaincre que mes récits, ces miettes de romans, n'étaient pas condamnés à dormir au fond d'un tiroir.

Ce roman policier est né de ma seule imagination. En tout cas, pour ce qui est de l'intrigue. Je travaille depuis l'automne 2005 dans un organisme de police. Cela ne fait pas de moi une vraie enquêtrice, même si j'ai beaucoup appris au cours de ces dernières années. Je remercie donc chaleureusement Sven-Åke et Patrik pour leurs commentaires aussi judicieux qu'amusants, puisqu'ils connaissent bien le milieu de la police et m'ont appris ce que j'avais besoin de savoir sur le métier d'inspecteur à la brigade criminelle. Vous apportez tous les deux, chacun à votre manière, une contribution importante au corps de la police suédoise. Toutes les erreurs (et les variantes quant à la façon de travailler en vigueur dans la police) sont uniquement de mon fait.

Contrairement à ce que l'on pourrait penser, l'écriture proprement dite du roman n'a pas été la partie la plus ardue. J'écris très vite. Mais tout le reste est beaucoup plus lent. Tous les écrivains reconnaissent tôt ou tard que Stephen King (ce génie !) a raison quand il affirme : « Écrire est humain. Rédiger est divin. » Voilà pourquoi, dans la plupart des cas, on a besoin d'aide pour rédiger. Cela a aussi été mon cas, en l'occurrence, par des personnes de calibre divin.

Tout d'abord, un grand merci aux éditions Piratforlaget et à leurs collaborateurs fantastiques qui ont cru en moi et ont décidé de me publier ! Dès que j'ai franchi le seuil de leurs locaux, j'ai su qu'ici j'allais me sentir bien. Merci particulièrement à Sofia Brattselius Thunfors et à Anna Hirvi Sigurdsson. Sofia m'a présentée au monde de l'édition avec un enthousiasme et une patience sans égal, m'accompagnant tout au long du processus précédant la publication d'un livre, après m'avoir donné de bons conseils sur le manuscrit. Anna, quant à elle, a un sens incroyable de l'écrit et, avec l'aide de son stylo magique – et une bonne quantité d'entêtement et d'humour –, s'est révélée un appui inestimable dans la rédaction du texte.

Merci aussi à mon incomparable belle-sœur et amie Caroline Ohlsson : non seulement elle m'a choisie comme marraine pour sa première fille, mais, même enceinte jusqu'aux dents, elle a pris le temps de lire et de commenter ma toute première version du manuscrit – assez mal rédigée.

Un grand merci aussi à Helena Carrick, qui, à un stade plus avancé, a lu le texte et m'a indiqué d'autres points de vue et fait des commentaires intéressants. C'est une lectrice extraordinaire, une critique avisée et, avant tout, une amie formidable. C'est un cadeau d'avoir à ses côtés une personne comme elle qui vous inspire et vous donne de l'énergie.

Et, pour finir, je n'oublie pas Sofia Ekholm, qui m'a montré ce que le terme « loyauté » signifie et qui, en toutes circonstances, m'a donné le courage de croire en moi-même, me disant que je pouvais parfaitement réaliser ce projet et en faire quelque chose de bien. À maints égards, tu fais partie du livre, Sofia, et, sans toi, pas mal de choses auraient été beaucoup moins drôles.

Merci.

À mon bureau, Stockholm, printemps 2009

9951

Composition
PCA à Rezé

Achevé d'imprimer en Slovaquie
par NOVOPRINT SLK
le 5 avril 2016

Dépôt légal juin 2012.
EAN 9782290039588
L21EPNN000239B009

ÉDITIONS J'AI LU
87, quai Panhard-et-Levassor, 75013 Paris

Diffusion France et étranger : Flammarion